拥抱自然生命更加灿烂

承瑶丙午年春于白云山畔

碧水净土

周承强 著

羊城晚报出版社
·广州·

图书在版编目（CIP）数据

碧水净土 / 周承强著. -- 广州 : 羊城晚报出版社，2024. 12. -- ISBN 978-7-5543-1375-6

Ⅰ. I247.5

中国国家版本馆 CIP 数据核字第 2024CY2146 号

碧水净土

BISHUI JINGTU

责任编辑 王晓娜

责任技编 张广生

特邀编辑 李穗华

装帧设计 友间文化

出版发行 羊城晚报出版社

（广州市天河区黄埔大道中309号羊城创意产业园3-13B　邮编：510665）

发行部电话：（020）87133053

出 版 人 陶　勇

经　　销 广东新华发行集团股份有限公司

印　　刷 广州小明数码印刷有限公司

规　　格 787毫米×1092毫米　1/16　印张24　字数300千

版　　次 2024年12月第1版　2024年12月第1次印刷

书　　号 ISBN 978-7-5543-1375-6

定　　价 58.00元

目录

引子

变化莫测

一条河流向长远
蜿蜒曲折处有生动哲学
柔中带刚流转间诉说着千古传奇
不懈流淌中奔向遥远的海洋
交融大地万物，奏响生命的华章

天色灰蒙，拧不干的抹布飘摆雾团中，花花搭搭，看着别扭。

“韩局头又泡汤了。”

“真的吗？开玩笑吧，他可是‘二坐轿’了，跌不起了吧。”这消息炸雷一样突然，像人甩臂练手，一扬手竟然脱臼了！新莞市生态环境局一片沸腾，一批“小灵通”叽叽喳喳半天。有人为韩士副局长打抱不平，叹息亏了一位实干家；有人说绣花枕头，没那金刚钻揽不了瓷器活；有人哈哈笑不站边，横竖不以为意。

行政审批协调科黎华副科长夹在人群中目瞪口呆，看着漫不经心述稀说奇的油老黄瞬间泄气，没了扯淡的兴头。三角眼骨碌一转，脸比卡通老头耷拉得快。油老黄是环境信访科的二级主任科员，长条脸，尖下巴，面色柔和，一双凹眼眨来闪去，给人深不可测的感觉。这人熬到快退休的分了，有事没事“骚”字当头，人称“鬼不缠”，领导见着先跟他打招呼，是个怪角色。

有人说得更恐耸，韩士主持了两回局头都没修成正果，不会被“盯”上了吧？！情势似乎玻璃一样脆，大伙心照不宣，真被强力部门盯上了，可就离“双开”不远啦，听着让人倒抽一口冷气。也有人反驳，说韩局不是“峰山会”的人啊，能出什么事？

黎华知道，在新莞市，“峰山会”是个狠牌子，多是市直单位的正副头儿，前些年有空没空都爱来峰山搓几圈“国牌”，摇几盅骰子赌个彩头。这两年不敢放肆啦，就是得闲碰个面，也只是甩虚说笑话，招呼几句后早早回家陪老伴儿，生怕招惹什么是非。像从前那样胡吃海喝钻舞厅，那是一万个不敢了。

峰山俊挺，钟灵毓秀，新莞市有名的城边山，被誉为天然氧吧，娱乐天堂。熟悉的人说，上面半隐半明的休闲会所多得去了。慢慢地，随着时令轮转，峰山会在一些头头心中也寡淡了。可怪事仍然一桩连一桩，冷不丁身边就会少个主儿，还都是峰山会的常客，让人莫名其妙地关注。这段时间，听说峰山会的头儿见面小心了，神秘兮兮地打哑语说面子话的多起来，外人是难明就里的。即使有人敢冒天下大不韪约牌，一个个也推脱得干脆，找各种由头回避。私下里却盼着聚聚，心里痒得紧，又满腹八卦地猜着谁被盯上了，谁本事大摆平了上面张三李四什么的。仿佛那词汇真有什么忌讳似的，连称呼也换着法儿改名字，心里巴不得坏事落别人，好事归自己。新莞市这种世相生态真正有趣，可谓哈哈众生相，说不准定数。

“知唔知（知不知道）？环境局韩头宝座又‘黄’啦，说不定还有大事哩。”消息散得真快啊，街头巷尾也这么叽叽咕咕的，好不热闹！新莞市这四十年变化巨大，城市规模翻了四十倍，外来人口超千万，多过大把亚洲小国！人多热闹，小道消息麻油一样到处喷香。来自官场的大事小情穿透力强，再顶尖再机密也止不住扩散。这不！不光市生态环境局，街头巷尾这两天也韩局前韩局后地润着嘴儿，一个平常名字念成了热搜词，难怪呀！环保部门这几年热门呢，人数不断扩，权儿不断增，待遇不断好。韩士在市生态环境局是名角，什么“十佳公仆”之类的荣誉获了一大把。还两次主持全局工作，大伙关注度高。说起前任一把手魏局长更是耀眼明星，几个月前刚升副市长，是上镜率超高的领导！比韩局获得的荣誉还多，像什么“城市改革十大风云人物”啊，“公仆之星”啊，种种荣誉数不胜数，一大堆闪光帽子戴得人人羡慕。有一年还闪亮进京，同中央领导笑眯眯握过手哩。就这么八面亮堂的正面人物，没几天小道消息也有不好传闻，似有盖过韩局的势头，但市电视台里魏副市长频频亮相，红光满面，气势如虹，未见什么异象。

说来真怪，今年新莞市趣闻多，气候变化也快捷。不知是春天生南风，还是南风爱吹春天儿，反正这个春天南风明显多起来，挠人挠脖，鬼样缠绵，三天两头吹花香，脸蛋刮得润湿，街头广场不时有人练嗓子喊一阵杀腔。望着天空不算冷，心里顿生别样滋味，说不上暖和，也谈不及冰凉，新草没来由地生发于街中绿化带，似乎预示着什么大事正悄悄发生。

㊀

新招解结

一些人散去

一些人走来

不变的是经历与往事

幻变的也许是时间

也许是匆匆过客

一

周一阳光明媚，光斑令人暖和。大伙面色兴奋，似乎期待着什么。

新莞市生态环境局十八楼会议室窗明几净，透着一股喜庆气氛。局办公室袁主任笑得可爱，摇着胖影跑上忙下，一会儿指挥摆水牌、安话筒，一会儿亲自摆齐茶杯，吆喝服务员拖地。像个称职的大管家，东南西北安排得妥妥帖帖，一副弥勒相，慈眉善目，脸盘圆得好看！会场服务员人数比平常多了一倍，都是第三方服务保障公司的派遣工，人人一身红色新装，漾着喜兴各就各位。主席台前沿空旷开阔，敞怀迎来一片新世界。过去这儿摆着一排花盆，是前任魏局长喜欢的装饰，今天突然撤去，不知是不是为了迎合新领导的口味。说实话，现在这场景简朴大方，让人耳目一新。过去爱挂会标的房梁位置空空荡荡，现在不兴挂横幅了，那会被人批评观念陈旧作风不改哩。新装的电子显示屏闪烁着电子会标，新鲜又灵动。

一些早到的科长交头接耳，嘁嘁喳喳，市生态环境局直属单位的头儿见人打探消息，仿佛谁藏着什么秘密没有公开似的，刨根问底不休。过去多数会议只有党员干部唱独戏，今天例外，隆重扩大到全体人员，很多边缘雇员也难得地一露真容。种种迹象表明会议重要，可不是！一个单位能换几次一把手呢。

在市生态环境局直属单位固体废物管理中心任一级主任科员、参公编制、人被安排在执法一科工作的温柱良，此刻躲避在走廊一侧抽小烟，国字脸上神情坚毅。刚转业来局时走路直杠杠的，两只手甩老高，似乎胳膊不会拐弯，样子忒夸张。后来经人提醒，步伐略缓，架势稍温柔，反倒显得机械，明眼人说还是幅度大点好看。听到入场吆喝声，他走进会场右后角落入座。看到开会还早，顺手掏出华为手机刷看新闻消磨时间。他这人平时购买物件尽拣国产宝，最忌外国货，从不相信人家西方月亮比中国圆。

手机屏幕上显示北方某地幼儿园，被纠纷泄愤者袭击了，五名花朵儿童受伤，看得他火冒三丈，心里直骂娘。会议快开始时，嗞的一声插进来一条短信，似乎来得不是时候。温柱良还是忍不住看一眼，脸上顿时漾起笑容。屏幕内容简洁：公牛在奔跑中见到一头母牛在路边吃草，急切地对母牛说："快跑吧，专家来了。"母牛："专家来了怕啥，专家不是人吗？"公牛："现在专家专吹牛B啊。"母牛闻听大惊，撒腿子就没命地跑，边跑边问公牛："专家吹牛B，你是公牛你怕啥？"公牛说："你真不知道啊，现在的专家除了吹牛B外，还会拼命扯蛋（淡）呢。"看得温柱良偷笑不止，引起旁边同事注意，正欲解释什么。主席台上韩士副局长轻咳一声，空气随着话筒咔的一声脆响，拉开了大会序幕。

主席台上除局班子六位老成员外，还有省生态环境厅吕厅长、市委组织部刘副部长以及新来的解元局长，阵势整齐，气氛肃穆。一会儿吕厅长语气铿锵地宣布省生态环境厅党组决定，任命新莞市水务局副局长解元为市生态环境局党组书记，同时提名其为局长人选，按照法律程序和有关规定办理。吕厅长不厌其烦地介绍了他的一大堆优点，对副局长韩士负责主持全面工作两个月的情况只字没提。台上市委组织部刘副部长直到散会也没吭声，他是组织部常务副部长，人前向来是这副威而不露的庄严相。温柱良对韩士出局不觉意外，但一字不提主持政绩倒是让人疑窦顿生，私下感觉这两个月韩士还是露了两刷子的，工作抓得有条不紊！

调整大会开完，上面领导就走了，没有什么喜庆气氛。以往这种时候，少不了大吃大喝庆贺一番，现在没人敢有这种讲究了。

二

解元在局办公室袁主任引导下，出电梯轻步来到六楼自己办公室，迎面看到正面墙上的《江山如此多娇》画屏，神情稍微一愣，禁不住询问：“你们怎么知道我喜欢这幅画？”袁主任圆脸略垂，微笑着回答：“没有打听哩，可能是巧合吧。”解元也笑了笑，仿佛自我解释，脸色似乎夹杂不满神情。“喜欢也是过去吧，辛苦你叫人拿走。”说完就端凳靠墙上去取画，见此光景袁主任连忙靠过来帮忙，好在室内有两把椅，没费周折很快取下画。袁主任打电话来叫人搬走，又笑着问解元局长，脸色媚笑讨好得紧：“看局长还需添加什么？您尽管吩咐！”解元目光扫了一圈办公室，说：“没有超配什么吧？”得到肯定答复后，才继续朗声交代，“这里摆设标配就好，越简朴越合适，千万别搞特殊化。”“全是标配，没有多余物件。”局办公室袁主任笑着应答，顺手拿来一张五个直属单位检查日程安排表，说是下面单位欢迎局长去看看，当面聆听指教。见此解元局长扑哧一笑，说：“免了这番客套吧，等有工作任务再去调研吧，你有事先忙吧！”袁主任稍显惊诧脸色，嗯了一声，赶紧回视一笑，小心地合门退出，胖乎乎的样子很可爱。

解元走到窗边长吁一口气，感到空气新鲜，天地宽阔，微黑的印堂闪闪发亮，方脸肃然兀自多了一分威严。想起一段诗句：天若有情天亦老，人间正道是沧桑。心底骤起万重波涛，波澜壮阔滚滚向前。浮想联翩不能自抑时，手机“嗞嗞”地信息不断，打开全是祝贺短信，长的短的，宽窄带图的，凝成诗歌串成佳句一大堆，好多不留名的短信，一时回忆不起，也懒得弄清。真的是各有特色，看得人满心欢喜，又多数不便回复。

“丁零零”，办公桌上电话一阵急响，解元对着局内电话表一看来电显示，知道是内线号，拿起才知是黎华副科长打来的。早几天在市委组织部开会，在刘副部长办公室见过黎华。属于来市生态环境局报到前，见到的局机关第一人，加上他三角眼骨碌碌转得快，机灵样让人印象深刻。想起刘副部长说过，这人优点多，德才兼备，简直就是“十全”能人！“恭喜解局，本来我要来您办公室请示，怕不合适没敢去，您晚上有空没？市里几位局头想为您贺贺喜。”随着话筒内好听的男中音传来，解元思绪一转，知道这小子说的局头，一般都是市里权力部门的主儿，有的还没来报到就跟他打招呼，要关照关照黎华这小子。说实话，这几年私下的高端聚会少了，聊起这话题一些领导嘴里都快淡出细肠来。可他不喜欢这种饭局，当了一把手更敏感，哪能露这头？这么一想话锋一转，压低声调答复黎华，语气比较坚决。“谢谢你啊，也请你转告谢谢大伙关心，黎科。晚上有约了，以后有时间再聚吧，希望领导们能理解。”“那您可得赏脸哟，今天是您大喜日子，意义大不一样。这当口您忙不过来，领导们都能理解，能否推掉别人的宴请，或请局长晚点给个机会呀，吃点夜宵沾沾喜气也好啊！”从黎华的热情口气里听得出，“夜宵”字音拖得老长，让人体察出不少深远余味，直让人心旌摇曳，差点就应了这份盛邀。但解元思虑再三，还是坚定地拒绝了，放下电话心里翻江倒海，久久不能平静，一个人坐到晚上八点多，才悄然下到地下室开车回家。他低头走出电梯的样子像默哀一样严肃，保安员老石这么一想就有打自己耳光的意思，怎么能这样想象新上任的“一哥”呢。

局里一把手调整这么快，环境信访科油老黄百思不得其解，有的干部职工也叽咕不停，两个多月前魏局长高升了副市长，接着韩士主持大局，各项工作抓得有头有序，正被大伙看好，却咣当一声换了别人。这情况就是超人碰见也得眨眼，有的反驳说再正常不过了，当初老韩就是主持，并不是真给他什么机会呢。再说也不排除老韩私下里犯了错，不主持还是小事，就怕真有事还得进去，那就掉得更大。天色灰暗，种种猜测甚嚣尘上，各执一词，莫衷一是。

随着嘀嗒一阵闹钟清铃脆响，解元一骨碌翻身起床。多少年了，也没今天早上这么利索过，到任局长后第一天，心情格外好，难怪说人逢喜事精神爽啊。从前这时段，怎么也得赖床几分钟。昨晚他特地将闹钟调前半小时，以往八点到单位早餐，八点半上班，今天则是七点半就到了市生态环境局附近，环境新感觉似乎还不适应。临到门口，忽然发现有些失态，刚当一把手就这么兴奋，有点丢份！这么一想便将桑塔纳轿车拐进局大院后面一个收费的大众停车场，没停局里免费车位。昨天袁主任介绍过周围情况，以前来市生态环境局办事，没处停车时，也停过这儿。前面半小时内免费，后面每小时收费6元，还算比较优待。停好车，径直迈向旁边河堤，不自觉地左看右瞄。

杨柳依依，斜坡飞花，正是叶绿鸟闹时分，处处点点养眼提兴。前些年常来春河大堤散步，也曾散到市生态环境局这边，后来当市水务局副局长了，诸事纷呈，百结不开，好多年没这份闲情逸致了。今天偶然来此，发现河堤上多了一排花坛，好多花儿美女一样朝人媚笑，成了休闲怡情好去处。散着散着，不由得想到新单位工作，如何踢好头三脚，是个值得重视的事！心情陡然一沉，突然没了欣赏兴趣。往长堤远处勉强走了十多分钟，一路老人居多模样懒散，感觉不对味儿。抬眼离峰山群峰又近了一段，这是新莞市的风景胜地，也是眼观八方的制高点。却没走近尾峰的劲儿了，时间也不够，心里装满事儿，横竖不由人。

走到堤街排水站，空气中似乎有种怪味，解元越闻越没劲，遂转身快步赶回局里。进门就遇门岗保安老石笑脸相迎，迎面问候的人不少，彼此招呼，好一番热情劲。来到二楼局领导餐厅，袁主任早在小餐厅门口候着，引他到中间位子坐下，其他六位站着示礼的领导依次落座。在职场混了这么多年，大家都懂俗定文化，应该讲的规矩谁也不会少。

平时几位领导有说有笑，今天这当口都是闷葫芦一副吃相，来了新局长谁也不吱头声，偶尔抬头，也相视微笑。见气氛有点沉闷，解元说了个笑话，企图揉揉气氛。邻市某水务局局长照市长吩咐，抽查市直属单位台风应急值班领导在位情况。对方反问称谓，局长普通话不太好，还是挺认真答复：我不讲（局长）啊。对方说：你不讲我也不讲啊。一听这话，局长赶紧重申：我真是贾局长啊。对方说：你是真的假局长，我还是假的真局长哩！结果因为方言之差，双方在电话里对上嘴了。话音刚落，引来一阵哄堂大笑，有的副局长说不可信，编的成分太多，在轻松气氛中早餐结束了。

局领导们从容回到各自办公室，新的一天开始了。解元翻开办公桌上的台历，一段话跃入眼帘，花草般舒心。新的一天来了，但不代表新的开始，如果你没有行动，便会一无所有；只要你下定决心，每一天都可以是新的开始！自己不改变的话，新的一天也只是之前的重演。日历一页页翻过，时间一点点走过，等待也好，迷茫也好，都不要把自己留在原地！人因梦想而伟大，所有的成功者都是大梦想家！在那冬夜火堆旁，在那阴暗雨雾中，在孤苦的煎熬里，在无奈的抗争中，炽热梦想着阳光灿烂的未来。有些人让梦想悄然绝灭，有些人则细心呵护，直到安然渡过艰险困境，迎来光明和希望，而好运总是垂青那些真心相信梦想成真的人们！梦有多遥远，现实就会有多壮阔，前提是你要坚持努力！不放弃不掉队。他知道履历上新的一页揭开了，阳光明媚地照进来，无数五颜六色的彩笔涂抹长空大地，有人说看到美好图景了，有人说一无所有。解元这才想起，忘记布置今天工作了。以往在市水务局早餐时，一把手都要趁早餐时光说说笑话，简单拉呱一下当天重要日志计划，算是开个非正规的碰头会。也怪自己粗心，兴致一高全糊了。

刚拿出茶杯准备倒水，局办公室袁主任笑嘻嘻地敲门进来，请示日程安排和工作计划。他高大胖硕的身躯弯下一大截，声调压得特别柔和。解元朝他摆摆手，说改天再聊，工作上按原计划进行就好。袁主任憨笑得更欢，一脸轻松地说："明白，明白。"说完抢过茶杯倒满开水，才背对门口缓步退出。解元目送他微笑离去，连声嘱咐："以后别这么客气，都是同事嘛。"

仔细端详办公室狭小的角落，解元发现小棵发财树昨晚被换成了大株，显得肥硕大气，叶片浓绿，看着舒服。

一上午哩哩啦啦的老是来人，不是科室领导来汇报工作，就是局直属单位领导来邀请去他们单位调研，想一个人思考会儿都不行。俗话说新官上任三把火，组织这么信任，群众这么期待，要是弄不出新气象来，真是对不住上上下下啊。闭目想想，当一把手真不容易啊，看着窗口摆的一盆红掌，花红悠悠如灯，明火烁烁亮心。

好不容易有沉思机会，嘭嘭，韩士敲门进来，表情平静地说要汇报个急事。说得解元端坐起来，伸长手给韩士倒茶，简单寒暄后便直奔主题。韩士面带微笑，语调从容地说："局执法支队撤销后，几十号人都超编在六个执法科，计划要分流，一直没落实。前面魏局当时看超编干部反应大，顾虑重重没办，我主持时心有余力不足，也没解决好。造成上面人心浮动、人浮于事，下面分局执法力量不够，没有达到原来机构改革设想的执法力量下沉，盘活基层执法难的目的。这个结不打开，局里工作难有起色。"说得解元心里一惊，连问有什么解决办法没有。韩士憨厚地笑笑，说："真没想到，看着一帮人不愿下基层，舆情汹汹的样子让人发愁！"两人又聊了一下其他工作，相互客气地相约改天再聊。

三

韩士走后，解元思索兴趣全无，满脑都是分流、平稳什么的字眼。

中途又有几个科长来汇报情况，解元让他们只谈问题，长话短说，成绩方面回去理个本科工作情况简介来即可，不必虚客套。解元趁着空当叫来人事科金科长了解情况，没一会儿，金科长一脸憨笑地跑进来，手里拿着一份全局人事工作情况报告，讪讪地说：“正想向您报告人事工作哩，真不好意思，动作迟钝了！”一边郑重递上报告稿，一边迫不及待地介绍局机关编制情况。解元顺手接过装订整齐的报告稿，打断他的口头汇报，说：“你别介绍了，有这个报告稿就行了，我自己慢慢看，今天你主要讲讲执法支队人员分流有多难的情况就可以了。”一听说要谈执法支队分流问题，金科长脸色骤然尴尬，稍微停顿一下，叹了口气说：“本来是不复杂的，因当时局领导顾虑多，没及时分流，纵容了个别人的私心，以为抓住了领导怕事的软肋，铆起劲儿在背后使阴招告假状，一下子变成死结难办了，现在要推动确实太难了，可又没有退路。”边说边摇头，这样子加重了困难感觉。弄得解元倒过来安慰他道：“先别急，大家一起来努力，总会找到好办法，你先回去想想下步措施，改天再聊。”

金科长走后，解元理了理思绪，初来乍到，这几天局里各条线介绍的情况很多，难题真不少，听了几个人意见，最难的还是执法支队人员分流的事，多大的死结也得先解开，但要讲究方法，就像瞎子打鼓——得碰在点上。都说人事是个怪圈，轻易不能触碰，可解元看来，编余人员分流就是脓包也得戳破，不然谈何成事立业振兴一个单位的面貌呢？想来想去他只能做这出头鸟了，即使让人忌恨也没办法。

一大早，他召集局班子另六名成员开了一个碰头会，商讨执法支队人员分流办法。一石激起千层浪，没几位局领导却说法五花八门，意见难以统一。有的说这事还得搁一搁，急了必定出乱子，想当初本来有个人员分流方案，不知为何走漏了风声。已拟定被分流的人员就准备联合起来上市委去上访，跟拟留人员比能力比成绩，弄得一片混乱。时任魏局长只好辟谣说没方案，就此作罢。这不，就搁下了两年多，但人员思想工作并没做通。据了解，不想下去的人还是占了多数，强行分流又会引起闹事，对局里形象影响大，后果无法估测。有的说想不到好办法，叫人下去分局，抛开基层工作忙不谈，就职级这坎没人能做通工作。你想啊，多数人是一级主办职级，下去了分局职数少，晋升处级更难，谁愿意跑到基层去顶天花板呢？还有的好意地说，解局长刚来，不必急于解这死结，从长计议慢慢来。扯半天没结果，解元只好宣布散会，改日再议。解元决定自己和分管人事的韩士分头下去调研，和基层同志碰碰思想火花，三个臭皮匠顶个诸葛亮，就不信找不到金钥匙。

解元带着人事科金科长来到文田分局，文田区是新莞市中心区，多数人向往的高地。人人皆夸，山水美，人心甜，又美又甜是文田。对人员分流问题，新莞市生态环境局文田分局詹局长不无忧虑地说："目前分局执法人员缺编严重，市局执法支队的人员都是环保执法战线的行家里手，能下来充实分局执法队伍，我们举双手欢迎，只是不知他们愿不愿意来。"这说法让解元高兴，不管怎么说，基层分局还是欢迎编余人员的。看到解局长高兴，詹局长继续表态，不会歧视下分局人员，只会一视同仁对待，甚至更优待，让他们有回家的感觉！说得解元乐哈哈，表扬格局高，态度好。解元接着跑了几个分局，个个表态乐意接收，听到的都是好话。解元底气更足，从实际情况看，基层一线确实缺乏执法力量，看来局机关编余人员尽快分流下放到位，有利于促进分局工作开展。与此相反的是，韩士调研带回的却是一片唱衰声，是韩士爱钻问题牛角尖，还是面对副职领导下面同志说话放得开，已没必要弄清原委了。关键是带回的问题都是实在的，基层反映不可避免地扯到职级问题，同一个年龄段的干部，市局的干部职级高，因为市局盘子大，任职时间到了按时调级。而分局垂管前，受区委组织部统一调配统筹晋级。因区直单位职级名额有限、晋升程序慢等各种原因影响，分局同年龄段干部普遍职级偏低。因此分局干部认为市局下放干部来了，势必挡住他们的晋升发展，内心排斥巨大，这个思想工作不好做。还有执法习惯等其他一些问题，噼里啪啦地，韩士讲了一大堆。韩士最后说，他只是转述基层实际情况，个人仍然坚定支持分流。解元听了欣慰，说："这些困难、问题要想办法解决好，对人员分流的决心不能动摇，下一步咱们多研究。"听懂了解元的意思，韩士意味深长地点头，笑了笑，解元也笑了笑。

一连好几天，解元早早上班，弄得其他局领导不得不打提前量。这天早上，解元刚进办公室，就收到几条微信，其中有条蛮有意思："大局长早上好，微信心语：真心想做一件事情时，再大的困难也可以克服；不想做一件事情时，再小的阻碍也会成为理由。很多东西证明，先决条件很重要，但更要命的是后天自己创造的条件。成为想成为的人，不要只是说说而已。从现在干起，从今天做起，人生的每一天每一刻，都是在为自己的明天铺路！"看得解元心里发笑，谁这么不懂事啊，当咱是小学生哩。不快之意正欲上涨时，细看来源，原来是昨天开会刚认识的市委组织部一位美女简科长发来的，不觉中一下子消气了。许多新认识的朋友都爱微信致意，算是这年头一道风景吧。

在解元紧盯下，局党组正式讨论了原市执法支队编余人员分流议题，争论激烈。人事科金科长原本做了个人员分流草案，因局党组成员分歧大，本不具备上会条件。但解元坚持上会议议，说哪怕一次到不了位，能研究个阶段性方案推进这项工作也好，都两年了，不能再拖了。几十分钟讨论，依然莫衷一是，各吹各调。有的说仓促分流有百害无一益，仍然主张拖着，有的讲述困难重重，有的欲言又止，总之形不成定案。最后解元提了个过渡性推进方案，就是先搞业务比赛考核，按优胜劣汰的规则，考试成绩居后的五十名去十个分局锻炼三年。到期后经组织考察，再交流回市局机关。市局机关通过考核轮换一批人员下基层锻炼，参加人员不限原执法支队人员，在市生态环境局机关所有机关干部中筛选，公平公开，不搞照顾。说得会场气氛一下子凝重起来，有的副局长正襟危坐起来，神情庄重。解元还说这个想法口头请示过曾副市长，曾副市长认为可试试，起码比原来硬性分配公平些，再说没堵绝下基层人员回市局机关的希望，不失为一个好办法。市人力资源和社会保障局局长也认可，说是个新尝试，值得鼓励。一听说新方案已受上面肯定，党组成员纷纷表态赞成，大家也知道，这事已到刻不容缓的地步，只是没找到开门钥匙而已。这下好了，解元一亮新设想，几位领导眼睛一亮，你一言，我一语，又提了不少完善建议。韩士嫣然一笑，提高声调说："早该考了，市局机关干部这几年作风疲软，考一考，促一促，自然高低分明，对表现差成绩靠后的，该下去锻炼的不要姑息，这样做有利于机关干部今后端正作风，提升素质。"说完面向大伙挥了一下手，有点壮士断腕的气概。解元微笑肯定韩士的发言，表情平和，说："考核内容要细化，分笔试、面试和现实表现三大块，尽量考准考出争先创优的好作风，提振士气再创佳绩，不是通过考核在机关干部中分好坏，而是树立争先进的好风气！"在一片掌声中，局党组会顺利通过了新方案，责成人事科尽快完善内容，早日实施。会后发言不多的皮副局长专门跟上解元步伐，一脸兴奋地夸赞："还是解局办法多，一考树好风，解决了几任局长没解决的难题。真开眼界，好领导带来新气象，让大伙有盼头有拼劲！"解元回头笑笑说："皮局过誉了，有多好现在还不好说，全靠大家努力！"两人相视一笑，各回各的办公室。同时也从新莞市人大正式传来了任命解元为市生态环境局局长的消息，一帮熟人发来庆贺短信。

四

听说要搞筛选考核，比公务员年度考核严多了，局里不但没有一片哗然，反而气象焕然一新，上班人流比往常提早几分钟，迟到散漫的样子收敛好多。保安员老石见怪不怪地嬉笑说："这是定律，每逢一把手更替，大伙都忒带劲儿！争着图表现。"

解元一进办公室，黎华通过内线打来电话，声音暖暖的，好听。"解局长，打扰您！请您晚上赏个光，刘部长和几位局头说好久不见，很是想念，约着晚上聚聚。"一连多天，解元办公室人来人往，有事没事都爱往这儿凑，可谓门庭若市。唯独黎华面上不串，私下里客气多，约个事也是内线联系，从不显山露水。他越是这样，解元心里越不踏实，想着待不忙时找他谈谈，引导他心思多花在工作上。对这聚聚吃饭事，解元想着初挑重担，还是洁身自好为要，遂客气地回绝了。"黎科长，你看我这些天忙得像打陀螺，好多头绪理不清，哪里走得开，再说现在不兴这套了，你向刘部长和几位领导代问好，请大家多谅解。"说完以不容分说的态度挂机，硌得那边黎华愣了一下，急愣眼也没招。凭直觉能感到解元性格硬朗，接下来的人员分流看来不是简单事。自个儿今年37岁了，再不调上正科档，这辈子就与处级干部无缘了。那急劲儿啊外人体会不了，局领导中一个私援也没有，兄弟中也无高参可谋，市里领导一时半会儿靠不上，只好向外单位几位铁杆局头大倒苦水。顿时引起一番涟漪，有的责怪解元太装，有的答应再出面招呼一下，有的倾情安慰，倒是给了黎华不少信心，心里稍趋平静。

这天晚上，黎华早早来到坐落峰山主峰的客来香会所，点了服务员推荐的新品种燕窝神翅汤，说是养生极品，一餐仅头一拨客人能享有。每位488元，算作压轴菜，不多不少，九人十八菜一汤，人均两个菜，应和好事成双寓意。真巧，刚点完菜，市委组织部刘副部长就迈着逍遥步走过来，一看没其他客人。刘副部长一脸揶揄相，自我解嘲地说："没想到拔了头筹啊，要是打牌可是好兆头哩！""哎哟，怠慢部长了，刚催了游局、安检他们，都说已在路上哩，没想到还是落您后面了。"黎华讨好地迎上去招呼。听了这话，刘副部长才露出轻松状态，似乎自下台阶地说：“难怪，最近市局都忙，想像以前那样闲散可是没门儿了，老朋友见一面都难哟。真要感谢你组台呀，小黎是个好同志，今后要加强联系，不要随便关机啊。”

说着聊起一个关机的笑话，引得一屋人神情紧张。某单位一科长心血来潮，突发奇想，试试关闭一天手机，看会有什么事情发生。早晨，他关机后找了一个僻静的洗浴中心，享受难得不受打扰的时光。刚开始不太适应，一会儿拿起手机来看看，总感觉丢了什么似的，慢慢地也就坦然了，这样轻轻松松地度过了没人打扰的一天。晚上当他回到家时，发现一辆救护车停在门口，紧接着医护人员把他妈抬了下来。原来，一直联系不上他，老妈着急得心脏病复发了。晚上，妻子说把他贪污的钱全交给纪委了，因为大家联系不上他，妻子猜想了很多种可能性，最后意识到肯定是被“双开”了。为了减轻他的罪过，她决定坦白，为他争取宽大处理。那天，这科长的领导也去了纪委交代自己的问题了。因为领导联系不上他，非常着急，就怕这小子出事。前几天他们两个人还发过毒誓，谁进去都不许说出对方，可是这年头谁信谁呀？与其等纪委来找自己，还不如自己主动点，争取宽大处理。听到这消息，这位科长头一晕，最后只好痛心疾首地去了纪委自首！说着刘副部长提高了声调提醒，小伙子，没事千万别关手机啊！说得彼此哈哈大笑。

话音刚落，市公安局游副局长和市检察院安副检察长迈着方步鼓掌走进包房。游副局长身材高大，声音洪亮，人没到声音先到。“你这段子太吓人，还是听我的，有意思得多。”接着说起一个“还是老公好”的段子，引得哄堂大笑。话说一位妻管严老公和老婆晚上散步回家，路旁突然跳出三个蒙面大汉：“绑架！你俩可以走一个，回家等消息。”老公一把将老婆推开：“老婆快走！”待老婆走远后，三个蒙面人摘下面具一阵唏嘘：“现在找你打个麻将这么费劲。”五分钟后，老公致电老婆，声音慌张："赶紧往卡里打一万块钱，别报警。他们说关我一夜，明早放人，否则要撕票。"十分钟后，老公从卡里取走一万块钱战斗到天明。次日，老公毫发未损回家，只是输光了钱。老婆扑上来含泪安抚，样子格外亲热。"关键时候看出老公对我最好，以后我啥都听你的！"老公乐哈哈地说："那说话可要算数啊。"段子讲得不紧不慢，故事引得大伙笑个不停。接着一伙人你一句我一语，都说到黎华头上，夸他不仅是个好老公，还是个好同志！

"那还用说，这样的好同志你们组织部不关心，真是埋没人才啊！"向来爱抬杠的游副局长调侃刘副部长，一旁的安副检察长连声附和，唯恐浪潮不高。"就是就是，莫使英雄常落泪！"听了这串连环炮，刘副部长急了，赶紧张口申辩。"两位冤枉好人了，小黎是局管干部，以前招呼过好多回，没想到市生态环境局的领导都是些话说得好性子慢的主儿，怪不得我哟。给小黎一个段子，记住总会成功。"黎华不好意思地低头，嗞的一声果然收到刘副部长发来的鼓励短信。"司马懿最厉害的不是才华，而是身体好熬劲足。曹操死了，他雄鸡公一样没死。曹操的儿子死了，他牛角歪一样没死。曹操的孙子死了，他还是打了鸡血一样死不了。打不过诸葛亮，但把诸葛亮熬死了，最后三国归晋完成一统天下的梦想，你说还有什么比长寿更管用？所以一个人要想成功，身体好真的很重要，熬字一定要挺出头，别光有目标、有理想、有能力、有人脉、有金钱，结果没有健康熬不住，一切都白忙！得健康者得天下！人生四句话：活着就是胜利，挣钱只是游戏，健康才是目的，幸福才是真谛。愿大家都有好身体！成功要靠会熬。"看后忍不住哈哈大笑，众人分享着说是好段子，值得借鉴。

"多谢部长局长抬爱，我小黎打心里感激！别为我的事太操心，要不要先搓几把啊？看架势菜还得等会儿。"黎华一边露着激动劲儿答话，一边端茶倒水，忙得不亦乐乎。刘副部长知道搓几把就是玩麻将，虽然前些年大家都是四方城常客，还是不无严肃地拒绝：“你小子有点落伍了，现在这阵势可不能在外面拈花玩牌了。”“就是就是，实在手痒，待会儿吃饱了上谁家搓搓，这里可不行，跟大广场差不多，可不能犯低级错误。”又是市公安局游副局长伸着懒腰打哈哈，引起市检察院安副检察长鄙视，当即讥讽游副局长成了吴用军师，总是定调在后；还说自己最近也不爱玩牌了，手气太背，像新近家里买的含羞草，怎么碰它都不含羞，打电话问花店的老板怎么回事，老板说：你买的是含羞草里面最不要脸的那种，非常珍贵！全世界只剩两株了，便是大伙喜欢的大足球和大股票……说得一屋人笑得喷饭。

正一浪高过一浪时，市直另外五位局领导鱼贯而入，最后一个到位的是市水务局秦局长，这帮神仙会里面的唯一正职，却不是主心骨。黎华看到客人到齐，便笑着请示刘副部长，一脸虔诚相：“部长，领导到齐了，请您发话。”只见刘副部长一声拍掌，大伙依次入座，他们有自己的习惯座序。只有刘副部长和秦局长相互谦让了一番，最后还是年长的刘副部长居中上座，黎华自然坐在下首。一伙人自然落座，隔着包房玻璃俯视山下城区，万家灯火跃入眼帘，心中快慰自不待言。刚坐好，各种搭配精致的菜盘就连贯而上，并不用客人催菜，这是客来香会所的服务特色，有种宫廷豪气。

这个名叫大成宫的包房是会所一号厅，位置优势最绝，通过三面透明的进口玻璃墙，坐在任何角度都可俯瞰全城，而外面人却无法看清里面情况。包房里摆了很多奇形怪状的观赏石头，还贴了一些介绍名签张扬吉利。其中一签标明石头多福、石来运转。古时大户人家庭院门口室内都摆石招福镇宅，石头养能人贤士，石头能生财避邪，玩石显贵，赏石长寿，园无石不秀，厅无石不华，居无石不安，斋无石不雅，思无石不灵，宁可食无肉，不可居无石，请与石为伍，好运时时来。看了这些暖心的文字，让人充分感受生活的雅致，心情别样美好。

此店以前订房不易，大人物光临多，现在随着形势变化，已渐除神秘面纱。这儿不光菜好人佳，服务一流，不时还有全国二三线明星义务客串表演文艺节目。可见老板的通天能量，是新莞市的顶尖场所，一般人无缘光顾。按照刘副部长提议，弃了高档洋酒白酒，喝一种新莞市满城香酒厂生产的极品红酒，也算是扶持本地产品的一种贡献。大家碍于形势，好久没聚，杯来盏去，你敬我捧，好一番热闹场景。唯一的女客、市民族宗教事务局瞿副局长嗲声不断，间或有曼妙音乐传来，让人酥醉。席中少不了论起黎华进步事儿，出主意点症结的都很踊跃，生怕冷落了这位小兄弟。此刻，平时架势十足的局长大人们一个个爱婴惜雏善心大发，话说得格外柔和动听。说来也够特殊，在座八个局级干部外只有黎华一人是副科，还是饭局召集人，这帮大佬可不是随便就能扎堆聚首的，可见这小子面子够足，能量够狠！难怪有人感慨，在新莞市这样官不大本事大的高人屈指难数第二人！室内欢歌笑语，暖色融融，室外华灯放彩，尽显良辰美景韵味。

五

经过一番动员、考试、考察的烦琐程序，这次市生态环境局机关的环境业务考核成绩终于出来了，进入一周公示期。按照方案设计，这次业务考核不涉及正科长以上实职领导。101名没担任领导职务的科级干部和21名副科长的成绩依名次排列，122人的分数有11人同分，实际排名111个名次。涉及交流的后50名中，有3人同分，引人注目的有两个风云人物，一位是并列倒数第47名的行政审批协调科黎华副科长，到处喊着妻子身患子宫癌央求组织照顾；另一位是颇有来头的执法三科三级主办岑霞，也说孩子小需要照顾不便交流。在这个关头，局里暗流涌动，有一帮人黄鹤楼上看翻船，偷看领导难办的热闹。

一大早，市委组织部刘副部长就给黎华发来一条微信，关切之情溢于字里行间。“千万别放弃！有了第一次放弃，你的人生就会习惯于知难而退；反之则能迎风破浪、勇往直前，绝对是不同的人生。记住，大哥看好你！”

黎华看得心里暖暖的。不管咋样，刘副部长这些年对自己真是没话说。虽然自己的岳父在任时没少关心刘副部长，可岳父当年提拔的人多着呢。想想自己副科长干了八年，快奔四十了还转不了正，本来差一点就要再上一个台阶了，不巧又面临局主要领导频繁更换，新来的解局长似乎有点软硬不吃，实在让人不踏实。

上午，黎华定定神，径直来到解元办公室，敲了敲半掩的门，一探头，见里面还有别人，又犹豫着想抽身走人，却被解元叫住。里面的另一个人是执法三科三级主办岑霞，她这次考核成绩倒数第9名，平时差评多，可能是铁板钉钉要被交流的对象了。岑霞见此情形，跟解元微笑着点了个头，便转身走人。有节奏的高跟鞋声随着她嘎嘎远去，眨着杏眼柳眉，扭着好看的蛇腰，似乎飘出几分自信。

办公室就剩下他们两人，解元笑着问黎华：“黎科有什么事？”

“也没什么事，最近研究了一下大气污染问题，想请局长指教一二。”说着，黎华近乎哆嗦着拿出一沓打印文稿。

解元接过一看，题目是《关于环境工程中大气污染处理的几点思考》，有意加大加粗字体，赫然醒目，材料足有百余页。粗略一翻，笔法老练，论述精确，论点新颖，论据充分，堪称上乘佳作。

一时间，空气对峙般凝滞。

解元心想，黎华是环境管理与评价专业毕业，并不是大气专业出身，能做出如此洋洋洒洒的鸿篇巨制，看来是下了狠功夫。不过这是篇技术调研论文，要在短时间内弄懂悟深，达到专业水平，显然存在“文外功夫”。想起前段时间黎华的分管领导皮副局长吆喝着“交流要给特殊人才留点进步空间”的说法，无疑与此人有关。他这做法，不光是不想交流，大概还盯上了下一步科长调整中空缺数月的大气环境科科长一职，看样子，是志在必得哩。

解元想了想，打算考一考黎华。“很好。不过文中认为，工业污染是咱们市大气污染的主要来源，那做好工业污染控制和减排的重点在哪儿呢？”

黎华稍微一愣，随即开始侃侃而谈，语速从容。“一是检查监管到位，加大脱氮脱硫力度；二是加大对季节性大气污染物的控制；三是制定和完善排污许可制度……”

解元满意地点点头。黎华的回答显然早有准备。解元仿佛感到了一种不见痕迹的对峙，一切都在精心计划之中，空中似乎老有两只鸟儿，抬头却又不见踪影。他忍不住更想探个究竟，于是一脸正经地又问：“您觉得，在城市中生活的人们应该怎样避免臭氧空洞的侵害？有什么长效整治方案？”

好几分钟的沉默。黎华终于有些神情焦虑，从红脸到尴尬再到难受，一会儿他便沮丧地说：“很抱歉，局长，这个问题我还研究得不够，回去后一定狠下功夫，不辜负您的培养！”

“没关系，作为非大气专业人士，你的学习研究很有成效，希望坚持下去。”

黎华满头冒汗，喏喏退出，并没提出什么要求。他走后，解元忽然满头冒汗，叹了口气，想起早几天刘副部长曾打来电话，直言不讳地要求他关照黎华，身体莫名其妙地打了个冷战。

“丁零零”一阵电话铃声让解元回过神来。接起电话，是市民族宗教事务局瞿副局长打来的，嗲嗲地说，岑霞是她的亲戚，央求解局长留在机关多培养。她还说老家仙凤镇新开了家温泉，泡泡养肤又润心，请解局长抽空赏个脸去玩玩，她愿意全程陪同，保准满意。解元当即连声致谢，笑说，这刚上任不久，忙得团团转，实在抽不开身……临挂电话，他也没对岑霞的事明确表态。

解元刚挂了电话，便看到爱人严老师发来一条微信，看得内心温暖。“人心最复杂，你一生也无法穷其究竟，顺其自然做好自己就是功德。”心情不佳的解元顿时莞尔，眼前似乎豁然开朗。

公示到期，局党组讨论下放交流人员时，黎华自然成为焦点。他与另一名并列考分的同志需要确定一名下放交流，多数局党组成员认为应该照顾黎华，他的妻子确实患有子宫癌，另一名同志没有特殊情况，谈话中也愿意下去锻炼一下，而黎华是坚决不同意下去。最后局党组会确定从关心干部出发，黎华不参加这批交流。50名市局机关交流分局人员名单公示一周后，没有任何异议。大概是交流人员有个考分比较从而心服口服，关键是三年后还可回任市局机关，加上其中一部分人还渴望到基层去锻炼一下。当然同样被交流的风云人物岑霞不属于这种情况，奇怪的是当名单公布后，她一脸平静，并没说什么风凉话。因为下面分局干部考虑到这部分人只待三年，也没了拼命抵制的欲望。加上下一步分局人员也将开始交流到市局机关锻炼，因此下面也是鸦雀无声，空前平静。一场原本非常复杂的编余人员分流难题，就这么轻而易举地解决了，市人力资源和社会保障局也给予好评，说是一次了不起的创举！

看到分流之事这么顺利，解元坐在办公室长吁了一口气。不一会儿，皮副局长和固体废物与化学品科秦科长来到办公室，递过来一份生态环境部的暗访情况通报，是由省生态环境厅急件转过来的。省厅主要领导签了催办意见。原来是生态环境部暗访组逮到了关于绵元环保科技有限公司随意倾倒有害污泥的证据情况。据秦科长介绍，原来局里接过对该公司的举报信不止一次了，每次开发区分局核查情况后，都报告说举报不属实。还说该公司倾倒的是处理过后的营养泥，不构成环境污染。市局也给省厅复过信访函，说分局核过不属实。这事儿早些天吃早餐时听皮副局长当瞎举报的笑话说过，记得当时有人感慨：如今访民厉害，一个电话惊动一片，举报事儿或有或无，到了领导手里百般香，即使是无也作有，捋查一遍才免责，管你张三或李四，累死不得自抱怨。说得同屋人一片附和，笑声此起彼伏。没想到还真不是假的，看得让人痛心。解元召集局领导迅速开了个碰头会，商讨处理措施，最后责成固体废物与化学品科会同相关科室，赶紧制订工作方案，不允许有丝毫懈怠。

㈡

污泥开花

不经意中他们绽放另类花朵

在这姹紫嫣红的季节百花盛开

即使那些花朵悄无声息地散失

仍有余味在大地上弥漫

一

春夏之交，万物活泼，随你怎么削减，少不了热烈成分。有人说这是多事的元素，说得人不太心安。比如这年头生态环境一天天看好，环保人的日子却不舒坦了，整年是轻脚过泥潭，左右不自在。

丸击在这个南方城市，听起来生僻古怪，在老家小村，就是小伙伴打仗的泥巴坨，囫囵一转圆坨横飞，见者唯恐避闪不及。到了大年，又成了锅中美食，炸得客人喜笑颜开。个中微妙难以详述，只可意会，不得言传。新莞市生态环境局局长解元没想到突然出趟远差，天色微亮，小区花香飘绕，他头重脚轻地迈出门去，啪地被小区玩耍的黑皮男孩扔了一坨泥丸，左脸颊湿漉漉不舒服。这个有点智障的小孩每天起得早，人家不是故意的，大人真不好发作。

昨天收到紧急通知，韩士副局长说没想到你刚上任就撞上大事。解元差不多一夜无眠，带着韩士与局里几位秀才忙到凌晨六时，给曾副市长写的汇报稿才算成稿，看着仍不踏实，怎么看都有意犹未尽之感，又横竖改不动一字。可时间到了，不得不叫来其他局领导碰个头，赶紧定稿，盖章呈报市政府。看到局党组开了碰头会，几位秀才长吁一口，个个累得像上了回审讯室。解元回家简单冲洗一下，拿着爱人严老师准备的行李包，扒了两口麻油香面，赶紧打的急奔机场。

此行任务是陪同新莞市曾副市长赶赴北京约谈，路上两人话语不多，全都一副心事重重的样子。曾副市长拿来汇报稿浏览，边看边问，偶尔拉扯几句闲话，还没笑脸，说来说去都离不开污泥危害环境的正题。反复叮嘱局里和市委、市政府两办赶紧同时报一份汇报稿急件给书记、市长审阅，领导有什么意见要第一时间反馈过来。解元手机打个不停，成了临时秘书，吩咐这嘱咐那。机舱里人声嘈杂，气浪有点燥，让人坐得不耐烦。曾副市长突然合上稿子，神情凝重地询问解元："唉，你们局平时监管确实问题不小啊，非法倾倒污泥这么大的事情竟然没发现，好一个'灯下黑'啊！看来我成了新莞市第一个被叫进京约谈的市长！这倒好！喜事不沾边，坏纪录夺了冠！""市长多谅解，全是我们的责任，一定深刻检查整改，严肃处理。"解元脑子发懵，越想越难受，暗叹自己又何尝不是新莞市第一个被叫进京约谈的生态环境局局长哩！而且还是代前任受过哩，上任没多久就摊上这档事，当了冤大头还得憋着劲赔小心，铆起劲擦屁股。解元想起这些，心里隐隐作痛，心思再复杂也不敢露半丝声色，只拼命压着性子向曾副市长赔不是。"刚检查不算，看部里怎么改法吧，从重追责肯定少不了。心里慌啊，没法向书记、市长交代呢！"曾副市长仿佛不让人好过，加重语气做些不好的预测。解元听得心头一紧，脸上笑得僵板，空气跟着烦躁，一时间不知如何安慰曾副市长才好。看来事情确实棘手得很，市里压力大啊！

三个小时航程，连头带尾得花五六个小时，一上午扔进去不算，大中午还休息不了。下了飞机自己打的直奔生态环境部。要是过去可以要求部里接个站，提供点方便什么的。现在不兴这一套了，再说他们是来负荆请罪的，比不上做客做报告的，这样想着心情稍慰。解元拍拍脑袋，有些沮丧，头重脚轻。两人进入七楼约谈室，已有其他四个外省城市政府负责人和生态环境局领导先行报到了，心下稍安，万幸没落单。可这场合不比团拜会，彼此心情沉重，不太打招呼，默默地对着自己姓名牌坐好。有人低头翻材料，不时叹息一声。解元帮曾副市长摆好相关材料，小声地提示一些关联词。一看手表，还好，比原计划提前了半小时。曾副市长依然忧心忡忡，低头抓紧浏览桌上的材料，熟悉发言稿。令解元惊讶的是这种紧张时刻，他还小声地告诉解元，汇报稿后半部分写得不错。叮嘱解元去走廊分别跟市委、市政府的办公室主任打个电话，说马上要汇报了，看市委书记、市长有什么交代没有，别把主要领导的指示落下了。说得解元一脸沉重，赶紧走向门外。他想起小时候做错事，被老爸拿着藤条满屋场惊跑，似乎也没这样狼狈，唉，这叫什么事呢。

约谈会很快开始，现场气氛严肃，一根针掉到地板上都会咚咚作声。来自中央生态环境保护督察办公室的主任、固体废物与化学品司司长端坐一侧，被约谈的五个城市政府负责人坐在对面一侧，后面是这些城市生态环境局的负责人，颇有两军对垒的味道。生态环境部这边的领导侃侃而谈，直面问题，有理有据，语调不重，却句句扎心。被约谈的一方态度诚恳，神情颇不自然，偶尔抬头，也是一脸苦笑。

解元事先打听明白，约谈会通常按中央生态环境保护督察办公室领导指出问题、有关司局负责人提出要求、被约谈地方的政府负责人表态和签署会议纪要这四个程序进行。落座前已报告曾副市长，让他心里有数，做好答复准备，尽量减少差错，以免惹恼这些“环保大神”，“罪”加一等。

会议按程序进行，个个不敢喘大气。解元听到污染案例的惊悚情节，恨不得用羽毛球拍拍打涉事人。他平时爱打羽毛球，情绪不对劲时，拼命打场球，再大的烦恼一风吹。看到北方某市领导满头大汗地表态，结结巴巴地回答问题，那窘态让人想笑，仿佛井底栽黄连——苦得深。可这是严肃场合，忍着没敢吭声。

轮到新莞市曾副市长发言，倒是技高一筹，不仅对答如流，回复问题准确得体，还表情凝重，不时眼含泪光，显得格外诚恳谦虚，一副认真吸取教训的模样。但毕竟是被约谈对象，表现再出色又有什么用呢！

没哪个领导愿到这种场合来。

“你们新莞市的绵元环保科技有限公司很不像话，未经处理的生产污泥直接倾倒在山野掩埋，非法行径令人触目惊心！山水林田湖草与人类是一个生命共同体，岂能如此狠心！说说你们有什么整改打算？认不认这个账？”人家到底是国家机关的司长，说话慢条斯理的，软中带硬的语气，让你马虎不得。

“我们照单全认，市委书记、市长高度重视。第一，一定深入查清案件，绵元环保科技有限公司的污泥还有没有倾倒在其他没发现的地方，有没有漏网同伙，在这上面决不含糊；第二，尽快修复环境；第三，从严从重从快惩罚相关责任人，不遮掩不包庇不姑息养奸，搞好教育善后，举一反三促成效，坚决落实好部里指示精神。”曾副市长的回答得到司长肯定，这是生态环境部首次因非法转移倾倒危险废物问题集体约谈地方政府，重要和严格的要求不容马虎。

现场气氛一度紧张，在自己的环境问题被指出时，被约谈方一个个拿笔飞快地在本子上记录，有的在自己的发言稿上修改圈画相关措辞和内容，有的倾注神情紧盯司长的表情，生怕被上级看出一丝马虎来。整场约谈会没有掌声笑容，有的是市长们的深深歉意和坚决承诺。“心情沉重”“深感沉痛”“极为震惊”“触动很深”“对不起当地人民”“压力很大”“深感自责”“确实失职”“教训深刻”“备感羞愧”“痛定思痛”“知耻后勇”“不让悲剧重演”“新时代新征程不能拖后腿”……这些短语高频率出现，地方政府负责人的表态充满感情色彩，有的声泪俱下，有的痛心自责，态度诚挚，神情感人，句句落心，催人深思，场面令人动容。对于双方来说，都是难得的教育，谁也不敢掉以轻心！天花板仿佛鼓一样崩响，咚咚震荡。

被约谈方普遍明确表态，对于指出的问题照单全收，回去后认真整改、追责，修复环境。大多数市长的表态非常具体，自觉列出了整改举措和完成期限。也有像解元这样履新不久的市长或生态环境局局长，不回避责任，当作是自己犯下的错误认真悔责，触动极深。解元深知，这种约谈督办方式将像里程碑一样载入国家环境治理史册，他感到肩上担子更重了，从头到脚灌铅一样沉重。

北方的风带着狠劲乱吹，一股粗犷的野味钻来钻去，不小心就会插灌你一脖子，像环境污染事故一样防不胜防。走在首都的大街上，解元局长和曾副市长神情凝重，浑身没有一丝轻松感。

两人迅速订票返回，不敢多待一天。一是情况紧急，需要报告市委、市政府迅速行动；二是规矩不允许，新的报销规定严过往常，多待一天或多绕一点，都无法入账。不像从前可以随心所欲游山玩水，遇到出差美事一桩，绕行十万八千里也没人挑你刺。

约谈情况报告迅速呈报省领导和新莞市委书记、市长，省市领导当即作出批示，要从严查处，尽快修复环境。情况和批示通过信息简报形式传遍全市各级党政干部，一张查案问责的大网铺开了。同时多部门协作，修复工程也紧急列入议事日程。曾副市长三次到局督办，讲话声震如雷，句句刺耳。“这是通天的大事啊，可不能再马虎了，下篇动作要钉实钉牢，再出纰漏就没有一丝退路了！你们一定要小心啊，否则只能拿你们是问，没人救得了‘命’。”解元听得急忙点头，表态坚决，生怕留下怠慢印象。局班子一帮人面面相觑，不知如何回应，才能让市长满意。空气冷得像寒冰，一触即溃。

二

一时间全省各级生态环境部门迅速进入紧急状态，处理措施、善后方案纷纷出笼。以新莞市生态环境局为主，市里集中相关单位三十多名骨干人员组成专班，曾副市长任组长，突击处理此案。解元负责专班常务，表情肃穆，动员时就宣布了一条铁纪律：查案期间不准回家，不准向外泄露信息，不得推诿误事，否则“罪”加一等。空气骤然紧张，大家突然感到睡眠不宁，间有耳鸣，空气中似乎隐隐传来警笛的长鸣，坊间各种传说甚嚣尘上。生态环境部通过省生态环境厅传来一批证据材料，责成新莞市全面查处绵元环保科技有限公司，早日移交法办，及时修复受污染土壤。这尚方宝剑悬得高，晃得人惊心。

解元感受到了前所未有的压力，上面明言凿凿地敲警钟，对绵元环保科技有限公司非法倾倒污泥案，生态环境部将重点督办，不达目的誓不罢休。顿时，新莞市生态环境局形势严峻，天空像打翻的五味瓶，横竖不是滋味，每一间办公室都让人喘不过气来。看着同事们连轴转，解元心痛，又不敢松劲。越是情况紧急，越是方脸漾笑，大块传递和蔼。他心里知道，作为领导，越是艰难越要鼓劲，决不能泄气。“大家别着急啊，事情都有个来龙去脉，一切按程序来啊。”鼓劲归鼓劲，看着米把高的案卷，没有不晕头的。有的撑不住，满脸憔悴地感叹辛苦。“真是天上掉事地下蹦活，嫌疑人太狡猾，常常费半天劲瞎忙乎，不知哪天是尽头哟！累着身体事小，伤着精神就掉大了。”于是乎，一干人哧哧地围着赔笑闲聊，趁机休息一会儿。大家以为解元与这案关系不大，上面搞这么复杂，他应该也心烦呢！可他打了鸡血一样雄挺，随便听到一句丧气话都要驳斥。“别瞎起哄动摇信心啊，省、市领导还指望大家早点破案呢，都要加把劲啊。”说得大伙赶紧散开，各忙各事，情势上又敲紧了一竹竿。

涉事的绵元环保科技有限公司是开发区知名企业，据说在新莞市牵山涉水幽深，还有人说是省里商业大鳄莼元集团的隐形子公司。总之，众说纷纭，让人感觉云里雾里，似乎来头不小。在这节骨眼上，开发区分局姜局长与市生态环境局主办骨干、执法一科邱明科长杠上了劲，坚持认为此案是上面弄过头了，有点暗中迎合绵元环保科技有限公司的主张。绵元环保科技有限公司一直喋喋不休地喊冤，认为倾倒的是处理过的营养土，不存在二次污染问题。颇有企图平反之意，浑浑然抵赖状让人哭笑不得。

劲弓难拉是因它展示了一种固有的反力，正力有多大，反力就有多威，除非你有更大强力把它拉折。当日《新莞晚报》四版“经贸博览”专栏整版刊发了标题为《绵元环保科技有限公司改良污泥首获成功　新型营养土无害无染》的专题报道，洋洋万言，来势汹汹，大有混淆视听之意，可谓胆子不小。

看得邱明科长脸色愤怒，字里行间似有一抹微妙不言而喻。也难怪，该公司涉嫌非法倾倒污泥问题尚未曝光社会，作为本市明星企业，隔三岔五都会在省市媒体闪亮登场，享受一番舆论福利，赚些不明就里的群众吆喝。

邱明脸色黝黑，表情平和。也不想硬拿上面结论来压服分局同事，一边复核资料实地调查，一边耐心说服开发区分局同事。双方各有想法，彼此揣着一股韧劲。案情暂时一筹莫展，陷入莫名其妙的死胡同。解元一日三问，要求尽快打破僵局。经邱明提议，市、区两级办案人员一起观看生态环境部提供的暗访视频，按图索骥，从中查找蛛丝马迹，加快调查进度。

视频中显然是另一番景象，一幕幕场景触目惊心，超乎想象地突兀，又迷雾重重。大家屏声息气，生怕漏过一个镜头，越看越凝重，越看越生气。生态环境部暗访组无人机跟踪拍摄的镜头中，绵元环保科技有限公司我行我素，捉迷藏一样神出鬼没，着实令人气愤。这家公司一般选择15时至19时，将有害污泥集中运出，光天化日下公然倾倒在15公里外的老林场山坡。每批次运出污泥20多车，按车辆吨位计算，每车次约20吨。现场使用钩机挖开土壤，倾倒污泥后，上面用薄薄的黄土覆盖，简单掩饰表皮。填埋污泥经暗访组抽样检测，含有11种有害元素，出厂前虽经绵元环保科技有限公司混入少量石灰料，但此行为并不能降低危害程度。“这类污泥属于危险固体废物，随意倾倒势必污染土壤，显然已经涉嫌违法。”邱明拉着长脸，边看边愤慨地指责。开发区分局姜局长依然辩说应该事出有因，还得深入核查清楚，才能定下结论。两下仍然是各说各理，撞不到一块儿去。

多点位多时段的视频是生态环境部暗访组通过蹲点、跟踪和无人机拍摄等手段掌握的证据链，内容翔实准确，科学的数据、活生生的画面震撼人心，不容置疑。可是部分镜头与绵元环保科技有限公司涉案人员对证后，他们依然否认倾倒的污泥有毒。使劲辩说老林场山坡多年来一直是个废旧垃圾堆放场，不排除有第三方公司重复倾倒工业垃圾，导致交叉污染，因此不能认定样品完全属于绵元环保科技有限公司倾倒的污泥。这种说法显然是混淆真相，变相抵赖犯罪行为。专案组同志都明白，只有事实能说明一切，让犯罪嫌疑人认罪。在省生态环境厅指导下，专案组经研究，解元主导推进方案，派出三个突击小组，一定要查出子丑寅卯来。第一组核查绵元环保科技有限公司车间的原始污泥，第二组核查老林场现场污泥，第三组对证相关当事人。邱明居中协调，很快传来消息，一组与二组核验的污泥样品元素一致，掩埋现场没发现有新翻痕迹，也无历史垃圾。两种抽检的污泥样品经检测，与生态环境部暗访组的检测结果一致。化验单写得清清楚楚，确实含有11种有害元素，是名副其实的危险废物。正当邱明沾沾自喜时，第三组敲了他一榔头，进展缓慢，没什么效果。约谈中，绵元环保科技有限公司的涉事人员全部矢口否认，有的不承认是参与人，有的否认检测结果，各种抵赖说法五花八门。邱明与绵元环保科技有限公司总经理裘湖数度交锋一无所获，解元不得不亲自出马。打听到裘湖母亲不幸身患肺癌，正是与周边地下油漆厂气体污染相关。遂与裘湖促膝谈心，引导他从亲人的不幸患病中，认识到不要从环境污染的受害者，变成环境污染的施害人，这种情况是非常可悲的。几番畅谈，裘湖声泪俱下，终于当众承认了全部倾倒有害污泥的事实，圆脸上挂满泪珠，满是忏悔表情，也让办案人长吁一口气。在明亮的灯光下，顽固抵赖者也不得不低下头去，默然无语。绵元环保科技有限公司总经理裘湖痛苦地反复唠叨，一脸苦相。“天啊，我们竟然犯了不该犯的错误，请求得到宽大处理。”这位公司二号人物似乎感悟深刻，向来抵赖的语气开始转向忏悔，一说情况就痛哭流涕！开发区分局姜局长趁机建议宽大处理，说办个企业也不容易，得饶人处且饶人！纳税大户啊！听到这话，邱明不以为然。心想，给哪家纳税呢？跟国家有多少关系？真是好笑！他不无揶揄地说：“公司法人代表还没点头呢，案情并没水落石出啊！你哭什么呢？”有人嫣然一笑，真是啊！关键时刻，公司一号人物明复以治病为由，多日不肯露面，恐怕已经私逃亦未可知，情形不容乐观哩。局“走廊论坛”再次叽叽喳喳，黎华乘兴揶揄一番，擒贼先擒王哩，这是唱的哪一曲，该不是有什么包庇吧？油老黄轻嗤一笑附和，也不奇怪呀，不包包从哪儿得好处！

办案进展情况传来，解元脸色稍微舒展，依然批评专案组动作迟缓，对不起领导关心。“这不是简单认错就可宽大的事，案情本身说明绵元环保科技有限公司有关人员已经触犯法律，必须协调有关部门，依据《中华人民共和国固体废物污染环境防治法》，尽快将这撮害群之马绳之以法，绝不能姑息。”曾副市长听闻下面还有逆向行为，更是拍桌子批评，脸色严厉。“这是犯了方向性错误，搞不好是要从重追责的。环境执法不是当和事佬，给谁面子也不能给犯罪嫌疑人好脸，这个案子破了新莞市坏纪录，是要有人下油锅的，否则谁也交不了差，不信，试试看。”两位领导的棒喝，使专案组人人犹如醍醐灌顶，各种议案迅速付诸行动。强弦绷紧了，一支支利箭射得更远、更准、更好！

绵元环保科技有限公司确有来头，尽管入行不早，但发展速度惊人。2016年才出人意料地中标新莞市开发区净水有限公司的脱水污泥处理项目，当年即在业内声誉鹊起，不可一世。多数业内同行仍对这家异军突起的新公司不甚了解，仿佛罩着一层神秘面纱，这是一种特色。在解元督办下，专案组人员马不停蹄地奔波，一项项证据核实落定，一个个谜团逐渐浮出水面，为了真相，哪有退路。

在案情分析会上，开发区管委会白副主任心情沉重地介绍，满屋静寂。“几年前，经新莞市人民政府时任明副市长协调，绵元环保科技有限公司在开发区注册后，粉墨登场，主营业务为污水处理及其再生利用，收集、贮存、处理、处置生活污泥，主要承接处置新莞市城镇大部分污水处理厂污泥处理任务和开发区污水处理项目，工艺采用深度脱水和好氧发酵技术将生活污泥综合处置为有机营养土。2017年1月，该公司中标开发区净水有限公司的脱水污泥处理项目。合同为期5年，每年可带来1.5亿元收益。开发区污水处理项目同时由绵元环保科技有限公司投资建设及运营，规划污水处理能力为每日30万立方米，分多期逐步建设。第一、第二期生活污水处理能力各为每日5万立方米，中标当年投入使用。第三期集中处理工业污水能力为每日10万立方米，计划于2019年12月投入运行，后续工程仍在筹建推动中。多次接待省市领导视察指导，寄托广大市民厚望，是大伙称赞的‘朝阳项目’。”他的话句句含铅，砸得调查人员心绪杂乱，仿佛身处无边麻丛，起身不得。邱明不为所动，简单陈述了案件经过，尤其愤恨该公司超越处理能力，盲目接收近百万吨污泥，擅自减少无害化处置工序，将其中约一半含有重金属等有害物质的污泥简易处理后，连同开发区河流清淤工程中回收的6万吨压滤脱水污泥一起予以非法倾倒，肆意污染山林环境。情节特别恶劣，是可忍孰不可忍，说得一屋人唏嘘起来，场面差点失控。解元赶紧把控，平抑大伙的情绪，分析会只得暂时休会。

解元这些天心力交瘁，茶饭不思，为此案消得人憔悴。他深知绵元环保科技有限公司非法倾倒污泥，已触犯国家多项法律条款，加上秉着生态环境部督办的尚方宝剑，依法逮捕犯罪嫌疑人是顺理成章的事情，势不可当。案情调查到现阶段，亟须抓捕犯罪嫌疑人归案，启动刑罚程序，杀一儆百，促进新莞市生态环保治理面貌一新。万一消息走漏，让犯罪嫌疑人跑路，后果将不堪设想，将有很多官员被追责。更加忧心的是，绵元环保科技有限公司明明处污能力每年仅为10万吨，却夸大处污量，骗取政府处置费。当时市生态环境局领导竟然睁一只眼闭一只眼，就草率地给涉案公司批复了处污量虚假翻倍的排污许可证，无疑是为该公司骗取上亿元处置费、铤而走险非法倾倒污泥打开了方便之门，想来真是痛心，夜不能寐。

欲速则不达，事急必伤神。结果不由人想，韩士副局长带队，跑了开发区检察院、公安局三次，都被以种种理由婉拒，说要从长计议，不能办一案伤了开发区营商环境。问题到底出在哪儿？韩士很是不解，国字脸上满是愤慨神情，捏着大堆卷宗资料自叹自嘲。是领导不重视吗？省市领导都有批示。是犯罪证据不足吗？厚厚的十卷调查材料，律师认可，市区两级公安、检察部门看过的领导都认为具体准确。是协调相关部门沟通不够吗？自己跑了三次，解元也一起催办了一次，业内人感慨此种协调密度确不多见。是绵元环保科技有限公司来头太大吗？开发区分局姜局长又说这家公司无啥官方背景，当年魏局长出面协调，只是工作需要，并无题外瓜葛。甚至有人说这是一家完全独立的公司，与莽元集团并无关系，有些业务往来纯是朋友相助捧场而已，所有猜测都是谣言。症结到底卡在哪儿？专案工作组人人百思不解。

三

解元突然想起今天是爱人严老师生日和两人的结婚纪念日，赶紧给她发了恭贺短信，严老师嗔怪地回复，似乎不太高兴。“一直等你消息哩，现在才想起啊，大局长真是忙呀！”见爱人有些责怪，解元忙里偷闲回了个鬼脸笑和一则段子致歉示好：今天某人去买菜，满脸堆笑地问老板：“喂，螃蟹，怎么卖？”老板嗡嗡地回答：“158块一斤！”某人顿收讪笑说：“太贵啦，不要！”老板手指旁边一只哼哼：“那只螃蟹刚死，18块一斤！”某人好奇地追问：“咋死的？”老板瞟了某人一眼，没好气地说：“嫌贵，没人买，气死的……”发现秘密了吧，不管什么东西都不能生气，一生气就不值钱了，所以，活着就要开开心心。人尤其要爱惜身体，照顾好自己，每天多笑一笑，别和自己过不去，不死永远值大钱！提前死了一文不值。不一会儿，爱人就在微信上高兴地回了个调皮鬼脸和玫瑰花。解元看着舒心，一点不愉快随风消散。

下班后解元顺路买了一束玫瑰花准备送给爱人，这习惯还是女儿小可教他的，她在邻省一所高校上大学，即将毕业。想起一连十多天没回家，绵元这案弄得可真劳心！自己虽然主管，但曾副市长前段时间说了案子已基本水落石出，大家可以正常上下班，别再念紧箍咒了。今天是结婚纪念日应该放松放松，便开着教授父亲赞助的那辆桑塔纳2000二手车回家了。一路上小心翼翼，不光是亲人的爱心重若泰山，关键是开车这档事马虎不得，随时都在不经意的危险中，一不小心就会摊上事，你不撞人，倒霉的时候人家偏要撞你，还由不得你躲闪，邪乎得很。

好在回家路程不远，一会儿就进了地下车库。刚咔哧一声停好车，人还没到电梯口，就看见非常要好的发小铁哥从斜角跑过来。他在邻市一家公司做高管，提着一袋解元和严老师都爱吃的桃子和一个黑布袋，脸笑得比鸡冠花灿烂。

“真是稀客，什么风把你吹来了？”“哟，你和小严今天银婚纪念日，又是小严生日，不应该来沾沾喜气吗？你电话老是打不通，打小严电话说你在单位，结果到了单位你又回家了。”解元心想一定是自己买花落后面了，笑着扶肩引导铁哥来到七楼家中。严老师喜滋滋地早已做好饭菜，看来是算好了自己要回家，真是心有灵犀一点通呢。接过解元捧过来的玫瑰花，严老师笑得更欢了，惊呼："越老越浪漫了，看来还是当局长提高了不少认识水平。"说得解元直摇头，叫严老师少说两句，多招呼铁哥。

一进门铁哥就问解元，一副钦佩相。"解伯父呢？好久不见哩！"他问的是解元父亲，老家大学的退休教授，前段时间来儿子这儿住过一段时间。解元告诉铁哥，老人家忙着搞古砚研究，在新莞市待不住，回湖北老家个把月了。没扯一会儿工夫，严老师就摆好了菜肴，又开了一瓶长城干红，三个人一边寒暄，一边品酒叙旧。

说起当年解元追严老师的故事，铁哥花絮一个接一个地揭底。说是有次陪着解元在老家师范学院门口守夜等候严老师，不但感冒了，还被野狗咬伤了左腿，你瞧！现在还有一个疤痕哩！听得严老师咯咯大笑，说："我怎么不知道，老解你还有什么事儿打了埋伏？"解元笑着不以为然地反驳："夸张夸张，不记得了。""来，要罚酒一杯。"三人杯来盏去，时有妙语，时间过得飞快。

敬酒间隙铁哥提醒严老师把解元管紧点，动不动就在局里过夜，回个家也这么晚，时间长了会出问题的。说得严老师连着点头畅笑。气得解元直灌他酒，佯装怪他胡说八道，告诉他要不是最近办案，自己从不在外面过夜的，有时下班慢半拍，那是公事扯了后腿，没什么见不得光的事儿。严老师也说铁哥坏，瞎扯乎。还颇有心地感慨，一脸玩笑相："女人应不应该管男人呢？听话的男人不用你管，不听话的男人管也管不到；对你好的男人不用你管，对你不好的男人不会让你管；爱你的男人不用管，不爱你的男人轮不到你管。"说得铁哥不停点赞，不愧是语文老师啊，说起话来蛮有哲理韵味！启迪思维。

整顿饭中铁哥都在大叫，满脸讨好相。"今晚受教育啊，没白来啊，真长知识。我是跟你们开玩笑哟！女人最伟大，女人最传奇，事实上没有女人就没有妈，没有妈就没有家，没有了妈和家，就没有了你我他（她），那谈人类就是一句空话，没有了人类那社会只是墙上的画！女人是社会，女人就是家，女人让世界精彩神奇，女人让社会缤纷如花，女人让家庭传承繁华。女人是花，女人是妈，大家爱花，更要爱妈！祝福资深美女永葆青春！永远美丽如花！来，今天高兴，再敬你一杯！”说着与严老师又碰起了一大杯，空气都被这股其乐融融的劲头挤没了。就这么说笑着，时间老哥真不识趣，不觉中就把指针拨到了晚上九点。解元要给旁边酒店打电话订房，铁哥摆手谢绝，说还有要事，待会儿有司机来接。一边说着一边给什么人打电话，对方说是已到楼下车库了。

铁哥遂起身告辞，与严老师招呼过后，解元陪着下楼。突然想起铁哥有个黑布袋落在客厅沙发上，忙提醒铁哥。铁哥一脸灿烂，笑着说：“那是送给伯父的名砚，顾炎武用过的老坑端石砚台，刻有‘生无一锥土，常有四海心’铭文，是当时姑苏城里有名的制砚高手顾德麟的杰作，传世作品很少，非常珍贵。他媳妇就是清代女制砚名匠顾二娘，很有研究意义！不好找的。”“那不行，我不能收你这么珍贵的东西。”“没什么珍贵的，是上个月在一个朋友家玩，找人要来的。那人不懂砚台，白给的，没花钱，一定要收下，伯父是砚台研究专家，用得着。”见铁哥这样说，解元有些犹豫，想打电话给父亲问一下他的态度。

见此铁哥松了口气，轻描淡写地说：“绵元公司明董事长是我朋友，方便时你多关照，能不移交司法尽量不要移交。以后你就知道的，这人很够朋友！”一听此话，解元打了个冷战，本想打给父亲的电话直接打给了爱人，铁哥一看就想脱身走人，被解元一把拽住。严老师接电话后赶紧送来了那个装砚的黑布袋，双方推搡半天，还是铁哥收下了事。铁哥虽有不快，还是强装镇静，双方热情挥手别过，铁哥满脸失望。

第二天，铁哥发来一条短信：“朋友，请记住这二十点，掐着脖子坚持五十年，人人都能成仙，苦的是社保部门，乐的是家里亲人！晚年不想有病，知道这二十点够力！总结得太经典了，没事的请互相转告：睡得早一点，动作慢一点，食量减一点，吃得杂一点，食物热一点，水喝多一点，盐吃少一点，运动多一点，心放宽一点，浪漫来一点，名利淡一点，知足会一点，凡事看开点，朋友多交点，微笑多一点，爱好广一点，打扮美一点，旅游来一点，老年潇洒点，女友交一点，点点都爽心。”看完，解元扑哧一笑，看来这铁板发小到底没生自己的气，人生最高境界，就是君子之交淡如水，不要怀有什么目的，那才是真朋友。

四

夏日阳光比蒸锅酷烈，一条条光鞭抽得人火辣辣痛，这光景没人闲得住，打瞌睡是不可能的，你也不是神！经解元建议，新莞市委政法委卫副书记、市政府文副秘书长协调，协商绵元环保科技有限公司涉嫌非法倾倒污泥移交司法处理事宜的小型会议，在曾副市长办公室召开，一个个神情复杂，感觉空气比往常干燥。

参加会议的有曾副市长、市委政法委卫副书记、市政府文副秘书长、市公安局游副局长、市中级人民法院于副院长、市检察院安副检察长、市生态环境局解元局长、开发区白副主任、开发区公检法部门相关负责人。在文副秘书长简单开场白后，解元介绍了案情，一脸无奈，没想到一下子就展开了激烈争论。市中级人民法院于副院长认为绵元环保科技有限公司违反了《中华人民共和国固体废物污染环境防治法》第七十九条中擅自倾倒、堆放、丢弃、遗撒污泥等条款内容，根据最高人民法院、最高人民检察院对《中华人民共和国刑法修正案（八）》中关于污染环境罪的补充规定，应迅速司法立案调查，追究涉案人员刑事责任。随着他铿锵的话语，天花板显得高大森严，人啊真是渺小。

市公安局游副局长不以为然，脸上飘着狡黠的光。“处罚的方式有很多种，绵元环保科技有限公司属于初犯，不能因为被生态环境部点名就非要抓人判刑，何况上面并没明文指出一定要刑罚，我们要脱开那套重典治乱的习惯思维。”他的话引起市检察院安副检察长共鸣，率先表态支持。“污染环境入刑定罪在本市没有先例呢，量刑上不好把握，建议以罚款处理为佳。”开发区白副主任忧心忡忡地响应，说得有头有道：“你们是从法律层面考虑问题，我担心的是政治和社会影响怎么应对，绵元环保科技有限公司几年来多次接受省市领导视察，是市里名声显赫的明星企业，这个典型倒了对民营企业影响大，加上市、区都存在经济滑坡现象，中央也有保护私企的通知，是不是留点情面，慎重考虑一下。”几个人振振有词，声震于耳，空气顿时为之凝固。对此，解元心里很着急，没想到竟然出现了这么大的反弹，开这个协调会的目的就是起到立案刑罚、杀一儆百的作用，岂能事与愿违？难怪早几天韩士说，魏副市长提醒他，绵元公司不宜过度处罚，否则既影响民营企业家信心，又有损市生态环境局执法形象。可是这么大的污染案让它划过去，不杀一儆百势必产生不小的坏影响，群众会把咱们环保人骂成渣！这么一想底气就上来了，当即平心静气地反驳：“不能说几位领导讲的意见没道理，但从当前环境治理的艰难困境来看，仅仅采取经济处罚方式已无法奏效，有的企业不在乎罚款，一再顶风作案，制造了很多污染环境的恶性案例。在新莞市我们不是处罚过重了，而是太轻太松啦，有的污染企业关关停停，成了腐败的温床，甚至到了蔑视法律、肆意践踏环境的地步，再不下力整治，我们市在环境污染攻坚战上就一定会打败仗！”顿时掌声四起，姜局长自己也鼓起掌来，原本他很讨厌这种言论。

如雷轰耳，会风顿时为之一变。市中级人民法院于副院长再次发言赞成刑罚，说在这个问题上绝不能后退半步。“最高法、最高检对污染环境罪的补充规定都很明确，最近友邻市县已刑罚处理多起污染环境案例，群众反响较好。绵元公司犯罪事实清楚，不存在量刑不好把握的问题！人心都是肉长的！”文副秘书长翻开笔记本，先点了几起本市污染环境案例，都是罚而不止愈演愈烈，情景令人担忧。他深有感慨地说，一脸坚毅相：“越是维护领导形象和企业声誉，企业就越要遵纪守法做大做好；越是保护民营企业，就越要治病救人、规范发展。”这番话引起市委政法委卫副书记共鸣，他也认为越是不理解整治环境的强化措施，就越要快刀去疮警醒一大片，这样才能起到良好教育的作用，收到事半功倍的效果。大家又讨论了一些此案的细节问题，意见才开始转向严惩主张，解元会心一笑，心里感慨真是不容易啊。最后曾副市长做了总结讲话，为会议定下基调。“今天这个会开得很成功！书记、市长也很关注，道理越辩越清，是非越论越明。全市环境治理是篇大文章，是落实中央生态文明理念，打好污染防治攻坚战的有力举措。在这个大是大非问题上不能马虎，相关部门要密切配合，打几场硬仗！落实好生态环境部的相关要求，在环境治理上交一份合格答卷。比如绵元公司这个案子，影响很坏，只要合情合法，处理手段硬点不成问题，有利于今后治理。我听说外面有一些关于此案包庇说情的传说，但愿都是谣言，在这方面大家不要出事，要立得住脚，站得稳身子。今天的会就开到这儿，大家回去根据职责分工，认真抓好会议精神落实。”协调会在一片掌声中结束，解元如释重负地松了一口气，抬眼眺望窗外，花红柳绿，让人心旷神怡，这世界终归是美好的。

在刺耳的警笛声中，绵元环保科技有限公司非法倾倒污泥案犯罪嫌疑人大部分到案，只有传闻中先知先觉的公司董事长、法定代表人明复突然失踪。其妻儿几年前移民国外。他本人已多日不与秘书及其他公司人员联系，亲近的朋友不知，机场、码头、车站均无其购票消息，踪迹一时无从查起。

到案的绵元环保科技有限公司总经理裘湖、第三方安洁垃圾运输公司凌经理、司机小胡、老陈等，都是本案关键人物，这伙人之所以没跑路，是固执地认为倒点泥巴不算啥事，能犯多大法？再说明复是多神通的人物啊！这算是把法盲的愚蠢张扬到极致，让办案的警察不停摇头苦笑。审讯中，裘湖一脸可怜相，为求宽大处理，主动供出一条线索——承运倾倒污泥的还有一户开货车的两兄弟个体户，以给峰山灵觉寺填埋水坑种树为由，从绵元环保科技有限公司转手运出一百车污泥，倾倒入寺内水坑和建筑工地。

案情持续扩大，闻者心惊肉跳。

五

说起灵觉寺可了不得，位于峰山南麓僻静的回音谷，始建于唐朝早期，历代高僧辈出，信徒无数，代代热捧。主要建筑大雄宝殿、弥勒殿、讲经院、祖师堂等独具特色，被专家视为民族文化不朽的瑰宝。僧舍多达数百间，可谓罕见的大寺大庙，后山竖立的七座红石神塔和龙应泉逢求必应，闻名遐迩，支撑着千年香火旺盛，经久不衰。该寺西侧放生池目前已填埋，准备兴建观音殿和种植菩提树林。现任住持元妙法师年逾古稀，鹤发童颜，举手投足间展现着不俗的风仪。政商界人士奉为高师，皆以一睹尊容为荣，以求其指点前程为福。

十多天前，法师迎来一位不速之客，吃住在方丈室侧房，深居简出，除了夜深人静时到红石神塔和龙应泉处跪拜求福外，其他时间概不露头，神出鬼没，好不神秘。这人便是赞助该寺一千万元修复工程建设资金的绵元环保科技有限公司创始人明复，新莞市民营企业大亨，电视、报纸、网络上频频亮相的慈善明星。多日来他郁闷困惑，创业三十年，经历了多少大风大浪，怎能在环保这点阴沟小池翻船呢？真是不值啊！清晨天露降满大地，他趁小沙弥们大多沉进梦乡之机，来到供奉该寺开山祖师一行先师真身的祖师堂，跪拜求解去向，他相信有祖师庇护，无所不克。西墙上竖有一尊以他为化身的金刚罗汉，他百无聊赖地居然对着自己的化身膜拜，真是有点鬼使神差，病急乱投医了。几年前他大年初一烧高香，一百万元香钱塑此金身，不可能没一点用。心想，元妙法师说过，此尊执法罗汉破解千煞，历代均有守法故事励人上进，万吉照身，福荫子孙，所向无灾，求福得福，求仁得仁，正果天成。仿佛还听师父说过，此前有位公安局局长在此受到执法故事感悟，主动投案，以求新生。默然中他闭目暗念宏大心愿，正聚神凝气之际，左额忽然一阵惊痛，睁眼不见异物，手摸额头有血，顿时大惊失色。镇静一会儿，定神细看才知这尊金刚罗汉化身竟然掉了一截泥指，不大不小像个泥丸，坚硬地划破自己额头的皮肤，不知预示什么凶兆。一时间他不敢深思，头脑一阵晕眩，心中只有一个意念，不管多大凶险，赶紧求解元妙法师。法师不语，一脸淡然，神情比菩萨安详。

今人不见古时月，今月曾经照古人。在明亮的月光下，山谷人影幢幢，传来一种神秘的鸟叫，忽远忽近，忽高忽低，莫辨吉凶。不一会儿工夫，元妙法师与他重返现场，只见法师对着祖师真身念念有词，一连数分钟无语，忽然啊的一声喊出惊人话语，满脸惊诧！“善哉！罪过，祖师在上，弟子知错了。”法师红润的额头居然渗出串串红珠，晶莹闪烁变幻光泽。恍惚中法师告诫明复，一脸真诚：“施主俗世余罪未了，过早忝列佛门，不是幸事，祖师已有怪罪。赶紧自首求赎，或可化解凶煞，造福子孙。阿弥陀佛，善哉！施主珍重！”说完两人默默返回住处。明复无言以对，五内俱焚，神情只一会儿便面如死灰，但逐渐恢复平静，到底是纵横商场的老将，定力颇显功夫。

太阳照到灵觉寺正门那块康熙皇帝题字的古匾时，一道霞光长长连向东天。一高两矮三名警察急步朝寺内走来，押着承包灵觉寺放生池填埋土方的货车师傅两兄弟，前来指认现场，确认污泥赃物，并挖开掩饰红泥采样污泥检测标本。看似普通的污泥竟然暗藏祸患，尽管全寺僧人上至住持，下到小沙弥，皆是茫然不知情由，但警察登门的那份惊骇自不待言，大千世界，真是无奇不有啊！

一个多时辰后，警察和犯罪嫌疑人准备离去，高个儿警察向陪同和尚致谢。这时，跑过来一位黑脸小沙弥，请高个儿警察移步方丈室，元妙法师指着一张通缉令复印件上的头像询问，满脸期待状："警察同志，此人如现在主动自首，可否确认为自首？"高个儿警察电话请示局里领导后说当然算数。元妙法师当即双掌合十，对着旁边侧室连声说："善哉！善哉！施主向吉吧！"这时一袭黑装的明复现身高个儿警察前，主动摘下墨镜，神情尚好，不算憔悴，与前些天失魂落魄状判若两人，双手递前作待铐模样。高个儿警察惊讶片刻后很快恢复镇静，对脸上堆满自信的明复说："你既有心自首，佛门净地就不戴手铐了。""施主大吉，祖师昨夜托梦，那尊金刚罗汉化身可以复原了！"看他们准备出门，元妙法师郑重地对明复说，一脸真诚。明复笑了笑回答："师父，一切随缘吧。"说完目光一直向前，跟着高个儿警察阔步远去，始终没有回头。元妙法师立在原地双手合十送行，嘴里喃喃念叨："旧人不知吾近况，新人不知吾过往。近况不该旧人知，过往不与新人讲。纵你阅人何其多，再无一人恰似吾。洗心革面迎新生，百世轮回还是佛……"

逐渐闷热的天空，到处挥洒黏糊糊的气团子。坊间传说神乎其神，各种消息甚嚣尘上，据说对新莞市人民政府原副市长明某和莞元集团的涉案调查也随之摆上议事日程。消息传开来，市民惊赞风气真是好转了。绵元案子办到这地步，公检法那边趋向平静了，市生态环境局这边却热闹起来。

生态环境部传过话来，绵元污泥案很典型，板子不能光打外部，生态环境系统也必须追责到底，不能马虎放过。省市领导也一个鼻孔出气，捏着痛处不放松。这可让市生态环境局解元局长犯难了，平心说相关干部都很卖劲，工作上没有功劳也有苦劳，临了没表扬不说，还要当头打一棍，确实让人想不通。这两天，首当其冲的执法三科何科长和固体废物与化学品科秦科长，就围着局领导泡软功，要求免责轻松过关。秦科长老大不痛快，真正给绵元环保科技有限公司批复夸大处理量及排污许可证使劲儿的前任科长，早随前任局长——魏副市长调到市政府工作去了。如果自己受处理，就有点强盗跑了把补门的仆人打一顿的悲凄感！分管开发区片区的执法三科何科长公开埋怨，脸色阴阴得颇难看："环保系统的领导干吗就不爱护自己的部属啊？出了非法倾倒案例就要追自己人的责，人家公检法部门多少大案一挂数年没破，咋没人追责？"局党组讨论时，最年轻的分管副局长皮副局长更是不吐不快，似有拉同事一把的好意："出事了，就要我们这些平时具体干活的人顶责，上面领导难道都没责任？绵元污泥案虽然此前局里接过投诉，但开发区分局硬邦邦打了包票，这绝对不能由我们负责任，要追责就该追分局那帮糊涂虫！"持这种论调的人还真不少，大多数领导主张死保。解元虽觉不妥，但也不想落个不爱护部下的名声，他知道这种事少不了要反复几次，第一个回合只好如此了。

雨水过后，该落的雨水终归要下。绵元环保科技有限公司的法人代表明复被判刑三年，裘湖被判缓刑一年，其他7人均不同程度领刑。《新莞晚报》一位副总编，错误宣传绵元公司被记过处分。没多久，市生态环境局关于局党组作出深刻检查、相关人等诫勉谈话的处理请示报告打到市政府，受到上面一顿狠批。文副秘书长传过话来："你们这是胡闹！处理上越是轻描淡写，就越要惹大麻烦。不光要从严处理，还不能杠上曾副市长，否则书记、市长就没退路了。"两个回合下来，一批人上了祭台，大家感觉到了解元局长的爱护之心，私下点赞一片。局里没有出现大的波动，处理结果很快通报开来：责成市生态环境局作出深刻检查；分管的皮副局长诫勉谈话，给予执法三科何科长、固体废物与化学品科秦科长行政记过处分，开发区追责由他们依规自行落实。说实话，这处罚不算太过，但人心不古，难测吉凶。

处理通报传开来，市生态环境局气氛为之凝重，空气冰块一样僵硬。全体人员通报教育会后，解元心情沉重，午饭后独自下楼散步，刚出大门口，就被大门顶棚上掉下的泥丸砸了右脸颊，有些小痛，但不碍事，也不知哪个调皮鬼扔上去的。这段时间真怪，隔三岔五挨一下，也不知什么兆头，日子却越过越充实。

大中午，空气湿润黏人，解元坐在办公室不踏实，想起前段时间自己向曾副市长汇报工作时说过，要尽快制订全市打造美丽中国城市样板行动五年规划，也不知下面推进得怎么样了，这段时间被突发事情牵扯太多，影响了主业主抓的进度，想来心头一紧。

说来真巧，局里负责规划工作的韩士副局长敲门进来，尖削的脸上红光闪闪，前来商量《新莞市打造美丽中国城市样板行动规划》制订提纲事宜。解元忙起身倒茶，被韩士拦住，人还没落座就忧心忡忡地诉苦，一脸无奈相："解局长啊，行动规划下面同志不知怎么具体化，工作有所耽误，现在中央、省、市都很重视生态文明建设，市委新来的高书记盯得紧，目前新莞市环境治理形势严峻，各方面隐患较多，防范工作欠债如山，您前段时间说的打造美丽中国城市样板是标杆建设啊，现在困难这么多，得给我们指个思路，弄不好会耽误大事，到时追起责来大家都不好受。"

看着韩士沉重的神情，解元轻松一笑，若无其事地打气："大家辛苦了，这个规划当然重要，越是市领导重视，越不能拖后腿。必须按计划尽快推进，关键是搞得科学周全，我们市当然存在差距，做规划就是扬长补短嘛，不要受困难情况影响，高标准上不能放松。"听他这么一说，韩士略微放松下来，又扯了一些其他工作，彼此还算对路，遂起身告辞，临出门仍心有不甘地提醒一句，神情诚恳："解局长有空，规划方案还请多指导！"解元不以为意地笑了笑，看着韩士一阵风似的离去。对这人他心里有底了，是个急性子，工作有冲劲，但有时粗心！得多提醒！携手共进。

三

重点倾斜

在纸上画一个太阳

在沙上描一个月亮

只有人群奔走于大地

这片鲜活的天空才叫人间

一

天色灰蒙，云朵呆滞，远山一动不动。刚走进办公室，解元想起局里好多事，掉进草坑般心堵意烦，情绪像着火的蚂蚁，还不能任它们纵横脸盘，免得影响同事心情。办公桌左侧新摆了一盆红掌，红叶摇曳，窗明几净。这段时间为绵元倾倒污泥案劳力伤神，局领导个个像从九重深渊爬上来，一副不堪重负的模样。好多大事被迫推迟，他自己成了三脚猫，办公室坐不住，老往现场跑。有时市领导一个电话，一整天回不了局里。让他体会深刻，出了一件坏事，七八件好事都会鸡飞蛋打。一个单位好不好，不出事是不可或缺的前提，过去对此不以为意，走上主要负责人岗位后才知牵一发而动全身的含义，真的是世间事都不易。

他想起《新莞市打造美丽中国城市样板行动规划》，这才是全市关乎千秋的大事啊，也是自己上任后的大手笔。目前进展太慢，别的局争着出台远景规划和近期目标，自己局不能老掉链子。正想着，办公室袁主任笑眯眯地推门而入，告知市政府文副秘书长叫秘书小王打来电话，催报《新莞市打造美丽中国城市样板行动规划》草案，不能超过一个月，这也是上任谈话时自己向市领导立下的第一个军令状。记得当时曾副市长听了很兴奋，说要立即报告书记、市长，没想到领导比自己还着急，真是急啥来啥。他眉头一皱，赶紧叫袁主任通知相关人员来自己办公室议议，把把方向催催进度。临出门时，解元不忘交代袁主任，自己办公室里以后别摆花了，这么浪费公款不合适。说得袁主任内心一紧，神情略显紧张。

上午时间不经过，稍微办些事，大半上午就没了。解元一口气签了十多份文件，签得眉额皱老高，有的科室拟办意见太简单。秘书提前把文件放在办公桌上，是市生态环境局坚持多年的一个好习惯。刚落笔，韩士、办公室袁主任及规划与生态科、水生态环境科、大气环境科、海洋生态环境科、土生态环境科、固体废物与化学品科、市环境保护科学研究院等部门或单位负责人陆续来到，这是局里最初确定的规划起草小组。局长办公室凳子不够，大家从隔壁房间搬了几把椅子过来，围成一圈论长道短起来。

刚坐好，解元笑着直奔主题，眉毛忽闪忽闪摇晃："大家辛苦！制订打造美丽中国城市样板行动规划进度怎样了？市里催得急，前段时间让污染案拖住了，这不怪大家，先说说有什么困难？"没有过门语，就事说事，这是他的一贯风格。话音刚落，韩士从规划与生态科李科长手里拿过一沓材料递过来介绍。"解局，前段时间你忙，没来得及报你把关，规划有个初稿，正好议议，要是差不多的话，就提交局党组定调，征求意见后迅速上报。"韩士了解解元的急性子，暗中催着大伙加快速度，这不，果然及时派上用场。

墙上石英钟不响，快速飞转着，似心跳。解元翻着两三百页的规划草案，洋洋洒洒十多万字，五章九十款，结构宏大，大有包容百川气势，心里感动！感觉过去印象无比正确，局里干部队伍杠杠硬，关键时刻立得起，干事应急没的说。当即要求简略介绍下章节内容，他知道这种大部头都是分头并进的，相互间不一定都懂来龙去脉，难免有梗阻的地方。随着几位秀才简明扼要地说清脉络，解元很快浏览完全本内容，感觉有话可说。"大家辛苦啦，看得出，草案费了大功夫，就高目标来看，统揽意义明确。但似乎订得太高了，盘子铺张过大，照这个方案下来，市里五年投资五千亿元资金，还未必能实现基本目标。实际上市里根本不可能筹集到这么多资金。与其画饼充饥，虚谈高大上，面上光，不如脚踏实地，制订个实在规划，不必好高骛远虚画百年大计，大家看怎么样？”听到解元有否定意味，市环境保护科学研究院宋院长头一抬，眨着小眼急着辩白：“起初定的调子就是要高大上一些的，规划是把总的，要把大戏唱够，百年不过时方为高。”韩士赞成大规划路子，眼睛一眯，说得声情并茂，摆着手势颇具感染力：“全市这些年片面抓项目，环保欠账太多，好不容易打造美丽中国城市样板，不能做得太小气，否则当不了表率，群众那里交不了差啊。”说着眼圈有点发红，声情并茂，感人肺腑。规划与生态科李科长跟着附和，语气咬钉子一样脆响：“草案还是高远些好，全市环境污染太严重了，上回省里专家说即使投资几千亿，百年内也回不到从前的生态了，赶路要紧啊，新莞没有等待的时间了。”会场争论激烈，赞同解元意见的不多，气氛略显尴尬。这时韩士提醒解元先休会，放松一下情绪再讨论。解元笑笑同意，起身移步走廊。秀才们走出来先抽烟，大家有一句没一句地闲聊。解元忍不住插话，叮嘱秀才们做规划要有一吟双泪流、语不惊人誓不休的雄心，说写材料是苦差，挨批伤神没人知，自有千秋功德。年轻时自己写得不好，气得领导将稿子从十丈高楼扔下，得了个“解摔楼”的绰号，干这事没点韧劲出不了精品！

解元靠窗眺望新莞市远景，楼群鳞次栉比，山水依城如画，白云悠悠暖心。只可惜全市三百条河涌，黑臭水体占去大半，打赢污染防治攻坚战谈何容易？建设美丽中国城市样板更是难上加难！这时韩士靠过来，抱歉地解释：“解局，不好意思，汇报不够，前段时间你太忙，草案定得高是文副秘书长传来的意思。”“没关系，讨论问题嘛可以开阔些，草案本身就有探路意思啊。我不是要推翻什么，就事论事摆理而已，大家畅所欲言，不要忌讳什么。”解元心想，规划是我生的娃，没想到市领导这么重视，长啥样自己反而控制不了！似乎越务实越有保守之嫌！

接下来讨论变化不大，解元没有推翻草案，只就技术细节提了些论证问题，没要求马上答复。几名秀才心情为之一振，人同此性，希望劳动成果被人尊重。

联想到打造美丽中国城市样板行动规划，终归是要管长远的，解元转而鼓劲，面色和蔼："中央高度重视生态文明建设，高质量发展是当前的大主题，前提是把解决突出生态环境问题作为民生优先领域。建议草案第四章任务与措施部分中的重点工程一节单列成章，这是草案的实点，也是群众关心的热点，不能马虎略过。"大伙积极赞成，按原来分组修改，个个表态尽快成稿。

二

中午难打发，又绕不过。解元吃过午饭，一般在办公室打开折叠床休息一会儿。以前有个里间休息，后来形势不允许，索性封了改作单位资料室。解元每天午睡，13时50分开门，多年不改。没想到今天一开门，槽远区仇区长带着市生态环境槽远分局局长堵在门口。这位黑脸大汉进门就大嗓门叫嚷，一脸兴奋样："老解啊，你太不够意思，一扶正忘了老同学，咱被晾在北部山区，快成饿死鬼啦！""哪儿的话，什么风把你吹来了？谁敢让你这吸血鬼吃亏，呵呵！"解元一脸轻松地回应，满脸戏谑神情。在党校同学时，仇区长不爱请客光占便宜，被同学们起了这么个难听外号。其实也不是上酒店下馆子，只是散步经过士多店请喝几瓶饮料而已，可见山区干部多节约啊！

端茶落座后，仇区长开门见山提需求，挥着有力手势，一副不依不饶的口气："听说你们局在弄打造美丽中国城市样板行动规划，没把我们区列入重点治理区，这可不对哟，山区人民需要大局长们关心啊！我可是诚心到家了，今天在你门口站了一中午，够尊重吧！"说着，阔脸膛笑得发亮，一脸得意相。

这一拉呱让解元哭笑不得，不解地笑着反问：“没人叫你罚站呀，大区长是不是吃错药了？去年你们区环境污染不大，得了市里先进环保奖，要多支持落后区啊，怎么这回又要自虐成污染重灾区，请求重点治理了，这岂不是自相矛盾吗？”“嗨，那不管，反正我们山区大项目弄不到，像个后妈生的，这回规划重点区，又是你老同学主管，绝不能丢下咱们区了，成了咱给贵局送锦旗，不成咱要告御状。”不愧是当区长的，一口气夯不啷当说一大套，软中带威。解元知道说归说，堂堂区长不至于泼妇一样耍赖，无非是看老同学熟络，多施加一些压力而已。但面上的话不能说得太硬，想到这点遂平和地劝他：“你们的意思我知道了，可以替你们反映，但不是哪个人做得了主的，你们要有不成的思想准备，多体谅污染区的难处。”好说歹说才把一行人打发出门，临别时仇区长哈哈一笑，一脸诙谐神情：“其实中午没等多久，别让你老同学背官僚作风包袱了，我们的事多多拜托了。”说着使劲儿握手，相互笑别。

闷热天惹人急，这不，市生态环境局党组扩大会吵得一塌糊涂。有的对着《新莞市打造美丽中国城市样板行动规划》草案议题瞎喷，没想到草案思路大家赞同，枝节问题争论不下，各执一词。特别是环境治理重点区域划分问题，本来是第四章任务与措施中一个小节内容，结果是公说公有理，婆说婆有理，谁也不让谁。归拢起来主要是两大类意见比较尖锐：一种是韩士等领导主张按照草案计划，依据去年环境污染情况，全部划在东南部五区，或其中三个重点区。另一种是皮副局长等领导认为环境治理重点区域划分后面的大文章是建设，建议考虑西北部山区五个区整体发展情况，不能再留欠账。现在污染不大只是没发现而已，应顾全大局三思而行，否则有这些拖后腿的，就谈不上打造美丽中国城市样板儿。最后还是解元拉紧争论缰绳，谁的意见也没否定，只是建议两位副局长带队实地调研后再下结论，顺便听听各区意见，多接些地气再议。他提高声音反复提醒，不必急于定调，也不必东边压倒西边或者西边压倒东边。市政府和人民群众需要什么规划，咱们就制订什么规划。他的开明作风，获得一阵热烈掌声。

局“走廊论坛”又起风波，黎华不无揶揄地讥笑，弄个破规划也扯半天？真不知算什么效率？油老黄哈哈一笑，哪称得上效率呀，就是一伙扯淡帮呗！尽玩天狗吞月亮的把戏，好搞笑！

三

有道是眼见为实，耳听为虚，信不信现场见分晓。韩士带着规划与生态科李科长等一行五人，径直来到新莞市西北部区域调研。这儿分布五个区，环绕峰山主峰，神秘传说一撸一串。历史名家子厚曾发配此地，兴建了宋城，为今天新莞市攒下历史文化名城牌子。晚年隐居峰山主峰，写下“花香人如镜，清音云上飘”的名句。峰下溪水清花香，禾雀花茂盛，每年春夏之交，人潮争睹为快。不幸的是近年有碍观瞻，这条母亲河恍惚在云间，流到山外突然变脸，晃悠悠成了黑臭水体。大小数十家养殖场占据山脚，开开停停，停停开开，污水禽粪直排溪中。春河从山脚接着溪流贯穿城区，绕转大部分区域，是名副其实的生命河，也一直变幻多端，不可捉摸。

韩士这个调研组按照槽远区安排，轰轰然来到边槽镇察看。只见多家印染厂散布春河两畔，平时检查不露蛛丝马迹，现在一进厂就妖魔出瓶，摆着成堆问题。不是节省成本没安装污水处理设施，唱的空城计，就是安装的设备太落后，像老太婆拉车——太不稳当。这些厂家基本上白天装清白，入夜就弄鬼，污水随意偷排河涌。据说随着形势紧松关关停停，实际上从未真停。这劲头瞬间改变了大伙心中的印象，原来北部区域并非化外净土，这儿可是环保先进区啊！此刻看着远处山花烂漫，身段再美也是妾身有恙了，让人内心焦急。

陪同的槽远区仇区长不停地向韩士解释，高大身躯弯下一大截，一个黑大汉小鸟依人一样紧贴韩士耳旁私语，语调近乎哀求：“韩局多多关照，没办法啊，经济要发展，槽远区偏远，只有污染企业舍得来，结果弄得没一条河涌不臭，没一户村民不烦，也是有苦难言啊，希望这次列上重点治理区，彻底整顿一下。”“这确实不行的，前段时间有过通知，印染厂在我们市必须淘汰，这点你们得受批评啊，但局部情况糟糕，不能否定全区的先进样。区长可能有误解，打造美丽中国城市样板行动规划不是跟先进区无关，先进区也要搞标杆建设工程的，不必刻意自污过去的好印象，呵呵！”韩士毫不客气地指穴，点滴不让，神情严肃。“韩局言重了，我虽然刚当区长，但也不能昧着良心遮丑啊，真是全区污染严重，无可奈何啊，一定要列入重点区狠治才是正路。”仇区长满脸讨好的笑容，不厌其烦地解释，似乎非要列入污染重点治理区才肯罢休。陪同的市生态环境局槽远分局钟局长一脸沉默，一路不敢多言。入夜，韩士找钟局长闲聊，还是垂管后的分局贴心，一番询问后即获真相。槽远区环境污染实际并不严重，白天的参观点是仇区长刻意选择的。他听说全市美丽中国城市样板行动规划分重点治污和标杆建设两块拨款推进，就打起了寻求多拨一批重点治理污染工程款的主意。于是乎四处出击，上下跑动，钻得不亦乐乎，听说都获得解元局长点头了。说得韩士倒吸一口凉气，这是弄虚作假骗拨款啊，搞成了岂不是赤裸裸浪费国家建设资金么，他相信解元局长不会这么无原则地点头，他连询问一下解元的意思都没有。嘴上不停地喃喃自语：“怎么会这样，真是不可思议。”

山风悠悠，奇树异石间，溪水偏黑，怪臭阵阵飘浮，山坡不时有人非法填埋，种种景象不容乐观。韩士带领的调查组时有新发现，西北部区域虽然农村面积多，打起污染分来丝毫不输东北部工业发达地区，这是个新发现。四天马不停蹄地奔波，颠覆了大家的印象。虽然环保老先进槽远区没有传说中的那么糟糕，但其他区就没那么如意了，看得人着急。像槽北区围着春河上游，各种养殖场雨后春笋一样涌现，农民只想着发财，对处污设备不习惯，也不屑于花这份钱，畜粪直排河涌，恶象泛滥一片。陪同的区镇领导都说反复抓了，只是问题顽固，老有反复，说得人哭笑不得。有的小作坊专拣穷乡僻壤躲藏，一些加工厂隐身居民区人过不察，像超生游击队一样神出鬼没。有的村民抵触大，进村查证困难，群众警惕性忒高，弄不好惹出一批群体事件出来。俯仰间，还是那种一切向钱看的做法，没人在意生态环境保护问题。景象恶之花一样斑斓，环保人扪心自问，不忍自述，一片阴郁遮掩蓝天。

韩士走村串户，看到的多是留守老人和儿童，少了一份喧嚣的热闹。他想起儿时农村，牛羊欢叫，小孩穿梭，田野一片农忙景象。如今乡下冷清多了，牛羊也少了许多，不自觉地吟唱一段顺口谣，闻者五味杂陈。“过年回老村，张眼泪满巾。野兔扯田荒，难觅插秧人。青壮抹牌忙，翁妪带孙苦。儿童守孤泪，爹娘未见亲。偶遇几书生，游戏玩迷眼。蓝天飘异味，碧水无处寻。乡音虽未改，记忆已陌生。祖屋不见影，豪庭空添灰。父母喘息累，癌病缠枯身。杀鸡温酒乐，待儿如外宾。偷拭辛酸泪，强忍离别愁。土产嘱托多，一年伤断肠。有工作没家，有家没活儿，他乡不留魂，故乡难栖身，遥远去寻梦，故土交老幼。吃点基因菜，奔向雾霾里，此生合忙碌，滴泪北风中。”规划与生态科李科长听了一脸惊讶，对韩士感叹，语气苍凉：“这里农村咋变得如此古怪？真超乎想象啊！”槽远分局钟局长难过地附和，一脸无奈表情：“更难的是老百姓不理解，一切从私心杂念出发。加上有些部门工作敷衍，失去很多群众支持。比如我们区农村污水处理系统普遍不完善，村屯污水管网还是省运会那年建了一半工程，剩下一半没下文了。

村口已建的简易污水处理设施常年空转，有的村民迷信，拿污水当宝浇菜，死活不接污水管网，成了典型的政绩工程，最终是污水照排，包袱越背越重啊。”一番话说出来震慑人心，大家面面相觑，一时不知如何应对。韩士沉默了一会儿，少见地感慨，脸色略显忧郁：“感谢钟局长说真话，此行受益匪浅，过去没了解这么透彻，说明风气好转，基层干部肯讲实话了，希望不是为了争取几个环境整治项目款而暗施心机，我们需要敢讲真话的好作风，否则任何调查都是杨白劳。”规划与生态科李科长扑哧一笑，说总体情况比想象的好多啦！张眼望去，峰山山坡披满一身红红黄黄的花朵，随风飘舞，犹如花毯连天，浩漫一片。

调研在座谈对话中结束，槽远区委书记、区长亲自到会，请求规划草案多加关照，将该区列为重点整治区，多上些重点工程，山区人民才有振兴希望。几乎走一个区，就有一个区提此要求，工作组带着沉甸甸的嘱托返回。夕阳余晖洒满归途，仿佛朝霞冉冉升起。韩士内心上下打鼓，过去的成见烟消云散，可心情更加沉重。

四

越深入调研情况越明朗，越辨析道理越分明。此种感受，皮副局长跟土生态环境科古科长、市环境保护科学研究院宋院长一行叨说，百感交集。一行人在新莞市东南部五区的调研毫不轻松，有新大陆，也有魔幻剧。似乎捡到矛，同时也拾到盾，复杂的不是问题本身，而在致命的纠结中，发现者开阔了眼界！

市环境保护科学研究院宋院长越研究，怪异越多。东南部五区经济发达，外来人口多，多项产业居全省前列，国家综合性门户城市主片区，可谓棒棒红。这些正面的光闪耀省外，盛名之下也有败絮，稗草招摇，良莠不齐，百姓戏称为大染缸。

宋院长说有的私企老板为了多赚几块钱，连自古崇尚的信义之乡盛名也敢玷污。他摇头说起这儿皮革城的一段笑话，令人哭笑不得，生产的假冒伪劣产品驰名全国，皮鞋只能穿用一周，皮带使用不会过月，连省长在此也买了假皮带。不光假冒伪劣产品害人，落后生产工艺严重污染环境。像煤篓，一捅直掉渣。

东南部地势偏低，水系丰富，三百多条河涌纵横密布，春河主航道贯穿城区东去。所有汹涌都是奔向大海，浪花凝聚着无数梦想和希望！对水的热爱，祖祖辈辈传奇多。从前人们被贫困所扰，时常望水消愁；如今富起来的人们，笑意中少了一份自信，也是悻悻然临水无语。那些母亲河生命涌没有一条不黑臭，恶龙一样吞噬健康，让人对水惆怅心寒意冷。是谁作孽深重？春水东去默不作声。

望着浓烟滚滚的烟囱，隆隆轰响的车间，调研人员心情沉重，没想到东南部的污染糟糕到骇人听闻的地步。看来草案上把这边列为重点区，是验血的扎耳朵——一针见血，触到了问题核心。对此，皮副局长觉得不好再提异议了，他更迫切地想把西北部三个污染趋重的区一并列入重点治理。意想不到的是，东南部所过区域，只有全省挂号的槽南区领导心存感激，再三说要趁此东风，痛改前非，苦战五年换新颜外，其他四个区有两个持观望态度，只表态服从上级安排，本区不提任何要求。开发区和槽东区则引人注目地提出请求，治污上千万不要列入重点区了，标杆建设上则可优先考虑，自感前期治污有效，所剩尾巴不难解决，不愿再戴落后帽子了。他们振振有词地说这样不利于招商引资，阻碍经济发展。你看，又是一番自说自理的怪论！随着调研深入，开发区分局姜局长忧心忡忡地找皮副局长诉苦，眼圈发红：“皮局长多关心啊！开发区干部经不起折腾了，一个个被绵元污泥案压垮了，光处分以上追责的就有三百多人，有的只是过节收了绵元公司几盒橙子，并没做违规交易，也被通报处理，元气全伤，白副主任都差不多得了忧郁症，上面领导们高抬贵手啊，别再搞什么重点治理了，给开发区干部留半条命吧！”说得皮副局长两眼圆睁，一脸苦笑。槽东区的污染事件频发，被省领导点过名，原本以为这个区列入重点治理，应该不会被区领导提异议，是件令彼此满意的好事。结果陪同的区常务副区长一脸严肃，横竖不同意，怎么说都有合理解释，点哪个案例都有背景原因，讲得头头是道的，总说经过努力，污染不成问题了，应该列为已经达标的治理模范区优先开始打造美丽中国城市样板建设，也就是直接跃入第二期，做顶上添花功夫！如果真是这样，那岂不是皆大欢喜的好事？其实不然啊！皮副局长心里清楚，槽东区确是经济强区，但环境污染也是另一个反向的天花板，不用惨不忍睹形容就不错了，真是马虎不得。可区领导偏偏较着劲不同意，像棺材里抓痒——全然不知死活，当然也不是一定非要征求基层意见，一切从实际出发，这是曾副市长提过的要求，但也不能全拂区领导面子，毕竟人家是一方诸侯哩！得罪不起啊！皮副局长越想越着急，无论怎么做工作，旁征博引什么上方律条，区领导就是不松口，一副死猪不怕开水烫的样子。事情突成僵局，也是让人无可奈何，皮副局长一行只好住下来摸摸情况，心想慌也吃不了热粥！没想到真住下来又没什么疑团了，接触中的区政府办、街道和有关局办人员，一个个喜形于色，都说快熬到头了，很快不用节假日、台风等非常时期值班留守了，人人仿佛一股黎明前的兴奋劲喷涌。消息通过土生态环境科古科长他们传来，引得皮副局长如释重负地一笑。起初以为槽东区这么抵制，是遇到了什么核心问题。弄半天才知，是该区委书记即将提升，组织部门都考察过了，这位一把手不想因为被列入重点治理区而节外生枝，把他提升的好事搞黄了。于是乎就出现了一大堆谨小慎微的奇葩事。这位区委书记最爱值班，遇见台风也好，上面人大、政协开会也好，反正遇事就要求下面部门和单位留岗值守，又不给一分钱加班费。时间长了，大伙也烦得紧。但区长跟他反着的，不同场合都讲过这种值班是人为造成的额外负担，大可不必。又听说区长会接任区委书记，这样事情没发生，大伙先高兴上了，也是一大怪现象。消息坐实后，皮副局长当即决定转场，说要是这个原因的话，那肯定是长虫钻竹筒——死不转弯的事情，就不是咱们能解决得了的，得上面点头才行。

在百强县槽南区更是眼花缭乱，调研工作组惊神啦！轰轰然连续五年入围百强的全省标杆，没想到却是个污染泥潭。在明星镇春河镇，光鲜表皮内败絮成灾。前年被中央生态环保督察组督办取缔的一批铝材铸造厂，又悄无声息地死灰复燃，愈演愈烈。调查中，多数厂家没装污水处理设施，少数已装的也是掩耳盗铃，基本不用，成了聋子的耳朵——摆设。所有工业污水肆意偷排，无遮拦地污染环境，有的厂家甚至突然关门，公然拒绝检查。看来形势相当糟糕啊，皮副局长生气得紧，斥责春河镇政府和生态环境部门领导全是睁眼瞎："你们这是犯罪，取缔项目都敢恢复，公然顶风作案呀！这不是打省市的脸吗？"陪在一旁的槽南区侯副区长赶紧圆场，企图尽快事事化了："皮局长，各位领导们多谅解！经济下滑厉害，上面要开刀了，如今项目难找，没想到恢复的是'垃圾'厂。一定立即取缔，回到上面请领导多保密啊！"说完拱拱手，诚恳的样子让大家不忍多说。

回到槽南区迎宾馆，区委书记、区长双双赶到求情，请求工作组顾及百强县名声，不向外扩散"家丑"。在殷殷欢送下，工作组揣着微妙心理返回。车上皮副局长长叹一声，顿时少了一些锐气，无奈地自说自话："春河镇铝厂事只要下面处理好了，我也不想到处讲，毕竟不是好事。至于你们，我不统一思想了，现在纪律严，你们自己把握吧，不要说我对你们有什么要求，我可什么都没讲咯。""知道知道！请局长放心！"大伙异口同声地表态，仿佛要撇个干净。夜色一下子弥漫了车厢，车子一高一低地瞎蹦。

五

解元拿起手机，屏幕发抖，定眼一看是爱人严老师发来微信：“你近段情绪不佳倦相过重，给你发个‘充电器’：这是一个闪电时代，稍不留神就落后，你的每次努力，都会在未来某个节点，助你耀眼夺目。命运不会辜负长跑者，成功来自不倦的努力和奔跑；幸福，来自平凡的奋斗和坚持，无捷径可取。”解元阅后不觉扑哧一笑，看来爱人是把自己当作学生打气呢。心想一直够卖力啊，从学生时代到中年，都是同学羡慕的领跑旗手，虽说五十几岁才当局长，可朋友圈中无人超越呢。放下手机，目光回到桌上文件夹，厚实的《新莞市打造美丽中国城市样板行动规划（草案）》数易其稿，散发着汗水芳香，他知道这事不能再拖了。

新莞市生态环境局党组讨论时没再节外生枝，确定了规划草案六章九十八节，吸收十个区和调研工作组意见，东南部三个区不变，宁伤经济也不能伤环境。西北部添加三个区，纳入重点治理区，不能再走污染老路，同时也是美丽城市样板区，建设标准要走在前列，先抓好治理，再建设样板。强烈申请的槽远区条件不够无份治理重点工程，解元自始至终没为该区说情，使外界不好的传说烟消云散。草案上报市政府后，文副秘书长打来电话，说曾副市长表态可行，消息传开，全局一片欢腾。

解元局长烦闷陡消，饭量大增，心情比云朵愉悦。没想到一周后，草案又退回市生态环境局，新莞市主要领导要求降低目标高度，修改成一份务实可行的行动规划，弄得心情七上八下，十分难受。

市委高书记、秦市长、曾副市长破例召集解元及草案主要撰写人员，及时沟通打气。高书记兴致勃勃地肯定前期工作：“大家好！辛苦了！我就直奔主题说几句，《新莞市打造美丽中国城市样板行动规划

（草案）》已形成一个好坯子，大家工作卓有成效，修改不是推翻重来，而是科学挤泡、合理紧衣，别弄得太虚胖吃不消。中央部署美丽中国建设目标，具体到我们市不光要打几场标志性重大战役做好基础，重点是美丽城市样板建设目标要高质量完成，强调生态文明建设是关系中华民族永续发展的根本大计。具体到规划上，不能订得太高太空。这个规划是今后五年全市打造美丽中国城市样板的行动图，关键是画好目标饼，搞成经得起历史检验的名案。”秦市长则从技术层面提醒不要漏项，一字一句说得干脆清晰：“一定要结合任务规划具体目标，打赢蓝天保卫战、碧水保卫战、净土保卫战三大保卫战不留遗憾，我们市在柴油货车污染、城市黑臭水体、水源地保护、土壤修复这些治理领域短板多，要突出重点，让标杆建设尽快上马，切实让规划草案成为指南针。”会后，起草组人员感到担子更重了，满脑子全是原生态影子，梦里山更青水更绿。

很快，草案经过征求市民意见，市委、市人大和市政府审议，几易其稿，终成大器。新莞市第一部纲领性生态文明建设规划应运而生，一夜之间，城市花坛、郊外漫山遍野开遍禾雀花，这是新莞市人民喜爱的市花。这种常绿木质大型藤本植物生长迅速，有通经强骨奇效。蔓茎粗壮，叶繁荫浓，生命力顽强，盘树缠枝，越冠飞巅，攀石穿缝，气势壮阔。尤其花序悬挂于悠长盘曲的老茎上，吊挂成串，每串二三十朵，串串下垂如玉吊，酷似无数白中带翠、如玉温润的小鸟栖息枝头，展示无边的温馨和豪迈。解元站在办公楼走廊上，远眺长空内心豪迈，希望环保规划像禾雀花一样，灿烂新莞市的山水云天。韩士看着他的背影心酸，小声嘱咐身边皮副局长暂时别打扰解局长，有消息说解元局长被人举报在制订规划中徇私舞弊，照顾关系区，他本人并没为此分心走神。两位副局长相信解元是无辜的，远远地在另一头走廊，也眺望着蓝天。其实此刻解元内心深处翻江倒海，感受到一股力量势不可当，又说不清道不明。规划通过前，文副秘书长私下提醒他，这段时间市信访局那边环保信访案例陡增，这种事处理不好会牵扯全局，让他留心处理一下。告得对的要迅速整改到位，错的也要弄清是非，尽快揭开雾纱，肃清不良谣言，还老百姓一片清朗世界！想着想着就让人心情沉重，茶饭不香。

四

定时清除

信访不是汹汹风云
也不是凄凄雨雪
它是一股自然涌上来的暖流
迎好了可以温暖隔阂的心田

一

新莞市自古流传脍炙人口的民谣，有的老人还会当山歌唱一段。“春河美，春河肥，美水甜心照亮人，肥鱼发家香两岸。”这条奔流不息的母亲河，千百年来养育着世世代代新莞市人，传承血脉，承载文明。濯过大宋皇后的仙足，润过苏东坡的神笔，亮过文天祥的忠心，走过抗元抗日烈士英魂，多少传奇故事激人心魄，多少英雄儿女壮丽史册。如今河边大娘说起春河水直叹气，20世纪70年代“淘米洗菜”，80年代“可以灌溉”，90年代“垃圾覆盖”，现在是“生态破坏”。燕子不来，芦苇枯萎，鱼虫灭绝，黑如酸菜。这几年两岸涌出了一批“污染举报专业户”，当地政府收获经济蟠桃的同时，也兜揽着一堆烫手山芋。

当月第三周周二上午，是市生态环境局固定接访日，局接访室人声鼎沸，从不寂寞。解元早早来到现场，告诫同事们把信访当大事，这是群众送上门来的思想工作，马虎不得。今天着实稀奇，上午十时正，几十位村民簇拥着一位老旦装束大叔，直奔窗口而来。来人戏装飘逸，长发绕身，手如蛇舞，脸戴面具，声如洪钟。唱着包公电视剧主题曲，端的是从大宋朝穿越而来，惊了解元一把。每月固定接访日，由一名局班子成员出面接待来访群众。今天轮到解元值班，没想到刚进接待室，就叫叫嚷嚷拥进一大群人，大有不达目的誓不收兵的架势。

“我是黄猛，郑重投诉俏尔雅印染公司和春河镇人民政府不作为，车间污水直排春河。偷排污水手段奇特，建了明暗两套排水管道，平时偷偷排污，遇到领导来检查，就关闭排污管道，流放清水，里面流出来的全是达标清水。弄得周边环境污染严重，民不聊生，群众屡诉不改，镇领导与企业一个鼻孔出气，徇私包庇，打压访民，请求市里做主，还我绿水青山。”

一听“黄猛”这名字，解元心里又是一惊。槽南区春河镇岭畔村黄猛是省里挂号的“上访大户”，这几年举报的非法排污企业不下千家，进过拘留所，挨过砖头砸，扳倒过贪腐官员，也拿过环保举报奖。按访民说法，是个上过刀山下过火海的传奇狠角，打压他的镇村领导倒了好几个。他却依然生猛，犹如钻头加钢针——好厉害！

解元赶紧将他迎进里间，递上矿泉水，又吩咐外间服务员给访民们发水。水是凉水，可房间里仿佛涌动一股暖流。信访接待室分成里外间，中间隔着密封的铁门柜台，状如银行营业室，里外一目了然。这种布局全市统一，是全市定制样式。据说当年拍板确定这种信访室陈设格局的副市长，也联系金融银行，大概是触类旁通的作用吧。

解元一边提问，黄猛一边解答，反过来，黄猛提问，解元也热情回应，两下互动热络，不时夹杂笑声。虽然备有录音，记录员为显示重视，密密麻麻记了两大页，不敢有丝毫马虎。据黄猛投诉，这家公司配套污水设施并没真建，只是砌了两个蓄水池，白天蓄污水，深夜排春河，远近刺鼻，扰人安睡，走过附近能闻到一股刺鼻味道。仗着是镇里纳税大户，领导护得紧，多次投诉无效。黄猛气呼呼地摆出七八张照片，显示排水管口脏渍泡沫翻滚，电筒照射下污染惨状触目惊心。

接待员很快给黄猛一张信访回执单，叫他留个电话，解元嘱他在家等候回信，一定会有回音，应该还会有人上门跟他交流整改情况。一听这话，黄猛条件反射似的弹起，抬高声调拒绝，额上青筋拱动，面相恐怖：“好不容易出来了，领导可别再下套了，我这段时间可不敢回家了，等着办好问题再回吧。拜托你们领导快些办，我抽空再来讨回音，电话不必留了。”说完绿豆眼骨碌一转，不太放心地提醒，晃着狡黠的眼神。“这段时间我也不用手机了，你们政府不是可以定啥位吗？我也不想你们老找麻烦，身心消受不起。”听他一副委屈腔调，解元委婉地讨问缘由。黄猛一听表情激动，欲言又止。

陪在一旁的黄七爷不顾黄猛劝阻爽快答话，话中带气。原来前段时间黄猛去区里反映情况，领导也说回家等消息，结果被陷在家里好久。接下来更热闹，镇里派来五个人驻村说服教育，其实就是变相监管。派出所大老高都参加了，形影不离专门盯着黄猛进出，那架势挺吓人的！他八十岁老爹当场吓病了，现在还没痊愈呢！污染企业都恨他，有一次黄猛女儿接到陌生电话，对方扬言“要砍掉你爸爸手脚”，可怜他女儿才十几岁啊。家里的窗户玻璃被砸烂无数次，一时间黄猛被宣传成“神经病”，但他没被吓倒，像初升的太阳——一片红火。不仅企业对他恨之入骨，当地领导也处处刁难。遇到有大领导下来调研，他们就以各种理由把黄猛支开，宁愿村里出资让他外出旅游，并派警力全程好吃好喝地“保护”着。说到这儿，黄七爷有点接不上气，眼里掉下一串浊泪，样子看着令人心痛。解元握着他的茧手，安慰老人慢慢说，不着急。老人定了定神，情绪激昂一吐为快：“我们岭畔村村民想，这回可不行啊，河里污染了，没鱼不说，河边地连苞谷也长不利索，用那黑水灌溉稻田，种的稻谷也没人敢吃，长此下去，咱那地方还能住人吗？还算鱼米之乡吗？小猛子管得对。于是大伙一合计，趁着给我老伴过七十大寿唱戏的机会，全村男女老少一起上阵，把小猛子藏在戏班里给弄出来了。监视的人也不敢看得太过分，怕激起群体事件哩！这不，一出来就碰到你这位好领导，真是有小猛子出面，运气好着哩。小猛子是我们村的福星啊，为清污打赢了好几场官司哩。没他咱也说不清白，数他文化高、看得准，前些年还在村小学教书，结果就因喜欢打抱不平到处上访，被提前办病休了。呵呵，真是说多了，领导和小猛子可别生气啊，我也是好心呀！”黄七爷滔滔不绝一番话，让解元心里梗了好一阵，他眼含热泪紧握着黄七爷的手安慰，表情极其真诚：“您老和黄猛老师放心！请一定相信我们，如果情况属实，我们马上督促有关部门查处，还村民一片净土。黄老师不愿回家不留电话没关系，随你们便吧，我给你们我的手机号，三天后你们来这儿或打我电话都行，一定会有准确消息。只是别来这么多人了，劳驾你们辛苦操心不说，还影响其他群众正常上访！”说完顺手拿过便笺写上自己的手机号码递给黄猛，感动得黄猛虔诚的脸盘上流下一串热泪，老百姓朴实容易满足啊！看着解元的真诚劲，村民们自发报以一阵掌声，满意地散去。

没有人群的接待厅空旷冷清，解元若有所失地看了一下墙上悬挂的《信访须知》，难过地一边说一边摇头：“我们工作太被动了，这么严重的污染问题发生在眼皮底下，是不是有些失职呢？为什么不是我们在执法监察中自己发现呢？我们工作中还有多少这样的问题红格没清除？值得全局上下高度重视啊！”他交代身边负责信访的环境信访科宁科长，结合信访情况调查研究，尽快形成一个定时清除信访问题红格的数据库。局里要统一部署，各职能部门对应分工负责，挂图作战，网格化管理，限时消除投诉问题红格。局党组会很快同意了解元的提议，一项改革信访处理机制迅速上线。

解元给市生态环境局槽南分局曹局长打电话，要求尽快核实俏尔雅印染公司的污染问题。没想到曹局长一听黄猛的名字，电话里大吐苦水，一副不情愿配合的态度。“黄猛这个惹事精到处发疯，上回下面要‘设局’弄他，还是我帮他说了几句好话才放他一马，这样疯下去迟早会被抓起来。”一听此言，文质彬彬的解元大为光火：“你们这是胡闹！怎么能如此对待上访群众？遇事不好好解决问题，只想抓访民熄火。一大村访民你们抓得完吗？只要问题不解决，群众上访就不会停止。你们现在到底该做什么，应该比我更清楚！再这样乱下去，我看应该抓起来的是你们这些糊涂虫！这个问题你们三天后要见分晓，书面督办通知马上下达，我要到现场看结果，否则你们就等着纪委追责吧。”说完啪的一声使劲儿放下电话。发这么大火气解元自己吓了一跳，他真是太气愤了！看来一些基层干部已经麻木放肆到近乎犯罪的地步。槽南分局曹局长在电话那边也吓了一跳，都说解元性格温和，竟发这么大火。想半天不踏实，感觉这回非同寻常，看来自己真是弄错了，事情也许没那么简单，得向区长汇报才行，自己可不能在关键时刻再犯错了。

接下来，市生态环境局里大张旗鼓推进定时消除投诉问题红格大数据库工作，解元做了动员讲话，下面反映这招狠，刹住了信访拖延歪风，让访民有盼头啦！

第三天上午，解元带着环境信访科宁科长、执法一科邱明科长，来到槽南区督办黄猛投诉问题。槽南区政府侯副区长笑嘻嘻出面，和槽南分局曹局长轮番说项，反复解释是个误会。隆重表扬俏尔雅印染公司是区里纳税模范，市长视察过，不存在排污问题。还反复强调黄猛有偏执精神病，他瞎说瞎报的企业多着哩，一发病就上访，没发病闹失踪，上面领导千万别被他忽悠了！说得解元头皮发麻，明明感觉黄猛表现正常，怎么就成了病人？到底有什么见不得人的隐情呢？他决定去俏尔雅印染公司看看。见此，侯副区长阔脸堆笑，连忙劝阻解元：“解局太忙，不必亲力亲为，叫下面分局的同志去查查就可以了。”“你大区长才忙哩！我们是专程来盯这事的，还是去现场看看吧。”解元方脸毅相，一副不为所动的模样。一看拦不住，侯副区长笑看了曹局长一眼，迅速表态说没问题，曹局长回报一笑，表情尴尬地陪着。

一行人别别扭扭地来到俏尔雅印染公司，两个蓄水池装了打氧机似的扑腾着，水不浑，没啥异样。旁边摆着几个高罐、几根长管和一些零部件，公司钱总满脸堆笑地迎上来介绍，说这是待装的污水处理设施，响应政府绿色发展号召，公司全面升级转型！侯副区长在一边不失时机地笑呵呵夸赞，到底是纳税模范啊，觉悟高着哩！解元不为所动，瞄了瞄地上设备，不解地问："这套设备是旧型号啊，干吗不装新产品？""这是老公司那边转过来的，用习惯了，老板说厉行节约多利用！""那不合适，设备换了好多代了，这种祖奶级的旧货建议别用了。"邱明也不满地指出。钱总哈哈笑回应，说公司一定认真研究。"群众老是投诉你们偷排污水，你们自己怎么看待这个问题？"环境信访科宁科长盯着钱总，忍不住询问。"那是诬告，以前确有个别工仔犯错，已经开除了，现在不存在偷排现象，请领导放心！"钱总赌咒发誓，现在公司绝无此类错误。

一行人继续走走看看，又检查临河排水口未见异样，只能要求公司抓紧安装新型污水处理设备，旧的该淘汰了。区、镇两级领导，胸脯打得扑扑响，斩钉截铁地担保俏尔雅没问题。不得不让解元产生了几分信任感，可想起黄猛投诉的实在样，那些照片真像曹局长说的是陈年旧照吗？想找黄猛对证又联系不上，一切显得扑朔迷离。心里总觉得有什么不踏实，又说不上什么头绪，只好带着疑问打道回局。返回的车上，解元沉默无语，人像大象踩在棉花堆上——不踏实。

二

刚回局机关大门，就被一位六七十岁模样的大妈冲上来拦车喊冤，一副拼命的样子，对着解元大声吼道："等你好久了，我看电视新闻见过你，你是正局长，这事你可得管管，否则我今天就不走了。"空气瞬间凝固，环境信访科宁科长急忙上前把大妈往一边拉，被解元一扬手制止。一行人来到一楼接访室。宁科长不满地轻声埋怨，额上青筋直跳："石大妈好，怎么说咱们也算熟人了，可您不听劝，您每周都来，扯的都是老问题，不是跟您说过，让您在家等消息嘛！"一听这话，解元朝宁科长摆摆手，笑着询问石大妈："没关系，有什么不平？大妈您尽管说。"石大妈见领导这么和蔼，一腔委屈如山洪暴发，滚滚而出。

原来早两年新莞市为缓解市区交通压力，率先架设高架桥，空中坦途穿梭楼宇之间如长龙飞舞，轻松解决了堵塞难题。大桥玉带一样飞绕城市上空，晚上彩灯闪烁，把全市装点成一个大花坛，美丽的夜光城。桥上桥下别具一道风景，只是车辆流量极大，车速较快，各种汽车机械噪声、轮胎摩地声像交响曲日夜萦绕耳旁，排放的尾气让人莫名其妙地不安。市民在享受快速交通便利的同时，随之而来的噪声混合曲雨点一样落遍沿线角落，挑战人们的忍耐极限。高架桥附近的市民更是苦不堪言，不知道该怎么解决才好，那种愤怒如不身处其境，难以体会个中微妙。

石大妈住在槽南区兴华街隆客嘉楼盘，个子不高，个性超强。说起噪声困扰恨得咬牙切齿，叫喳喳吐槽。"不光吵得睡不着，我老伴患有高血压和冠心病，受噪声惊扰病情加重，前年突发心肌梗死不幸离世，真惨啊，你们说这噪声是不是真要命？叫老百姓怎么活？"石大妈滔滔不绝地倾诉，一脸激昂，空气仿佛变得脆薄起来。"医生也证实，高噪声可使人出现头晕、头痛、失眠、多梦、全身乏力、记忆力减退，以及恐惧、易怒、自卑甚至精神错乱症状，危害巨大。"她加大声调，试图让人高度关注，一提起老伴便声泪俱下，扎心一样痛哭，听者伤怀。解元与宁科长不停地安慰，情绪为之感染。解元当即表态这回一定解决好，让石大妈满意！两人好言好语劝走了石大妈。

解元马上与环境信访科的同志商量解决办法，勉励大家送上门的思想工作一定要做好！宁科长为难地说："石大妈老伴去世后，她成了环保信访接待日的常客，不光每月准时来局里投诉，风雨无阻，还时不时撞上门来突然'袭击'，人称'钉子上访户'，其实她的问题在区里，咱们局推不动！"说得解元重视起来，这种"闹访"他是头一次见到，决定亲力亲为。

石大妈的问题处理却如漆匠师傅调颜色——花样多，不管怎样使劲儿，横竖不顺利。想起这些，环境信访科宁科长一脸无奈，十分气馁。市生态环境局已经九次向槽南区政府和市交通局发送督办函，每次得到的回复都是洋洋洒洒一大堆套话，两个单位各吹各的喇叭，不触及问题根本，还滔滔不绝附带成批困难。市交通局公路分局与隆客嘉楼盘房产开发公司等关联单位相互推诿，不是推责卸负，就是抱怨处理资金数额巨大办不动，气得居民干着急。一句话，就像熊猫见了刺猬——奈何不得。宁科长私下对解元解释，环境信访科协调了多次不奏效，这两家单位曾被罚款，无奈此类罚金过低，不能根本触动领导神经。群众一直反映强烈，成为市环保投诉的老难案，也是环境信访科一帮人的心病。闻此情况解元一个劲打气，说越是难案越要用狠招，要请领尚方宝剑来压邪。接着解元组织了一次专题会议研究，将隆客嘉楼盘噪声问题列为这次消除问题红格大数据行动重点案例督办，通过重要信访简报形式呈报曾副市长批示，事情解决很快进入快车道。

没有调查，没有发言权，身临其境滋味果然不同。解元带着局环境监测站技术人员现场监测，数据吓人一跳。高架桥噪声果然高达70至80分贝，家中使用普通单层玻璃窗，室内噪声也达到55至60分贝，而居民舒适的睡眠需要保证在40分贝以内。可见大部分高架桥下住户千真万确受到噪声干扰，这次深入调查总算掌握了第一手证据。心里长吁一口，解决的信心更强了，解元的方脸上自然漾出一丝笑容。

带着这些数据，解元和执法一科邱明科长，分别找市交通局公路分局和隆群兴房地产开发公司协商，他体内涌动一股气，有点杠上的味道。两个单位先是抵赖，邱明摆出检测单，动之以情，晓之以理，对无理狡辩说法，一条条依规驳回，样子像个鹰嘴包公。铁的事实胜于雄辩，后来两家单位不得不折服，自觉进入赔偿协商环节。解元还与市交通局局长进行了友好交流，推进督办效率。市交通局公路分局局长这回一百八十度大转弯，率先表态要为老百姓分忧。他坦诚地说："高架桥建在楼盘之后，确实在选址和建设中没有考虑影响居民问题，有较大过错。解局用显微镜照清了我们的毛病脉络，没什么说的，愿意承担主要责任，至少承担60%的整改建设费用。"意外的是，原本认赔的隆客嘉房地产开发公司临场变卦，旁征博引其他案例，固执地认为开发商没错，是后面建高架桥惹的祸，不愿赔偿一毛钱，也不担一丝责。解元看在眼里，急在心上，带上有过律师经历的邱明，几次三番靠上去耐心劝导。说逼到业主上法院起诉，隆客嘉房地产开发公司既折财又损面，得不偿失啊。帮其分析道理，楼盘曾经烂尾几年，导致高架桥建成后才搞精装修。其间区建委和生态环境部门曾提醒一定要安装进口玻璃窗防阻隔声，说使用这种中空玻璃窗，室内噪声会降低到40分贝以下。但开发商在收取业主每平方米高达1万元的豪华装修款后，仍然赚钱至上，只是安装了普通玻璃窗，存在较大过错，应该对业主有所赔偿。如果真打起官司来，输的一定是开发商。科学的推算，有理有据，说得开发商若有所悟。前来谈判的隆客嘉房地产开发公司代表心想，政府部门这么支持业主，这官司肯定打不赢，当即认错，表示愿意出钱解决问题。他们感慨地说，没见过这么认真的局长，真服了！终于，隆客嘉房地产开发公司签订协议愿意承担30%的噪声整改建设资金。大伙苦口婆心又拿下一座大山，环境信访科一帮人笑了，说领导率领好，工作效率高。

石大妈感动得跑来送锦旗，说此事峰回路转，与解局长真心解难分不开，老百姓敬佩这样的干部！解元以此为例告诫环境信访科同志，说群众发自肺腑的表扬，是最好的职业道德教育。兴华街书记也十分激动地说："石大妈上访是街村干部一块心病。其实石大妈所在的城中村也有责任，作为售地主体，我们监督开发商维护村民利益不够。解局长亲自出面帮我们消除了一个问题红格，我们也得做点贡献。剩下的缺口资金，街道和村里一起认领，要把隔音装置建牢，不能再影响村民生活了。”没多久，从上海招标来的名牌隔音窗公司进场作业，家家户户欢欣鼓舞，高架桥两旁也重建了隔音带，给这场纠纷画上了完美句号。结果皆大欢喜，解元如释重负也陷入了深思：为什么一个简单的噪声扰民问题，一拖多年没人搭理，要市领导批示才能立竿见影地解决，我们到底错在哪儿？

三

执法三科何科长，刚过四十岁，人秃顶得厉害，说话慢条斯理。办事温火炖瓜，烂透了还要熬一阵，全套老者风范。大伙乐呵呵地唤他老何，他莞尔一笑，乐得充大。

那天遇一小伙子来访，个子不高，人瘦成猴精，一副学生模样。耐心一打听早过而立之年，表面现象骗死人。同事们把这人看得轻飘，无论他说话多老成，脸相多真诚，都嬉皮地叫他小小吴。

第一次相识，小小吴挖了一个“坑”，说是开发区钢具厂、电镀厂好几家不经处理私排废气污染环境。结果老何全副武装，一本正经跑到现场翻查半天，到头来啥也不是。弄得厂里员工一个个冷眼相对，同行同事大汗淋漓，样子有点自讨没趣。分管这片的同事小刘私下告诉他，小小吴老油条，不务正业之徒，真不靠谱！看你科长热情高，大伙想半天没好意思打击积极性。说得老何一脸惭愧，顿有识人不明的愧疚感。回局一刨底，情况真不简单。小小吴原是春湖渔民，十多岁就爱找事，磕得湖边印染厂早早搬家，说是保护鱼类生存环境责无旁贷。前些年村里拆迁，渔民都洗脚上岸，住进了开发区还建房，当起了人见人羡的新市民。可小小吴还不知足，终日没正经事，喜欢到处晃悠“挑刺”，说是保护人类安全重过泰山。说起小小吴，同事们评价都不高，说是有名的刺头。老何心想公民爱环保是好事，真要借此找碴就不好了，往后得注意这类人捣乱。

第二回合相遇小小吴，仅隔数月，恍若隔世。这“家伙”更瘦更小，双眼滴溜溜转得勤，漾上眉宇的真诚相倒没变。话说得诚恳，言之凿凿，老何硬是不愿再上钩，也不想得罪人。遂打发热心的同事小刘带人前往核查，有群众举报嘛，总得浓墨重彩正确对待。结果没出人意料，忙乎半天不但一无所获，还摔坏了检查仪器。老何气不打一处来，也不好明里发作。与同事议商再三，都说不可思议啊！小小吴图啥呢？图奖金吗？本市环境举报最高才奖三万元，也入不了这些拆迁大户的财眼啊。搞报复吗？这些渔民十多年不沾鱼腥了，他那边管片执法人员换了好几茬，也犯不着没完没了地狠较劲吧，真是个怪谜呀！

不久，同事说小小吴又来“摘瓜”了，样子咄咄逼人，不好对付，还得科长出阵才好使。这一夸老何莞尔一笑，怒火没出腔消了一半。慢条斯理讲了半天大道理，说到激烈处，老何还不忘柔情提醒，报假案有犯法嫌疑呢！没想到小小吴表情出奇地平静，话音里透着一股坚韧劲。扯了半天二胡，临了两人约定，此次核查被举报的厂家如果无事，小小吴不得再有举报之举。听这话同事小刘一脸兴奋，主动承担检测任务。结果可想而知，又是竹篮打水一场空。小小吴暂显不快样子，一脸疑惑，表情怪异，现场不再多言。老何笑得欢畅，一科人喜形于色，分管局领导表扬有加，都为小小吴可能不再举报少一烦事而欢欣鼓舞。

一科人高兴劲没散尽，老何接到省生态环境厅大气环境处处长电话，顿时沮丧。原来小小吴不但没偃旗息鼓，竟然跑到省厅举报开发区那几家厂没人监管，长期偷排废气害民健康，还说市局人员有包庇嫌疑。一屋人闻讯倒吸一口气，怨怪这小小吴太不讲“信用规矩”了，立下的誓言也不算数。气归气，做归做，既然上级关注了，该干的活一样不能少。小刘又当急先锋，一阵紧张核查，几家厂仍然不显一丝破绽。报告送到省厅，大气环境处处长一脸不屑，说开发区空气指数向来不佳，不可能背后没文章。

消息传来，老何怏怏不乐，纳闷不已。检视科长责任，没发现工作有啥纰漏，怎么一点小事，就惹得顶头上司揪住不放！没想到省厅大气环境处很快揭开了谜底。他们派人独立核查，小小吴举报属实，这几家厂劣行隐藏很深。通常在深夜或节假日执法部门疏忽时段偷排废气，情形十分恶劣。随后查处程序迅速摆上议事日程，途中企业老板反映开发区镇街环保员有人涉案，经常通风报信，接着开发区纪委人员介入，侦查范围持续扩大，传说一会儿一个说法，种种描述耸人听闻。此案尚没了结，不久市里召开环保举报表彰会，包括小小吴在内，数十人得奖。会上老何碰到小小吴，开始改口称他老吴，这“家伙”莞尔一笑，似乎两人之间萍水相逢，从没发生什么事儿。背后故事倒惹人难忘，看似平淡，每到关键节点，却是别有洞天。老何一直没想明白，到底输在哪儿。

四

解元远眺山色，薄雾散去一波又起一波。这当口，一个久盼的电话响起来了。双方不约而同地感慨，都急着对话，仿佛期待已久。细听才知是失踪的黄猛突然冒出来了，连说解元不够意思，俏尔雅印染公司的事还没个好消息。解元也故作责怪状，说去过现场没那么严重呢。黄猛更生气，你们这是官官相护，还是脑偏风发作被忽悠了？接着发来几张俏尔雅印染公司当天偷排的照片，说故事远没结束呢，你们管不了就到省里说理去。说得解元口气平缓起来，直觉告诉他，上回去俏尔雅印染公司调查，自己太大意了，可能真被忽悠了。当即耐心劝慰，再三叮嘱黄猛不要越级上访，多配合市局查个水落石出。黄猛说接过威胁电话了，不敢露面了，你们注意查收一个资料邮包吧！放下电话，解元沉思了一会儿，叫来邱明，决定成立工作小组，认真查实俏尔雅印染公司排污案。

环境信访科宁科长向解元汇报，满脸喜气。说信访工作最近捷报频传，市领导的表扬通过简报、会议讲话和口头传达等形式不断传来，大伙儿越干越兴奋。市信访局叫总结个经验材料报过去刊登简报转发全市学习，环境信访科按照目标计划、网格管理、挂图作战、重点突破、整体推进等过程，拟了个“全市环境信访问题红格定时消除，圆满实现零库存”的经验材料，请局长把把关。解元接过文件夹，粗粗翻了翻，交代再改改，不要说过头话，不要突出个人，实事求是谈经验即可。他向来不好表功，但主管部门要宣传经验做法，也是锦上添花的好事！从全局工作上讲，他不好拒绝。

接着在局月度工作推进会上，解元充满感情地说：“接访工作是联系群众、解决问题、促进工作的重要纽带，要深入推进制度改革，全力打造‘阳光接访’‘责任接访’和‘法治接访’，变被动接访为主动探访，切实维护群众合法权益。”他掷地有声的话语，激起了同事们的阵阵感慨。禾雀花烂漫时节，市生态环境局环境信访科面貌焕然一新。接访室拦在上访人员和接访工作人员之间的铁栏杆被拆除，接待室安装了可容纳百人的座位，基本达到开放式接访标准。所有人员进行了为期半月的接访业务培训，增强为民服务意识，网格化跟踪问效到底。解元反复告诫要让群众有地方说话，这是基本态度。要学古人放低身段，见人先作揖——礼多人不怪，拒访的行为将受到严惩。市生态环境局推出接访工作八大亮点措施，省生态环境厅转发了经验做法，一时间说好论坏、扯三道四的话甚嚣尘上。

有人私下感慨，没想到解元这家伙有两下子，把个杂乱局面三两下理出了头绪，真是个狠角色。有人不严肃地戏谑，这是猪八戒耙空气——招招面上光。不管如何风吹浪起，每逢大小会议，解元总是不厌其烦如数家珍地述说亮点，潜移默化影响大家。工作休息间隙，机关灰油子油老黄惟妙惟肖地学舌调侃一番，引出一片嘀咕声响。啊，大家听听，这第一招是实行网上接访模式……大伙不要嫌烦哟，这可是解决问题的金刚钻哩！话音刚落，引起哄堂大笑。听完油老黄的调侃段子，黎华拍着刊登新莞市信访做法的省生态环境厅《情况反映》简报，扑哧一笑，不屑地说："正经事不做，光盯着信访马蜂窝拼命作秀，搞这些花架子。看来也是个花架官，今后恐怕没我们好日子过了，得想办法抽身走人才对啊。"路过走廊的个别不得志者愤然附和，语气唯恐天下不乱。"唉！别提了，咱们倒霉，来了位不着调的，你们岳老头子门路多有退路，我们这些平民仔往哪儿躲呢？""如今能走通啥关系？活人不能让尿憋死啊！放心，天无绝人之路，这样搞鱼不死网也会破的。"这话一出口，吓得旁边一名女干部使劲摆手，小声制止："罢了罢了，少说为佳。"说完赶紧扭着水蛇腰走下楼去。看着这女人慌张的背影，油老黄不无揶揄地说："这女人就是个软柿子，中看不中用，遇事随风散！"一众人哈哈回之一笑，没再搭话，各自散去。

这当口，邱明传来好消息，俏尔雅印染公司经过工作小组暗访被逮了个现形，偷排的废水抽样检测，证实氨氮、总氮、化学需氧量等数值严重超标，涉嫌排污犯罪事实确凿，可移交公安部门法办。同时发现该公司新装的污水处理设施是报废设备，已通过槽南分局责令停产整改。事情比想象的顺利。鉴于该公司邻近一处饮用水源地，区政府研究决定，封停俏尔雅印染公司生产车间，罚款100万元，要求限时搬迁。而那个暗中庇护徇私舞弊的春河镇镇长已被停职，据说他还涉嫌其他一些贪腐问题。

事情瓜熟蒂落，解元喜笑颜开。自己掏钱买了一袋水果去看望黄猛的父亲，老人激动地握着他手，说今后一定支持儿子多为环保事业作贡献！当场打通儿子黄猛的手机，告知投诉圆满解决的喜讯。电话里黄猛激动地邀请解元留下来吃饭，说半小时后即可回家。解元高兴地接过电话，跟他热聊一番。坚持说饭不吃了，感谢你对污染防治攻坚战的支持！欢迎继续监督。临挂电话还鼓励他一如既往地当好“钉子”，要敢于硬碰硬。

一辆普通桑塔纳小车沿着乡村公路疾行，环境信访科宁科长充当了临时司机。解元感慨地说，从黄猛发挥的破案作用来看，基层环保员很重要，可是咱们市的基层环保员队伍却缺员严重，难以大展宏图。宁科长也深有感触地应和，是啊，没有基层环保员，就像大象瞎了眼，庞然大物也白搭。说着说着，解元一脸倦容，霞光成束投进车窗，仿佛奔向一条光明彩途，伴着一阵阵轻音乐，一连多天没睡好觉的解元悄然入睡。

㊄

繁星满天

一颗也晶晶灿烂

一群也辉煌亮堂

小到个体是珍珠

大到群体是天空

有小星星们闪烁

就有灿烂星空惹人喜爱

一

"嗨！真是无法无天了！一个饲料厂小老板，竟敢抗拒检查殴打环保员，太不像话了！"随着一声呵斥，执法一科邱明科长愤怒地摔了文件夹，桌上一堆资料飞起老高。他颈上青筋剧烈起伏，脸色黑得难看。这动作有些反常，让前来通报情况的执法一科一组组长管清不太适应，仿佛自个儿没护好被打环保员一样尴尬，其实与他没直接关系。窗外天色灰蒙，无数云山相撞，似乎刺激人的情绪。

尽管如此，管清脸呈赧色，主动捡起几张飘飞的资料纸，略显不安地向邱明解释："这段时间上面抠得紧，一些企业主抵触大，环保检查矛盾突然对立起来，放哪儿都不好对付呢。""那也不应该打人啊！什么时代了还这么野蛮？"邱明依然气愤难消。这场景刚好被路过执法一科办公室的解元碰到，他在门外听得心里一惊，莫非执法一科有同事执法被打？心想，这么糟糕的事，自己当局长的是不能回避的，就不端领导架子了，也顾不得那么多讲究。进门才知是开发区上扬镇政府环保办的环保员小肖，在配合开发区分局查处上莲村饲料厂拍照时，厂老板辛某带人冲上来抢夺相机，拉扯中辛某指使保安打伤小肖左额，夺走相机。一场严肃的执法调查被迫中断，影响极坏。"那还了得，必须严惩！肇事者抓起来了没有？怎么市府办信息简报一点消息也没有？"解元的愤怒可想而知，房间的空气脆裂炸响。其实执法一科刚对口联系开发区环保业务不久，原来是执法三科管，绵元污泥案后，局里对市局执法科辖区业务作了调整。

“那简报偏爱报喜不报忧的，管清也是从基层镇街联络群得到消息。听说目前尚没拘留肇事者，好像当地警方说环保执法不在习惯认定的执法序列。这种情况发生后，公安机关不好立案，只能按民事纠纷处理，伤者同事气不过在工作群发牢骚哩。”“那怎么行？我们市局要管管这种歪风，不能纵容邪气横行。”解元嘴巴上翘，不满地斥说，邱明也气得胸膛拉风箱一样呼哧作响，似乎有太多情绪不能平复。解元的话让人解气，也引人深思，冰冻三尺非一日之寒啊。虽然市生态环境局与街道环保办并无隶属关系，但有业务指导义务，关心基层同行，打击不法行为，正确维护环保执法秩序，是每个环保人义不容辞的责任，这点共识上上下下还是相当一致的。

这世界跟善心相关的东西，容易趋向统一。在一种迫不及待的情绪影响下，由管清作向导，解元、邱明、管清驱车径直来到上扬镇，探视受伤环保员小肖。来之前解元掏钱购买了苹果和营养剂表示慰问，这两年各单位已不能随便使用慰问金，大小规定管得紧，违者必查，没人敢犯这邪。瘦长个的小肖左额缠着绷带，医生说检查过是外部创伤，敷敷药应无大碍。小肖一个劲感谢，似乎有些精神不佳，神情憔悴。

看到市局领导登门看望，小肖一家人说了好多感激话。彼此寒暄着，好一番温馨氛围。临别，小肖兴奋地握着解元的手连声致歉：“谢谢局长关心！给领导们添麻烦了。他们是欺负我是临时辅助人员，不是正式编，可我不后悔！”样子堆满了虔诚与恭敬，似乎真有什么错，抑或什么期待似的。当了解到小肖这种临时人员月工资特别低，除“五险一金”外每月剩不了多少钱，解元心里一酸，感慨良多。就新莞市生活水准来说，这点薪水的确难以维系三口之家的开销，购房更是痴心妄想。开发区虽然不算中心城区，房价每平方米却早已跨越三万元，且一直坚挺不降，令人望屋生畏。想着想着，解元不觉一阵难受，嘴里仍然说些鼓气话，鼓励小肖放松情绪疗养，局里一定会想想办法，给大家分分忧。彼此在温暖的气氛中握别，解元内心涌起一股怅然若失的情绪。路上，解元向邱明感慨，说了自己的一些想法：“咱们市局有必要把基层环保队伍建设好，他们才是执法一线的一手骨干！”邱明点头，也为之触动：“市局执法人员应该学习镇街环保员的敬业精神，他们扛着一堆困难包袱，却从不气馁！浑身有股子向上的猛劲，看得人心痛，真想帮帮他们啊！”“你说得对，我也正想这个问题，回去后找其他局领导研究一下，争取尽快给市、区政府写建议，把基层环保员队伍搞坚强，扎扎实实分好忧。”解元对这事居然较上劲了，说得很动情。坐在副驾驶位上的邱明高兴地回视解元，报之深情一笑。车子路过邻街广场，崩嚓嚓崩嚓嚓好一阵歌舞声音，悠然传进车来，车内低音乐伴听，气氛格外温馨。

上扬镇政府会议室空气板结，一场不约而开的调查座谈会匆忙开幕。闻讯赶来的开发区分局姜局长表情尴尬，小心翼翼地解释案情，不时叹息着自责，复杂的表情中似乎夹杂着些许无奈。他不无遗憾地说，肇事饲料厂生产的骨粉臭气熏天，臭水直排河涌，车间里蒸煮、晒干、运输、存放过程产生大量臭气，没经处理就偷排，旁边居民意见大，埋怨老板赚钱，百姓遭罪，政府不管！一直信访不断，目前此案正在查处中，我们会严肃处理好。他说得缓慢，一字一句吐得艰难，样子显得猥琐。解元听得表情肃穆，不时插嘴询问，指出监管不严的责任要严惩。建议像这样紧靠居民区的不法厂家，不管涉及谁，都应该报告开发区管委会，按市政府的授权予以关停，从重打击。姜局长木讷地点头，说管委会领导害怕影响税收，处罚上习惯高举轻放，纵容了部分厂家钻空子。解元插话说这是饮鸩止渴，神情颇为不满：“那怎么行，没有算好长远账嘛？贪眼前利益吃大亏哩！你们分局要把好关，不能迁就任何领导，原则问题是不能含糊的。”姜局长喏喏回应，一副忧心忡忡的样子。

在座的上扬镇党委书记也不堪重负似的解释，基层执法真是难处多，街道环保员没有统一执法着装，这家厂便趁乱妨碍执法，男男女女冲上来撕扯环保员衣服抢夺相机，甚至动手殴打，还诬蔑环保员是来捣乱的，不承认他们的执法身份，亮镇政府工作证也白搭。说得大家好难受，邱明忍不住插话，表现出很多不甘心："这种行为已构成拘留条件，你们应报警，让公安部门赶紧处理啊。"姜局长和上扬镇党委书记不约而同地点头，随即答话马上去办。

"执法难从末梢开始，因为基层没有执法权，涉事企业不但不配合，还时常过激对抗。上周街道环保办检查一家塑料企业，竟然被企业强行扣留，直到警察到场，环保员才得以离开。饲料厂这次殴打环保执法人员，看起来偶然，实则是基层环保执法难问题长期积累的集中暴发，让人揪心。"同来的开发区分局丁副局长一吐胸中块垒，意犹未尽地摇头，激起大家深思。解元边点头，边做笔记。不时插话问清缘由，提出指导意见。

这时一只苍蝇嗡嗡飞起老高，开发区分局姜局长挥了一下尾影，脸上肌肉不停痉挛，说得更惊悚："涉污企业普遍拒绝检查，不愿提供材料，甚至大门紧锁扣留执法人员，气焰嚣张到忘乎所以的地步，听说邻市还有撞死环保员的恶劣事件，真是到了不下狠手难以奏效的时候了。"边说边叹息，房间气氛有些压抑。

"或许这是改进执法的契机，倘若环保员不是同涉污企业剑拔弩张、针锋相对，而是一团和气甚至推杯换盏，就会为我们赖以生存的环境唱响挽歌。所以执法人员遭遇暴力，恰恰说明猫鼠并非一家，我们的执法力度值得点赞，总体讲现在的基层环保员还是很鼎力的，这是天蓝水碧土净的希望所在。"解元突然给予肯定，他看到大家光说负面的，担心折了士气，马上鼓励几句，减轻大家内心的沉重感。姜局长拍了一下苍蝇，苦笑着点头。

空中传来战栗的声音，汗汁黏稠难闻。邱明脸色一沉，看了大伙一眼，严肃地说："警察到场才能救人，恰恰说明需要建立环保警察制度，尽快摆脱环保执法困境。这是个普遍难题，表现在环保执法上力量弱，没权威性，取证调查困难重重，陷入'企业无赖、环保无奈、百姓无语'的尴尬境地。所以，组建环保警察队伍是大势所趋，我记得解局长刚来局不久，也谈过这种看法。"一边说着，一边大眼圆睁，仿佛憋着一股难抑之气，愤怒之情溢于言表。

米黄色天花板受到发言者情绪冲击，显得逼仄突兀，摇摇欲坠。解元眨了一下眼睛，高声肯定这种"公安+环保"执法模式的倡议，安慰说环保警察的性质定位、职权范围有待深入论证，尤其是在机构设置和人员编制上，需要规范构建，国家层面的顶层设计必不可少，这恐怕不是一日之功。但解决基层环保执法"肠梗阻"难题，咱们还有很多开拓的空间，需要改革，不能总让环保员自个儿应对突发事态。他的话不多，激起大伙共鸣，报以热烈的掌声。小小会议室陈设简陋，灯光昏暗，经这么一辩，大伙心里亮堂了，似乎有盏灯从心里亮出来，外界变得明亮有趣，座谈显得富有建设性，又切中时弊，彼此都谈出了一股压力，也扯出了一抹冉冉上升的希望。

二

返回单位途中，解元心潮起伏，望着窗外青山绿水，波浪一样变幻，禁不住自言自语。看这情况基层环保员工作不易，待遇太差，值得深入研究，改正缺点才是正路。邱明下意识地敲了下脑门，心情沉重地说，神情有些失望："这支队伍直面企业，发现问题早，能就近监控事态，其作用不可替代，可是怎么抓好似乎无处下牙啊！""解决还是有希望的，先要提高人员的职业素质和福利待遇，这是刻不容缓的关键步骤，可以下牙的地方多得很啊。”解元不以为然地摇头，似有所悟地说出自己的见解，邱明感到耳旁嗡嗡作响。轿车曲里拐弯，在山路盘回，方向始终向前，几度危险转向，又执拗地端正方向。在局务会上，解元这一观点得到广泛支持，会议决定尽快形成一个基层环保员队伍改革方案报送市政府，要请用尚方宝剑来斩蛇开道。

第二天，解元带着邱明、人事科金科长，直奔基层摸底数，和下面一起酝酿方案雏形。解元心想，这一回无论基层执法“肠梗阻”有多难，也要把脓包捅穿，该通的弄通，该强的弄强。剑不利，何谈破壁呢？

一路上，邱明有意挑逗大伙情绪，说了不少敞亮话。“环保人，首先是组织的人，承担着巨大压力和责任。其次是亲人的人，有着家庭、父母和妻儿。大家选择一生忠于环保事业，环保自然也影响你的一生，得有多么崇高的职业情操啊，既入此行，付出无憾！大家说，这像不像新时代环保人的风貌啊！”话音刚落，引起掌声一片。他仿佛被撩起无限雅兴，接着尖声说起一个段子，逗得大家前仰后合——

老婆：你在忙什么？周六能参加儿子的家长会吗？

环保人：嗯，大气强化督查，还是你去吧。记得问问老师搞准儿子的表现。

老婆：大气强化督查过去了，又在忙什么？

环保人：哎哟，黑臭水体督查，督察组马上进驻了。

老婆：督察组走了，你又在忙什么？

环保人：嗨，固体废物的专项督察组又来了。

老婆：这周六总可以休息了吧？

环保人：不行呀，饮用水源地专项督察组马上来了。

老婆：那还有多少督察组？

环保人：哈哈，还有中央环保督察“回头看”行动，打击进口废物、机动车的绿盾行动，还有省里的散乱污清理、化工行业整顿、锅炉整治……

老婆：够了，妈住院了你也不来。

环保人：我被派到外省检查了，快回去了。

老婆：凌晨了，不是说回家吗?

环保人：快到家的时候，局长微信通知开会，又回办公室来了。

老婆：太阳升起来了，你还没回来，在干吗?

环保人：在统计报表，好多份报表催得急。

老婆：不是说今天能正点回家吗?

环保人：你以为干环保是开动车，说几点就几点啊……

说得一车人哈哈苦笑，是啊，环保人没点牺牲精神还真做不了，现在更绝的是，亲人也被带得无怨无悔！你说这是一个什么群体啊？人事科金科长扑哧一笑，学着邱明的口吻接着说笑话解乏："请爱护身边环保人，他们不是万能的，却又是必胜的战神。"车子歪了一下，解元扶着座沿发声赞同，说做事业狠角，更要做亲情大神。"这个段子说明基层环保人不容易，这次下来谁也别给基层添麻烦啊，多体谅下面的难处。尤其对妻子多尊重啊，女同志半边天哩，看看老祖宗起的名称就知道内涵丰富，重如泰山，不可小觑哟！""都是些什么名称啊，真有大学问吗？您说说，让我们开开眼界。"金科长眨了一下眼，摆出期待解元快说的样子。"那是当然，中华文化博大精深呢，你看，老婆大人的名称有妻子、老婆、太太、夫人、老伴、爱人、内人、媳妇、那口子、拙荆、贤内助、对象、孩儿他妈、孩他娘、内子、婆娘、糟糠、娃他娘、崽他娘、山妻、贱内、贱荆、女人、主妇、女主人、财政部部长、纪检书记、浑人、娘子、屋里的、我家里、另一半、女当家、浑家、发妻、堂客、婆姨、家里领导等，数不胜数。复杂不复杂？不敢马虎吧！"解元不紧不慢如数家珍，说得一车人哈哈大笑。车子在山路上圈出硕大的问号，仿佛告诉一行人，若是不解决实际问题，任何调研都是灯草织布——枉费心机。

三

山风悠悠拉扯二胡，响过说书人的金嗓子。听到调研基层环保人的待遇问题，下面反响强烈，一个比一个说得心酸。槽南区峰山镇环保办主任一脸苦涩地倾诉，尖下巴拉老长，似有无穷苦愁要向外倾诉。“名义上镇环保办有四个人，目前只剩下我，上个月其他三名合同制环保员因欠薪半年没发，相继罢工，你说苦不苦？太累，真不是让人羡慕的岗位！”他缓缓地说着，黝黑的面庞挂满无奈，时间慢下来，整个房间的空气往下挤。解元听得一惊，听说基层困难，没想到这么难！正是实施《新莞市打造美丽中国城市样板行动规划》的关键时刻，却连环保员区区两千元薄薪都发不出，弄得缺兵少将咋干活？难怪不少非法加工点监管不上，和执法人员“躲猫猫”。而镇环保办主任工资也不到六千元，还差四年就退休了，就是欠薪再多也只好勉强撑着。一般环保员没有顾虑，三十六计走为上策。新莞市经济指标排名在全省不是第一，便是第二，工资却不算高，从不见涨，成了咄咄怪事！

“这两年基层环保工作不好干，上面盯得紧，下面老百姓不理解，执法者夹在中间麻烦更大，底层领导巧妇难为无米之炊，对环保工作时热时冷，不知咋办才好。”峰山镇环保办主任继续倾吐苦水，大家神情凝重。解元鼻子一酸，差点就要感慨几句，转念一想越是困难时刻越要打气，便张口说起来：“你们在基层辛苦了，相信麻烦是暂时的，问题终会解决。介绍的情况很重要，我们这次来就是要听到实话，找到解决问题的金钥匙。请你们相信干环保工作前景光明，现在中央高度重视生态文明建设，使命光荣，是响当当的朝阳事业哩。”说得环保办主任面色略有舒展，起身给大家续茶。

“局长说的我都懂，只是渡过当前关口太难了，工作欠账多，一不小心就被追责。编制问题没法解决，虽然叫我主任，只是临时负责而已，镇环保办不是正式编制单位，罢工的三个环保员也是临时签个合同，一点都不牢靠，无法做到拴心留人。”“是不是你们区所有镇街环保办都没编制？工资怎么解决的？”人事科金科长跟着追问。“确实都没编制，我是镇办公室抽来的，临时环保员工资由镇里自筹，镇里各方面开支大，很难保证按月到位，其他镇街情况差不多，家家有本难念的经。”说完，这主任叹了一口气，脸色憔悴，空气似乎有些凝固。解元笑了笑，提议先休息会儿，他用这种方式放松大家的情绪。邱明心领神会，机灵眼一转，学了段孙悟空挨批的笑话来活跃气氛。

“你这泼猴，好不尊师重道，刚在那蜘蛛精面前，你为何弄个豹纹围裙装性感？你为何抢为师的风头？闭嘴！我管你是豹纹还是虎皮！你还知道自己是谁不？你一个刑满释放人员在我面前装个毛啊？你看你染一脑袋黄毛拎根钢管你装古惑仔啊？我这说啥话呢……呵呵，阿弥陀佛，善哉善哉，为师有些失态了。”学唐僧的话儿刚落声，他又撇着猪八戒的声调凑起了热闹：“猴哥儿，当初你就拿这戒指跟紫霞仙子求婚的？你丫真逗！半克拉钻都没有，换谁都不鸟你了！当初嫦娥就这么臊我老猪说：甭跟我说爱不爱，先看钻戒多大块！唉，现在的仙女多现实啊！哎我告诉你，想勾仙女儿，要拿一钻石板砖把她拍死，她都不带喊救命的！”说得一屋人哄堂大笑，气氛骤然缓和，几个人感慨忍耐也是狠功，坚持下去皆可立地成佛，即便是齐天大圣恁大本事，不还得受手无缚鸡之力的唐僧节制嘛。几人辞过情绪不佳的峰山镇环保办主任，继续赶往下站。

烽火镇在槽南区算是排前的大镇，人口超过十万，革命战争年代是扩红模范区，铜锣一响人人支前，男人打仗女人送饭，那份火热情怀说来动人，可如今连个镇环保办也建不起来，活苦险大没人爱！分管环保工作的副镇长惭愧地对调研组一行诉苦，喋喋不休讲了一大套：“环保工作忙不过来时，叫镇环卫队来过几人帮忙，都吃不消啊，查一个稍微大点的企业，涉水、涉气排放节点太多了，去两个人看完需要两三天时间，根本忙不过来。的确太苦，都干不长，执法过程中常常不分昼夜，随时奇袭急奔，还有爬高下井等险难动作。夏天不说了，有一个冬日凌晨，突击检查某企业烟囱排放情况，我带着地面小组控制现场，临时环保员为取证迅速爬到几十米高的半空测量，冬天穿棉衣行动不便，只能穿着毛衣往上爬，抱着烟囱在上面待个把小时，下来彻底冻僵了，浑身直哆嗦。那名同志说啥也不愿干了，苦啊。”他的话绞钢丝一样，拽得空气咯咯响。“除活苦外还有其他难处吗？”解元心情沉重，继续刨根问底。“当然有，应聘人员素质不高，环保专业的大学生不愿待这小镇小庙，愿干的既不懂行，又不懂法，观念老化，适应不了形势发展。在执法过程中容易出现对政策掌握不透、对法律理解不够、对违法事实认定不准、对环保技术标准拿捏不对的问题，干不了几天只能让他走人。还有一个就是保障没法弄，经费、车辆、着装都落实不了，不仅形象不像执法‘正规军’，甚至还成了‘高危’职业。单从执法服装来说吧，代表法律严肃性，但基层环保部门从没统一着装，成立环保办的镇街，穿得五花八门的，什么颜色的衣服都有。交通上私车公用还没有执法标志，因为没有那么多可用的公车，老百姓戏称是‘伪军’扰厂，呵呵，真难啊！”听到这儿邱明一声苦笑，忍不住追问：“除了这些，基层环保员觉得最难受的是什么呢？”房间空气显得干燥，越听越沉重。

阳光有一搭没一搭地飘进来，扎不住根儿。副镇长说得兴起，干脆敞开心扉，一吐为快：“我今天算是把心里话掏出来了，最难受的是活干了还被无限追责。在基层执法，与违法分子斗法的情形比比皆是。天天挖空心思应对越来越隐秘的‘猫鼠游戏’，有时发现了问题，也不能马上让上级环保部门知道，如果上级先发现了，我们肯定要被问责。之所以这样，是因为新环保法强调了地方政府对环保的责任，强化了追责制度。但追责实施的过程中，往往是上级环保部门约谈下级地方政府，而地方政府就要把责任扣到我们环保部门头上，导致多数时候我们只能替地方领导背锅，从追责变成了被追责。基层环保员把这称为‘无限套’，个个战战兢兢、如履薄冰，个别污染严重的镇街环保办主任位子变成了‘高危’岗位，有时还面临人身威胁，真的不好干呢。”

听到这些平时听不到的真话，解元心绪澎湃，难以平复。握着副镇长的手连声道谢，满意地打气安抚：“你们反映的情况太重要了，假如末梢出了问题，所谓的环保执法效率就会大打折扣，甚至归零。我们回去后一定给市委、市政府提好建议，替基层撑起一片晴朗的天空。”副镇长拱手感谢，挽留调研组人员一起吃夜饭，被解元婉拒。大家迎着夜色赶路回家，繁星布满大地，一闪一闪地让人激动不已。车上人声嘈杂，一边感慨此行收获满满，一边绞尽脑汁地琢磨解招。

四

第二天，解元组织调研组人员和局领导一起集思广益，就基层环保员队伍建设弊端，列出职业素质、执法效率、人员编制、经费保障、技术设备共五大问题，分基本情况、存在问题、解决对策和几点请求四部分，形成了两万多字的《关于有效加强新莞市镇街环保员队伍建设的报告》。局党组讨论后呈报市委、市政府。秦市长、曾副市长又与解元面对面探讨了一番，才最后确定解决思路。市领导当场拍板，因环保警察涉及体制编制诸多问题，另行向上级机关提出改革建议。对本市能够实施部分，由市生态环境局和相关部门制订方案，待市政府决定后尽早付诸实施，掀起一个生态文明建设小高潮。

樟树巅上一片光亮，很快，市政府常务会议通过了《新莞市建立镇街专职环境保护监督检查员队伍实施方案》，明确规定环保员每个镇街不少于十人，由区政府统一向社会公开招聘。除思想政治素质外，突出环保专业需要，年龄在30岁以下。专职环保员经市、区环保部门统一培训、考核合格后持证上岗，工资待遇按市里统一设立的行政执法辅助人员薪酬标准，每人每年八万元，含代扣代缴的“五险一金”、特殊岗位津贴和技术资质补贴等待遇，由各区（县）政府统一列入财政预算开支。从而彻底减轻了镇街的负担，形成了一支稳定的基层环保执法队伍。一时间，下面浪花翻涌，都说迎来了一个打造美丽中国城市样板行动的春天。

相比以往，镇街环保员待遇翻了一番，市政府下文相当于戴了铁帽子，各区县顷刻迎来了一轮应聘热潮，有应届毕业生，也有专业公司技术员跳槽，还有下岗工人、环保爱好者，应聘者踊跃，大大出人意料，真是应了朝阳事业一说。

解元爱人严老师的侄子严卿刚刚大学毕业，学的环境科学专业，一看就是机灵鬼。也跃跃欲试，跑来找姑父解元帮忙，碰了一鼻子灰，还挨了一顿训斥。“小卿子啊，你是新时代的大学生，要自成一番事业，摒弃庸俗关系学那一套，任何时候都要遵守公平规则，不走后门，堂堂正正做人做事。按理说姑父在环保部门工作，你在本市环保单位谋事求职就很不合适。”说得严卿脸上红一块白一块，恨不得找个地洞钻进去躲躲。严老师在一旁急忙圆场，一脸无助的神情：“你那么吓唬孩子干吗？又不是考公务员，镇街环保办又不是你们局垂管，只要你不出面，孩子凭自己本事应聘，无可厚非。你这个姑父不愿帮忙，鼓鼓气总可以吧。”说得解元略显尴尬，仍旧固执地警告妻子：“你也不准打招呼，否则就是违规。”严老师面带愠色，拉着严卿出门散步去了，丢下解元一人在家看电视。最后，小伙子还是靠自身硬考，聘上了槽南区峰山镇的基层环保员。

一时间，基层环保员队伍改革顺风顺水，解元喜忧参半，心里颇不踏实。这次各区招聘的基层环保员共有千把人，一下子壮大了基层环保执法队伍，解决了困扰多年的执法缺人难题，堪称前所未有的喜事。忧的是这么多人马上派去辅助执法，还欠精准执法功夫，得先淬火才能成好钢。市政府下发的《新莞市建立镇街专职环境保护监督检查员队伍实施方案》中，把培训列为敲门砖，甩得当当响。在市局推动下，依托省环境保护工程职业技术学院承办的新莞市镇街环保员业务骨干培训班开班了，校址在新莞市。计划举办五期，一批新环保人兴致勃勃入炉深造。曾副市长在反映培训情况的《环境信息简报》上批示：形势喜人，气象更新，再接再厉，争创佳绩。消息传来，全市生态环境系统为之一振，从前不愉快的事随风散远。

五

风中飘扬琅琅书声，学习时光心情愉悦，学员仿佛回到了学生年代，人人笑容灿烂。为期半个月的培训风风火火开场，解元代表市生态环境局热情动员，谆谆教导学员们练好本领，顶住诱惑，树好新时代环保员新形象。寥寥数语，一下子把学员政治站位提高了，大家觉得干这行蛮神圣的，是为天蓝地青的美好环境站岗，吃多大苦都值！

对解元的工作劲头，省环境保护工程职业技术学院院长很服帖，一个劲夸赞！说他细功了得，审方案、调配课，样样称绝。学员们感到开卷有益、学以致用，一个个沉浸在紧张活泼的学习中。

就是这么天衣无缝的培训链，解元老嫌做得不够，说身处其中才能感同身受，打成一片才能心心相连。他一有空就泡培训班，谈生活讲业务，不辞辛苦，精力充沛，还兴致勃勃应邀参加培训班的小组讨论，感受学员们的丰收和喜悦。槽南区学员小顾漾着激情感慨，这次培训专家传经，骨干解惑，学的东西过得硬，还说解元讲的精准执法犹如擒贼擒王，形象有趣。听到学员的好评，解元心里暖和，说脚板儿蹚对了，一路顺畅舒服。如今履职不易，最怕无用折腾，一时间到处是兴高采烈的好评。

六

槽南区学员小顾结束学习回到岗位后，很快担任了凤街环保员，开始了新航程。

小顾半夜1时排队等开盘，终于喜滋滋购到报喜花园房子。前些年这儿城中村房价八百一平方米没人要，新楼盘一开发俏上天，两万一平方米还抢不到。凰街小钟更开心，找了熟人打招呼，少了好几千元零头，没费劲便将报喜花园一套房子收入囊中。其时两人素不相识，但不影响相遇。为何？共同的环保爱好使然。讲正宗，还是小顾正牌，凤街的专职环保员，国字脸炯炯有神。而小钟呢，只是凰街的环保公益爱好者，白净耐看。巧合的是，两家居然买到同一楼盘，真是物以类聚，人以群分！凤街与凰街分属不同管辖区，开发商如何拿到两边黄金地统建一个楼盘，不是要紧事！关键是小顾和小钟同住一栋楼，两人朝气蓬勃样子注定会有故事发生。这不！真来事了！物业公司经理牢骚满腹，埋怨谁把报喜花园弄成了报忧苑？偌大楼盘哪有偷排？偏偏有人反复举报！不是说楼盘排污作假，污水直排河涌，就是说楼盘配电房变压器什么的噪声大，扰民多，反正横竖要跟楼盘过不去，让人急煞！

有举报必有回应，槽南分局查了多次，忙乎乎一无所获！消息传来，业主哗然，举报信如此多，岂会空穴来风呢？很快有人为此劳力费心了，小顾昼伏夜行，小钟昼行夜伏，居然没查出什么名堂！可是举报信仍然不停，物业公司经理咬牙切齿，分局执法人员反复巡查，相关景象纷繁，就是不现蛛丝马迹，真是急人！小顾长叹一声，难道是自个儿不专业，看不出“肥猪的毛屎”？小钟更是光火，分局执法科让他暗中观察，竟然一无所获！这怎么行？想到业主群情激愤的样子，这顾虑不消除，难保不出大事。两人不约而同前去守夜，大冬天斗狠，冻得直哆嗦也不退缩。

小顾一会儿蹲楼盘配电房，一会儿查排污管。小钟也是如此，比着劲忙来忙去，两人忙到了一块儿。没问缘由就是一个热烈拥抱，仿佛老友重逢，说起想法相互赞赏，彼此激动不已，大有相见恨晚之感！但问题确实太难，扯了半天理不出头绪，楼盘噪声肯定不超标，现场就能感受。至于排污有没连接污水管网，肉眼看不到。两人纠结着，赶紧跑到楼盘外春河，打着手电巡查一圈，并没发现偷排现象。小顾还选择不同点位，舀了好几瓶水样，带回单位化验，亦无水质超标迹象。一连几夜这么坚持，彼此都有倦意，说着说着小钟脸色一沉，无奈地感叹：“弄不好是有人搞恶作剧，不如算了，恐怕再蹲也无结果！”小顾笑脸回应：“也是这理，会不会举报信有问题呢？”正当两人唉声叹气间，月光下赫然显现一位彪形大汉，持着手电筒左晃右射，仿佛漫无目的，又似乎若有所指。看情形像是查污同行，两人迎上前去，一番寒暄，竟然彼此言语相投。议论半天，又回到污染偷排上，好一阵义愤填膺，赳赳然不能释然。

小顾趁势提议，找来相关工具，三人摸黑揭了楼盘周围十多个排污井盖查疑。小钟内行，看了半天，真没发现楼盘排污存在异常。三人叹息起来，在这节骨眼上，彪形大汉一声长啸，让人毛骨悚然：“你说我写这么多举报信，是不是弄错了？可一入梦，就活灵活现看到楼盘不接污，浊水尽偷排，配电房轰轰然噪声扰人入眠！唉唉！这是为何？”说着说着，竟然蹲地号啕大哭！一会儿清醒，一会儿糊涂，如此反复，弄得小顾小钟一脸讶然。月光灯影中，小顾脸色愈看愈黑，小钟脸色愈看愈白，彪形大汉脸色不白不黑，细瞧憔悴泛黄，神情颇显古怪。问其家居何处？小顾小钟欲送其归家。彪形大汉忽然怒发冲冠，仰天长呼，时而喃喃自语，手舞足蹈，竟不听劝。这声音引来不少人旁观，中有彪形大汉家人，在众人协助下，终于将彪形大汉扶回家。

后来才知，这人患有神经分裂症，其家人一再道歉，说他们原来居住的楼盘确有噪声干扰，污水偷排厉害，都是多年前旧事，说得人瞠目结舌。这以后小顾与小钟经常相聚，偶尔联合查污，说起初识时的种种过往，尤其环保新鲜事儿，两人的理念出奇地统一，真是英雄所见略同啊！而那彪形大汉再没偶遇，楼盘也从“报忧苑”变成了报乐园。居民欢天喜地享受着美好环境，说有身边这些星星，生活更加美好。

七

似乎应了乐极生悲的常理，第一期培训班快要结束时，没想到半空中劈下一道炸雷。一封检举市生态环境局解元局长假公济私借培训捞钱，在环保员招聘中乱聘亲戚的控告信，投到了市纪委仇副书记手中。尽管是匿名控告，考虑到市生态环境局的重要性，市纪委郑重其事地派出了由仇副书记带队的调查组，不查个水落石出决不罢休。

这样一来，原本情绪热烈的培训班，当即呈另样暗波汹涌。一边是紧张充实的培训学习，书声琅琅；一边是掘地三尺不放过点滴的严格调查，一招一式不由人选择。参加培训带队的几名镇街干部埋怨，白天忙大课，晚上挨小查，还要接受调查组的问询，核实解元的违纪违法情况，高压态势真让人吃不消哩。

虽然培训班没停，解元局长没停职，但局里、班上，似乎处处有种山雨欲来风满楼的势头。一连数天，局里同事之间多了一些动作哑语，少了一些欢声笑语。黎华神秘地说，时序不对劲，会有大事发生！油老黄也揶揄，说局里古怪的地方太多了，邪事数不胜数。门口的保安员老石联想起绵元污泥案，着急地跟办公室袁主任建议，一副关心模样。郑重其事地说局办公楼一定有什么东西摆错位置了，否则不会接二连三地中枪，应该请大师来捉捉鬼，避避邪。并说他老家就有一位高人，捉鬼无数，算准多名高官晋升，花费不算多的。说得袁主任哭笑不得，高声制止："老石别胡闹！别信什么大师！也别听人瞎说，沉默是金，干好自己的工作才是大事，当保安的要有那种两耳不闻窗外事的定力，你记着啊。"说完拍拍老石肩膀，闪身上楼。

解元倒是定力十足，不是到培训班跟班，就是在局里督办大项目，好像没发生任何事儿一样。当然为了配合调查，也时不时被叫去谈话，作些解释，写些说明。他这段时间很少到户外活动，公开露面一少，外界一片哗然，甚至有了他被纪委留置的传言。有朋友打来电话试探慰问，他一笑了之，一副不显山不露水的样子。个把月下来，工作之余，解元居然就上回调研情况写成了一篇论文《基层环保员队伍建设的误区与对策》，北京的《环境保护》杂志主编看了高度赞扬，准备刊用，算是意外之喜。

酷热难耐时节，鸟叫干涩揪人。五期基层环保员培训班平安结束，针对解元的调查也有了明确结果。神神秘秘的市纪委调查组坦然露面，在局党组会上通报了调查情况：关于反映解元同志在环保员招聘中乱招亲戚的问题，经调查不属实。槽南区负责环保员招聘的侯副区长、槽南分局曹局长证实，对于新招聘的环保员严卿是解元亲戚的情况，事先并不知情，也没接到任何要求关照严卿的说情招呼。严卿是经公开考试正常录用的，程序不存在任何违规。目前严卿为了避嫌，未上岗即已辞职。举报的第二个问题，反映解元同志假公济私借培训捞钱一事不存在。培训班尽管由市生态环境局牵头举办，但无经费往来，市生态环境局未承担任何费用，所需培训费、食宿费、学习资料费、旅差费等费用均由学员个人交付，培训完后回各自单位报销。收费单位是省环境保护工程职业技术学院，解元和所在局未过手经费事宜，亦没发现其从中拿回扣谋私利现象，更多了解到的是其传帮带的感人故事。反映的第三个问题，制订《新莞市打造美丽中国城市样板行动规划》时照顾与他有关系的区，经核实，纯属子虚乌有。反映的第四个问题，不关心女同志，比如给岑霞穿小鞋，违规将其交流分局。经核查，原执法支队人员分流经过了考核筛选和规范的组织程序，没发现解元同志在这方面存在问题。算是逐条洗刷清白，没挂遗留账。

随后市纪委仇副书记受市纪委主要领导委托，对解元作了高度评价。肯定其受命于非常之时，以对党绝对忠诚的品质，化不利为有利，振奋一班人精神，刷新了全市生态文明建设的高度和精度。希望局党组今后在他的带领下，认真落实好《新莞市打造美丽中国城市样板行动规划》，再造辉煌佳绩。当前特别重要的是，配合即将到来的中央环保督察工作组，把新莞市的环保工作巡视好，落实好中央环保督察要求，不出任何差错。

组织的信任让会议室充满温馨，解元表态随时接受批评，不辜负组织信任。他语调平缓一度哽咽。局党组其他成员也动情地表示支持解元的工作，争取更大成绩。通报会在团结友好、严肃轻松的气氛中结束，角角落落的窃窃私语随之偃旗息鼓。

华灯璀璨，繁星满天，彩光四耀。此时此刻，解元想到那些不计得失勤奋工作的普通同事，那些刻苦学习默默奉献的基层环保员，眼睛一片湿润。他们平凡地生活在底层，却不平凡地闪耀着璀璨的光芒，他们才是真正的星星，照亮别人也照亮自己，值得学习，应该铭记。这么想时天空异常辽阔，山河无比壮丽，每一个生灵都是难得的朋友！

六

督察行动

獬豸在河边走来走去
怪味瞬间飘失无踪
獬豸在山坡摇头摆尾
乌云与雾团躲得远远

一

槽南区这天晴空万里，云朵悠闲，天色逗人喜欢，雾霾沉沉的光景突然消失了，希望从中开出无限云花来。老百姓说中央生态环保督察花样吉祥！一来就是好天气，阳光灿烂，百花盛开，街上见到的人儿面若桃花。

市生态环境局信访接待室人称火药桶，不知啥时会爆炸。当天轮到主任科员温柱良值班，有人戏测老温命相不好，多灾多舛的主，他从来不信这套。从部队转岗过来一路欢喜，编制是参公性质，分在市局直属单位固体废物管理中心。人来后，没在那儿待一天，直接到执法一科帮助工作，成了不挪窝的“长工”。别人笑他，他情愿在这儿学学执法业务，说是雀子撞到窝了，叽叽歪歪的没意思！

信访接待室实际成了投诉处理中心，中央生态环境保护督察组来这段时间更忙，投诉多如牛毛，值班员一个个小心翼翼的，生怕没捋顺，让牛毛变成犟牛！市局六个执法科轮流派人在此值班，时时勤谨慎，人人当大事。也好理解，这种没少给领导添烦恼的矛盾集纳地，关键时刻岂能不盯紧？说来巧，怕啥就会中啥彩。温柱良坐进值班室没几分钟，一名中等个头大叔冲进来，理直气壮地举报瑞兴镍业有限公司是个污染狂。不讲环境乱弃冶炼废渣，情节特别恶劣，不将其惩处群众决不罢休。他义愤填膺，絮絮叨叨讲了一大堆情况，一副不依不饶的样子怪吓人。温柱良仔细一看，大叔肤色黝黑，快言快语，直报家门姓梁。听到这么糟糕，温柱良赶紧让大叔填好情况登记表，好言劝慰一番，互留电话告别。

温柱良随即致电槽南分局初核情况，提醒对方督察期间多加留心。分局值班同志回答被举报公司没问题，手续齐全，排放达标，经得起检查。还说诬告捣乱的经常有，回回核实白跑一趟，纯粹浪费行政资源。温柱良说，都告到上面来了，遛一遛、过过磅是必需的。分局那边哼哼作了。解元在交办件上批示，要求槽南分局限期查清，不留隐患。温柱良照转分局，再三提醒下面当回事。

这时中央生态环保督察组已进驻省里，组长是在全国人大任职的邻省原省委书记，副组长是生态环境部副部长。大小事情打破砂锅——问到底，阵势不容轻视。生态环境系统一切工作不得不放慢节拍，聚焦督察旋转，过去整改不彻底的，这回要用鞭子抽着转。第二天省委、省政府召开中央生态环境保护督察动员会，解元到省里主会场聆听，市、区生态环境系统人员在单位分会场参会，上下绷紧弦，雁过也得噤声。随后省政府下发通知，督察组公布了群众投诉电话。分明察暗访、交办问题、督促整改等方式，整套程序迅速开动鼓风机，一场风暴席卷而来。

温柱良看着局领导脸色，犹如霜打茄子一样凝重。上上下下如坐针毡，害怕中枪，又无处躲避，局势薄如宣纸，一触即破。这节骨眼上最怕群众投诉，防不胜防，领导心累地感叹。

一连数天，瑞兴镍业有限公司被投诉问题揪着温柱良的心思，他负责核实这起投诉，一时间尚无进展。他也踏实不起来，冲投诉人梁大叔那股劲，不像是空穴来风。可槽南分局死活不认账，说纯属诬告，叫温科不必搭理。正纠结要不要现地核查时，麻烦就来了。中央生态环保督察组突然点名查看瑞兴镍业有限公司，让市生态环境局派人带路。一局人炸锅了，不知会出什么事。忐忑不安者惶惶相怜；观望无谓者漠然冷视；幸灾乐祸者讥笑雀跃；视若大事者如履薄冰，黎华与油老黄你一言我一语地说笑，让人心神不宁……一时间众相复杂，种种形态揪心。

本来不起眼的温柱良火起来，被解元点名陪检，可他没来得及提前查看现场，就这么囫囵吞枣似的被叫上车。赶到槽南区时，区政府干部更感慨，说早熬得“险象环生”，好几天睡不着觉，临头还是撞眼了。一见面，侯副区长满脸堆笑，不无揶揄地私下跟解元开玩笑：“你这‘大官’得罪不起，双休日都休息不了，盯这么紧，还让不让人活？”解元笑笑说：“别闹，关键时刻要讲政治！”刚说完，中央生态环保督察组、区处长一行就到了，大伙少不了一阵寒暄。区处长不听汇报，要求直奔瑞兴镍业有限公司。随着侯副区长手臂一挥，小个子烽火镇熊副镇长跑过来带路，三角眼骨碌碌转动，中等个儿一笑小眼眯一块儿，活脱脱像幅漫画。这个偶作深思状的副镇长，不声不响地把一行人领到老工业区。

只见一处旧厂房人去楼空，车间一片狼藉，眼前呈现乱糟糟无从查起的乱象。真是太蹊跷了，温柱良想起梁大叔告状时的描述，觉得不可思议。熊副镇长一本正经地解释，滔滔不绝地说瑞兴镍业有限公司早已自行搬迁，又喏喏半天说不清搬迁时间、具体去向。区处长拿着举报信对对看看，偶尔提提问，一脸不相信的神情。在反复得到熊副镇长确认地点无误后，他欲言又止，要求写个说明报告来，带着意犹未尽的表情默然离去。弄得陪同的解元心里发慌，回来路上一再要求温柱良弄清情况，千万别出差错儿。一旁的槽南分局曹局长抢着回答，请局长放心，肯定没问题，有事儿大伙哪有这么安宁！说完他一人先笑起来，弄得气氛轻松起来。温柱良望着曹局长迟疑片刻，也不自然地笑了笑。

二

上班刚坐定，皮副局长找温柱良谈话，叫其参加市局对接中央生态环保督察的工作值班，负责交办件上呈下达。说是人手不够，只好辛苦温科牵个头。听这话温柱良不好拒绝，中央生态环保督察是头等大事，哪好意思推辞。想自己转来执法一科上班，边缘打杂多，应急担纲少，正好锻炼锻炼。平时皮副局长板着面孔，一副难以亲近的模样，今天却是春风满面，难得一见的和蔼相。听说前面几位同事都拒绝了这项工作安排，自己一口应承不好，显得不合群。思索片刻，他额头一扬，也委婉地佯作推辞，脸上笑容如常：“还没考取执法证呢，参加值班恐怕会误事吧！”皮副局长听后摇头一笑，一本正经地强调是个稀松事，笑容依然灿烂：“没关系呀，你考你的证，就是个配合班，两人一班次，有业务科室领导带班轮值，每个班次全天候值守24小时，不是天天有，复杂不到哪儿去的。”看他铆劲坚持，温柱良才表示同意。他这人有种服从惯性，过去在部队做副团级的大队政委，指挥几百号人呢，当初转进市生态环境局工作，名义上降一级，其实差好多档次哩。说起来是二级主任科员，只能算个正科闲职，中间隔着科长实职、副处闲职、副处实职。虽然没多久调为一级主任科员，再怎么说，自己过去职级不会差过地方副处实职吧。在科里他承担的事不重要，分量与刚招的大学生差不多。可干活棒棒的，毕竟不为当官而来，人生磨炼愈多愈成熟，想起退役时首长的嘱咐。他暗暗告诫自己，勤学苦干，不能丢脸。

值班地方在局办公楼十七楼会议室，分为分件组、交办组和技术组，麻雀虽小，肝胆俱全。名义上是中央生态环保督察组新莞市联络组，负责交办件传达反馈工作，名上威风八面！为不耽搁工作，市生态环境局早从各科室、直属单位和保障网络公司抽来一堆人，全力以赴盘活链条。同样，省生态环境厅也从各市抽人成立省级联络组，确保环环畅通，避免周转不灵。这链条上的人上下紧张，如临深渊，如履薄冰。油老黄啧啧夸赞这布局想得周全，虫子掉下来砸哪儿都画好了坑，八九不离十，怎一个准字了得，说得一屋人哈哈大笑。行家说这是新莞人的先天属性，过去进士举人辈出不穷，如今省部领导能数一串，名人大家不计其数，是那种耕读世家清白做人细心做事的老味道。

温柱良在分件组值班，起初几天如坐针毡，生怕出差错。汗毛全竖起来，第一时间将省厅下转的中央生态环保督察组交办件传上内网，上报市政府和局领导。领导批示后再下转涉案区县速办，同时给省厅上传回执单。内容不复杂，程序却不能少，也不能离岗。一句话，活不难，拴人拴得心慌。

解元常来值班室查看，告诫大伙小心驶得万年船，说上呈下达重在快准二字，中央生态环保督察组要求一周内回复结果，一刻也不要拖延。诀窍是过程越快越能多争取落实时间，帮领导早点分忧。这提示给了温柱良动力，冥思苦想半天，想到找省联络组投机取巧，提前拿到交办件送审草稿可节约不少时间。凑巧配合中央生态环保督察组每天综合情况的小黄，正好是执法一科抽去省厅帮忙的军转干部，彼此交好。听了温柱良意见，小黄小心请示省厅协调处长，一听能提高效率也不反对，只要求以正式文件为准。这样每天正式件到达前，新莞市生态环境局已提前三四个小时拿到电子版，分件效率大增。市局联络组一片欢腾，都说温柱良立了大功，他自己不以为然，说只是早点干活而已。

领导评价，有亲和力、会协调是温柱良的长处，得益于任过宣传科长、秘书科长的经历优势，更多是父母言传身教的家风影响。他常说协调不难，无非是放下身段多说好话，道理摆在那儿，说多了石头也会感动。这一招还真管用，温柱良督察值班时，交办组和技术组值班同事花样开心，彼此配合默契。没几天下来，成了临时抽调值班人员的主心骨。这值班并不坦然，看起来手握尚方宝剑，别人畏你三分，底下也有死猪不怕开水烫的，任你千锤万凿不为所动。加之新莞人热爱家乡山水啊，拳拳之心殷殷之情让人动容，几乎天天都有举报件。一时间市、区、镇街环保人员忙得团团转，相关领导头痛欲裂，老百姓望眼欲穿。中央生态环保督察组仍嫌整改进度太慢，这势头下难免有人疲于应付，心生怨气。也有置身事外漠不关心的，敷衍塞责现象不可避免。

环境督察风暴劲刮，也有中央派驻单位置身事外，认为都是地方政府的事儿，不想沾边。事先开协调会时以为是走走形式，一个个会上说得天花乱坠，事情临头了又不想理这茬了。新莞市火车北站是个货站，南来北往枢纽，随着这些年迅猛发展，货车明显增多。可车站围墙还是老栅栏，不隔音不遮光不拦粉尘，让周边居民深受其害。于是乎，投诉从没断过线，也从没生过效，“铁老大”硬着呢！以前温柱良曾去现场执法，清楚其中旮旯事。说句不好听的话，个别火车站领导像茅坑里的石头——又臭又硬，真不好对付。

交办组小柳当天上午与新莞市火车北站交涉不畅，对方值班员先是说没接到上级铁路集团通知难办，后又说没有隶属关系拒绝接件。小柳好说歹说都白搭，对方是理发师收摊子——懒得理，急得一筹莫展，跑来找温柱良商量对策。当了解到小柳是以市生态环境局联络员身份出面派活时，温柱良诡秘一笑说难怪！谁叫你“矮化”自己呢，说得小柳一脸懵。下午小柳照温柱良点拨，将信将疑拨通新莞市火车北站值班室，自报家门说是中央生态环保督察组值班员。没想到这招牌真管用，身份一亮，对方客气得没法形容。刚好也换了值班员，很快受理了群众投诉该站噪声扰民的传真交办件。几天后，该站传来隔音墙拟建方案，投诉群众表示满意，一个困扰了居民多年的难题迎刃而解。温柱良听说后，心情舒服一大截。

没想刚平静一阵，烦恼又来敲门，像丝线缠麻线——越缠越乱。似乎是事物发展规律，温柱良得保持内心强大才是大道。也够怪，他一值班就犯冲，哪门冲啊？当然是瑞兴镍业有限公司这家老对手，避不开躲不过，当然也没真躲避。打个不恰当比喻，前次相遇是人打冲锋，这回巧逢是信来冲击，贴了中央督察标签，狭路相逢泰山压顶。投诉信说瑞兴镍业有限公司又偷埋废渣了，不会是梦话吧！当然不会，端详转来的信封地址笔迹，温柱良记起上回梁大叔的签名体，有一股故人久违的感觉，对！信封上真是他的笔迹，百密一疏啊！尽管里面内容是打印匿名，可是瑞兴镍业有限公司厂房早几天检查不是空无一物吗？想来中央生态环保督察组也是纳闷得很，破例转来第二封举报信。这让温柱良陷入怪圈，局领导也被绕进去了，一筹莫展。

三

中央生态环保督察组进驻以来，一切事物瞬间快了半拍，上班的人儿一下子提前了好多分钟。多少拖拉事，不用打招呼，突然自动旋转起来。人人似乎头顶悬钟，那玩意儿没规律，时不时敲你一下。

开发区分局姜局长一头乱麻，双眉紧蹙，好多事急得慌，越急越不灵光。早交班时，他刚提醒各条线把眼睛瞪大点，神经绷紧点。在开发区分局干不容易，直接面对群众工作，来不得半点马虎。这不，就冷不丁“出事”了。分管副局长老丁来报，发现一家环保公众号播放偷排废水的视频，据称是开发区企业，阅读量正唰唰数千数千地直往上蹿，这架势真要命啊！听得姜局长嗡的一下，头快炸了，几个领导一商量，赶紧部署应对措施。一伙人马不停蹄地忙开了，有的不得不停下手中急事。都知道，这个情况要是被中央生态环保督察组掌握了，那开发区环保工作是要一票否决的。这个坏印象一旦形成，若干年也挽不回，那损失可就海一样大了，得追多少人责啊！

视频开门见山，说是开发区这一片，但没说具体地点，犹如大海捞针。丁副局长顾不得那么多了，带着执法科三名同志直扑现场，还带了无人机协助。带路的街道环保员小吴一个劲说，看视频不像咱这块，会不会弄错了？丁副局长豹眼一睁：“都什么时候了？还抱侥幸心理？赶紧找吧！”说得小吴一脸无奈，喏喏闪到一边。

一伙人边看视频边转厂房，忙乎半天，地点一直对不上号。陪同的街道书记再次提醒，会不会点位没搞对？丁副局长不以为然，坚持继续找，说是时间等不起！同时另一组人由分局刘副局长带着，正与公众号联系，留言不回，打上面留的电话不接，也是急煞人的场景。姜局长呢，坐镇分局也不轻松，额头大颗汗珠直冒，一会儿坐，一会儿站，一会儿转走廊，真有点坐立不安味道。心想，没几年就退休了，千万别搞个追责退场。他时不时打电话给两位副职，问这情况要不要迅速上报市局？两位不约而同地否决，说事情还没弄清呢，别着急！他们这态度也可理解，中央生态环保督察这次真惹事了，上面领导说过，不光提拔免谈，还要深度追责！唉！这事真出得不是时候啊！

正想着不踏实时，市生态环境局办公室袁主任来电，问知不知道有个名叫石榴火的环保公众号播了你们开发区企业偷排废水的事？赶紧核实报个情况给我们啊，市局领导着急哩！说得姜局长差点碰翻茶杯，一个劲地说马上核实，便迅速挂掉电话，横竖不敢多言，害怕言多必失。

两个副局长听到消息也慌了神，好在刘副局长通过区委网信办，联系上了石榴火环保公众号，正准备三方协商如何处置。一会儿，丁副局长也传来好消息，找到了一处疑似地点，正进公司核查。这消息让姜局长瘫坐沙发，深陷其中，感觉在劫难逃。早上没穿红裤衩，他本来不信这一套。妻子老提醒他，当个局长不容易，今年本命年，要特别小心啊！想起这些，精神有点恍惚。外省有个局长同学，前段时间就因为督察降了一级，据说事情不大，处理倒挺重，说要突出政治严肃性！正囫囵失措间，丁副局长来电，说公司查无问题，地点只是疑似，还不是一个点，只能继续查着。没查到，反倒算是好消息！姜局长赶紧让分局办公室主任询问刘副局长这组，情况进展如何？他真不想打刘副局长电话，又不得不问情况。

不一会儿，分局办公室主任一路跌撞着闯进门，大声说："太——好——了！真是——太好了！好消息啊！"说得满脸通红卡嗓子，半天讲不利索！姜局长连拍他肩膀才说清楚。原来舆情是这么来的，石榴火公司某员工在网上摘抄邻省一段视频，经二次剪辑后通过石榴火环保公众号在该公司位置发出。目的是吸纳流量，增加业绩，纯属个人主观意愿。区委网信办正批评教育他们，目前涉事公司已将视频删除，并承诺马上发表道歉声明，声明发表过后注销公众号，全力配合挽回不良影响。

情况很快报到市局，上下一大堆人长吁一口气，总算卸了个大包袱。姜局长还不忘提醒上面，这事就不要扩散了，免得惊动中央生态环保督察组引起误会。大伙正准备宽心下班，有的还哼起了歌谣。这时，分局办公室主任又慌张地跑上来，对姜局长说市局办公室袁主任来电，让马上落实上报情况，细节问题要写实点，还说中央生态环保督察组区处长也等这个报告。听得姜局长脑壳一紧，当即点将加班落实。两个小时下来，大家不觉得时间长，一帮人忙完报告，才想起没吃晚饭，似乎谁也不觉得饿，大家心事重重地各自回家。

第二天当姜局长没精打采地走进办公室，市局对接督察的皮副局长来电让其宽心。说石榴火这件事，中央生态环保督察组明确了，只是了解情况，不作问题处理！说得一局人皆大欢喜，新的一天开始了，阳光明媚而刺眼，大伙心情舒畅，天蓝地美好开怀！

四

看着举报信，好在温柱良熟悉梁大叔字迹，不会办成无头案。可梁大叔为何从当面敲锣变成“背后枪”？还是匿名的，难道举报人预感到了什么威胁，要深度隐藏自己？

一切都是谜，只有梁大叔知道，必须马上找到他，解铃还须系铃人。

解元听到事关瑞兴镍业有限公司如此这般的反复极为震惊，当即按温柱良建议，带上执法一科邱明科长赶往槽南区。比对上回市局信访投诉资料，找到梁大叔所在城中村时，晚到了一步。村党支部书记说梁大叔作为老党员，已随村里老党员老模范去北方考察取经了，要个把月后才回。那时中央生态环保督察都结束了，这种安排是否有什么隐情呢？村里知道他投诉的事吗？村支书头摇得像吃了摇头丸，矢口否认。打梁大叔上访时留下的手机号一直不接，问他家人情况，答复早去了香港。这个城中村因开发区拆迁致富，多数村民移去省城或香港谋生了。剩下梁大叔留在新村，还常去开发区旧址焚香祭拜，说拆去的祠堂住着老祖宗的魂魄，尽管那儿已是高楼林立、车水马龙！

正无处下牙时，又起晴天霹雳，像满月儿听霹雳——惊得骨头碎。中央生态环保督察组副组长、生态环境部副部长在省生态环境厅吕厅长陪同下，越过市里已径直来槽南区实地检查，具体目的不明。这是槽南区侯副区长电话通报的紧急消息，两下相约赶紧前往中央生态环保督察组检查现场会合。解元当即急报曾副市长，曾副市长说赶紧联系吕厅长，说高书记、秦市长去了省里开会，市里更不能出乱子，自己马上赶过来。好在报告吕厅长后，不反对他们到场，这样还有机会向中央生态环保督察组作些正面解释。想这来势汹汹的架势，吕厅长招架起来也颇费劲。

赶到现场，生态环境部副部长也没寒暄几句，冷不丁问解元："瑞兴镍业有限公司到底在哪儿生产？投诉人找到没？"解元满脸通红答不上，曾副市长一脸尴尬，旁边槽南区侯副区长支支吾吾不发一言，区委书记、区长更是难堪。没想到与温柱良此前猜想切中，还是瑞兴镍业有限公司这霉头惹祸。现场气氛尚好，副部长没像电影里面一样骂人，似乎只是些随意式答问。一行人走进拆迁新村，村里似乎做过什么准备，村民家里不是空无一人，就是来一个海吹的，把全省各级表扬得像个奖杯坛，似乎环保督察显得多余。生态环境部副部长带队亲临检查，规格骤然升高，泰山压顶下也没见真影儿，解元预感不会轻松。

中央生态环保督察组五人个个神色凝重，东瞅西瞧，横竖没一丝打道回府意思。大伙走走停停，省市区陪同领导一个个面面相觑，尴尬同行。转了一大圈来到春河岸边，外堤连着万顷良田，可惜近岸处抛荒不少。奇怪的是，这段外堤新贴了不少草被，不年不节的，又不挨城近村，不明白为何作此打扮。解元直觉有事，果然引起中央生态环保督察组注意，要铲草查土，看里面是不是遮掩着什么。侯副区长连说没问题，可随手拨看，不必弄得太麻烦。生态环境部副部长坚持叫人去找铁锹，一副不达目的不罢休的架势。侯副区长只好布置熊副镇长赶紧照办，履行好属地责任。

一行人上堤后眺看春河，一线波涛蜿蜒向东，提着两边山丘起舞，景色宜人。初看水质还算清澈，走了一段，发现对岸一处排水口不对劲，隐约可见流着不同颜色的水流。一行人兴趣大增，急行几步过桥，真的别有洞天。

春河小支流双岔嘴主干渠芭茅丛生，映入眼帘的渠水又黑又臭，怪味刺鼻。干渠两侧排水口几十米一个，污水汩汩流入渠中，漂浮渠面的死鱼像黑毯上的斑驳花朵，凶狠地向蓝天示威。此情此景证明，这儿河长制形同虚设。每段干渠责任牌子立得漂亮醒目，牌下渠中垃圾堆积、臭水汹涌。生态环境部副部长禁不住感慨，一些基层河长和环保人员对职责混淆不清、麻木不仁，更未有效工作，情形十分糟糕啊。说得市、区领导脸色一紧，面如死灰，解元也是心惊肉跳，边走边着急。

“大爷，这渠水臭不臭？”在双岔嘴村头，中央生态环保督察组一行逢人便问。“臭死了。老人说小时候这条干渠更宽，可以游泳洗菜，现在连小狗都不愿靠近。”一位荷锄路过的老大爷不无怨恨地回答。“臭了好多年了，一直没有变化。那一年听说有位省领导要来检查，有人连夜在上游筑堤拦坝，把臭水引向灌溉塘，这段干渠狂放了一晚上水库清水冲刷。第二天省市领导光临，只见清水悠悠、鱼翔浅底，从此这条干渠老百姓怎么告状也没有领导相信了。”偶遇的双岔嘴村老支书义愤填膺地揭老底，惊得市、区两级领导面露赧色，不知如何回答。接下来的探访更为尴尬，二十多位村民说法丰富，骂声一片，像沸锅放猪油——炸得热烈。影响地方脸面的话，从内心讲解元也不希望群众多讲，可污染没治好，工作没到位，也不能遮掩，各级都有责任啊！真是个两难的事！

走进村子，南方风格祠堂建筑典雅别致，姓姓皆有古祠，这些特色雕梁翘檐度过非凡年代不易。据说“破四旧”时村民糊泥其上，念念有词，写满红色标语才躲过一劫。近年来村民口袋的钱是多起来了，然而，鳞次栉比的新楼建设没有环保意识，无序建设。屋旁沟边洗衣、洗菜、冲地、清厕的废水缭绕，鸡鸭粪便混杂其间，顺着一条条沟渠直接排入双岔嘴主干渠，再流入春河，阳光一照浊气熏天。一些村民直说，干渠上游泛滥一片，好多养殖场规模空前，岸边数十家农家乐酒店生意兴隆，废水壮阔一片。

“这还叫干渠吗？这水还能用吗？”生态环境部副部长不停斥问，让市、区领导无言以对，频频致歉，反复自责，气氛降到冰点。一上午转村巡河，春河支流边涌全部黑臭难闻。“还有没有干净的水？看一条，黑臭一条，真是痛心。”中央生态环保督察组人员现场检测水质溶解氧含量，结果仅0.05毫克每升。“自来水溶解氧是8毫克每升，这条渠水低到0.05毫克每升，还能有活着的生物吗？”面对责问，市、区领导脸上一阵红一阵白，都不敢抬头面对。解元也感到作为环保人难辞其咎，哪怕是新人，也不能推卸责任。现场气氛糟糕，像油锅煮豆腐——越炸越燥。张眼黑臭水体糜烂滔天，像大粪里游泳——不怕屎（死），让人无地自容。

“这让人民群众怎么生活？你们区领导在这臭水边租几间房子住住，体验一下难闻滋味，看能不能产生点动力？”生态环境部副部长愤然提议，侯副区长当即应诺，满脸愧色。解元发自内心认同，只有与老百姓同甘共苦，痛到心里治污才有实效，还是部里领导认识高啊，让人眼皮上挂钥匙——开眼了。

中央生态环保督察组一行人很快回到春河西岸，烽火镇熊副镇长叫人拿来五把旧铁锨，锈迹斑斑，人早等了一大阵，神色略显紧张。

堤坡和邻近弃荒田地里，动锨工人身壮力不显，有一锨没一锨地挖掘，动作异常缓慢。中央生态环保督察组区处长看不过眼，与同行两人接过铁锨加入铲土。解元与侯副区长随即跟上，没想到并不用多么费劲深挖，几锨下去就挖出各种垃圾，现场惨不忍睹。冶炼废渣、电子废件、腐臭酸液，甚至铝渣角料，应有尽有，触目惊心。解元初步估算，被埋垃圾不会少于三千吨，大量强碱性冶炼废渣堆填坑内田底，导致土壤大面积板结，渗滤液流入周边坑塘，严重污染水质。督察组人员取样检测发现酸碱值指数高达12，远超中性标准值，这危害仿佛一群狼撵着村民无处安身。双方表情复杂，默然无语。中央生态环保督察组同志拍照留证，丈量面积，记录数据，好一番忙碌。

经现场核查，中央生态环保督察组领导认定群众举报属实，剩下的是赶紧追查罪魁祸首。陪同的解元深感内疚，侯副区长也难过地低下头去，省市区陪同领导一片叹息。这一天阳光灿烂，春河却没展示夏天光彩，天空呕吐耻辱云团，阵阵翻滚，其势不可预测。

五

入夜，温柱良梦见一只花纹猛虎凶狠异常，头部看不清，张着血盆大口死咬自己的喉管，挣扎半天虚悬空中，叫不出声，动弹不得，下面是万丈深渊，晃一下粉身碎骨。这虎就叫瑞兴镍业有限公司，不知谁一声棒喝，这大虫眨眼吓得不见踪影。温柱良醒来浑身虚脱，不知预兆什么。早上来上班，头脑昏沉，恍惚中惊现一喜，温柱良前段时间考取的执法证终于发下来了。正兴奋着，解元把他叫到办公室，嘱咐他紧跟瑞兴镍业有限公司这案，希望发挥情况熟的优势早出成果。还说局里已决定对瑞兴镍业有限公司立案调查，中央生态环保督察组区处长会来指导，让他放下包袱大胆破案。说得温柱良头皮发麻，这个神龙见首不见尾的怪物在哪儿呢？别总让人丈二和尚摸不着头脑啊！

肯定不会在梦里，层层高压下，槽南分局曹局长首先崩溃了，神情沮丧地主动联系温柱良，一口讨好口吻。开门见山地说瑞兴镍业有限公司就在烽火镇开发区新工业园里，面对正门那个高大上的十层大楼便是这家久寻不见的神秘公司。说得温柱良一脸兴奋，立马报告解元，一行人赶往现场，好像发现新大陆。

这个装饰有些西化的大楼老远看着打眼，顶上金字招牌蒙着红绸，尚未揭牌剪彩。温柱良预感不像生产场地，果然赶到现场后，除一楼有片整洁干净的成品组装车间尚没投产外，其他地方都是写字楼布局，只能算个决策机构。上下查看并无异样，瑞兴镍业有限公司明总一脸笑容，说：“公司正在大力升级转型，以科研和组装为主，欢迎领导指导。”解元不卑不亢地发问：“带我们去原材料生产车间看看。”明总扑哧一笑说：“老工艺啊早淘汰了，公司目前没有原材料生产车间呢，以前倒是有一个，在老工业园那边，现在关闭了。哦，听说你们去过！”一番话说得滴水不漏的，让人无可挑剔。

接着，解元找明总到会议室聊天。温柱良则带人在瑞兴镍业有限公司办公室主任陪同下，四处翻箱倒柜，找人查问，折腾半天一无所获。温柱良又谢绝公司派人带路，带个环保员自行到相邻厂家和附近拆迁新村访问，也没有任何新发现，回来向解元汇报。解元这边也是天马行空，拉扯半天，一场空谈而已。

回到局里几个人碰头理理头绪，翻来覆去一头雾水。温柱良建议约谈槽南分局曹局长，走程序费了好几天，人来了没谈上三两小时。这位平时高调的曹局长已不像从前模样，没几天瘦了一大圈。询问他为何头一回调查，要将中央生态环保督察组带错绕去老工业园，又不告诉瑞兴镍业有限公司新址。曹局长一脸倦相，望了望解元和温柱良，委屈状小声说都是烽火镇熊副镇长搞的鬼，故意带错路，自己当时也没弄明白底细。温柱良忍不住插话："那怎么第二次检查时不说公司新址，后面又主动交代？"曹局长有些冷漠地回答，也是当天与熊副镇长喝酒时得知，感觉事态严重才第一时间与温柱良交流意见。约谈没发现多少有用情况，但震慑意义巨大，解元局长安慰曹局长几句，让他回去大胆工作，好好配合调查。解元与温柱良分析案情，感觉熊副镇长是关键人物，当即协商区政府拟文，以治污不力名义约谈烽火镇熊副镇长。没想到通知还没发出，传来了熊副镇长跑路的消息，使案子一下陷入僵局。温柱良与局里一帮工作狂面面相觑，案情陷入僵局。

向来睡眠不错的温柱良，这段时间常常失眠，被妻子讥笑为提前步入晚年，像初生婴儿上舞台——不经事儿。这夜通宵难眠，温柱良索性来到书房翻看悬疑小说。故事中六心真人从天山下到武林擂台现场，让对峙的迷茫两派平怨息仇，避免了一场血雨腥风的厮杀，被天下武士赞为真命贵人！"瑞兴案"的贵人在哪儿呢，温柱良琢磨一晚无果，凌晨才迷糊片刻。拖着倦意赶到局里上班，没想到进门即获一喜！一个沙哑的男中音打来电话，要解开瑞兴镍业有限公司原材料车间的谜团。听得温柱良如大梦初醒，一脸兴奋，仔细回味口音，原来是失踪的梁大叔挣脱村干部监视，从旅游外省逃回来了，给温柱良送来柳暗花明又一村的转机。温柱良想起头回信访接待室相互留过手机号，心里窃喜，觉得跟群众交友就是好，有的同事讳莫如深地不肯透露个人电话手机号，想来真是可笑。

中央生态环保督察组区处长听说案情有突破，当即赶来与温柱良、梁大叔会合，省生态环境厅吕厅长接报也来督办，一场虎穴探险行动开始了。

六

7月天气酷热，偶有南风劲吹，环保督察风暴刮得角角落落热浪扑鼻。一辆宇通中巴车载着中央生态环保督察组区处长、省生态环境厅吕厅长以及解元、温柱良一行，由梁大叔带路，沿春河向峰山南麓逶迤而行。为了访查顺利，这回没跟区里打招呼。

中巴车沿山谷绕了一段，路边几乎完全一致的农家平房建筑，使得陌生人在这些建筑风格相似的村庄中穿行容易迷路。顺着西侧水沟一层褐红污浊的废水流向前行，径直来到坝村一家冶炼厂门口。驱车走近时，警觉的藏獒不时狂吠，四周三米高砖墙高耸，看不到任何公司名称招牌。后来才知叫瑞兴炼厂，从烽火镇开发区老工业园搬来，由瑞兴镍业有限公司明总小舅子负责。梁大叔从前在这厂里当过保安员，就是看不惯他们官商勾结只赚钱不爱环境的肮脏劲，才愤然辞职走上举报之路。进入厂区果然是别有洞天，占地足有上千平方米。保安员见是梁大叔带来的人，知道来头不小，心里虽不情愿也不敢拦阻。

眼前景象令人无比震惊，肆意燃烧的土炉熊熊火苗冲天，一股股混杂着一氧化碳的烟雾，像脏毛笔一样抹黑天空，肆意徜徉，犹如和尚打伞——无法无天。尽管土炉边竖立着一个看似烟尘处理装置的小烟囱，可根本无烟冒出，形同虚设。炼炉西侧是一处十几平方米的冷却水池，上方氤氲着白烟，蒸汽混合着烟灰，一股股难以忍受的刺激气味让人窒息，捂住鼻子，不自觉地剧烈咳嗽。旁边堆着大量编织袋，里边装着铝粉和焦炭，在阳光照射下，漂浮空中粉尘晶莹透亮。听梁大叔说，原来冶炼时为消除氨气影响，就地挖水池将铝灰倒入其中，再将铝灰捞出投入反射炉熔炼成铝锭。铝灰遇水产生大量氨气，随意排放污染空气，这就是周边氨味的散发源。不仅如此，水池没做防渗处理，水体黑得瘆人，现场检测外排废水酸碱值超标严重，真是名副其实的污染杀手。见此情形，区处长笑着说，这是灿然开放的恶之花哩！说得解元和温柱良一脸愧色，恨不得找个地洞钻进去。

越往里走，景象越不堪入目。厂东北角简易棚内摆放着二三百个铝锭模具和尚未冷却的铝锭，旁边设有锅台炼炉三座，两米多高的铁钩和舀勺工具成套摆列，各种不规则模具一应俱全。除了体积偏大外，炼炉的锅台与农村做饭用的锅台并无差别，看得人哭笑不得。

正在非法炼铝的二十多名工人被抓了现行，见到铁证如山情景，中央生态环保督察组区处长当即要求通知区领导。半小时后槽南区侯副区长一脸尴尬赶来现场，脸上豆大汗珠直掉，面如死灰。

走在满是灰尘烟雾的厂区，一行人仔细察看每一个角落，不放过任何可疑迹象。“生产多长时间了？”“厂里有多少工人？”“有没有政府部门来过？”“产品销往哪儿？”中央生态环保督察组区处长问得具体，市、区陪同人员答得艰难。一个个面面相觑，感到问话句句穿心，如坐针毡。看到这般真相，温柱良也是一脸沮丧。

“不好意思，这个真不知道。”“这个情况得问老板，我们只管生产。”或许一辈子也没见过这阵势的矮个儿厂长满头大汗，一个趔趄差点摔倒，抬头一脸懵懂，问东答西。有时支支吾吾半天答不上来，满脸无奈表情，这情景刻骨铭心。温柱良不时拉拉他袖子，安慰他平复情绪，如实回答。“当地政府有没有说过，这种炼铝工艺已经淘汰，你们自己了解多少？”“我们去年才搬来，工业区那边查得严，这边镇村领导欢迎。这种老炼法技术难度不大，学起来快，能解决好几十位村民就业哩！”矮个儿厂长脖子一梗没好气地回答。

侯副区长小心跟在一旁，不敢解释太多。省生态环境厅吕厅长大为光火，增加了不少压抑气氛。“怎么会这样？你们区不是上报说没有土法炼铝了吗？”对此，侯副区长支支吾吾，解元也是一脸茫然，陷入深深自责，眼皮底下竟然弄出非法冶炼案，真是无法交差啊！

一边走一边忧心，温柱良感到身心颇受煎熬。三座炼炉边摆放着大量铝废品，以废弃的烧水壶底座、废窗框居多。矮个儿厂长不情愿地说这些旧料是附近村民从别处收购来的，至于加工好的铝锭运往何处，矮个儿厂长先是欲言又止，后来又说由总公司处理，对总公司名称又含含糊糊不肯明说。

“前几天村里叫停产个把月，可我们欠别人货，签有合同，到期不交货得罚款，这几天晚上拼着加班干，原准备抢几天休息一段时间，没想到你们查得这么快。”矮个儿厂长耷拉着脑袋，不无遗憾地说，精光灼灼的眼神突然变得温柔悲凉。他告诉检查人员，厂里大部分工人都是附近村民，这种土法炼铝技术有的以前去外省学过，有的是总公司派人现场教学的，活儿不难。温柱良忍不住插话，淘汰技术哪能再用？环保为大啊，不能光贪图几个钱呢。面对这阵头，工人苦着脸应答，老年人视线不好，白天开工，年轻人精力旺，晚上加班生产。你们这一查，我们又得回家闲待着，家里困难呀。说得人酸酸的，温柱良心情多了一份沉重。

一行人现场继续核查，发现多数工人年龄偏大，除了戴副普通手套外，身上再无防护措施，此情此景令人痛心。工人们说冶炼时没有特殊防护，不蒙口罩不戴头盔，虽然活儿特殊，拿的工资并不多，两三千元而已。还面临着巨大安全风险，高温熔化的铝水高达千度，如果不幸烧伤将是致命性的。情形看着心酸，温柱良由同情到愤慨，难以自抑。

“所谓土法炼铝是指民间简易方式，没有环保处理设施，分为废铝熔炼和铝灰熔炼两种，现在这个厂是典型土法炼铝，产量低、烧损大、污染大，排放的废气含有强烈致癌物质，国家早已明令禁止。你们说前年下过关停通知，不知因何又死灰复燃了？”中央生态环保督察组区处长极不满意地追问。侯副区长急忙回话，一脸紧张表情：“今年经济压力大有所放松，我们有责任，马上彻查土炼厂，全部取缔。”

这些高污染冶炼厂缘何屡禁不止？对此有点研究的温柱良一阵分析，大为不满：“保守估计，像这样的土炼厂一年能收入数百万元，正是巨大的利润空间使人铤而走险。除此之外，一些企业认为环保配套设备费用太高，相对而言，土作坊成本低廉，加上设备简单、技术易学，不少人趋之若鹜，当作发财捷径。”“正是这样，不少非法企业喜欢‘打游击’，这儿严打，逃到那边来，那边严打，他们又流窜回来，设法躲避各类检查。”省生态环境厅吕厅长深有同感地点出要害，一脸愧意。

阳光灼热，照得心烦。对此说法，中央生态环保督察组区处长不以为然，方脸上神情肃然，强调这些不能成为理由，声音落地叮咚作响：“过去环保部门执法只能没收、责令停产，震慑力确实不足。现在新环境保护法增加了行政拘留处罚措施后，环保部门不再是软部门，对情节严重的可以借助公安机关狠刹一手，槽南区情况这么严重，早该重拳出击了。”说得大家面面相觑，脸呈赧色，像猪八戒照镜子——里外不是人。

省生态环境厅吕厅长心里清楚，不敢正面回应。前些年中央生态环保督察留下的整改清单确实指出土法炼铝问题亟待禁止，但因经济形势下滑，省里没下狠手，甚至简单整改放生。有的还经省督察整改工作领导小组确认整改完成销号，无疑是给这些企业颁发了“政策通行证”，造成了假整改的不良后果。此刻他心虚地赔笑，一脸尴尬，有黑烟飘过头顶。

“土法炼铝是国内现阶段严厉打击的，你们这样销号，意味着土法炼铝人为合法化，后果不堪设想啊。”区处长还是一副得理不饶人的劲头，气势犹如哪吒闹海——惊天动地，让温柱良开了不少眼界。下面情况如此糟糕，温柱良也是头次见识，暗中决心今后执法要像区处长这样铁面无私。检查中发现的一幕幕，确实触目惊心：没有像样的厂房，没有环保处理设施，冶炼工艺粗放，生产流程原始；高炉和热风炉烟气直排，跑冒滴漏，惊人的无组织排放；厂区乌烟瘴气，尘土满地，污水横流，无处下脚。此情此景，让人愤怒，天上飞过的鸟雀都为这片美丽土地被污染而扼腕叹息。人人面色凝重，一副不堪重负的样子，大家心里明白，不下整治狠手不行了，过去的种种分歧瞬间化为乌有。

很快，晚来的好戏终于上台。在中央生态环保督察组推动下，市、区两级大力整治，迅速取缔非法冶炼厂近百家。瑞兴镍业有限公司被依法关停，包括其附属的隐性原始材料生产作坊一并取缔。涉案的槽南区烽火镇领导接受组织审查，风气焕然一新。中央生态环保督察组进驻以来新风劲吹，催生裂变效应，犹如娃娃看戏——欢天喜地。随着交办件突破千件大关，温柱良深感接下来的整改担子不轻。过去欠账太多，为什么环保执法人员平时发现不了问题，中央生态环保督察组来了就能了如指掌，事情扎针一样，一针痛过一针，确实值得深刻反思，欠缺到底错在哪里？下一步，对交办案件的继续跟踪处理将更加迫切，整治之路更加艰辛，打赢污染防治攻坚战刻不容缓，这是建设美丽中国城市样板的基本功。想着揪心，马虎不得，必须主动作为，不能像老牛拉车，抽一鞭动一下，这不是正路。

他准备给解元写个调研报告，建立多部门协作机制，促进督察问题整改彻底，像门槛上切萝卜——干干脆脆。看着蓝天白云，心情大好，路边月季花花色璀璨。心想每一位环保人勠力同心，就会花朵一样刷亮灿烂星空。

当晚在家观看清宫戏，温柱良看到钦差大臣生杀大权在握的场景感慨万千，如今几个县科级干部就敢欺蒙省部级领导，看来个别干部已经坏入骨髓了。这道理似乎是篇大文章，不是他这种小人物可以琢磨的。入夜，温柱良梦见同事个个一脸严肃远行，前路漫漫，无人洒脱。而自己小如陀螺，被一鞭鞭抽着旋转，晕得不知东南西北。巧合的是第二天一早，办公系统OA上流转了他任四级调研员的任职通知，相对他在部队的职级，算是正式恢复了原职级，体现了组织的关心和重用，多了一个梦里没有的好兆头！不过按照此前市局作出的人事规定，公务员职级套改以来的四级调研员不算领导，是局管干部，不是市管干部，仍隶属执法一科领导，只是高了一个层次的职级公务员。

远看峰山峰峦秀挺，云花劲飘，心绪仿佛听到一曲《大风歌》般豪迈激扬！

㊆

联攻问效

一个人踽踽独行

荒原显得异常寂寥

一群人结伴同行

到达的地方都像家园一样熟悉

一

有人说，解元人前话不多，人后无闲言，性格不焦躁，处事多平稳，有他在，火烧到房上还瞧唱本——一屋人沉得住气。实不尽然，年轻时他是出名的文艺范儿、愤青头，过了不惑之年，经历多了尽显淡然，不信江山易改本性难移这说辞了，环境和时间弄人啊！书上那些锦言格句，不可不信，也不可全信。最近他喜欢上了南宋词人辛弃疾，他的《贺新郎·用前韵再赋》那词写得绝，尤其“叹人生，不如意事，十常八九”这句真见功夫呀，古人神贤啊！今人何多忧。过了五十担纲一个部门头头，他没想过。上任以来，大成绩没有，倒成了“被诬告”角色，轰轰然大出意外，似乎又在情理之中，人心难测啊。境非彼境人非彼人，世间事无常多，可贵的是初心如故。

他主持的局党组会，几乎各种议题都与《新莞市打造美丽中国城市样板行动规划》主题相关，不管扯得多远，都会回到这个主题，为此努力，不遗余力。他当然知道个别岗位个别人不够理想，只要不耽误大局，会顺其自然也是解招啊。妻子严老师常劝他，同事是缘，彼此低头不见抬头见，不到退休年纪，你把人往哪儿放合适？因势导人要比直接挪人好，那些整日琢磨上位的人毕竟只是个别人，小人可导不可逼啊，磨合好了就是共赢。只要不耽误单位大事，就不必逼人过急，只要能围着单位主题旋转，就可以视为积极力量。何为领导？团结消极个体即是。在局长这个岗位上，黄金时间不过三五年，你不作为天大本事肯定白费，纵是余心尚全来日多，市领导能让你尸位素餐若干年？塔尖上风水轮流转哟，做大事者从来即时急，付诸东流是庸才。

对于《新莞市打造美丽中国城市样板行动规划》他太操心了，全程决策，全力推动，分秒必争，百倍呵护。眼见它成为市委、市政府的宏图，也必须看到它圆梦市民，给群众一个满意交代。当初，局党组讨论时，他认为这项系统工程不仅是大家说的四段论：准备、治污、养护、高质，在养护之前还有建制，否则没有好的维护制度一切等于零。他坚持五段论，慢慢赢得了大家的理解。

在准备阶段，唱反调的多，糅和半天才有和局，才形成一股上涌的力量。经市生态环境局发力，市政府和各区政府都成立了生态环境保护领导小组，一把手任组长，两级生态环境局局长任办公室主任。没人就没有一切，他深谙此理。推动重建了基层镇街的专职环保员队伍，解决基础力量薄弱问题。

下一步关键是整合执法力量，大家在局党组会上达成了共识。分管执法的皮副局长立了军令状，要一扫协调难的雾霾，借推行中央生态环保督察组反馈问题整改的东风，完成全市打造美丽中国城市样板行动的前期清污治理工程。对这些良好势头，曾副市长多次给予好评。可谓万事俱备，东风劲扬！

皮副局长牵头组织专班，开始转动“轰炸机”的引擎。从执法一科抽调来四级调研员温柱良，寄希望于他发挥善协调能吃苦的特长，一显身手，实现市直单位执法的纵横联合攻略。两人和政策法规科于科长、六位执法科长一起，按照环境一线执法涉及的业务范畴，列了涉及部门名单，洋洋洒洒居然多达十三家。分别是市发改委、工业和信息化委、公安局、法院、检察院、国土规划委、住房和建设局、水务局、农业农村局、城管局、工商局、质监局、供电局等部门，好多二线配合部门还没算在内，照老百姓的话说，都是腕儿角色，马虎不得。解元说要先沟通好，再下个狠文件当尚方宝剑，确保大伙一个鼻孔出气，不闹隔阂不炒夹生饭。皮副局长深以为然，带着温柱良、于科长跑了一天，没转齐三家单位。在新莞供电局等了半天，勉强见了个副局长。一听说配合强制执法，摸查工业用电企业底数，噌地站起说此事涉及业务秘密，自个儿拍不了板，要请示上级部门，供电系统是垂管单位，身不由己啊。说得三人面面相觑，见人家明显是送客意思，只好留下再商量话头，怏怏而归，像麻雀落在粗糠里——浑身失望透顶！

市质监局的副局长倒是爽快，两手一摊说确有一些企业的锅炉、特种设备作业人员上岗合格性把关不严，现场管理标准不规范，需要联合执法管管。临别再三嘱咐，两个系统分管副市长不一样，顶层一定要贯通好，别忘了来个正式文件啊，于法有依，于规可行。两边热情握手话别，顿时添了不少信心。皮副局长与温柱良相视一笑，感慨道，觉悟高的人还是多啊！

下午到市公安局协调就不太顺利了，像戴着口罩亲嘴——说什么总是隔了一层。先是办公室的女同志电话里说局领导没空，以后再见吧，拿书面介绍信也不好使，任凭温柱良怎么花言巧语，对方就是不松口。温柱良脑子一激灵，责怪自己真笨，上回战友聚会，好像认识位军校校友就在市公安局办公室。赶紧一打听，还是办公室副主任，姓李。当即报告皮副局长，建议自个儿先去探个底，局长再后面跟进。结果皮副局长心急，三人一起赶到市公安局。李副主任倒是热情请坐，端水倒茶忙个不停。一扯起正经事儿，这位副主任谨慎了，说是这些天公安部督察组在新莞市追查陈年大案清网底数，局领导都下去了，得再约时间，最好有个书面文件说明意思才好办。又说环保执法不太好下定量定性结论，警察参加不知道合不合适，一时半会儿恐怕难有结果。说得人倒吸一口凉气，浑身不踏实。

皮副局长心里打鼓，明白争取公安部门支持，要从李副主任开始，由低到高逐层打通梗阻，达到思想相融、行动一致、配合默契，这不是一件容易事啊，人家是规规矩矩的权力部门，没那么容易搞定。他用平缓的语气介绍了一个环保执法故事，说得一屋人越听越上瘾。故事是中央生态环保督察组人员，前段时间暗访一家环保节能科技有限公司时，也被拒绝检查，胡称执法人员证件有问题，不提供任何资料，大门紧锁，将督察和执法人员扣留一个小时，直到公安人员到场后才放行。这说明能被一些不法企业第一时间认可的还是警察，群众有个习惯认识，很多时候都是这样，只要有警察在，被检企业都会配合，这种权威性无可替代。很多外省成功的环保联合执法行动都有公安部门的支持，性质程序上并不违规。听着皮副局长一番诚恳热情的讲述，李副主任微笑表示理解，勉强答应向领导报告试试看，一有消息便会回话。带着一些失落感，三人回到局里，商量对策到下班，决定努力协调到最后做不动工作为止时，再报告解元和局党组，请大佬出面。

第二天阳光明媚，街花飘香，云声呼噜噜地响着，协调小组三人的内心却没这么灿烂。温柱良抱着试探心态，给市公安局办公室李副主任送去了联合执法公函，现场也没得到何时面谈的准信。于科长平时跟市人民法院打交道多，熟悉的本家堂叔于副院长一点面子没给，张口拒绝了此事。说是过来叙旧欢迎，协调联合执法免谈，好端端日子不过，弄那么复杂干吗。法院判的案件都执行不完，你们生态环境局就别来凑热闹了！任凭如何游说硬是不接招儿，弄得于科长像泄气的皮球，瘫软在沙发上愣半天，不想报告皮副局长，面色黑过猪肝。本科内勤小姑娘敲门进来吓了一跳，惊问于科长是不是生病了，弄得他哭笑不得。市国土规划委和市城管局的办公室领导接到沟通电话，倒是答应得爽快，不约而同地提了一个要求，说既然是局对局联合行动，还是两边一把手对对口好，细节问题当场拍板，保证又快又好。这么大的事，喽啰层面如何捋得清？说得打电话的于科长不好不同意，想来对等协商也符合新莞市人办事特点，还真不能说人家要求过高。

这结局如何向解局长汇报？真是太不顺了，喝凉水都塞牙——倒霉透顶！一筹莫展啊！皮副局长带着温柱良和于科长，不得不到解元办公室求援，听到细节问题还要对号到一把手头上，解元扑哧一笑，说故弄玄虚了，真是把简单问题搞复杂了。当场拨通了三位局长的电话，结果有两位局长坚持要见面，说执法问题慎重一点好，要经得起历史检验。只有一位局长哈哈一笑，说这点小事还劳咱们一哥费心，让下面大胆弄好就行了，都是老朋友老协作单位，你们有啥要求大胆提，咱照办就是。好声音动听，说得人心里暖和和的，多少增加了一点信心。接着解元又给市公安局常务副局长、市人民法院常务副院长打电话，三言两语说明意思，两位倒是客气，无一例外地要求必须找一把手拍板。还振振有词地说，联合执法不是小事，人民群众盯得紧，搞不好会惹一身骚，里外不是人。这两个部门正职都是副市级领导，哪能说打电话就打的，基本礼数还得讲，门槛就这么高高跷起来了。解元放下电话一番感慨，脸色明显升起蘑菇云。看来此事也是冬瓜葫芦各有千秋，爽快的忒爽，难说的忒难。瞧！有些部门就是自己出面也无济于事。说来也好理解，如今联合执法满天飞，难度大，事情烦琐，搞得不好迷迷糊糊不讨好甭说，还会被倒追责——猎狗被狼抓个倒翻个儿，也就不难理解有些市直单位为什么会态度冷漠，真是多一事不如少一事啊。

太阳拉直中天时，有鸟啄壳破局，解元带着皮副局长去市政府找曾副市长求援，要是别的事儿，打死他也不会找市长。曾副市长这性格，弄不好就得被他狠批一顿。真是被不幸猜中，话没说完就被曾副市长一顿数落，脸色相当严肃，好像市生态环境局个个不担当似的，真让人纳闷。“你们倒会办事，包袱扔给市领导了。就算个别部门是刺头儿，你们理个文件市里发下去，看谁敢不执行？难道还有不怕追责的？”“话虽这么说，照过去经验，涉及这么多部门，直接成文不是征求意见时不配合，就是执行上肠梗阻，还是事先协调好，有说有商量的成功率高，少走弯路效率多增，请您多谅解，多支持！”平时说话没这么谦恭的解元这回小心地解释，像个小学生交作业，似乎使房间内的空气有所缓和。曾副市长看了解元一眼，扑哧一笑，仿佛有所感触，脸色明显平和：“行吧，看你们这么上心，我就给他们打个电话吧。这个文件要尽快出台，注意跟中央同类文件接轨，结合我们实际掐准点，实操性要强，不能自相矛盾，让下面无所适从。”曾副市长这话让两人长吁一口气，仿佛搬掉了一座山一样内心窃喜。“您放心，我们一定认真落实好。”解元立马感激地回话，顺手递上几位需要曾副市长出面协调的局领导名单，笑着与皮副局长轻步退出曾副市长办公室，心情瞬间愉悦起来。

看来副市长出面真好使，没谁有不同意见，大家的配合意识变戏法般大好。消息传来，一片喜悦。以市生态环境局为主导，其他十三个部门参与，很快形成了一股强大的环保执法力量。十四家一起上，蚂蚁拖蝗虫——齐心合力，几天就拟好了《关于加强生态环保联合执法工作的通知》，里面明确了很多机制内容，标本兼治意味浓厚。

文件经市政府常务会议确定，以市政府办公室名义下发执行，顿时掀起阵阵浪花。秦市长会后与列席会议的解元握手，表扬生态环境局出奇兵战法新，克难攻坚像芝麻开花节节高。他们还举一反三，掀起了周边区域的执法热情。解元请曾副市长出面乘势出击，协调友邻惠平市率先试点经验，联合出台了《关于健全界邻区域生态环境联合执法机制的通知》，避免出现法外飞地、漏网之鱼。形成了“抓发展的抓环保，抓产业的抓环保，抓建设的抓环保，多方齐抓共管”的环保治理新格局，开了全省环保执法工作的先河，这些做法被生态环境部肯定。一贯爱说坏话的油老黄也感叹，看来解元这铁榔头有两刷子，化内化外一锤顺，是个狠角色。黎华也附和：“再正常不过，你想，人家当到局头，没金刚钻哪敢揽这瓷器活？”说得一屋人嘻嘻哈哈，把灰论坛唱成了颂歌坛，欢声笑语不断！

二

剑光声霍霍，处处回音。新莞市生态环保联合执法协调领导小组办公室随即成立，皮副局长任办公室主任，于科长和四级调研员温柱良任副主任。随着环境整治行动如火如荼，政策法规科立案审核任务繁重，于科长分身乏术。局里又授权温柱良多担担子，任常务副主任，算是局党组的着意拔擢。温柱良倒是乐意负重，过去习惯了忙碌，闲下来闷得慌。转业来局一年多，没分配什么正经事，到处出差打杂，身心俱累，这回总算有了一个专心干活的地方，心绪出奇的好。

机构一立就来事，做得顺就有天大权威，形成良性循环；做糟了事事艰难，陷入恶性怪圈，长此下去就会致使机构形同虚设，回归临时本分，前功尽弃。万事开头难，大家都重视踢好头三脚。当常务副主任第一天，温柱良就接到局执法一科求援，递来强制关闭一家非法污染企业的联合执法报告。称此案久拖不决，没有丝毫进展，申请启动联合执法程序，严惩违法企业，给群众一点信心。

说起其中艰苦，执法一科邱明科长没好气地埋怨晦气，就像阴沟里翻了船，还说不出口。原来涉嫌排污的开发区明升带业有限公司，主营粘扣带，无证先投产，胆肥得惊人。他说，去年年初，执法小组查获该公司未批先建，向春河偷排废水的违法证据后，程序进行得相当艰难，从立案、下达行政处罚告知书到行政处罚决定生效全过程，该公司从不配合，依然我行我素。基层环保员说起来直摇头，看公司头头那德行，真怀疑谁才是被执法对象！忍无可忍情况下，局执法一科去年7月按程序申请市人民法院强制关闭，没想到犹如钻进牛皮套，麻烦越扯越长，像浅滩上放木排——一拖再拖，横竖总没个头。

邱明越说越激动，浑身气包不打一处来，额上青筋暴起，气哼哼地打着手势。温柱良听了叹一口气，感慨前期执法人员的种种努力等同白费，真是是可忍，孰不可忍啊！邱明没好气地回应，可不是！再不下狠手，违法者就要蹬鼻子上脸了！你看，该公司尽钻环保执法空当，又想故伎重演，公然无视法律的庄严。一年多来，擅自启封法院封条自行恢复生产。今年2月又被立案处理，勒令迅速关闭。可该厂看到以往强制执行不了了之，胆子更大，拒不执行停产处理。甚至自行发电私自生产，产生的工业污水仍然偷排春河，继续疯狂到底。这些污水经过灌溉渠大面积污染农田，民愤极大。市生态环境局及时向市人民法院再次申请强制关闭，随后对生产设备的进出水管进行了切割。该厂又擅自接好恢复生产，将环保执法落实难的怪象演到极致，可谓空前糟糕。邱明越说越义愤填膺，胸脯不停起伏，情绪无法平抑。

听到这么多糟糕情况，温柱良面色涨红，一脸愠相，感慨不下重手无以收获全功。面对这样一个目无法纪的污染企业，生态环保联合执法协调领导小组办公室经过商量，报领导小组同意，迅速启动运行机制。先后协调市人民法院、市国土规划委、市住房和建设局、市工商局、市质监局等部门紧急会审，多部门强强联手，亮出雷霆霹雳手段，让涉事企业无隙可钻。好在下手及时，该公司已私下签订协议，差点转卖跑路，终于将其彻底关闭，涉嫌犯法的公司法定代表人被依法拘留，给予罚款一百万元的从重处罚。案件在当地影响极大，众皆喝彩，犹如浑浊的天空闪开一道彩虹。随后有十七家同类污染企业自觉停产整改，申请环保部门复核，向规范经营零污染发展。新莞市的环境执法天空趋向正常，歪风邪气无处存身，群众欢笑，说出门散步可吸口轻松气了。

这一案件对解元触动极深，他回味再三，认为重塑环保执法权威刻不容缓。把皮副局长、邱明和温柱良叫到办公室，深入析因查症，发现关键在于环保执法部门没有先予执行的权力，遇到执法难在所难免。邱明有些丧气地说："解决一起污染案，只能通过司法程序予以立案，这使得执行力大打折扣。接下来的程序，犹如漫长的折磨，从现场取证到行政处罚事先告知书、行政处罚决定书作出，再到申请法院强制执行直至彻底停产，流程复杂时限长，一般需几个月，甚至长达年把时间还不能结案，不能做到即罚生效，起到杀一儆百的震慑功效。"一边说眼珠一边骨碌碌转动，似有无穷冤气要伸张。

扯到执法难，皮副局长也是愤愤不平，难得地直言无忌。"执法拖沓留下诸多漏洞，使不法分子有机可乘。那些已立案的非法企业，在待审期间，有些业主通过转让企业或更名等经营方式逃避处罚。过去环保部门对于企业拒绝检查的行为处罚力度不够，没有形成威慑。涉嫌企业可能认为，相较安装环保设施或者停产，拒绝执法的成本小多了。"边说边叹气，脸上满是揶揄表情。温柱良深有体会地附和，也是一脸无奈。"商人总是以趋利避害为重，比如建设项目违法最高罚款二十万元，与水电等大型工程几百亿元的投资相比，罚款尚不及一天的设备租金，当然愿意认罚啰。还有一些已取得工商营业执照的企业，法院执行时会适当尊重他们的权利，采取的不是全部停业处理，而是对其有污染的某个车间或厨房进行处置，执法力度较低。难以从源头上解决违法经营、偷排超排等问题，客观上助长了为所欲为的犯罪嚣张气焰。"说得解元不停地点头，他深知，三人身处执法一线，他们的说法十分典型，联合执法不解决这些问题，等于泥滩上搭绣花架子——中看不中用。认识到以当前机制，靠环保部门一家独斗难以成事，只有联合亮剑方具威效。犹如稻多打出米来，人多讲出理来，就像蚂蚁拖蝗虫——齐心合力才是赢局。

一下子到了上午十点半，是十五分钟做操休息时间，这是新莞市直属单位的通用做法，消除公务员亚健康的举措。办公楼整个走廊上蹦蹦跳跳的人多，做广播操、随意扭舞的，像广场上的炼嫂，张扬着自由和健康的美感。解元这种时候一般是到走廊上踱踱步，松弛一下情绪。今天，皮副局长、邱明和温柱良随行边踱边聊，顺便伸伸懒腰。解元一边踱步，一边鼓励他们畅所欲言，国字脸上双眉紧皱，一双大眼睛炯炯有神，面上漾着自信。他轻声提醒，神情坚定：“执法难问题上面看得很准，只是下面协作精神太差了，有些单位本位主义很重，眼里没有全局观念，导致形不成强势执法权威，要想办法找突破口。虽然新修订的环保法赋予了环保部门按日连续处罚、查封扣押、限产停产、移送行政拘留和涉嫌环境污染犯罪等五种新手段，提高了执法威慑力，但是处罚是处罚的事儿，现场执行是现场执行力的事儿，两张皮合不拢。这个老大难问题因为整体配合差，仍然很难彻底解决。环保部门一家执法力量较弱，缺乏应有的权威性。经常遇上调查取证难题，陷入‘企业无赖、环保无奈、百姓叫苦’的尴尬境地。只有充分认识到这一怪象，推动法院的司法程序和强制执行措施走上快车道，才是解决环保执法难、提高权威性的关键。”充分的讨论将一干人引出迷区，仿佛看到了柳暗花明的前景。大家都很开心，既休闲了脑瓜子，又丰富了金点子。

他们据此写出《解决环保执法难题的误区及对策》专题调研报告，被省生态环境厅《信息简报》摘要刊发，引起省人大常委会主任关注。将环保执法难问题列入省人大督办专项督察行动加以监督，给解决全省环保执法难吹来一抹新风。皮副局长跟解元开玩笑，一脸狡黠相：“这是傻脑瓜碰傻脑瓜，意外捡了个大金瓜。”

解元会心一笑，肯定大伙这段时间推进得法，询问还有什么疑难杂症。皮副局长像掏不完的魔瓶，扑哧一笑说：“多着呢，像环保联合执法调查中，在提高执法权威中处于关键环节的警察力量仍然不够理想，这次联合执法中，有的抽来执法的公安人员不懂环保常识，不能第一时间有效处理案件；有的联合执法公安人员处于临时状态，走马灯似的换人，导致有的案件一波三折，新来的人又要熟悉情况，缺乏专业性、稳定性和严肃性。有时联合执法中公安机关不能第一时间派人到场，环保检查人员缺乏现场执行的强制权，被企业阻碍时无法采取有效措施，于是企业会利用时间差破坏证据，使取证难度加大，甚至发生企业对环保执法人员进行阻挠和扣留的不法行为，让环保执法大打折扣。”他边说边摇头，似有无限感慨倾诉不完！此前，解元听过基层环保执法人员反映，与环保监察人员相比，警察有刑事执法权，可以依法强制扣押、刑事拘留。可以说有环保警察在场，执法就多了几分底气。现在皮副局长这么一说，更加坚定了他的底数，为解决这一问题，建立专业稳定的环保警察队伍刻不容缓。为此，局党组费了一番务虚功夫，向市人大和市公安局呈递了专门报告，受到高度重视。

很快，在市人大支持下，设立环保警察一事进入调研程序，解元局长和市公安局游副局长查阅了大量法规文件，发现建立环保警察于法有据，真让一帮人大喜过望。原来最高人民法院、最高人民检察院出台过《关于办理环境污染刑事案件适用法律若干问题的解释》，对环境污染犯罪的定罪量刑标准作出了详细规定，降低了入罪门槛。后来全国人大常委会表决通过“史上最严环保法”——修订后的《中华人民共和国环境保护法》，为环保警察的设立奠定了法律基础。国务院办公厅发布了《关于加强环境监管执法的通知》，全面实施行政执法与刑事司法联动，建立联动执法联席会议、常设联络员和重大案件会商督办等制度，完善案件移送、联合调查、信息共享和奖惩机制，坚决克服有案不移、有案难移、以罚代刑现象，实现行政处罚和刑事处罚无缝衔接。接着，中共中央办公厅、国务院办公厅印发《关于省以下环保机构监测监察执法垂直管理制度改革试点工作的指导意见》，依法赋予环境执法机构实施现场检查、行政处罚、行政强制的条件和手段，配备调查取证、移动执法等装备，统一环境执法人员着装，保障一线环境执法用车，等等，项项直接地气，实操性超强。解元说，每一柄尚方宝剑都锋利无比，披荆斩棘所向披靡，就看执法者会不会舞剑，能不能摆活剑阵，让以身试法者无空可钻。

喜报在这节骨眼上传来，省生态环境厅和省公安厅传来了北京方面认可的好消息。解元和同事们的努力没有白费，在新莞市人大的推动下，市领导过问，市委编办一路绿灯，市公安局经侦支队环境犯罪侦查大队和各区中队很快揭牌成立，正式宣告新莞市有了自己的专职“环保警察”，开了全省先例。省人大常委会主任表扬新莞市在这方面的探索经验是立了头功，千秋立影，解决了长期以来环保执法单打独斗的被动局面，上下一片呼好，群众满怀期待。

一时间，新莞市成为全省环境执法的学习楷模，兄弟市县纷至沓来取经，纷纷点赞这套成型的经验。解元看着璀璨的夜空，那些眨眼的星星往来有序、亮闪有度，和日子一样逗人喜爱。

三

槽远分局执法二科徐科长，爱穿西装的他终如心愿，爱人锦上添花，特地买了个中国结胸针给他别上，说象征本命年红红火火。同事笑他穿戴太正统，浑身上下像个新郎官，恼得他几次要摘掉中国结胸针。老婆就是不肯，说别坏了一家子好运气。说来也怪！这胸针一戴，徐科长心情出奇地好！

只今日替局领导去区卫生健康委开了个会，回来就满脸挂霜，人快得像冬茄。区里开了个国家卫生城市推进会，分管副区长话讲得很重，像榔锤击钟震得话筒扑扑响。区卫生健康委主任趁机大敲响鼓，围绕城管、水务、市场监督、生态环境等几个重点局的业务，噼里啪啦强调了一番重点，像冰雹砸得人喘不过气来。徐科长看到给自己所在的生态环境分局分了六大任务，其中最后一项有医疗废物管理张贴“六防”标志要负责到底的说法。不觉心里一惊，散会后他小声提醒卫生健康委主任。“张贴‘六防’（防盗、防蟑螂、防鼠、防苍蝇、防渗漏、防儿童接触）标志这项不属于生态环境分局具体实施任务，根据国家《医疗废物管理条例》第十七条要求，应是区卫生健康委主抓工作，生态环境分局只有监督义务，您看是不是调整一下比较好。”方脸主任豹眼圆睁，没好气地说：“马上开始国检，都什么时候了，还拉锯子，这任务每一个字都是区长定的，不满意可找区长反映呀！”也难怪人家，原本对你生态环境分局没来局领导参会不高兴着哩，工作上还倒找什么碴子呢。这么一想，徐科长蔫气了，自个儿小科长一枚，哪敢惊动区长大驾，看来这哑巴亏吃定了。

回到局里老大不高兴，心想这回可能惹祸了，正巧单位这段时间正考察自己晋升四级调研员事儿，弄不好就会砸了自己的好事。未及向领导汇报，一科人先务起虚来。老资格同事歪着嘴巴说：“这活可完不成，以往都是卫健部门撵着医院办，突然换个婆婆，谁理你茬？上面这么重视国家卫生城市，这包袱咱局背不起哦！”老王更是眨着小眼睛热心提醒：“关键时刻了，不好干的事分下去，就会得罪一大片群众，丢了选票事小，给领导惹麻烦折了个人前途事大，赶紧把任务退回去才是上策。”科里这样七嘴八舌一讨论，徐科长脑壳早炸麻了，心情山一样沉重！这节骨眼上分局陈副局长主动找他了解会情，看着徐科长前言不搭后语的汇报，事没听完就拍着大腿惊呼！“徐科你这祸惹得不小啊，张贴‘六防’标志从来不是咱局业务，咋向各科室和镇街环保办派活？”说得一屋空气好闷，徐科长恨不得钻地洞。谈完工作赶紧打区卫生健康委爱国卫生科电话再反映，拉呱半天仍然碰了一鼻子灰。陈副局长气得嗷嗷叫，连呼没法跟局里一把手交代：“你自个儿去向钟局长汇报吧！是啊，前段时间检查多数医院废物存储间，几乎都没张贴“六防”标志，这任务确实繁重啊！咱们分局又不直管医院，这当头谁知道人家听不听你招呼哟？多大难题啊！”

他忐忑不安地敲开分局一把手钟局长的办公室，说了来由，三句夹着两句道歉！没想到钟局长哈哈一笑，不紧不慢地说：“还以为多大事？不就干点活嘛，又累不死人，怕什么八卦，更不必纠结是谁的职责，赶紧发通知，分配任务早点开干。”说完还跟徐科长握了握手，他西装上的中国结胸针红得发亮，细眼一瞧，跟徐科长的中国结一模一样。

钟局长这一表态，让徐科长长舒一口气。兴冲冲地草拟通知下发，陈副局长不太情愿地签呈上去，一番程序过后，基层一片轰动。接着徐科长电话响个不停，不是友邻科室领导质问，便是镇街环保办主任抱怨：“自个儿门前积雪尚没打扫，哪能急着清理别人瓦上霜呢？”徐科长一个个解释，那气概颇具大将风度，只是嗓子说哑了，也没几个人满意。

听说生态环境系统干这活有难度，很快区卫生健康委以区国家卫生城市迎复审工作领导小组办公室名义派来了检查组，带队的副主任一脸温和，与陪同的生态环境分局陈副局长一口气跑了七八家医院医疗废物存储间，没想到效果出奇地好。有的秩序井然，张贴了“六防”标志，有的说收到街道环保办通知，先突击整理了存储间，答应尽快张贴“六防”标志，规范管理机制。最基层这么一摸底，大家有数了，看来浮在上面争着没用，只有沉下来干，多大难题都会迎刃而解！基层群众朴实着哩，只要是为大家好！无论哪个部门发声都一样好使！区卫生健康委副主任笑哈哈地感慨！这调查让人兴奋，检查情况碰头会上，他高调唱了一阵颂歌后，居然一个劲道歉起来。说是当初那个会拟文时，区卫生健康委经办同志一疏忽，把贵局监督“六防”标志张贴的任务，错写成了直接负责实施指标分给了你们分局，没想到你们还干得挺好！真是对不住了！说得一屋人哈哈大笑，徐科长看到区卫生健康委副主任也戴着一枚中国结胸针，红红亮亮格外好看。仿佛在说团结就是力量，哪有困难什么事儿哩！

下班走在未来大道上，一排排路灯挂着红红的中国结，显得格外壮阔辉煌！这时分局办公室打来电话通知，明早市局晋升四级调研员考察组要找他谈话，心情豁然亮如白昼。红红的中国结一路亮上远天，与明月交相辉映。正应了一句话，你中有我，我中有你。

四

“难道因为是跨界河流，污染就不能得到根治吗？”住在春河边的村民愤然投诉，再也没法忍受了！过去这样的投诉只能束之高阁，因为无论哪一方出手整治都是脱了把的斧头——徒劳无用。这些涉嫌排污的企业像超生游击队一样怪招迭出，跑来跑去难以对付。

新莞市严了跑去惠平市混世界，惠平市来真家伙，再回新莞市偷着发财，两边从没统一行动过，这些企业钻的就是这个擦边空。有的两边都有厂房，只是人和设备辛苦一点，一有动静拉上家伙开始转移，美其名为“捞金长征”，让人哭笑不得。然而，两市界邻区域生态环境保护联合执法机制建立后，这样的混乱日子一去不返了。

这条流经多市的春河，近年来变得浑浊，鱼虾不存，河水有时候会像牛奶一般呈现乳白色，有时候又会墨水一样，在风中散发出阵阵恶臭。春河两岸分属不同市县，分布了不少铝厂、饲料厂，部分河段流水常年泛白，水草枯死，水位低处沉淀了大量白色物质。春河水质受到污染，堤外耕作也越发困难了，没人敢用河水灌溉，农民的生活受到史无前例的影响。

解元派人采样，数据让人夜不能寐，春河水质浊度超标，超过环保峰值。新莞市生态环境局局长解元和惠平市生态环境局局长双手紧紧相握，一场前所未有的生态环保联合执法检查开始了。

坐在中巴车上，解元给两市检查人员讲了一个网络穿越故事，算是战前动员。

话说某高人穿越到大秦帝国。“里边请，请问贵客是打尖还是住店？”

“打尖！来碗西红柿鸡蛋面，味道浓一点。”“抱歉，客官，面条要到大宋才能成形呢。西红柿现在南美洲才有，明朝末年才传入中土。小店目前只有土鸡蛋儿，要不您点一个？”

“什么鸟店！闹饥荒啊？连碗面都没有，馒头包子总有吧？上屉大的！”“这位老爷，也没有。馒头包子得等到诸葛丞相讨伐孟获的时候才有，抱歉了您消消气儿。”“你们不会只供应白米饭吧，那多没劲？”“瞧你说的。咱是在关中，水稻原产亚热带，得翻过秦岭才能种，咱这儿不兴哩。”“得得得，饭吃不上，茶水总有吧？”“茶？那玩意儿到汉朝才有，哪怕到唐朝也是士大夫喝的，咱也不可能有。”“那上点水果吧。大热天的，来半个西瓜。”“呃，西瓜是非洲特产，要到北宋末年，才从契丹传到汉地……”“去你大爷的！我真恨不能一黄瓜拍死你！”“黄瓜？黄瓜原产印度，也是张骞出使西域带回来的。”“客官您还要什么……喂……客官您别走啊！”

这则笑话虽然冷峭诡奇，但告诉大伙很多历史知识！侧面提醒如果不采纳人类文明的共同成果，你只能品尝到秦朝的味道！如果完全自闭独玩，那就去过原始时代的生活吧！同样，不精诚合作，联合执法就会脱节，不可能形成共赢局面，还扯什么效果呢。这故事使车厢里气氛融洽，人人争说执法新鲜事儿，大伙陡生无穷锐气。

群众惊喜，协作出利剑，直刺界区环境污染‘顽疾’。两市联合排查界区污染源，发现别有洞天，两岸铝材加工厂、饲料厂竟然偷排污水现象严重。像逐鹿中原一样，“群雄”并起，狼奔豕突，乱局一发不可收拾。

原来铝材加工过程特别，加酸加碱工艺中，会出现石灰水一样的污水。这样的污水经过几重化学物理的处理，达标后才能统一排到污水处理厂。但处理成本较高，小企业不愿花这个费用，大都铤而走险，污水偷排成为家常便饭。历次检查均侥幸漏网的新莞市明达铝材加工厂老板明老六，在河两边都有简易厂房，不愿安装环保处理设施，以打游击为乐。这次又故技重演，没想到载着生产设备的卡车刚上跨河大桥，就被迎面而来的联合检查组逮个正着。该厂在生产过程中还排放有毒有害烟尘，并将铝灰和铝渣堆弃在山坡上，对周边环境造成不良影响。经查，该厂在两市均未办理环境影响评价手续和营业执照，擅自投入生产，两边执法人员依法予以取缔。遗憾的是老板明老六跑路了，都说他与省里商业大鳄芜元集团有关，事先得到了内幕消息。

联合检查还发现河水中竟有一种乳白色物质，检测成分，不全是污染物质，有的竟是石灰，与一些企业雨天偷排污水相关，企图遮掩排污痕迹，糊弄当地居民，导致河水发白发涩。

弄清真相后，省生态环境厅吕厅长打电话给解元，表扬这次两市行动开了生态环保联合执法先河，消除了一处边界区域执法难空白，画了一幅精彩的环保执法拼图，可喜可贺，值得在全省推广。让解元兴奋之余，想起春河的污染，他知道如果不尽快消除这个痼疾，新莞市打造美丽中国城市样板就是一句空话。

入夜，解元梦见自己回到童年，手握一只多功能魔方，拼玩着十三种颜色，眼前闪烁五颜六色光束，世界到处缤纷多彩。早晨醒来回忆梦境，街边花卉发出梦中光泽，走过的人流像花朵跳跃，天空高楼明亮了许多。

八

碧水有形

水是不可多得的生命之源
一切生物赖以生存的营养液
维持生态平衡的隐性杠杆
必不可少也不能随意糟蹋
作践它犹如作践生命

一

一定有风搅着什么，把黑夜搅成白昼，日光灯跟着唱大戏，虫鸟不知所然。新莞市生态环保联合执法协调领导小组办公室常务副主任温柱良一脸怪异，在日记本上一本正经写下这段话，禁不住扑哧一笑。这段时间连轴转累坏了，可也不至于像软泥一样柔弱。自小读书涂鸦记录感受，久成习惯丢弃不下，一天不记日志心虚发慌。想来比喝酒打牌高雅，遂多年不改，几成弊病。

解元下了死令，落实《新莞市打造美丽中国城市样板行动规划》到了主攻时刻，治水首当其冲，不能等靠望，协调办要唱主角，派活要实际。治污行动，水患是头仗，只准赢不能败。水生态好坏直接关系群众的生活质量和招商引资环境，消除黑臭水体刻不容缓。还是曾副市长说得好：是时候了，该豁出去了，干这活哪有退路？说得一屋人神经紧绷，个个倍感压力。

温柱良忙了几个通宵，各成员单位都有一名骨干参战，解元亲自上阵，曾副市长牵头十四个成员单位领导会审两次，终于形成《新莞市碧水保卫战方案》。高书记、秦市长签批迅速实施，表扬这是落实中央碧水保卫战部署和国务院“水十条”的有力举措，也是完成《新莞市打造美丽中国城市样板行动规划》的关键行动。决定由十四个成员单位派人组织五个督察组，每组管两个区，分赴全市十个区督察推进。组长由市生态环境局派三名领导、市水务局派两名领导分别担任，成员根据各区不同的整治重点，由业务相关的成员单位安排骨干担任，曾副市长和文副秘书长居中协调，一场恶战揭开序幕。

曾副市长点名解元担任督察第一组组长，其他组长都是单位副职。对他这个工作狂来说，一根扁担挑两头倒没觉得多苦多难！揪心的是《新莞市打造美丽中国城市样板行动规划》是市里的重中之重，不敢掉以轻心，需要上下击鼓传花，好戏连台。一组督察的是开发区和槽南区，既是市里经济大户，又是污染重灾区，责任不轻，难度不小。解元给组里动员，敢啃硬骨头才算英雄汉，否则失职还没处检讨啊。说得大伙一阵苦笑，鼓掌像拍在石头上一样沉重。

开进的车上，解元一边趁机敲边鼓，一边分享笑话打气。“一人不慎落水，路人聚集欲救之。一人说，落水者是交警，路人散去一半。另一人说，是公安局的，又散去一半。又有人说，看上去像城管，路人皆散去。猛然有人说是环保局的，路人皆驻足看其下沉，感慨让环保人也尝尝污水滋味！又有人说是教育局的，路人蜂拥而回，以石投之……”这个段子讲述了一些区域当下民众的态度……忽然落水者大喊，“我是群主！”众人立即合力救出，还塞给他一些好吃的，给他换了衣服。说你是个肯奉献的干部，不能委屈你！故事活生生地说明不作为可恨，无私奉献受人敬重。大家笑得前仰后合，鼓掌表示支持大公无私精神，鄙视自私小丑。

动员大会在槽南区人民礼堂隆重召开，槽南区和开发区四大班子领导悉数出席，解元讲话掷地有声，瞬间绷起一张弓，让高调表决心的两位区委书记的发言显得绵软无力。曾副市长发表了热情洋溢的讲话，对督察寄予厚望，场上掌声一浪高过一浪。

会后，领导们马不停蹄地赶到泛碧河山南垅段现场察看。这是春河的一条重要支流，传说是全市最臭的河涌，过客掩鼻，唯恐走慢。不料来到现场，却是另一番景象，清水悠悠，鱼虾游弋，两岸堤坝绿化成景，花香四溢，俨然是休闲好所在。曾副市长越看越兴奋，脸盘漾出一盘花。“不看不知道，看了吓一跳，真是没有调查就没有发言权啊！今天的泛碧河告诉我们一个事实，咱们谈困难习惯言过其实，以前这条河都说最难治理，其实不复杂嘛，或者说我们要隆重表扬槽南区领导治污有方。我看以这股锐气，攻克黑臭河涌不在话下。看好大家，预祝碧水保卫战圆满成功！”现场掌声雷动，笑声朗朗，意外的是槽南区委书记、区长表情平静，分管治水工作的侯副区长略显苍白的面庞上，掠过一丝不易察觉的尴尬。有人说槽南区领导是大将风度，从来举重若轻；有人说他们虚怀若谷，从不显山露水。有一条可以肯定的是，今天的动员大会和现场参观活动精彩纷呈，市政府信息公众号第一时间高度赞评。文副秘书长说接下来《信息简报》还要浓墨重彩宣扬，让好人好事扬眉吐气。在这个灿烂热烈的夏天里，每一个人激情如火，情景热烈，给人无限遐思。

泛碧河今天一反常态，魔幻片一样呈现花样生态。很多人发现泛碧河的水位突然升高了，以往污染浸白的枯草被水淹没，映入眼帘的上层青草鲜活肥美，整理痕迹看起来特别显眼。没人寻问究竟，没人多管闲事，新莞人的好性格远近闻名。解元今天看得晕眩，好像是来到另外一条河流上，徜徉另一个梦境，过去扎心堵眼的镜头一去不返。这不是他熟悉的泛碧河啊，谁把它弄丢了？这应该就是他希望的泛碧河哟，甚至要比这景象更灿烂、更养眼！一时不知从何说起，他的沉默有违一贯的铁面无私情怀，这场合的确有点宏大。虽是区域动员，却是全市性活动，两个大单位四大家领导，曾副市长难得一见的兴高采烈。似乎一切相遇早已天定，一切事情的发生都是命运必经之途，众怒不可犯，且留情面在梦间。

二

泛碧河的变化玄妙诡谲，温柱良不是督察组成员，却是联合执法的协调员，当然有责任弄清真相。解元要求他暗探玄秘，自由方便不惹人注意。不像督察组人员暴露在众目睽睽之下，伸展空间受限，存在诸多不便。

行前解元转述槽南区侯副区长经常爱对市工作组兜售的一段微信笑话，不知是活跃气氛，还是吓人不要到处乱跑，注意身份特殊？解元不无担心地叮嘱，双眉紧锁一片云。“不管怎样，都要小心，情况可能要比想象的复杂。”温柱良回味着个中情节，希望从中明白些什么。故事中的市长上任后，带着秘书微服私访，打的时发现计程器数字跳得太快，知道遇上了黑心司机，秘书及时警告：唉，车上坐的是市长，请不要胡来！

抵达目的地后，司机照样按着计程器上的数字收费，丢下一句话：“哎哟，骗鬼呀，这年头谁见过市长乘坐出租车啊？不坐宝马奔驰就不错了。”市长愤然呵斥司机：“把车直接开到交警队去。”司机倒是听话地将市长和秘书送到交警队。秘书向交警队领导介绍：“这是市长……”话音刚落，就听交警队领导说：“骗鬼呀，哪有市长亲自乘坐黑车到交警队报案的？你再胡说，就把你们送到刑警队去！”

无奈被轰出交警队后，秘书对市长说：“市长，你是新来的，没人认识你；我是个小秘书，也没人认识我。还是打电话通知秘书长派车来陪您走访吧。”市长急忙阻止：“不可不可，要那样，就达不到微服私访的目的了，碰到困难说明咱们没白跑。”秘书没招儿，只好硬着头皮陪着市长继续走访一些单位。得到的回答出奇地一致：“骗鬼呀，哪有市长走访不是事先通知彩排准备，不是前呼后拥吆五喝六，不是大群官员记者陪伴的，不合常理啊。”

这回愤怒的市长终于火山爆发，带着秘书来到公安局，要求公安局局长派警车开道，结果被当作精神病人扣押……

温柱良听了讲述哭笑不得，反复琢磨韵味，觉得意味深长，又不便多说。心想：到底是说现在官员脱离群众严重了？还是槽南区各部门冷漠，处处有陷阱？真是迷雾重重，催人探寻。不管三七二十一，见到棺材才能掉泪，温柱良干过侦察兵，打破砂锅问到底的倔劲多年没改。性格里有种韧性，说不上是好还是坏，反正也没觉得不好。

离泛碧河山南垸段上游不远，有片长度不到一公里的河堤荔枝林，在整治规定20米蓝线范围内，没彻底清理。按要求是要剔除老树，还河堤一片通畅的。迎面遇到一位看护老农，面色和蔼，一脸机警相。温柱良主动打招呼，询问荔枝林没清理的缘由，老农一脸不屑，不无埋怨地嘟哝：“先生，你揾边个？你系边度人？（先生，你要找谁？你是哪里人？）”一听对方问话，温柱良心想糟了，听说这儿很多本地人不懂讲普通话，能听懂白话却不会讲的温柱良抱着试试看的心理，提醒老人讲普通话，说自己是市生态环境局派来巡河的。没想到老人会讲普通话，还说得蛮好！对于荔枝林没清理，老人直率地说了原因：“赔偿给得太低，我没理那碴儿。省公安厅牛厅长老爸当年插队就住在我家，关系好着哩，不怕他们耍横。”讲起河水变化，老农一脸愤然，轻蔑地指责：“一看又是什么大官来作秀了，每回都这样，来了就放水库清水冲刷，百八十里外买鱼来放生，有这钱白白浪费，也不愿赔给我们小百姓，真不知玩什么门道！”有了老农一番点拨，温柱良开始发现一些不好苗头，拨开水淹的岸草，奄奄一息中能见到青草无声的抗议，它们刚刚经历了一场人为的灭顶之灾。听着老人的侃侃描述，原来展示督察动员大会当日盛景并不困难，泛碧河面及时清除垃圾，上游沸腾水库提前开闸放水，派人在别处买来数万元的鱼苗现场放生，据说放前喂过兴奋饲料，连河边青草都被紧急兴奋过。绝！真绝！一切天衣无缝！麻烦的是汛期早过，库水随意泄放会影响晚稻灌溉。但比起槽南区政府的大面子，一切又显得微不足道。

问题出到眼皮下了，却不敢摆到桌面上。同行的局执法一科一组组长管清好意提醒温柱良，还是睁一眼闭一只眼好。他振振有词地奉劝，神情狡黠："又不是头一次这样，泛碧河当天做假一事肯定不能穿包，否则上上下下不好交差，不光要处理一大批干部，连累曾副市长、解局长这些实干家，还会冲击整治污水督察大局。"这话直敲温柱良心窝，违背他的本性，可又不无道理。这一阵吃苦这么多，不就是要治水有效吗？不能搅大局啊，但也不能让泛碧河如此轻易地从黑臭水体名单溜掉，除非它名副其实地整治到位了。

听说温柱良和管清是来调查水污染的，荔枝老农更加一脸不屑，声音高亢地追问："真的假的？以前来过查水的，都是晃一晃就敲锣回府了，河水过几天照样黑臭。""什么叫晃一晃？有什么故事吗？老伯。"温柱良一脸不解，摆出虚心求教态度，样子还蛮诚恳。"情况多着呢，像这些游击排水口神出鬼没的，隔三岔五就放毒，老百姓一哼唧，换过地头再狂放，鞋是鞋袜是袜，还得有大官发话才挪窝，一般的投诉，等于自打嘴巴没球用。"顺着老农指向，河面上隐约翻腾一溜黑水，荔枝林青草覆盖下岸边并无异样。老农告诉两人，游击口就是晴天偷排污水的管道，官家叫排水口，基本上排污多排水少，入夜便有大动静，翻江倒海随心所欲，有时白天也无所顾忌！说着老农带他们来到河边一处荔枝叶杂草掩饰处观看，赫然显露一处五十厘米直径黑管，正汩汩排放污臭黑水，近前即闻阵阵恶臭，景象让人义愤填膺。

温柱良知道，照当地水务部门通常做法，排水口雨天可以排放污水管网收不及的污水，晴天则须完全脱污禁水。老农愤然说，罪魁祸首就是前面那个康尚宝楼盘。前段时间有人投诉，这管口便从百多米前的桥下移到这儿岸边灌木丛，途中还挖倒我一棵荔枝树不肯赔哩。这房地产老板黑得很，来头大，他建的别墅群里住着好多大人物哩，听说就是白送白住。你们当官的真是好着哩！温柱良和管清听着一番牢骚话有点酸味，又不好反驳。探身仔细一看，这偷排口还真藏得隐蔽，管道经过处新铺土色明显，虽然粗略铺了一些青草，差别还是显而易见的。听老农说这样的管口沿河有不少，岸上一般走走看不着，有些是旁边工厂夜里大排污的宝贝，臭味随风飘好远，居民区里小孩闻着都会哭，睡不着觉，怎么投诉也没用，像牛皮上打针——白费劲！

温柱良和管清听得怒火烧心，心里直骂黑心商人真坏，又不便当着老农面发作。两人握别老农，回到宾馆，心情久久不能平静。在中央及省市如此高压下，基层仍是我行我素，任凭污水横流，环保形势令人担忧啊。两人愤愤难平，原准备将两天的所见所闻迅速报告解元局长。可转念一想，还是查个子丑寅卯出来再说，也好缩短领导的决策时间，早一点切除毒瘤，让老百姓少遭殃！

三

槽南区孟平街是明清老街，唐宋古道相连，古建筑成群比着历史老味，老祠堂、名人居、纪念坊比比皆是，小巷幽深处指不定就晃过名相宿将影子，古代才子佳人的趣闻轶事几火车也拉不完。拐角洋楼住过孙中山夫妇，那绘声绘色的佳话老人说起来没个完。里面出来的人，不论有出息的还是没出息的，豪情万丈高哩！只是这几年谈起环保来，里面的人满心不爽快，屋前街后百十米外就发臭，把牛气冲天的历史韵味熏掉不少。

管清告诉温柱良，以前来过这儿巡查，当时老街坊不愿敲破老街老巷，水务局的工程师说不破也可锦上添花，利用旧排水沟照样实施雨污分流，只是家家户户不要埋怨老街巷没装污水管网，说得老街坊们心花怒放。还说污水出屋下沟后再进管网也是收集，老街的下水沟深着呢，老祖宗想得长远，正好合用不浪费，免了房挨房老街面难破的麻烦。就这样完成了排污工程，殊不知古时候这水沟建得通风散味，污水进去了肆意泛滥，四处窜臭，分时段弄得人们不得安生。过去这些秽物都装在马桶中，哪里有机会到外面来兴风作浪？历史上最繁华时这片街区也只住过十多万人，如今可好，百万人往上，只增不减。外地来的人又不珍惜环境，弄得沟渠发臭，过者掩鼻。管清还记得当时了解过，工程师设计有两个方案，造价是十亿元与二十亿元的差别，不同形式安装污水管网，听说新莞市政府为此还拨过三亿元专款哩！说得温柱良一个劲点头说可惜，感叹这片老街花再多钱都值，到处喷发着历史的温度呢！

接下来的探访大出意外，两人一边生气一边叹息，那么多钱就这样扔进阴沟不起泡儿，如今要想彻底治污过上好日子，一切还得从头来。迎面碰上一位老街坊大爷，坐在推车上没好气地唠叨，满脸讥讽相：“前年吆喝着连接污水管网，上下喊得热闹，电视台、报纸上连篇累牍讲故事，大张旗鼓打造什么历史名街，大伙都热闹起来了。结果污水管网在外面水沟边算是接上了，只是好多挤得紧密的户头这边没人管，说是不好做工作不好破街挂管，截污口连在三里开外的水渠上，过去那儿是荒地，没人收尸的往那儿停棺哩，这头水沟里臭气熏天的有屁用？”

学过水务的管清听得吃惊，以一种无比诧异的神情询问：“果真这么糟糕啊，如此混用应该还会混进雨水降低进水浓度，让污水处理厂白白空转，浪费纳税人钱财哩！”大爷听了越发生气，一个劲骂败家子：“这边还是臭水横流，雨污不分，那边把水渠当成污水收容池，也是露天发臭呢。工程做了，钱花了，却不是原来方案，难怪不管用。”温柱良也听出是非来了，惊得直摇头，原来听说下面干部胆大还不相信，这回可不敢不信了。帮大爷推车的小保姆不以为怪地说，表情平常：“这不算什么，我老家村里更邪乎，花一千五百万元建设什么农村一体化污水处理设施，基本没作用，污水该往沟里流还照流，最终也是汇进春河流进城里，城里当官的也不知管管，不怕糟蹋了自己环境。”大爷一听直摆手，百事透彻般叹息：“傻丫头，那就是这帮当官的弄出的事，咋能不知道？”见爷孙俩情绪激昂，一问一答像说相声。温柱良没敢深谈，问了小姑娘村庄有多远叫啥名字后，两下打过招呼话别。

这个名叫丘芳的小姑娘老家莲塘村，是槽南区的皮革加工区，大多数农户闲屋都租给外地人办厂，连村头巷尾空地也见缝插针搭棚利用上了，生产那种出口欧洲的手提小包，订户天南海北赶来，一年四季络绎不绝。温柱良自己开着私家车，和管清一路询问来到村头，果然看见建有一处简易的一体化污水处理设施。近前一看气就不打一处来，花掉国家这么多钱居然是个摆设，处于停用状态。仔细一看设施说明，细心的管清一估测，造价最多五百万元而已，哪里能到上千万元的地步呢？他向温柱良感慨，明显是个前面吹气球背后吞票子的虚摆工程。温柱良回首一笑，连说不可思议。

管清大前年到新莞市政府河长办值过半年班，河长办设在市水务局里，与水务局打交道多着呢，了解不少内幕情况。那年省运会在新莞市召开，老市长一激动就提出城乡一体化兴建污水管网和相关污水处理设施，高层次装点新莞市的人文宜居面貌。经验被北京转发，老市长也高升了副省长。

在莲塘村，管清没想到这些设施成了聋人耳朵，旁边标示牌上堂而皇之写着千万元造价的炫耀介绍，让内行人看着发笑。村道上装了两排井盖，分别写着醒目的雨水、污水字样，一看便知是雨污分流的两条管道。温柱良叫管清从自己车上拿来事先准备好的撬棍，两人合力撬开井盖，发现两管相通，并非雨污分流状态，所流水色与旁边沟渠无异。不知这样布局是否纯为应付检查？管清不解地说，一脸疑问：“加上这段管道也不要一千五百万元建设费吧，小姑娘说的未必是真。这个莲塘村真是充满谜团。”温柱良黝黑的鼻孔上直冒汗珠，信心满满地说：“管他什么谜，以后总会弄清楚的。”说完掏出手机拍照留证。还没拍两三张，嗨的一声高喝传来，声震于耳，仿佛天地为之一颤。

“干什么的？不准拍照！”随着一阵狗叫，冲过来五位凶神恶煞的大汉，其中一名中年人径直前来抢夺手机。温柱良本能地往后躲。管清见此急忙掏出执法证高喊，慌张中佯装镇静。“我们是环保检查的，政府执法人员。请你们别动手！否则妨碍公务犯法，后果严重。”“少放屁，打的就是你这搞检查的！给老子上，让他们尝点教训才会懂事。”局面顿时一片混乱，两人扑向管清，三人扑向温柱良，一阵拳脚相加，任你呼救没人搭理。温柱良当过侦察兵，但毕竟年近五十，又没防备，硬是被打倒在地，手机也被抢去，左额还被石头砸伤。要不是管清急中生智，说是本村小姑娘丘芳的朋友，那温柱良恐怕就真的在劫难逃了，伤到什么程度还真不好说。

没想到会出这种事情，解元接到电话极为震惊，第一时间赶到槽南区人民医院看望正接受身体检查的两人。管清受了点惊吓，倒没什么大事。温柱良虽无大伤，可左额挂彩，人气得不行，精神有些沮丧。解元一边安慰两人，一边无奈决定：两人的调查任务中止，剩下工作由督察组接手。管清先照顾温柱良回局里休息两天，这几天调查的情况，回头再找你们了解。槽南区侯副区长、生态环境分局曹局长也赶来慰问，一个劲赔礼道歉。两人说啥也不愿意走，要求继续完成余下任务。最后还是解元差点发火，才劝走他们。

经过督察组调查，莲塘村打人的原来是村治保主任和四名联防队员，其中有名刑满释放分子做了不好的煽动。目前，五人已被派出所拘留。相关污水设施停用及管网建设造假一事，经解元和侯副区长协商，由槽南区纪委协调有关部门妥善调查处理。督察组暂不过问此事，尽力缩小影响，控制知情范围，避免在落后村落引起连锁反应。

四

一大早，成群的画眉叫沸槽南区迎宾馆东侧竹林，督察第一组组员、市水务局齐科长嗜好晨练，睁眼便见好景致！百啭千声随梦萦，花红叶绿树高低，翠竹拨弹万年听，不及林间自在啼。目光转处，与督察组组长解元不期而遇。招呼后，齐科长不好跑单帮，跟上解元一路散步。

说起昨夜河边散走，齐科长收获颇丰，泛碧河没过几天，已是川剧扯绸子——变脸比风快，怪味老远刺鼻。说得解元双眉紧皱，转念一想，还得查个水落石出才服人。目前掌握的污染情况，与温柱良、管清反映的基本一致，污水管网铺设不规范，很多街道村屯没接到位，存在大面积空白，欠账太多，数不胜数。解元心想，污水最终归宿地是污水处理厂，好不好这面镜子会有明确反映，应该去查查数据，收些第一手资料了。

早餐后，解元带督察一组一行人直奔槽南区城区污水处理厂查看究竟，陪同的槽南区水务局邹局长面色红润，像个春风得意的人。一问情况就表情复杂，不太情愿地说：“这个厂管三个街道和向阳镇的污水处理，另外六个镇独自建有污水处理厂，大部分由私营公司经营，个别厂由镇政府自己管理。城区这个厂最大，日进污水量达20万吨，其他镇都是5万吨，基本能满足日常需要，这种建设规模受过市领导表扬，目前状态不错。”

一行人进厂后，盛厂长跑步迎上前来，小白脸笑得像朵花，热情邀请大伙去会议室边喝茶边听取汇报，嘴上连说贵客贵客！解元右手一挥，中气十足地高声拦阻：“汇报免了，直接看总控室吧。”

盛厂长愣了一下，跑到前面带路。上楼梯时盛厂长向解元局长哈腰介绍，一脸虔诚相，脸上漾满讪讪的笑：“我们厂是二级处理厂，在一期处理的基础上主要用活性污泥、厌氧好氧等生物处理工艺，去除溶解性污染物，达到二期处理标准，这是目前处理市政污水的好方式，不落后。”解元点头，不停地发问：“听起来设备还行，运行都还正常吧，有什么异常没有？”“很正常的，市、区两级领导经常来看，表扬我们在污水处理上立了大功。”盛厂长眨着眼，不失时机地自我表扬，眉毛间忽然洋溢自信。

总控室设在二楼，一男一女两名值班技术员起立迎候，样子毕恭毕敬。成排的数据投影在前面荧屏墙上，分流程图、粗格栅及进水泵房、细格栅及沉砂池、生化池、鼓风机房、二沉池及配水井、污泥泵房、高效沉淀池、V型滤池、提升泵房、紫外线出水渠、退水泵房、污泥浓缩池、加药间、除臭系统、电力仪表、报警、趋势等，数据列表多达十九项，不习惯的话会眼花缭乱。解元表情平静，盯看了一会儿，才收回视线，缓缓询问：“今天进水量多少吨？浓度偏高还是偏低？化学需氧量（COD）多少？氨氮多少？”“进水19万吨多，浓度偏低，COD有97毫克每升，氨氮浓度为8毫克每升。”男技术员怯生生地回答。“正常情况下，进水化学需氧量应该在200至300毫克每升之间才算合适，本月数据有没有变化？是否一直如此？”“每天情况基本差不多，有时浓度会高些。”“看看你们这两个月运行的曲线图吧。”女技术员略微迟疑一下，半天按出一个月的曲线图，电脑屏上竟然基本呈直线状态，让人莫名其妙。解元不解地指出，浓眉上挂满问号：“这不对吧，不应该这么平缓，是不是人为做了什么手脚？看一下你们这两个月的运行记录表吧。”“局长，我们这儿进水情况基本就这样，是真实的，您尽管放心！”盛厂长在一旁忍不住插话，满脸堆笑，略呈焦虑状。

女技术员弄不准要否拿表，不时偷瞄一下盛厂长，直到盛厂长点头。才低头走过去，小心翼翼地开锁，不情愿地从旁边柜子里拿出一本运行记录表，有点抖索地伸过来。解元接过来一看，脸色陡变，竟然全是手抄的，数据还都差不多，有这么巧合吗，心里充满疑问。根据以往经验，他感到数据不真实，便不客气地提问：“怎么是手抄的？不应该啊，你们不都是自动化办公吗？数据这么相似，第一次见咯。按常理浓度偏低说明雨污没分，收了一大堆雨水，污水管网那边有问题。希望你们说点真话，给我们这次治水行动找到准确依据。”闻言男女技术员面面相觑，不自觉地低下头去，都不愿吭声。盛厂长满脸堆笑地插话，语气讨好得紧：“领导好，应该没问题，情况基本就是这样，也可能存在雨污不分现象，但我们这边没有发现异常情况，所有工序都很规范。”说完耷拉着头，再不吱声。解元翻完本，没再追问，扬扬手，沉默着继续往前走。

接下来，督察一组一行人按照工艺流程走了一圈，发现生化池居然长了一堆青苔，反常地存着大量污泥不出池。督察一组组员、市水务局齐科长脸色一沉，不解地询问：“看这情形是不是好久没运行了，青苔都长出来了，再说存这么多污泥，好像不合常规啊？”盛厂长见他是年轻随员，估计不是什么官儿，便没正面回答，只是一个劲讲这设备是欧米伽产品，过得硬的。边说边往解元身边凑近，很快与齐科长拉开距离。

一行人走走停停，问问答答，不觉已来到污泥出口处，竟是一副吓人景象，见者一惊！只见污泥堆积如山，塞满了出泥车间。旁边草地上也围成一座山丘，已有草芽生长污泥之上，成了草类的新乐园。解元极为震惊，脑门上青筋暴露，难怪刚才厂长以施工为由劝阻他们过来。原来此处有鬼，心里真想骂人，临出口时又柔和许多：“这是怎么回事？看来你们前段时间一定停产了？污泥怎么能这样堆在厂房外，还露天堆放？污染环境的，真是无法无天啊！”话说出来，还是显得声调高了许多。盛厂长一脸窘相，脸色稍显慌张，不住地擦汗，样子有些可怜。

区水务局邹局长也惊讶地责问，一脸着急相，额上青筋暴露，语气满是讨好解元的意思，或有回避自己责任企图亦未可知。“听说你们这边有些困难，怎么会难成这样？不应该啊，区里反复盯这事，还是乱成这样？”见此情景，盛厂长知道瞒不住了，一脸沮丧地解释，眼光挂满乞求意思，那脸色比猪肝还暗淡，声音也低沉了许多：“绵元污泥案犯忌后，大家就特别小心，害怕重蹈覆辙，这段时间不是检查，就是督察，老合作公司突然不敢收污泥了。过去打擦边球的小公司逃之夭夭，有资质的公司又收不及，我们给槽南区政府打了三次报告，都叫我们自己想办法。可现在这形势下，哪里都不敢要，没办法处理啊！”“唉！看来这两个月真停产了，手抄运行记录表是假的，怎么能这样弄虚作假呢？”解元一针见血地断定，脸色格外凝重，眉宇间皱起老高，英气逼人。“真是对不起！我们不是有意隐瞒，槽南区是百强县区啊，大面子还是要的。其实我们厂只接了管区百分之六十的污水，管网不健全啊，所以也别企望太高，都责怪我们。确实停了一段时间产，因为污泥没处放，如果这后果严重的话，我们愿意接受处罚。这段时间你们督察组进驻了，厂里才恢复生产。可污泥不解决，不是长久之计啊！我们也是无可奈何啊！恳请领导们多包涵！”盛厂长语带哭腔，悲伤哽咽，话语开始诚实起来，一脸无奈神情，似乎也意识到了深深的责任，样子窘怜到极致，恨不得找个地洞钻进去。见此情景，解元不好当面责难太多了，遂笑笑，拍拍盛厂长的肩膀，示意他控制好情绪，别想太复杂，该怎么办，按规矩来即可。解元心想，出现如此咄咄怪事，也不是厂方单方面的，成因涉及多方面，这个不反省清白，难保同类现象不再反复。他转身提醒区水务局邹局长，水务部门别置身事外啊，存在什么问题，区水务局、生态环境分局要帮助城区污水处理厂搞清楚，该整改到什么程度，就整改到什么程度，该怎么处理就怎么处理，不要遮掩，惩前毖后才是正道！说完，也拍了拍槽南分局曹局长一下，以示其重视起来。两人鸡啄米一样点头，邹局长以前是解元的老部下，知道他的严格作风，不敢有丝毫马虎意思。曹局长更是紧绷弓弦，巴不得立即手起刀落，砍去问题毒瘤。一场普通检查，居然发现了一种怪现象，也推动了一个大问题的解决，表面上是意外收获，却是必然结果。解元会心地笑了，众人也跟着笑起来，笑声在走廊上回荡，笑得各有千秋。这便是工作，这便是生活，各种形态都会存在，认真才是万能胶。世间事，从来怪，只在有心人面前平淡无奇！

有位哲人说过：多说无益，行动为要。督察一组认真研究后，当即将今天城区污水处理厂情况作为重点督办件移交，掀起了一股督办浪花。槽南区政府按督察一组要求，召开紧急会议，研究处理城区污水处理厂和全区污泥处置方案，这项工作进入紧急状态。

接着，解元带领督察一组人员齐动手，帮助该厂迅速搭棚遮盖室外污泥，防止雨水冲刷二度污染。同时指导区政府几个部门紧急联动起来，夯实整改措施，自觉接受处罚。在督察组将此情况以简报形式呈报市领导后，市政府在通报批评槽南区的同时，也下发了紧急处置污泥问题的通知，号召在全市坚决消除同类问题，保证污水处理系统正常运转起来，不要掩耳盗铃，违者必究。

趁热打铁，越打越清。第二天，解元带领督察一组来到春河镇污水处理厂检查，发现污泥堆积问题没那么严重。邪门的是进水浓度出奇的偏低，竟然好于国家排放标准。这就等于说，进来的水质不用处理就已达标。又是咄咄怪事！本应处理的污水究竟溜去哪儿了？

面上乍一看，污水处理厂无异无怪，各项工艺流程样样正常，实时监测轰隆到位。然而，齐科长抽取进水一测，发现污染参数化学需氧量（COD）浓度仅为18毫克每升，与规范标准不符，严重偏低，说明水质较好。而这家污水处理厂对于污水进水的化学需氧量浓度要求是每升不高于300毫克，处理后排放的化学需氧量要求是每升不高于50毫克。现在进水水质比出水标准低得多，即便不经过任何工艺处理，也好于污水排放的标准，让人惊诧不已。说明污水处理厂属于无效空转，犹如变相浪费财政资金，情形匪夷所思。

看到解元的古怪神情，春河镇污水处理厂王厂长不等大伙开问，便主动向解元局长坦白交底，仿佛自己也是冤大头，一切与己无关，凡此种种，撇得干干净净：“目前进水浓度偏低，不用处理，确是事实，但根据合同我们只负责污水处理，而不管污水收集，因此不管发生什么情况，责任与厂方无关，我们只是在认真履行自己的职责而已。”冠冕堂皇的解释，说得轻松自如，却无可挑剔。大家听得沉重，心里不是滋味。解元一言不发，脸盘像冰霜凝住的雪雕——冷峻得可怕。

经过一番不算复杂的调查，很快弄清导致污水处理厂进水浓度偏低的原因，竟然简单得不能再简单了，原来收进来的根本不是污水！全是正常的清水。污水处理厂居然不处理污水？那开的是哪门子玩笑？其实也没人开玩笑，事实如此，匪夷所思，又稀松正常。看到的就是设备空转，有水进进出出，却跟污水处理无关。这神操作像演戏，又不是戏，也没人敢演戏。污水处理厂振振有词地说，他们在正正规规履行合同，职责所系，不敢有丝毫松懈。听得心痛，想得心酸，让人无话可说。

解元不得不进行调查，不得不严肃对待。其实情况就摆在那儿，根本用不着调查，到场即一目了然。原来春河镇污水管网根本没开始建设，也就是说镇区污水并没有收集进来，进厂的只是一些雨水河水，浓度自然偏低。对此咄咄怪事，镇长两手一摊，委屈地解释，仿佛无辜蒙了大冤：“规划是上头拿的，设计得倒是高大全，又没拨下来任何建设资金，只来了一纸空文授权下面自筹经费建设。可镇政府财政捉襟见肘，根本拿不出污水管网建设配套资金，加上用户也不愿掏钱，说是政府的事，不关老百姓什么事，因此也不能像别的镇一样依托民间捐款，管网建设因为缺钱还停在设计协商阶段，无法施工，也就只好出现上面无污可处的现象了，我们镇领导也很无奈啊！”

“那为什么污水处理厂又能建设起来？”齐科长不解地问。镇长略带痛苦的表情说："污水处理厂是招商引进项目，所以投资方按时建成了。本该槽南区、镇两级建设的污水管网却严重滞后，造成两头脱节。但合同签了，协议明确要有保底水量，就是不运行也要按天计费，更别说人家投资了这么多钱，哪能让别人亏本哩。老实说，两年来，这一块开支区、镇一起损失五百多万元，账越算越心痛啊！我们是真没办法啊！"说着镇长眼睛红润，神情像一个饱受委屈的孩子，声音仿佛带着哭腔，眼圈发红，断断续续好不容易讲完了这番话。每一声都像榔头敲打在解元心坎上，他想，我们确实应该深刻反思一下啊，不能再盲目规划什么吹牛皮蓝图了，不能光贪功冒进，老制造浪费财税收入的怪胎，这股歪风该刹刹了，危害程度不亚于贪腐，真是太不应该了。想到这儿，他原本想乘兴责难几句，也抨击几声歪风邪气。转念一想，似乎并不合适，既然镇领导都有了痛定思痛的反思，自己再瓦上添霜，也不是君子之道，遂拍拍镇长肩膀作罢，动作尽显安慰意思！像个高校谦谦教授。他想起某领导所说，督察者并非尽皆虎狼，也是温情君子，情怀皆在家国，本质是大德大善！诚哉！

尽管这么想，解元还是忍不住自言自语地嘟哝，性格如此，难以完全自控："可恨啊！丢了姥姥镯子不心痛！按照国务院颁布的《水污染防治行动计划》第二条规定，新建污水处理设施的配套管网应同步设计、同步建设、同步投运。你们镇管网建设滞后造成严重浪费国家的资金，等同不可饶恕的'犯罪'！该负的责任还是要自觉担负，教训是深刻的。"说得一行人边叹息，边反思，一个个心思沉重起来。

与此相关的督办件上传下达后，引起巨大震动。市纪委、市监察委要求追责，槽南区委、区政府领导紧急开会，深刻反思教训，犹如痛彻骨髓，背着包袱部署一项项善后措施。

空气钢板一样挤压心胸，槽南区委包书记难过地检讨，脸瓜像霜打的茄子——蔫啦："这个项目虽然是前任决策，但我到任后，没有跟踪督促管网建设和污水处理厂建设同步进行，导致现在不得不花费巨资为污水处理厂空转买单，可谓‘罪孽深重’。违背了实事求是、量力办事的作风，我愿意接受组织的处理。”

空气发出脆裂的声音，阮区长满脸痛苦地说，一脸忧戚样：“表面上看，这是一种拍脑袋错误决策的不良现象，其实是一种不正确的政绩观在作祟。污水处理厂成本小建设快，建在地面上领导看得见、群众摸得着，因此积极推动；污水管网建设投入巨大，群众补偿协调麻烦大，又藏在地下，建得再好也看不见，更无法在政绩台面上展示，所以资源向污水处理厂倾斜，反而浪费了国家资源，教训深刻，我愿意承担责任。”越说脸色越沉，让人不敢面对。

空气能拧出水来，区委副书记、纪委书记感慨地说，语气中充满自责：“重视污水处理厂，轻视污水管网，这一‘大跃进’式浪费在当前生态环境建设中不容忽视。仅一个小镇污水处理项目，两年就浪费财政资金五百多万元，太不应该了。我们应当建立更严格的评估和论证机制，加强纪委、监察委监督作用，不能再犯这种错误了。人民等不及，国家伤不起啊！”说得一脸愧色，让人不安。

经过艰难检讨、批评和激烈讨论后，会议通过了以槽南区委、区政府名义向新莞市委、市政府所作的深刻检查报告，研究了对区直有关部门和镇一级干部的追责处理意见。会议在批评与自我批评的良好气氛中结束。解元知道结果后意味深长地告诫身边同事：曙光总是被勇于自新者刷亮，错误并不可怕，可怕的是知错不改，故意掩盖不足，这样的错误我们犯得太多了，真不能再犯了。大伙边点头，边感悟地鼓掌。

五

槽南区波涛起伏，按下葫芦起来瓢，焦头烂额之际，开发区群众又连诉三封举报信给督察一组。揭发该区弄虚作假，随意宣布春河支流莲塘河黑臭水体整治成功，窃取虚假政绩。解元当即留下三人继续负责槽南区的督查工作，多数组员转往开发区。

督察一组人员迅速赶到莲塘河，入户问卷调查，倾听群众呼声。顺着水流方向，解元带头从源头一直走到河尽头，边走边实地察看水环境情况。河道两边道路崎岖，蒿草丛生砂石硌脚，有些地方甚至连路都没有。看来这两年市里要求建设的巡河通道并没落实，还是一本欠账啊。大家不顾酷暑骄阳，翻越陡峭的山坡，蹚过宽阔浅水河床，下到幽深桥洞，穿行在河道两岸。衣服湿了干，干了又湿，但无一人退缩，不放过任何一个可能出现问题的地方。一连数天，解元脚底走起了泡，钻心地痛，忍着不管，一路向前，还不时说笑话给大伙鼓励。“我们寻着追着嗅闻污水臭味，就是让群众远离黑臭水体，多收获一份优美环境带来的获得感和幸福感。”说得几人笑声一片。

这时，随行的新莞供电局付科长讲了一个网上笑话，说是某单位小王女朋友带小王去见她父母，谎称小王是一个单位的领导。酒足饭饱后，女朋友老爸对小王说：“你个穷屌丝，还冒充领导。你们的事，我还得想想。”小王惊愕了：“您怎么看出来的？”准岳老头说：“第一，刚才你玩命儿地吃肉。要知道，现在领导都改吃野菜了。第二，你才喝了二两白酒就不行了，这样没有酒量，根本当不上领导。第三，今天的酒，你居然知道超市里卖多少钱。你想想，现在哪个领导自己会去买酒喝？第四，我问你忙不忙，你说业务上的事太多。现在大小官员都在学文件、写体会，谁还管业务？第五，也是最重要的一点，我让二女儿给你倒酒，她比她姐姐漂亮多了，你竟然眼睛不发直。你见过有哪个领导不好色的？所以，你根本就不是领导！顶多是个群主！”说得大伙一阵哄笑，市国土规划委的盛科长挖苦付科长，说你这人很鬼！是在变相地拍解局长马屁，表示一般人当不了领导，当领导的不容易！付科长一脸委屈地说，满脸真诚相："这是哪儿话，我还真是给大家找乐子。督察工作太枯燥，哪里会想得那么复杂。"督察组同志说说笑笑前行，不觉又是一天快过去了，对水污染大伙似乎有了一些底数。

再往前走一会儿，果然看到这一段莲塘河面漂浮着垃圾，水体偏黑，河边多处排水口污水泛滥，尽管近期连续下雨冲刷，站在排污口处仍有阵阵臭味袭来，黑色底泥隐约可见。现场抽样检测数据显示，排放污水的氨氮浓度超过重度黑臭标准。解元脸色一沉，痛心地说："咱们南方人用水奢侈，破坏浪费太严重，太不爱护这生命源泉了，要知道北方好多地方严重缺水哩！"付科长歪着嘴巴赞同，神情充满赞许："崽卖爷田不心痛，咱们这地方人心太深，伸手可得的东西不珍惜。"解元轻声回应，眉毛皱成川字："这种习惯由来已久，转变起来非一日之功，非一人之力，任重道远哟！"说得大伙一片叹息，表情微妙。解元继续说，巡河就是多掌握证据，设法引起开发区领导重视，把治水工作做实，不要雷声大，雨点小，到处欠账。

在开发区分局姜局长引导下，大伙边说边沿河堤巡看，不放过一丝乱象。嗞的一声，解元收到朋友发来的一条微信，脸色不觉为之一震，当即说出来与大家分享："昨天电视台连续播报缺水新闻，保护生态环境人人有责，不要以为交得起水费就可以随便浪费！请看历史上大旱之年救命泉变化惊人，北边济南趵突泉停涌，黑虎泉断流，南方杭州虎跑泉水量减少，昭通珍珠泉和惠山二泉干涸，还有无数大大小小的生命泉正在消失。大陆水量大幅度减少，大草原地下水位下降了一米多，敦煌沙漠第一泉如今只剩半条命。再这样作践环境，我们的草原将变成沙漠。洗手洗澡上沐浴露打香皂时请关闭水龙头！洗澡预热前的冷水请接起来留用，刷牙时请用水杯勿用直流水，洗碗洗菜时的水龙头请开小一点，暖壶里的热水凉了也不要倒掉，可以用来洗东西。否则，地球上剩下的最后一滴水……只能是眼泪！不要浪费优先供给我们的好水，水费是你缴的，资源是大家的，谁都没有权利去破坏。节约用水，爱护环境，从我做起。谁都有义务宣传开去！请不要空点赞，有群的快传递！”大伙报以赞声一片，解元眉头一松，也觉得很有教育意义，当即转发一批区长、镇长，以图引起他们的高度重视。他想这也是一种良好教育载体啊，极其短快准，信息量大。一帮人点头称是，说是接地气合民心的事，大家百听不厌。

巡河途中，姜局长讲起开发区分局前任局长老单的故事，让解元发现了一个环保战线老典型，像一盏灯在基层默默发光。老单不老，六十出头。

老单退休后，悄悄回到春河畔老家湾子，与村民委员会主任会商三堂，抢得护河员一岗，不要任何报酬，义务为春河恢复碧水作贡献。其时村民对护河概念一知半解，热心人不多。

老单自掏腰包买来几十根毛竹，接着一根根搬到祖屋里，打磨、接绳、捆扎，好一番忙碌，不到十天半月，硬是自制了一副大竹筏。这个竹匠世家子弟，倒是没忘少时学来的祖传绝活。惊得乡亲赞为奇人，更奇的是义务巡河风雨无阻，乐此不疲。

河道既长又宽，常年水深不少于六米，老单专心当好水上漂，高兴时唱着春河山歌逗人。说来也怪，越是有人收取，水面垃圾越是出奇的多。老单把竹筏撑到跟前，用手伸进水里捞起袋子，从无遗漏。一人忙乎一天，两臂酸累得紧，要用按摩器理疗一番才能缓和。休息不过半日，第二天下午又见老单打鸡血一样游弋长河，竹筏上放着两个大网兜。

邻村河长闻讯来邀，坝下有段河道离邻村太远，鞭长莫及，求老单义务巡河一把，得到满口应承。坝上坝下落差几十米，不能顺筏直下，老单噼里啪啦再扎一筏，专管下游河段。

一年下来不见松劲，倒是奇事一桩连一桩。有回老单钩到一个包，内有外币、银行卡、护照等诸多贵重物品，赶紧上交公安部门寻找失主。据说这上游景区飘来的失物，救了外国友人的急。外国友人同行有人发病，这钱正好派上用场，证件更是管大用。老单这些过人举止，渐成远近闻名模范，有记者上门采访，他婉拒退避三舍。村主任原本打赌他熬不过三两年，可他捞垃圾成瘾，常向村民自夸，巡河是个神仙活，常年摇摇百病消。看老单一副不撞南墙不回头的样子，村民私下戏谑村主任，这赌要输好几块宇舶表哩。在这种明里无暗里紧的较量中，一些村民屡猜不中，老单却已悠悠撑过三两轮春夏秋冬。他的故事也不仅仅在护河垃圾上翻翻滚滚，总是过一段就吸眼球一样刷新一下大伙的视线高度。这两年河水干净了，很多灭绝的生物又回来了。老单第一个发现了斑鳠鱼群，这消息引来不少生物学者研究参观。有一回老单还将退潮搁浅河滩的一条三十斤重的斑鳠鱼引回了深水。还发现过在河边山林跑散，在河滩喝水迷途的赤麂、鬣羚、华南兔，都被老单妥善送回林子。从义务护河员到生物保护员，老单的角色出神入化，转换得顺溜自如。

他的执着感化了老伴儿，也愉快地搬来春河和他一起出巡，由反对者变成了铁杆拥护者。到这份上，村主任心服口服，赶紧代表村里，给夫妇俩颁发模范护河员奖匾。老单高兴之余，隔三岔五开夜校，帮村里教带巡河员，护河爱物经验讲得有头有道，名副其实当起了大师傅。

偶尔有人询问老单，赢了几块宇舶表，问得他一头雾水直摆手。也有人追问村主任输了几回赌，村主任哈哈一笑，哪有庸俗赌博事，那是激励！是必要的鞭策，年轻仔莫瞎猜哟！

后来听到一个传说，说是老单其实患了一种绝症，他是想在生命终结时多在出生地闪点回报光，对于他来说，再多光环无所谓，活着的时光毕竟有限。这消息不觉让人鼻子发酸，胆大皮厚的不敢问老单，旁敲侧击地掏他老伴儿的“底”，老嫂子从不正面回答，也不否认，横竖套话她总是一脸淡然，着急的还是乡亲们！

如今巡河已成春河河畔一抹亮丽的风景，远远看着一面护河旗高高飘扬，一副竹筏水中游，一位老人歌唱着晃晃悠悠，一杆竹篙撑山过峰。青山绿水间，竹筏荡云彩，喊着号子气魄大，仿佛画中来。见者夸赞！有老单守护母亲河，美丽的故事比鱼鲜……

老单的故事听得解元眼睛湿润，感叹环保人中模范者居多，是做好一切工作的力量之源，精神火炬！也使巡河变得有趣和认真起来，解元和大伙很快发现一堆问题。莲塘河存在众多非法排污口，有的隐藏杂草丛中，有的管插水底，有的干脆哗哗直排河涌，景象惊人。解元惊讶得不停发问，满脸不解神情："如此肆虐污染河水，原因何在，良心何安？"陪同的村干部难得一见地说起了真话，表情充满期待："主要是城镇污水管网欠账多，建设配套不到位，接了东家丢了西家，安了主管，却不铺全支管，无处放的污水只好异地偷排偷放，问题比想象的复杂，但愿这次会有一个好的改观。"熟悉情况的村民说得更直接，仿佛寥寥几语就否定了前期治水成绩："城里污水确实接管网了，城里的黑臭水体没了，都排到城外来了，雨污合流，一下雨污水就随着雨水冲出来了，加上部分企业违法排放的污水浩荡成灾，肆意排入莲塘河，苦了我们这帮生活在河边的村民，几乎天天闻臭过日子。"听到这些，同行的市水务局齐科长咬牙切齿，恨不得骂娘："可惜了，莲塘河边的治污工程，一年耗资数亿元，仍然挡不住污水横行。""是啊，没有行之有效的办法，缺乏全局统筹，各自为战，花再多钱都白搭。"解元一针见血地说，引起大家一阵惋惜。

这次巡河探访，解元接触基层村民，对情况摸了个底朝天，感触颇深，沿河居民直言不讳，诉说当地党政领导的种种不是，弄虚作假摆到额头上，比舞台上的丑角还可恨！河边居民纷纷抱怨，普遍不说好话：这条河又黑又臭，只有去年创建国家卫生城市迎检时好过几天，这么久再没变过样，严重影响生活，远没有达到整治目标，尽是假大空的瞎浮夸，可恨！一位长须大爷大声的挖苦话令人记忆犹新，发人深省。"明明没完成任务，却在公示中白纸黑字写上完成率达81.8%；明明居民怨声载道，却睁眼说瞎话称公众评议满意率为98%。任这样胡闹下去，估计上面没人不被蒙骗，会误认为水治好了，到处都是“被满意”，妖风胜过《西游记》。”说得解元心口堵得慌，恨不得一夜把河底翻个个儿，把不作为的庸官都撤了。他肯定地告诉大爷，语调坚定：“乱象是暂时的，甜水好景一定会再来。”

接着，督察一组主动与开发区领导对话，解元不遮不掩，开门见山讲不足：“莲塘河的治理太糟糕，开发区要从严追责，特别是弄虚作假乱象予以当头棒喝。教训是深刻的，一些领导急功近利只顾眼前，造成治标不治本的恶果，黑臭水体一再反弹。有的镇街居然采用支涌或河道截污，把污水放进去，再在下游建个临时的污水处理设施，效果不能保证，一下雨根本挡不住污水泛滥。有些河涌迎检时调水冲污，美其名曰生态调水。有的直接往河中乱加药剂，把河道当成临时污水处理厂。有的干脆给污染支涌封上水泥盖板，把上面变成停车场，眼不见心不烦，种种乱象令人揪心。”他的慷慨陈词，给相互捧场的会场交际陈习敲了一榔锤。开发区领导当场表态，照单全收，必须痛改前非。

大地吹起和煦暖风，灰蒙的天幕掀开蓝色天眼，空气趋向清新，脏臭差乱象被撵得不知所终，久愁的人们开心地笑了。解元特地告诫负责整改的开发区管委会白副主任不能掉以轻心，要像胖子撬杠，步步脚踏实地：“老百姓等不起，任务越重越要抓好，有的治标措施可以为治本赢得时间，已经办了就不要一刀切，关键在于你不能单治标不治本，否则就是彻头彻尾的形式主义。治标与治本相结合，重在治本才是正理。比如调水问题，不反对你调水冲冲，只要有水可调，能做到常态化。但是完全治标不治本的搞法，那是糊弄百姓祸及子孙，不能当这种罪人。”说得白副主任难过地直点头，承认开发区为了早点通过整改验收，莲塘河没有真正治理到位，而是通过数据造假、临时调水虚应等手法蒙混过关，是大错特错，虽然汇报材料漂亮了，真正的效果一点儿没有。他表态坚决，一脸愧疚相。“一定改变思路，深刻吸取教训，抓紧整治，还人民群众水清河畅的好环境。”

随后，解元主动指导开发区管委会制订整治方案，动情地提醒注意事项，生怕再出什么差错。他说，要明白黑臭水体整治关键是控源截污，必须将污水全部接入管网，其次刹住散乱污企业的偷排乱象，解决好公共垃圾难收的痼疾，建立长效机制，培养好市民的环保习惯。说得开发区管委会白副主任一个劲点头，诚恳表示拼一把，坚决不拖全市后腿。很快，整治方案下发实施，“一河一策、一河一长、一河一台账、一河一评估”制度产生神奇魅力，开发区河涌迎来好时光，真正实现了无违法排污口、无岸边垃圾、无大面积漂浮物，市民一片赞好。

莲塘河变美了，带来连锁反应。开发区其他八条河涌纷纷有人投诉到督察一组，反映水污染问题十二个。解元带领督察一组人员不辞辛苦，深入现场核实，一一建立问题清单，督促整改到位。他推行“六用”督察作风，不遗余力甩马鞭，千方百计增实效。坚持用脚步丈量责任，用眼睛发现问题，用耳朵倾听民意，用谦虚获取支持，用真心解决问题，用汗水书写担当，把战果放到最大。河畔新村数十位农民给督察一组送来一面“铁面督办、河清民安”的锦旗，激动地说：“现在水清花香环境好了，我们的小孙子出门都懂得注意，不把垃圾扔进河涌呢！感谢你们给村里带来好环境好习惯。”解元认为这是老百姓对市委、市政府的最好评价，热血冲脑，思绪飞出万千白鸽，出现了好戏连台的喜人格局。

九

另有根源

天地花样美好
山河壮丽花鸟宜人
万物相逢一个家
一切皆是最好的安排
排一片污水是罪过
放一股臭气是犯罪

一

解元合上《新莞市打造美丽中国城市样板行动规划》，一股倦意扑面，闭眼一阵神情恍惚，脑子里全是河流、大地、空气和工厂。他右手紧扣食指和中指，猛敲了前额几下，一个激灵思绪回归正常。顺手打开手机上的OA办公系统，批阅了处室发来的三十份呈批件。无论身处何地，无论多忙多累，适时批阅是必选动作，不误事是正确前提。这种快速反应手下受用，自己舒畅，提高效率的捷径，鞭策利索作风的马鞭。

记忆中的春河美妙绝伦，波光粼粼清澈见底，潺潺流水如镜似玉，河边四季花香不断，随便落脚何地，湖光山色宜人。可惜回到现实中太残酷，臭气熏天，满目脏乱，花草枯死，人类到底惹谁了，要受到如此惩罚？到底错在哪里？都说大伙富裕了，好像除了一套按揭的空房，大多数工薪阶层节衣缩食，没见有多少余钱闲放那儿，还把环境弄得满目疮痍，扪心自问真是太不值得！

儿时山清水秀的原生态多好啊，生命的起点异常美丽，数来数去也是一切美好的源头。我们打造美丽中国城市样板就是要回到那种完美的生态，真能完整回去吗？似乎所有的回答都很勉强，又岂能半途放弃？

治水上解元非常使劲儿，不能在老本行上跌跟斗，问题也会推人向前，想闲闲不住。温柱良被解元叫来督察一组助战，他做事的狠劲让人欣赏。此刻他与市水务局齐科长合伙扯着一份水系图，额上汗珠直跳，吃惊地提醒解元注意：“局长，危机四伏，防不胜防啊！”“嗬，没那么糟，谁要你们眉毛胡子一把抓？污染源虽是天敌，但最大杀手还是工业污染，这是人类健康的死敌，不可饶恕。你马上拉个单子，必须清除工业污染源！”解元脸上透出坚毅神态，温柱良与齐科长听了吓一跳，兴奋之余不无担忧。不约而同想到，这是吃了什么豹子胆，工业马蜂窝也敢惹？这可是市领导仰仗的经济增长主轴啊！弄不好身败名裂，不知所终哩。

一大早，竹林鸟鸣，空气清新。解元和温柱良念念有词，这么多天调研做到了胸有成竹，很快凑成一段顺口溜：寻找明豪尔，活捉钻空鬼，堵住地老鼠，网里大丰收。其他同志一阵鼓掌，称赞是捣巢绝招。上午，督察一组碰头会开得热烈，分析槽南区的治污现状，一致认为工业污染是祸首，不下狠手难奏效。

解元归纳了大家议论的焦点，理清思路。一个名叫明豪尔的环保科技有限公司回收工业污水、固废物品去向成谜；一批污染企业热衷取巧偷排，目无法纪；工业园污水管网存在溢漏渗透、漏接错接现象，污染地层水质；因此全面查漏补缺、健全污水管网建设势在必行。无疑，攻下这些“山丘”，便可收取全功。

战斗轰然打响，查处明豪尔环保科技有限公司并非易事，一连数天核查一无所获，犹如盲人摸象，不知对手模样，行踪神秘莫测。每一个与明豪尔环保科技有限公司有往来的公司，对其地址难述其详。每次废料废水出厂，都是通过预约上门拉取，收货人三五月一换。最近明里招呼检查严了，要求放空一段时间再回收，神神秘秘的。没人见过公司老板，签合同时也是业务经理代签。可这家公司门路融通，其他同类公司不敢争锋，是真正的垄断老大。

这天晴空万里，心绪却不爽朗。温柱良带着市水务局齐科长摸查半天，来到明豪尔环保科技有限公司在槽南区申办工商执照登记的地址明豪大厦一楼，没查到任何有价值的线索。现场除保留一间无人的办公室外，其他房间早已转租他人，承租公司对其去向一无所知。这家神秘公司几乎囊括新莞市全部特殊废料废水业务，却没人知其底细，也不知如何顺利通过工商登记的。总之，一句话，隐蔽得很，像土地爷拿邪——神出鬼没。

阴霾天野风乱窜，飞尘无序。解元召集督察一组讨论如何破局，扯半天没头绪。只好休会一阵，有人讲起励志故事助兴，情节生动有趣，引得满堂哄笑。通往山顶的小路崎岖难行，一位健壮男人背个小包爬得气喘吁吁，上气不接下气。他看到一个小女孩背着一个小男孩，从旁边缓慢走过时，禁不住同情地对她说："小姑娘，你背那么重的小孩一定很累，歇一歇吧。"小女孩听后摆摆手，不以为然地说："你背的是包袱，我背的是弟弟，没感觉累。"说明只要有真爱，就不是负担；有使命，就不怕吃苦；有宏大梦想，就不觉得劳累；有崇高责任，就不成困难。要学习小姑娘这种精神，才能乘风破浪，山水揽怀怡然自得！大家听得精神抖擞，心情放松许多。夜里，温柱良将这段话记入日志本，内心隐约涌起一股暖流。

在轻松愉快的氛围中，会议决定发扬大海捞针精神排查散乱污企业，哪里涉污就在哪里摸爬滚打。解元将督察一组成员分成五组，温柱良和市国土规划委盛科长、市质检局金科长、市农业农村局闵科长、市工商局王科长各带一人分头行动，包打前锋。解元带剩下同志居中协调，轮换跟班，充当中军。他提醒大家，市里规定的散乱污概念是指不符合产业政策和当地产业布局规划，未办理发改、土地、规划、环保、工商、质监、安监、电力等相关审批手续，不能达标排放的企业，对问题严重的要依法取缔，决不手软。有了这柄尚方宝剑，人人底气豪迈。

一时间，清查宣传在大街小巷声势浩然，标语布告醒目，电子屏有像，电视有声，短信频传，"散乱污"成为热门词，震动远近，上下忙碌。侯副区长说督察组放了一颗原子弹，让下面同志不知所措。解元淡然反驳，似乎暗有所指："此弹长眼，炸坏不炸好，不必大惊小怪。总之，合规是友，不合规是‘寇’。”顿时一股风暴劲卷，督促区政府对关停企业严格实行“两断三清”（断水断电，清理产品、清理设备、清理污染源），在这方面绝不姑息。瞬间暗流奔涌，风高浪急。这一做法受到曾副市长肯定，其他督察组纷纷效仿，一时间散乱污企业如老鼠钻风箱，吱吱一片无处逃生。

二

也有纹丝不动的睁眼瞎，一周过去，有的镇街响应不热，任凭泰山压顶，犹自岿然。到了上报散乱污底数的截止时间，仍然无动于衷，春东、春西两个大镇杳无音信。解元感到不能再等了，只能下去敲当面鼓。督察一组人人心急如焚，天天奔走不停。

看这架势，侯副区长特地找到解元，着急地询问：“被清理企业顶着‘散乱污’标签，是否意味着只有‘关停’一条路可走呢？”解元笑了笑，明确答复给出路：“不搞一刀切，根据企业实情区别对待，实施‘三个一批’（依法关闭一批、整改规范一批、调迁入园一批）分类整治。市里目标是明确的，就是督促全面落实《新莞市打造美丽中国城市样板行动规划》，促进蓝天、碧水、净土三大保卫战彻底胜利，提升环境品质，早日实现碳达峰与碳中和的奋斗目标。”说得如此清晰，侯副区长听了面上稍安，内心焦躁，空气里似乎有种味道在较劲。

江河美眼，劲风吹浪，声色俱佳。“孟子曰：‘离娄之明，公输子之巧，不以规矩，不能成方圆。’”温柱良在日志本上写下这句话，不觉扑哧一笑。这段时间督察一组一方面大张旗鼓宣传政策，一方面晓之以理推动整改。督察一组拿出了诚意，设法降低散乱污企业的损失，多数表示理解，没什么大波动。

“虽然取缔了一些企业，但安抚好企业主的情绪，帮助善后也是关键。”解元对市国土规划委盛科长这组语重心长地叮嘱。盛科长面有难色，表示底数摸不清，下面抵制大，工作不好做：“有的村民好不容易租出闲房办个小作坊，可以月月收租，年年涨钱，你过来说关停作坊，不光作坊主不同意，房东也恨得咬牙，咋可能配合，不动刀子已很文明！”说得解元点头表示理解，提醒他讲究策略推进：“不能起冲突啊，我们是督促，不是经办，事要办好，道理要讲明，又不能闹纠纷、坏大局。”“理是这个理，干起来不好干呢。”盛科长仍然愁容满面，压力山大。也可理解，跟老百姓打交道的没有小事，弄砸了处分事小，丢了前途事大。解元扑哧一笑，一路讲笑话给他们打气：“说是相邻灰圆市有人到北京出差，下车时穿着短袖。北京客户在酒店餐厅宴请，席间喝了点二锅头，灰圆市人感觉困倦，就回房休息了。一觉醒来天地囫囵一片，拉开窗帘一看，漫天飘雪北风狂歌，路上行人穿着厚实棉衣。顿时号啕大哭，北京人给我喝什么了，怎么一觉睡了大半年啊，来时明明是春天，这么快就冬天了，从春天睡到冬天！这房费可怎么结算啊？”说得盛科长一笑，说这是解局长提醒大家，核查别当傻子，比这位灰圆人还糊涂！解元说纯粹是快乐一刻钟，没那么严重。

“切实保护群众的利益，是政府的责任和使命，我们会做到上下放心的！”陪同的侯副区长回应，笑容可掬，声调温和。

里塘街进展顺利，千余家散乱污企业登记造册，关停整改有序，当事企业老板员工抵触情绪不大。一些关停企业员工北上返家，小区没那么嘈杂了，居民们说生活污染少多啦。

不料平地响起一声惊雷，温柱良带的小组在春东镇出事了，同行的市水务局齐科长突然打来电话，气喘吁吁的声调充满惊恐：“局长，不好了，温处被狗咬了！”“严重吗？什么狗？赶快说。”“是电镀公司老板养的藏獒，我们被不明真相的村民围住了。”“啊！你们别急，我们马上过来。”说完解元要求侯副区长迅速通知春东镇领导和派出所干警增援，必须确保人员安全。侯副区长脸色陡变，一边举起电话，一边挥手吆喝司机，一行人登车，心急火燎地赶往现场。

三

侯副区长电话中简单问明情况，大汗直冒，车上赶紧插空通报解元。说春东镇党委书记、镇派出所所长已赶到现场。边说边自责太疏忽了，一脸不容乐观的神情。涉事的明轴五金电镀有限公司地处春东镇鳌头村，村民素来剽悍。英国人侵来勇敢对阵，日本人打来奋起拼命。当年五千号人的大村打得只剩几百人，至今才恢复到两三千人的规模，那种硬骨精神融进血脉代代相传。印象中的村民还算讲理，不至于浑到侵犯公职人员的地步，情况真是匪夷所思啊！解元一边点头表示在听，一边不停地催促司机："快点，再开快点。"面包车往前飞驰，不到二十分钟驶进村口。只见大群村民围聚，有几名警察疏散人群让开通道。解元坚持在人群前下车，一边向村民打招呼，一边向村里急走。村民大部分自觉让路，形势比想象的平静，局面并没失控。空中玉兰花幽香扑鼻，似乎夹着一丝火药味。

好在明轴五金电镀有限公司靠近村口，没走几步即到。春东镇党委章书记快步迎上前来，一脸歉疚地抢说情况："解局好，都是意外，我们责任大，没保护好工作组的同志。"镇派出所所长也争着汇报，生怕留个怠慢印象，语气从容不迫："局长好，温处很坚强，伤情没大问题，我们请他快去医院包扎，他坚持要完成工作才疗伤，您来了正好劝劝他。"只见温柱良右手捏着左手，一脸轻松地跑过来打招呼："局长、区长，我没事儿，赶紧取证才是正事。"解元看着他已被村医临时缠上纱布的左前肘，关切地询问，脸色亲切："伤得怎么样了？要不要紧？不管怎样，赶紧上医院检查打针，这里的工作交给我们吧。"当村医介绍，只是咬破一点皮，血倒是流了不少，解元方才宽下心来。一伙人强行将温柱良劝上车，安排副镇长陪着直奔区人民医院。

齐科长赶紧讲述事情经过，说当时场面吓人，好在温处当过兵，躲闪得法，只被藏獒扑中一着。这时村民委员会聂主任及时赶到，要求老板娘喝止藏獒，才控住局面。也多亏温处身手矫健，遮挡及时，要不自己很难幸免。他们是镇环保办环保员小胡陪来核查明轴五金电镀有限公司的，此前有群众举报该公司违规排污。可是小胡是新录用人员，对公司不熟悉，敲半天不开门，还是温处找到村治保办主任才得以进去检查。起初没发现大问题，说是污水由明豪尔环保科技有限公司定时回收，却拿不出污水进出台账。后来细心的温柱良闻到异味，碰巧查到该公司通过水泥板覆盖的下水道偷排污水，酸味刺鼻。没想到提取水样时，老板娘放开了手中藏獒，惊险事情当即发生。唉，此情此景让解元愤怒，心里五味杂陈，治污时间不短了，可不理解的心存侥幸的铤而走险的大有人在，闻之忧心啊！

见解元神情严肃，齐科长惊魂未定地解释，脸色有些不自在，恨自己给督察组丢脸了："我们不小心也有责任，请局长多批评。"其实这段时间他过得提心吊胆的，总怕出什么事，没想到还真遇到事。早两天，他的局头，市水务局秦局长来电告诫他，槽南区好多茺元集团明氏家族的企业，别迷迷糊糊得罪人，给水务局丢脸。领导又不说透，他哪知道哪家是利害企业，一直小心翼翼的，也不想徇私舞弊。这时，老板娘栗某生怕对自己不利，急忙跑过来怪声高调地否认大家的说法："不是这样的，各位领导可得给我做主，狗是受惊挣脱的。谁有那么大胆子，哪敢放狗伤害执法人员。"情况复杂，各执一词，解元、侯副区长、镇党委书记、派出所所长、村党支部书记经过协商，决定听从派出所意见，先带走老板娘栗某及保安员协助调查藏獒伤人情况。同时要求槽南分局曹局长组织专班人员迅速查实该公司偷排污水缘由。解元带齐科长等人拍照取证，收集了第一手资料。围观的近千村民在警察和村干部劝导下陆续散去，一场风波转眼消散。该公司法定代表人明强自始至终没有露面，行踪神秘，似乎有什么不可告人的秘密。

区人民医院对温柱良进行了周密的体检，区政府办公室主任代表区委书记、区长亲切问候，文副秘书长也代表曾副市长致电慰问。要求他脱岗治疗，用最好的药品，确保不留后遗症。过去一周才能作出的医疗结论，这回当天即出诊断。还请来了省里医学专家把关，确认属于普通皮肉犬伤，敷药包扎伤口后，按疗程注射狂犬病防疫针即可，无须住院。温柱良坚持出院参加工作，连声表示无碍，不必大惊小怪。但区政府办公室主任坚持留其住院，派来一名科长陪护，使温柱良一时脱身不得，空自着急。

春东镇派出所的调查很快有了结果，事情没有出人意料。明轴五金电镀有限公司保安员证实，伤人藏獒平时性情温顺，只有老板明强、老板娘栗某发出指令，才会袭击伤人。经过公司十多名员工和周围村民确认，栗某故意放狗伤人，煽动附近村民围堵督察人员事实确凿，公安部门当即作出对栗某拘留教育半月的处罚。

随着槽南分局对明轴五金电镀有限公司调查的深入，真相惊人。这家年产值上亿元的电镀公司，除了拉回一套报废的废水处理设施当摆设外，所有电镀废水一部分交给明豪尔环保科技有限公司回收，一部分通过暗沟暗管偷排河涌。如此违法严重的企业居然连续十年通过年审，排污许可证赫然在目，真是咄咄怪事！

翻着一页页案卷，解元心情沉重，不把问题搞清楚，对不起附近受害的老百姓啊！他迅速抽调专家到场复核，确认该公司产品多是镀铬镀锌的重金属材料，电镀过程中涉及酸、碱、重金属离子等原料，甚至有剧毒氰化钠。温柱良从下水道和储存池内抽取的黑色废水样品，散发着刺鼻酸味，这些最终汇入河道的废水送检发现异常，总铜、总镍、总铬、总锌、总铬等元素均严重超标；超过《电镀污染物排放标准》规定的排放标准10倍以上，已涉嫌严重污染环境。景象触目惊心，超乎正常想象。

专家不无愤怒地告诉解元，面色忧虑，排放的废水含有多种重金属及化学污染物，复杂多变。排入水体后会被水中生物吸收，导致深度污染。而人食用了被污染的生物后会导致重金属离子在人体内积聚，危害蛋白质变性，导致畸变恶果。还有废气污染严重，电镀中用到的盐酸、硝酸挥发出刺激性气体，常会带来酸雨、雾霾久聚不散。这些危害史无前例地可怕，却在我们眼皮底下堂而皇之地泛滥。说得解元不停地叹气，告诫槽南分局同事，不可使悲剧重演。

入夜，温柱良恍然大悟，想起自己因缘际会万事有因的读书札记，不觉怅然若失。这次调研，为鳌头村五年来的奇事怪象作了很好的注脚，所谓“世间万物皆有缘，缘起缘灭一瞬间；百事千缘总有尽，事起事灭一念中”，也许正是这般光景。村民委员会主任一脸古怪地告诉解元局长这句偈语，说是此前数月，有位游方僧人元妙法师来村里化缘，看到畸形儿童歪瓜裂枣模样，一脸惨然怜惜。又听闻此数以每年三五人之量递增，当即摇头苦笑离去，拒收饭菜，口中反复念此偈语。说些虚无缥缈的话，神秘莫测，没想到今天应在明轴五金电镀有限公司身上了。可老板员工多是外省人，与本乡本土没有多大关系。真是个怪僧啊！可惜当时未留下此人，其尖嘴猴腮，相貌丑陋，并不见哪儿有什么过人之处，没承想竟是一位世外高人哩！

解元听后一脸肃然，高声反驳打断他的述说：“别胡思乱想什么高人了，原因就在明轴五金电镀有限公司的污染上。你这个好大喜功的村主任引进企业不加思量，心里没个环保弦，嘴里不念监督经，造成今天污染恶果，还念神叨鬼瞎迷信！”说得村民委员会主任冷汗直冒，嘴里仍旧推脱。“真有这怪事啊！局长大人可别瞎戴帽子哟，会压死小百姓的。真是环境污染问题，与我这小主任有啥关系呢？”听得一旁的温柱良浑身来气，心想都说槽南区的村干部牛气，没想到还真是这般土王佬模样！恨不得把这糊涂主任揉进土坎，话到嘴边还是放低声调，情绪压制了许多："话不能这么说，各级有各级责任，真落定了此案，有你好受的！"说得村民委员会主任一脸惊愕，半天说不出一句话来。解元叫他喊来塘主协商过后，从旁边鱼塘捞起两条鱼，交给身旁专家化验。只见两位身穿白大褂的专家利索地展开两箱仪器，拍拍打打熟练地切开鱼肚子，割下一些肉丝放入器盘，又塞入玻璃试管摇摇晃晃。眯眼细察，一会儿验出惊人结论。原来鱼肉确实含有多种重金属离子，也是导致儿童畸形的罪魁祸首。真相传开，群情激愤，解元带着督察人员和镇村干部一起挨家挨户劝导，平息怨气。一时间被村里称颂，解元急忙摆手制止，严肃交代村干部禁止夸赞。政府工作人员为群众做点事是本职所在，谁也不能沽名钓誉。

俗话说出来混的终究要还，追根溯源真相大白。明轴五金电镀有限公司这么个污染企业虽然设了环保部，却不做正经事，成了制造环境污染的罪魁祸首。很快，为偷排废水绞尽脑汁、替公司处理污染物立下"汗马功劳"的环保部部长锒铛入狱，一同受罚的还有总经理、老板娘栗某、生产经理、总工程师等。董事长明强不久也被捉拿归案，应了"天网恢恢，疏而不漏"一说。这位曾揭发新莞市市场监督管理局原局长受贿的"反腐英雄"，出人意料地落网，算是为一场环境污染闹剧画上了句号。鳌头村村民纷纷感谢解元局长，说这回污染源找到了，村民们也可以安居乐业，不必惊恐万状了。解元听得心里愧疚，感觉还做得不够，决定乘胜追击，扩大战果。

四

垂死挣扎、反戈一击是落马人的通病，却为全市碧水保卫战立下一“功”，提升了《新莞市打造美丽中国城市样板行动规划》的落实质效。明轴五金电镀有限公司涉案一班人受审，除董事长明强避重就轻，瞎编种种理由抵赖不认外，其他人倒是抢着交代立功，像竹筒倒豆子——一粒儿不留，揭开了不少神秘面纱。分析案情，似乎有一个无处不在的污染集团躲在幕后操控一切。早前就有传闻，这个神龙见首不见尾的明豪尔环保科技有限公司背后，可能就是莞元集团在撑腰。明强有一个身份是明确的，他是莞元集团董事长明老大同族的晚辈。这家大集团影响遍布全省，是企业中的明星范。风中传来不少古怪故事，不可小觑，又朦胧不清，草儿也难述其详。

种种迹象表明对手绝非等闲之辈，市生态环境局不敢掉以轻心，联合市公安局一起行动，迅速将明豪尔环保科技有限公司涉嫌非法处置废渣废水案件的情况及背后线索呈报新莞市曾副市长，请示下步方略。曾副市长当场表态，坚决支持解元率队查处明豪尔环保科技有限公司的违法行为，考虑到莞元集团在全省的特殊影响，让他们注意在没发现确凿证据之前，调查不要公开指向莞元集团。鉴于案情的复杂性，曾副市长致电市公安局，临时抽来三名干警，加上先期加入督察组的公安代表单科长，成立了一个专案组，指定由解元和市公安局游副局长牵头负责，限时侦破“明豪尔污染专案”，看背后到底隐藏什么。

猎网张开了，留给猎物的时间不多了。温柱良也被点名参战，与单科长一起周密调查。调查后发现明豪尔环保科技有限公司的业务涉猎面宽泛，在新莞市与数万企业发生业务联系，似乎无所不包、无所不能，大至印染、化工、五金、有色金属熔炼加工业的超标废水，小至塑料作坊、石灰窑、砖瓦窑、小洗煤、皮革厂等行业的一渣一皮，如此跨行跨业的污染废物处置能力闻所未闻，超越想象。

确是蹊跷得很，匪夷所思。在新莞市市场监督管理局领有工商执照、市生态环境局领有排污许可证，多次被评为明星企业，号称员工三千的明豪尔环保科技有限公司，在新莞市却无明确办公地址，人员办公居住地点、车间生产方式、废渣废水去向不明。董事长明陆更是来无影去无踪，偶尔现身市政府、区政府组织的企业家座谈会。他是莞元集团明老大的六弟，了解其底细的人不多。神一样的人，谜一样的公司，雾一样的传说，梦一样的事，神鬼也琢磨不透。

到明轴五金电镀有限公司收取污染废水的龚经理，据传是明豪尔环保科技有限公司的重量级人物。经过槽南区公安局无线监控，在春东镇其情妇家中将其抓获，连夜突击提审才知，他只是应聘三个月的临时人员。并不掌握公司核心机密，仅临时充当单线链条中的一环。明豪尔环保科技有限公司出面收取废渣废水的收货员都是网上招聘，对外称为业务经理。收货后按电话通知送货到指定地点，由下个环节人员接手处理，对具体处置情况，上线人员一无所知。整个流程悬疑超越间谍片，复杂赛过世界大战，低级参与人员不解其故，无从谈起个中细节。这种情况让温柱良和单科长纳闷不已，心里问号一个接一个冒出来。

还是要究索查源，经过严审先入网的龚某，黑暗中露出一丝光亮。龚某抵赖一番，怯下阵来，破案逻辑推理中的二环收货经理陶某浮出水面，专案组迅速提请监控他。解元强烈预感此种经营方式必定犯法违规，光明正大事情何须如此遮遮掩掩？情节貌似简单，又剥笋皮一样芜杂，云遮雾罩。他坚定地相信，照此侦查下去，步步递进，按图索骥，不会离真相太远。游副局长也认可这思路，专案组照此按图索骥。

一番精心扎针后，脓包果然破皮。二环收货经理陶某居然活动在相邻的灰圆市，在兄弟市公安局支持下，温柱良和单科长带人蹲守三晚，才将新婚的陶某捕获。审讯后大感意外，此人仍是临时环节角色，只将货送到灰圆市与新莞市交界的草芒山交给六哥，并不参加后续处理环节，又是一道谜。似乎没捞到什么含金线索，却“柳暗花明又一亮”。他提供了一条有意思的线索，在接货过程中，听到六哥跟大老板说，不便深入新莞市救急，还是不破老规矩好，静待佳音为要。原来是另一组送货人员在槽南区境内突然撞车，大老板害怕节外生枝，起先想派六哥赶往现场应急处置。结果那帮人紧张一阵，最后花钱私了，顺利将货运到，省了一场突击应对。

单科长惊叹地向解元感慨，太诡异莫测了，实在蹊跷！如是正规生意，干吗弄得像贩毒一样？更不可思议的是运行链条上，一环二环的临时马仔居然人人称为业务经理，三环高端人物又没职务，照江湖习惯称为六哥，到底回避什么呢？怕树大招风，自虐自谦地隐瞒职务，还是另有企图，不得而知。六哥到底是临时环节上的小人物，还是手持核心业务的中枢大魁？有时与临时收货人员面对面接触，似乎又不像什么大鱼儿！温柱良神情凝重，若有所思地说，六哥不会是等闲人物，要顺藤摸瓜，赶紧收网！解元、游副局长和单科长赞赏地点头。解元也认为六哥便是金字塔上的大人物，是最后处置废渣废水的指挥者，像影片情节一样，老板虽然掌控大局，却不直接做事。三人扯来扯去，逐渐理出一些头绪来。

温柱良胸有成竹地认为，案情已水落石出："理由之一是处理程序最后环节和关键人物都在灰圆市地面；理由之二是六哥不敢踏入新莞市地面，说明身份显要，抑或有什么难言之隐；理由之三是大老板有事与他直接沟通，说明他是做事的直接指挥者；理由之四是他不留电话，凭网上联系行动线路，再照纸条约定接头地点，说明处理程序已到最后环节，他不想轻易暴露目标。"这分析很快成为一种共识，至于六哥毫不忌讳地面见第二环节人员，解元认为这是长期逍遥法外造成的麻痹思想，加上做事亲力亲为的个性，算是猖狂之下一点不经意的疏忽吧。游副局长也不反对，犯罪分子存在疏忽再正常不过了，否则就没有落网一说了。

接下来的发展随设计而来，证实了此种分析，单科长说撞车的另一组被抓人员交代，最后接头人员也是六哥，大个子宽肩膀，浓眉大眼右下巴有黑痣，这些特征证明都是同一人。可是如何抓捕六哥归案成了难题，没有电话手机，无线监控用不上。近段明豪尔环保科技有限公司已明确停收废渣废水，想守株待兔那是纸上谈兵，如愿可能性不大。解元说生意人既然在灰圆市露面，就不可能不露出蛛丝马迹，大家合计了下一步行动计划。在省生态环境厅的协调下，一行人直奔灰圆市，当地有关部门热情接待。

风透脊梁，旅途劳顿，心中装事的人儿不知疲倦。路上单科长接到一个陌生电话："喂，你好！""我是保险公司的，请问您在开车吗？""我不开，司机开。""您去哪儿？""在去一个很远地方的路上。""您的车有保险吗？""应该有吧，我没问过，回头问问。""您坐的车值多少钱呀？""没问过，估计有几个亿吧。""大哥，您啥车呀？""高铁！"啪的一声，电话挂了……对方脾气还挺大，我说错了吗？当单科长把电话内容讲出，大家报之一笑，解元插话提醒："大家要学习保险人员的钻劲，否则破案一事无成。"游副局长笑笑，说有趣。

奔波几天收获不大，灰圆市并无明豪尔环保科技有限公司，却有一家类似的豪昌环保科技有限公司，法定代表人明昌，是荛元集团董事长明老大的六弟。据说第一桶金是倒运洋垃圾发财的，可没少给全省的环境污染作"贡献"。因资金匮乏车间建设了两三年，每年都有进展，施工也是停停开开，从未停止。尚未投产，据说招了不少工人，神神秘秘有些业务活动。点税未交，却与灰圆市政界领导熟络，尊为座上宾。公司不同，法定代表人不同，只有业务相同，都没有投产，真是难以比较啊。

两家公司到底有无联系？专案组一筹莫展。苦思冥想间，解元和温柱良不约而同想到一法，拿豪昌环保科技有限公司法定代表人明昌工商登记时的照片，让落网的四名收货员分别辨认，看是否有人认识。结果这些人不约而同地指向一个人名，他就是大名鼎鼎的六哥。狐狸尾巴终于露出，真人露相的时候到了。更让人惊讶的是，明昌与曾被判刑三年入狱的绵元环保科技有限公司法人代表明复竟是同一人，当年绵元污泥案闹那么大动静，惊动全国上下，也仅服刑一年便被减刑，又保外就医出来了，还化名在多地重新出山。同惠平市相邻的新莞市明达铝材加工厂也是他打理的，他总是以多个身份神出鬼没，是谜一样的人物。不知他有没有活得累的感觉，反正把查案人整得很累。

从开发区到槽南区，有数十里路程，不知他的狱外监管是如何落实的？难怪此人时隐时现，不常露面，原来是“妾身有恙”啊！是谁助他化腐朽出神奇？真是不可思议啊！看来，这些许许多多的谜团只有公安部门能弄明白了。这时久未联系的发小铁哥打来电话，让他悠着点，别对这案抠得太紧，得饶人处且饶人，与人方便即与己方便，松一手海阔天空。解元哈哈一笑，劝他别惹事，案子该怎么走，自有定论，非人为可以左右，到这地步，除了守法，没什么其他可说的了。一同办案的市公安局游副局长也说，市检察院安副检察长打来电话劝他：“别搞得太紧张，老江湖了还弄那么累犯不着啊！”解元一笑说：“吃这碗饭的，该认真还得认真啊！说得两人哈哈大笑，感染了一屋人。

梅花香自苦寒来，功夫不负有心人。尽管侦查过程复杂，抓捕的情节十分简单，经灰圆市公安局配合，在市郊一座豪华别墅里，罪魁祸首明昌束手就擒。他其貌不扬，嘴硬如铁：“是不是搞错了？我警告你们别自取其辱，今天怎么抓的，改天就怎么送回来，别不好意思收场啊！”口气极其嚣张，也只是色厉内荏的昙花一现，此人嘴巴抵赖一阵，乖乖戴铐上车，肢体上没做任何反抗，头扬得高高的。

在灰圆市，他们是合法商人受人尊重，却将污染废渣废水非法倾倒在这片土地上。在新莞市，他们也是有脸面的巨商，政府寄予厚望，在发家致富的同时，也将污染废渣废水非法倾倒在这片热土上。

明氏六弟被抓，仿佛揭开了新莞市污水处理黑幕，解元和温柱良没一点轻松感。那个神秘的芜元集团掌控人明老大最近频频亮相省电视台，其六弟被抓似乎与他无关。

入夜无眠，温柱良在日志本抄下孟子的话："掘井九轫而不及泉，犹为弃井也。"第二天，在大学念水利专业的女儿刚好回家，他兴奋地告诉女儿，这个日志本将来对她有大用，女儿莞尔一笑说别太当回事，我们这代新人类不会用老八股的东西，你还是自个儿留着当宝贝吧。说得温柱良惆怅了许久，精神上倒没松劲儿。

五

堵住散乱污企业就是斩掉一种类型污染源，这点温柱良头脑十分清醒。他带的小组在春西镇的督察，像兔子蹦刺圈——左右不顺溜。该镇洋洋洒洒一大片，十三个村仅有五个上报散乱污企业底数，其他八个村只字未报，镇里一再催促无果。

槽南区春西镇佟副镇长陪着温柱良和齐科长，开始转圈查看，前面一两个村统计数据表尚算齐全，感觉马马虎虎。到天东村便露出了端倪，这个上报十二家散乱污企业的中等村，竟塞入七家垃圾处理站，搪塞意味明显。其余五家也是些皮革小作坊，没什么废水，横竖经得起调查。很明显，数据报表没照通知要求来统计，对付意味浓厚。温柱良执意绕村落兜转一圈，这一转不打紧，惊眼啦！好家伙！林林总总足有三百多家企业，混迹民居小巷，里肆闲房，虚虚实实，洋洋洒洒。仔细一查，几乎全是手续不全的散乱污企业。有的铸造厂废水污染大，有的化学品厂臭气熏天，污染影响巨大。村民们不以为意，乐意数着票子过这样热闹的生活。

"为啥村干部护着掖着，生怕丑媳妇见公婆？"温柱良神情严峻，忍不住询问。佟副镇长一边摇头，一边无可奈何地说："利益使然！加上经济增长下滑影响，害怕年终工业产值掉膘！侥幸心理大着哩，一个个村干部就这样撑大了胆子。”“到底有多大利益？”佟副镇长头摆得更猛，叹息地说：“有的村干部胡作非为，把这些问题企业视作发财的沃土，巧立名目大收卫生费、治安费、暂住管理费等等，诸多费用中饱私囊，有的甚至还收进驻安全费，名目繁杂，不一而足，年终还可以增报工业产值，增加政绩砝码，都清理了谁还会给你进贡，村干部靠什么发私财？”温柱良听得惊悚，神情大为诧异，很是不解：“什么时代了，还有这豹子胆？就是收上来，还不是公款嘛，能乱花吗？”“你不知道啊，有些大胆的村干部根本不入账，有的入了也是再设法花掉。他们觉得自己不是公务员，不怕撤职丢官，甚至坐牢也无所谓，苦了咱一人，幸福一大家，听说这样的例子还不少。”说得温柱良一脸愤然，更加坚定了割掉散乱污企业这颗毒瘤的决心，捉死污染“钻空鬼”，全力刹住这股腐败歪风！

第二天，温柱良一行核查只字未报的八个村，原以为也有可能没有散乱污企业，是片化外净土，才稳坐钓鱼台。结果现场绕村一转，遍地是厂，张眼有坊，家家做东，一如进了“作坊天堂”。只是辉煌之下，难掩散乱污身份之实，村民环保认识之低令人咋舌。“为什么村里有厂不报呢？而且手续不全符合上报标准，犯得着去遮掩？”同行的齐科长颇为不解，脸色铁青。“通知下达的那些概念不好把握，再说这些厂污染不大，关掉影响村里经济发展，多可惜啊！”前岭村党支部书记慢条斯理地辩解，一脸无所谓表情。一听这话，齐科长更火，生气地斥问：“到底有污染还是没有？你村里能给个准头吗？”“这个不好确定，有的企业多少会有一点污染吧。”前岭村党支部书记支支吾吾地回答，一副不情不愿神态，让温柱良看着愤慨，又不便发作。

一路走访下去情景堪忧，未报村落都是这种对付遮掩心态。还发现很多违规问题，均一一交办区政府下达整改通知，落实效果则是云山雾罩，难见真相。情况反馈到督察一组，解元报请曾副市长同意后，决定约谈分管槽南区水务、生态环境、城建工作的侯副区长。

没想到刚下约谈通知，解元就接到说情电话，市委组织部翁处长打来电话。说侯副区长是老市委陈书记外甥，约谈了名声不好，影响民意评价和下步发展，能否换个方式或找个理由取消约谈。解元坚决顶了回去，说老书记作风过硬，敲打是对他外甥好，你是不是听了他夫人的一面之词呀。翁处长听后哈哈一笑，说只是开个玩笑，别当真啊，说完礼貌地挂了电话。这个老书记的前秘书就这习惯，发生啥事都不生气，其实真正说起来，侯副区长只是老市委陈书记夫人的外甥，这样表述才更准确。

在区政府六楼一号会议室，一场庄严的约谈如期举行。时而声震人耳，时而舒言缓语，一环紧扣一环的提问，处处释放着不容忽视的紧迫感和责任心。

空气像冰块一样脆硬，市督察一组组长、市生态环境局局长解元正襟危坐，高声开问："侯副区长，今天我们以督察组的名义约谈你，主要目的是督促履行职责，提高对督察交办事项的重视程度，推动槽南区碧水保卫战全面提速。直接原因是近期巡察发现，一些交办事项整改不到位，尤其是散乱污企业清理不力、落实不积极。现就有关情况向你提出问题，请你如实作答。作为分管区长，对于我组交办的问题和散乱污企业清理督办通知是否知晓？"

侯副区长面部肌肉痉挛了一下，低声回答："知道，都有安排，只是对有些单位消极怠慢情况估计不足，存在麻痹大意思想，延缓了抓落实的力度。"

解元虎着脸追问，趁热打铁："你对于春西镇办理的整改情况回复是否掌握，是否亲力推动？"

侯副区长脸色见红，不无愧疚地说："都有掌握，全部复函先由镇里审核，再经过我签字后回复，但有的方面亲自推动不够。"

解元双眉紧蹙，继续发问，不依不饶：“你对于春西镇相关整改事项是否进行过现场检查？若进行过，请说出具体事项及时间。”

侯副区长表情尴尬，略显痛苦地解释：“我去大部分现场调研过，部分难以处理的问题主动协调，比如协查明豪尔环保科技有限公司回收污水固废物品去向问题，新民涌污水口封堵、督促散乱污企业数据上报等工作，由于疏忽，导致效果不佳，我个人应负主要责任。”

解元语气更严，继续惊人点穴：“我组进驻槽南区以来已交办相关问题事项二十五件，截至上周复查时仍有十五项未办，四项处于整改中，另六项答复已整改好的事项完成质量太差。针对这些问题，你们下一步有何整改计划？”

侯副区长头上直冒汗珠，仍勉强迅速回答：“我都到现场看过，马上会去现场再处置，其中一个堤岸难点的拆违报告已交区主要领导审批。”

解元面色冷峻，不停地追问，声调有所提高：“区主要领导批后，这个报告要给督察组一份。还有一些民怨大的问题虽小犹大，请你们尽快办好，给群众一个满意答复。比如春西镇政府附近工地活动板房，有生活污水通过新民涌排入春河，我们现场去看了厕所粪水直排河涌毫无顾忌。而前岭街道的污水管网仍有50多米没做完，原来说上月月底可以做完，但是这个月中旬还没动，说是回填土方工人催欠工资罢工，现在管网没接通。还有新民涌的河堤坍塌数月没修复，现场问了区河长办的人，说是缺钱一时半会儿上不了马。请问这些问题你们是否有统筹安排？”

侯副区长脸色沮丧，勉强抬头表态：“我会马上抓好这些问题，钱不够想法筹，回去就行动。请督察组放心，新民涌污染厕所拆违问题，我会抓紧请示区主要领导，有什么情况随时向督察组汇报。”

解元语气坚定地重申，话儿一句比一句重：“按照市委高书记、秦市长在我组工作简报上批示的‘督察情况特别是整改情况市里要掌握，不及时整改或整改不到位的，市纪委监察委要问责’的重要指示，将持续加强碧水保卫战督察工作。请你认真履行分管区长的职责，靠前指挥，确保各项整改落到实处。如果你履行职责仍未到位，进度仍然滞后，我组将依照《新莞市生态环境治理责任追究工作意见》，实施对你的问责。你是否明白？另外也听到对你的一些不良行为的反映，希望善自珍重，不要出问题，如果你对本次约谈有异议，可书面向市委、市政府投诉。下面，请你对本次约谈表明态度。如无异议，请在约谈记录上签名确认。"

侯副区长满脸虔诚，边抹汗边痛心地说："近期部分工作没落实到位的确是我的疏忽，有些工作忙碌中没跟到位造成被动影响，对此有清醒认识，责无旁贷，很是痛心，深感愧疚。市里的督导工作很细致很到位，下一步我们一定按照要求坚决落实到位，打好本区碧水保卫战攻坚。请组织放心，请督察组继续监督，请看我们的行动吧。"

一场原本认为存在分歧的约谈，表面上以达到预期目的而顺利结束，大家如释重负地松了一口气。其他镇街受此影响，进度明显提速，一把手亲力亲为，大批不守规矩的散乱污企业显露真容，以身试法的偷排"钻空鬼"纷纷落网，群众喜笑颜开。夸赞督察组治水够威够力："海啦，有黑莽啦（方言：好啦，有希望啦）！"

这边下来后，侯副区长给自己的临场表现也打了一百分，特意来到小相好阿红处吃了碗长寿情侣面，身体快活后，心情却无法同频共振。入夜不得不纠结一番，辗转难眠，这段时间真是倒霉，遇事多不顺心，来了个最苛刻的督察组。尤其是解元和温柱良这两个活雷公，一点都不着调。同僚不给面子，老领导招呼不理睬，一个劲唱反调，真是针插不进、水泼不入的活煞星，今世少见。正因为这般奇特，就不能由着他们这么胡闹，如此这般的瞎咋呼，会扰乱区里大好局面的，应该采取对策了，给他们一点颜色看，促使他们知难而退才对。细想起来又无从下手，情况掌握太少，打不中七寸，但总要想法暗参一本出口恶气，让他们早点从区里滚蛋，行不行试一试才知。拿定主意后，他与阿红耳语一阵，温存半天才朦朦胧胧地入梦。早上醒来吓一跳，仿佛记得梦里自己锒铛入狱，不是好兆头啊！你说古怪不古怪。他想这样的梦太不吉祥，不能说出来吓了圈里朋友，做人应装得住秘密才算高人。

六

攻下一城，又现一堡。莞城街污水管网乱象纷呈，支管泛滥倒流，居民投诉满天飞，督察一组疲于应付。这时，文副秘书长给解元打来电话，嘱他督察一组工作方法灵活些，少树敌多做事啊。解元想了半天也没弄明白，做事哪能不得罪人呢？想来想去，也不明白文副秘书长突然说这些莫名其妙的话干啥，领导的心思真是不好猜。心想，懒得想着累，管他三七二十一哩，一个劲办好督察组的事才是硬道理。真的是一个和尚挑水吃，两个和尚抬水吃，三个和尚没水吃。督察一组交办的莞城大道污水管网堵塞及渗漏问题民怨极大，这段污水管网破损多，从未建立日常清疏养护机制，部分管段甚至雨天坍塌，管理单位相互推诿不愿修复。督察交办件由槽南区政府转交给区水务局负责落实，结果还不是一般的复杂！管网一段由区交通局管，一段由区建设局管，排查疏通没人配合，搁置停转好久。区建设局这段是水管工程建设不符合规范，区水务局拒收，只好这么多年搁着自管。温柱良小组来到现场，也是丈二和尚摸不着头脑，一筹莫展。对莞城街道办事处冯主任感叹，提醒街道多使劲，毕竟涉及普通市民不能马虎啊。

“这么乱啊，真是城头插满大王旗，谁也不服谁！”冯主任苦笑点头，身为辖区领导，多数时候无能为力，他委屈地解释，一脸苦笑。“街道地头排污管网60公里长，多头管理现象严重，区水务局、交通局、建设局、新莞市水投集团莞城净水公司和街道办各自管理一部分，穿错交叉，责任不清，相互推诿打架，把乱戏演到极致。”

听到难度大，解元主动来到现场，越听越烦琐，越查越纷乱，比扯麻丝好不了多少，捋也捋不清。各管理单位普遍不清楚管网运行底数，从未建立什么快速响应机制。假如碰巧遇到啥突发情况，只有抓瞎的份。同行的市水务局齐科长头直摆，惊讶地说："不至于这么严重吧？""嗨，有什么奇怪，比这坏的事有的是，比如上周高速铁路施工破坏了莞城社区污水主管，接着破坏该管段7号井，造成大量污水无法输送污水处理厂，又致使大量地下水从破口混入污水管道，使污水处理厂瞎运转，目前尚未解决。"冯主任愤愤不平地揭短，越说越气，越气声调越高，像伤雁一样哇啦哇啦叫喊着。

"还有这事？国企来头再大，总不能把当地百姓利益搁一边吧？"温柱良一脸诧异，不安地询问。"这还不算狠的，区建设局下面的市政建设公司更甩横，前段时间施工有段管与莞城街道所辖管网交叉，挖破街道污水管不赔，横说归街道自理。更关键的是新建管网偏高不合规范，接驳联网污水会倒流，白建了段废管没下文了。因为背后有靠山啊，仿佛比着赛儿有恃无恐！"冯主任忍不住发起连串炮，他这种人最耿直，不到忍无可忍时不愿多言。

"什么靠山，说出来听听。""看来问题大着啊，这回一定要搞清楚。"解元局长和温柱良不约而同地追问，震得冯主任一片茫然。忽然意识到自己多嘴了，当了十年街道办主任，三次因心直口快得罪人，丢了提升机会，唉！自己这性格真是不合时宜了！一时间竟无从回答，场面有点僵冷。看他神态，解元也不想为难他，一伙人继续前行。

又叮叮咚咚地巡查了一下小区污水泛滥的难题，情形不容乐观。回来后，他嘱咐温柱良盯紧问题查底因，督察组的工作不能浮于表面，要只争朝夕抓整改。温柱良听了暗吸一口长气，浑身肌肉收紧了不少。

莞城社区肖主任更是委屈，社区一些企业和居民为图便利，不明就里偷接管网，甚至自行把雨水管混接到污水管上，说是申请排水证太折腾，屡禁不止，弄得他这个小主任老被追责，有苦说不出。他无奈地诉苦，眼睛眨巴着难受劲。

“城区污水管网覆盖率低，只是主街地段基本连成网，边街边巷好多成了弃儿，街道三分之一居民户无法顺利排污，造成更多污染源。”城区南片污水处理厂厂长肯定了这种说法，说厂里并不想白占便宜。其实城区污水量收集严重不足，降低了设施运行成本。他讪讪地说：“厂里原来是按照城区南片十年后达到50万人口来预算建设的，现在城区人口下降至20万人以下，其中包括4万多大学生。在学校放假期间，负荷率下降明显。好不容易接上污水管网的，主管网建设脱离实际，长期处于高水位，支管负荷大抽取不及，多处管网接口晴天溢流，导致大量污水排入春河。有的支管多处与外水连通，造成水质水量变化大。我们反映了很多次，不但问题没解决，还传来因厂里运行效率低，可能会被城区北片污水处理厂兼并的消息。这对企业员工来说可是个坏消息，害怕合并后会裁员，真是让人心烦意乱。”这些情况听得温柱良目瞪口呆，不得不认真对待，心绪七上八下的混乱。

风吹浪涌不安，一波乱过一波。城区北片污水处理厂是私营模式，污水管网错接混接现象更是乱成一锅粥。进厂污水浓度低问题建厂以来就没解决，像六十岁尿床——老毛病。分管领导侯副区长多次听闻此情无动于衷，据说该厂正是侯副区长的连襟茺元集团董事长明老大的旗下企业。北片街区用户自来水使用量约为每天8万吨，正常情况下污水处理厂进水量每天应为8万吨左右，实际天天高达10万吨，雨天竟然高达13万吨。温柱良查阅相关检测数据发现，污水主管在管道输送过程中浓度不断递减、水量不断增加，足以说明污水管网收集了大量干净外水。城区北片污水处理厂厂长还遮遮掩掩地辩解。“领导别担心，只是临时现象。”解元顿时眉头发皱，劈头盖脸地批驳。“临时也不行啊。又是资源浪费，政府钱花了，进水浓度低，污水处理厂可以少用药剂省下一笔钱，该收的污水却没进来，完全没有实现污水处理目标，必须迅速纠正。”说得城区北片污水处理厂的人面面相觑，不知如何回答才好。

“崽卖爷田不心痛，早该管了！”看到终于有人管事了，城区北街办事处卢主任兴奋地附和。解元看了内心安慰，证明基层干部富有正义感，只是没给他机会显示罢了。“浪费何止这些，几乎是按住葫芦起来瓢。多头管理成了无人管，日常巡查养护不到位造成的漏损，不能及时修复问题也不可小觑。”卢主任难过地提醒督察组注意，神情迫切，声调恳切。“各管理单位管网巡查养护机制基本不存在，无序状态明显，有的管网坍塌了好久没人搭理。前两年，在侯副区长主持下，管网检修服务被区水务局打包委托第三方芜元集团旗下水务服务公司负责，每年服务费高涨不下。管网漏损修复仍然不奏效，污水处理厂进水浓度低问题依然解决不了。”解元感到问题严重，不无严肃地说：“不能长期这么混乱下去，该追责的一定要追责，不能让群众就这么白等着，不能让政府空买单。”陪同的街道、污水处理厂领导喏喏回应，横竖不自在。

这些难题让解元不得不注意督察信访情况，多封上访信用翔实资料指向一人，每次见面都笑得可爱的侯副区长跃入眼帘，让人难以置信，又无法忽视不管。

解元决定将了解的种种线索立即报告曾副市长，请他做个定夺。没想到曾副市长看到相关线索资料表情平静，反而提醒解元多加注意。根据市主要领导意见，督察组可能要提前结束工作返回了，不能给下面添乱太多，具体时间等待市里最后研究决定。

回来后，解元不便跟督察组的同志多言，只是一个劲发动大家，抓紧推进督办问题整改，仿佛在与什么东西争分夺秒赛跑。这季节大地吹起和煦暖风，灰蒙的天幕掀开蓝色天眼，空气趋向清新。一时间脏臭差乱象被撵得不知所终，久愁的人们开心地笑了。春河奔涌千里，吸纳无数源头融为一体，润泽万方自成源头，封闭无数污染缺口，浑身不留伤口。她浩荡远去，带给日子无限希望，她无私亲近人心，千年不改温暖热情。站在青草悠悠的河畔，解元和温柱良相视一笑，彼此心潮起伏，感到有种情绪与云彩一起波动，天空无比辽阔旷远。

在这节骨眼上，传来一个好消息，有人说围绕荛元集团的侦查有关单位已立案。夜里温柱良做梦，梦见一座大山瞬间崩塌，露出可憎原形，黑色洞穴深不可测！解元白天嘱咐他，发挥有亲戚在烽火镇的优势，多走动走动，解解那一块的污染谜团！

温柱良在日志本上写下墨子以天为法动作有为的自我阐释札记，这几天太累了，深陷沙发不愿起身，闭目涌起万顷波浪。他真希望就这么躺到第二天天亮，一觉醒来，睁眼就能见到杲日当空，万丈光芒照人乐，心海无边云朵万里辽阔。人生苦短，不负者乐！世间多难，恒者常胜。这是谁的名言呢？想了半天也没弄明白。

㊉

天籁高远

那些声音高远
那些声音贴近
仿佛天籁一样动听
又似乎轰鸣一样聒耳
它离人很远
它离心很近

一

温柱良这些天百感交集，一直激情昂扬情不自抑。解元让他留心烽火镇的污染谜团，特别是双岔嘴村，要给那些谜团找到准确答案。说实话，对这一带他实在是太熟了！

温柱良这辈子最得意的是进新莞市没求大舅妈，他母亲在世时逢人便夸儿子有志气。说这辈子夸张点，不到知天命年纪呢。老家人英雄所见略同，这飞跃的确有些惊人，试想一个放牛娃忝列公务员行列，多少是个豪迈事啊！就算北大、清华的高才生，也不能都出将入相吧？当然人家志趣不在此，要不这世上会减少一长串科学家、企业家或什么家呢！

明里死要面子，实里说温柱良受大舅妈潜移默化影响真不少。这位长辈是家族明灯，还是温柱良的远房表姑，两家来往密切。大舅妈早早嫁来南方富裕地带，待北方老家农村一开放，呼啦啦带出一批年轻人。开始只是打个工，摆点小摊，可不能小觑啊！三四十年过滤下来，出了一批老板牛人，不乏声名显赫的大商家。没大变的剩下大舅妈一家，说起来咄咄生怪，细究却不意外。大舅妈死心塌地跟大舅这种酒鬼赌棍混日子，岂能回回赢爽。不过，大舅妈不这么看，没她慧眼识人，抢先嫁给大舅，就会一辈子待在北国穷地方，哪能叱咤一方带出一帮乡亲哩！缺了大舅妈牵线，温柱良爸也不会娶温柱良妈，甚至温柱良也不会心向南飞，一路阳光灿烂。这么说，有点成亦萧何、败亦萧何的味道了。大舅妈真是一道绕不过去的高坎哩！她在南边声响大，刺激温柱良当兵和军校分配选择向南，老天保佑还算一路称心如意。

这年头踏实过日子便是本分，不能个个天翻地覆神样牛，说来大舅妈家小日子过得不差。那地过去山清水秀，现在热呼城边村，早没一点村味了。横街竖巷纵横交错，寸土寸金地娇贵着，多如牛毛的小工厂、小作坊混淆其中。不远处新莞市机场日夜轰鸣，唱着天曲，热闹非凡。

大舅妈家雄居烽火镇双岔嘴村头，五层楼红砖阔窗高过一般民居，八十年代的流行产物。现在与左邻右舍比拼，显得陈旧落伍。爱面子的大舅常对客人吹嘘，就缺个大装修，前些年可是村里标志楼哩！远近闻名呱呱叫，谁不知道“梁大个”的府邸啊！说到这，大舅妈准会杏眼圆睁啧他。臭美个屁，这房子你当初出过多少力呢？为了儿子得弄新房了，少吹些虚头巴脑的吧。说得大舅恼羞成怒，少不得砸锅甩碗一番。借此机会跑到村中酒店大醉方归，有时也赌输几个零花钱。邻居叹息真是一对冤家啊，隔三岔五不吵不宁。熟悉人说，这“梁大个”绰号一半得自体形，一半源自放债。早些年，大舅妈这栋楼除了顶层自住，下面一层一个小厂。大舅每到月底抢着收租，月初则打着酒嗝四处放债。总是小眼一眯，没忘了提醒借款人，把条子写正楷些。开始是村里穷户打个周转，后来外地工仔也能借个一百、两百，条件是厂长得在上面签名担保，还款时间不能出季，大额票子从不过千。大舅贼精地吹嘘经验，钱借大了等于白送，款借久了等于弄丢，个中尺寸马虎不得。这种及时雨做法赚了不少人缘，也略赚些小息花花。加上租金，大舅一家人过得快活自在。

当时算得上村里富裕户，小表妹中专一弃学，提亲说媒的挤破门槛，巴不得联个姻亲沾点光。那时大舅父母健在，家里做主大舅搞不成一言堂，老人会有牵制，大舅妈偶尔能说上一些话。大舅外面很风光，村里虽没混个一官半职，但头头们都给面子，帮人办点小事倒是说得上话。大舅整天西装革履的转悠村前屋后，颇显干部派头。他退伍老兵的身板笔挺，常常红着脸打着酒嗝满大街招手，说些年轻时北方当兵的趣味故事，让人羡慕。那时大舅举止还算收敛，贪杯不敢喝醉，输钱不过几百。否则回家堂上老爷子脸色比猪肝难看，严重了少不了被呵斥得掉泪。

他老爷子是一言九鼎的角色，平常日不多话，偶开金腔砸地起坑。大舅妈常常指着高楼泪水涟涟，说老爷子是大半功臣。起先就靠大舅妈省吃俭用几个卖菜钱，准备拆了土砖旧屋翻新，没打算整大场面。一家人精打细算，还是老爷子起了大心思。钱是不小的拦路虎，大舅知道老爷子都是鸭死嘴硬的虚高路数，往实里摆作不得数的。

年轻时老爷子是个牛皮袋，没少放过空炮。这回九天炸雷真有响声，合该老爷子长脸。他一辈子念叨的失踪鬼大哥，忽地活生生冒出来了。个子略显驼背，人样儒雅，像个腰缠万贯的华侨。不像邻居讥讽了几十年的笑话，说顶多是个逃之夭夭的落魄兵。

这个稀奇出大了，三十年不照面，一见便捧金元宝，两兄弟少不了泪水涟涟聊个没完。老爷子一掩早年受牵连挨斗的旧忆，一脸兴奋地张罗他大哥行程。市里来了一群领导，嘻嘻呵呵哪轮得上老爷子插手。接下来故事暖心，老爷子他大哥给村小学捐了二十万元，给了老爷子多少钱，他自己不说，没人弄得清。反正此后二层楼升成了五层楼，上下没人为难。

老爷子到处张扬，顶上有层留给他大哥回来养老。这个一辈子没结婚的大哥老人，探了一回亲后销声匿迹，早年隔三岔五来封信嘘寒问暖，后来就不知所终了。到底在加拿大还是澳大利亚，老爷子生前讳莫如深，大舅一知半解说不周全。只在喝高时吼两声，咱也是侨亲贵胄哩！每当此刻酒友敬贺不已，大舅得意地闪着长眉高鼻，那架势比皇亲国戚神气！

二

烽火镇气候潮湿，不知谁说的，也不知何时兴起的，说是喝两口白酒有利于身体除湿，当地人有事没事都爱整一口。这习俗正合温柱良心意，他这人没别的爱好，就爱花前月下小酌几杯，那时体检指标良好，也不懂得爱惜身体。对他这样礼貌有加颇有酒量的后生，大舅向来是欢喜来往的，一见面亲热得不得了。少不了大杯并举，相互捧颂一番，热乎劲填平了不着调的代沟。

温柱良当战士三年没机会外出，也不入大舅法眼。与大舅的酒缘大约起自温柱良军校毕业分到海防团时，驻地隔新莞市百多里地，一般两三月聚一回。多是温柱良乘回新莞市部队大机关开会出差之便，上大舅家打个牙祭。那时温柱良在海防团当宣传干事，工作干得风生水起，领导器重有加，包揽了团里多数差事。加上新莞市有亲戚，能省下不少住宿费，事情办得灵光，领导自是大小事情乐意由温柱良打理。

城里有亲总是高人一等的味道，这来往自然稠密起来，再说大舅妈打小便知是尊神，心里一百个愿意来往。大舅妈见到远房表侄儿，也当娘家亲侄处，从头到脚瞧着顺眼。温柱良常常顺便带几只海马给大舅泡酒，那时海边这玩意儿没如今炒得热，也没污染，就是个白菜价不值钱。每见此物，大舅奉若至宝。温柱良心里看着踏实，打掉不少自卑感，两下欢快。那时表弟有十岁八岁了，可惜在大舅的酒疯氛围中，性格渐现逆反特征，只是没人察觉。表妹更小，见人害羞。大舅照旧我行我素，一帮老友捧着，整日天昏地暗地喝得痛快。免不了常常大醉而归，赌输几个租金。大舅总是哈哈一笑，说千金散去还复来，颇显大侠风范。大舅妈则是耿耿于怀，吵闹不休，左邻右舍得有几天不安宁，打打闹闹中消磨时光，日子一不小心又去几年。

说实话，那个时候，大舅妈家不太和睦，大舅多年就是个酒糊赌棍印象。直到十多年后，温柱良调到新莞市当了副团级大队政委，跟大舅把盏多了，性情更相投了。也许是年纪大了，大舅才稍微听点劝，醉酒次数少多了。赌博终于戒了，熬夜摇骰子，自嘲身体吃不消。酒至佳处，温柱良会发挥自律养成，及时引导大舅摆弄得意经历，整个人作俯首侧耳状。每逢此刻，大舅必会兴致高扬，天南海北指点江山，半天不收话匣。一口烟圈喷得满屋冒烟，幻影幢幢。最后竟会忘掉酒盏，自觉端起大舅妈递来的茶杯，一场酒局自然以皆大欢喜收场。对温柱良的探访，大舅妈也是满心欢迎的。至少可以保证大舅不会酩酊大醉，样子尚可对得起观众，不至于睡卧街头出洋相。大舅妈说温柱良是个幸运仔，到哪都带欢喜来。于是乎，大舅妈暗中交代任务，要把大舅引上正路。温柱良倒不觉得大舅走了什么邪路，应该担心的是不着调的表弟。这家伙神龙见首不见尾的，好不容易碰回面，好话说了一箩筐，这小子嘴巴一歪权当耳旁风。

大舅妈对儿子信心满满，说你表弟还小，将来肯定比他老爸造化大。二十大几了溺爱得没法形容，打句不恰当的比喻，像黄鼠狼养孩子——自己瞧着好喷香哩。说来有缘，温柱良与大舅都爱杯中物，都当过大头兵，都热爱吹嘘历史人物，一本三国书聊得天翻地覆。故事说到精妙处，天籁自天而降，满屋降瑞，到处是高山流水的动听曲调！这时大舅妈便会捧出工夫茶。说你们爷俩可以了，哪有什么天籁？一架小飞机轰鸣聒耳哩。

大舅不觉得聒噪，说天有鸟噪地有虫鸣，人在中间餐酌三杯腾云驾雾，不亦乐乎，神仙又奈几何？偶上新莞市中心酒店应酬，大舅全是一副趾高气扬模样。遇上生客询问来处，大舅总是狂笑吹嘘，老哥常居鲲鹏展翅处。逗乐半天大伙才知，说的是新莞市机场附近，近来寸土寸金，炙手可热。

这段时间大舅妈家难得地安宁下来，大舅妈自是夸赞有加，把大舅的转变硬套温柱良身上。可惜好景不长，转眼传来表弟吸毒被强制戒毒的消息。大舅、大舅妈年近七旬，抱孙心切，这打击铺天盖地的，忒重，温柱良也有些不知所措。说起这表弟，的确是个不争气的主，奔三十的人了，自小一路打到大，身上破事不断。派出所的常客，没上过大学，也没正经上过班，平日不挣一毛钱，老找家里麻烦儿。女朋友谈了一大把，除了让家里倒贴大把零花钱，没见什么起色。整日怨怪父母无能。说什么女朋友都嫌他新莞市中心区没房子，也没个正经收入，条件太差了！哎哟！这话吓人一跳，凭新莞市城边村这条件！还叫差？那北方老家山村岂不叫贫民窟了！表弟这认识，温柱良真没法恭维。

说真话，如今大舅这房子几十年下来，是有些破旧了，加上近年生意不好做，大堆小厂倒闭而去，已算不上黄金地带了。前不久到处传说附近机场扩建，城边村这一带即将面临拆迁，这消息石破天惊，让硕果仅存的部分小厂掀起了搬家热，对收入日减的房东犹如瓦上添霜。无形中各种消息甚嚣尘上，大伙叹息悄然多起来了。

仅剩大舅妈一人欢乐开怀，不时哼起老家过山调，似乎心中藏着万千喜事。问之再三，才笑着私下答疑。道理原来水样简单，拆了老屋，才有新屋，有了新屋，才有儿媳，有了儿媳，才有孙儿，有了孙儿，才有家好，有了家好，才有国强，一环扣一环，滴水不漏，听起来颇具大德大道情怀。

而大舅故态复萌，整日不清不白，不是说丢了故土情伤切切，就是唠叨弃了老屋，多么多么的不舍。满口醉语呓呓，不知所云，外人摇头叹息。只与温柱良杯盏交错，相谈甚欢。这时温柱良已脱下穿了二十多年的军装，转进市生态环境局顶了个闲职，是普遍性降级安排，掂量半天也无可厚非。副团实职换成正科闲职，内心似乎有些微妙，于是与大舅互动频繁，有点不知今夕是何年的味道。

温柱良这人一到新单位，就走极端般生活不自律了。真个是即便身体指标三高远超，也不忌酒，喝高为快，人生几何，对酒当歌。对大舅身上的种种荒唐行为，私下里竟有了几分理解，心里不觉多了份敬意。

三

亲戚都知道，温柱良和大舅侃劲大，都是半斤对八两的大角色。说大事机关繁杂如孔明对刘备，讲义气啧啧称赞推崇刘关张天下无双，天南海北扯得热乎。大舅这人恋旧，一点旧事唠个没完，婆婆妈妈名堂多。温柱良呢，在单位只算个大办事员角色，分了几摊事，手头也没打下手的，事无巨细都得自己揽着。不能像从前一样发号施令了，偶尔也有烦意。这样说别误会他这农家子弟想当官啊，也不是手懒，似乎心里藏个什么结，横竖打不开，左右理还乱。

在这种心境中与大舅耗掉不少时光，不觉中温柱良爱人渐生烦意，不太情愿陪他周末探访大舅家了。温柱良呢，也没觉什么不对。日子要过，好酒要喝，哪怕自认为差班也要上好。

还别说，最近单位真累。执法一科邱明科长陪解元局长出差了，剩温柱良这闲不闲实不实的四级调研员角色临时负个责，也不好推却。军转同事们见着满口恭贺，说温柱良得宠了，临危受难。其实哪见危哪有难呢？不过近来科里事情出奇的多，上下左右办文忙。科头这岗位啊真不好干，千头万绪难协调。再苦，心想该撑的还得撑紧，不能让人门缝里把人瞧瘪。

没想到啊！负责执法一科工作第四天就担当大任了，代替科长参加局里重大建设项目环境影响评价审批会议，这个评审会，委员是各科室主要负责人和局领导，审核后需给项目出个环评批复文件。一屋人大模大样，只温柱良是假洋鬼子，顶替出差的科长列席。奇葩的是，会前环境影响评价与排放管理科科长说温柱良也有投票权。温柱良不敢私自做主，电话打到邱明那儿，这哥们听都不愿听完事儿，就金口交代温柱良只管投票赞成便是，一句反话也不要说。说得温柱良满腔热情万千思绪，顿然冷却无味。

评审会照计划隆重开锣，解元出差参加不了，皮副局长受局长委托主持，啰啰唆唆讲了半天开场白。一会儿说新莞市机场二期建设是国家重点项目，扩建后将创下多项国际纪录，不得马虎。一会儿又说，影响老百姓生活的事儿千万小心，多少分贝噪声标准应该拆迁，这个虽有专家定论，大家还得慎重议议，不能走过场。说得人左右为难，一时众说纷纭，气氛热烈。几位副局长争先恐后地发言，生怕落下什么不作为的把柄。个个讲得声情并茂，公正凛然，临了不忘嘱咐一句，要记录在案啊。瘦高个儿副局长一副忧国忧民样子。“北方大杏机场，定下的噪声标准是75分贝以上区域内居民搬迁，这是最近国内标准最高的范例，国际标准好像比这低点。鉴于飞机噪声是头顶轰鸣声势浩大，大家看看，目前我们定的这个85分贝噪声标准高不高？”矮胖副局长一副不屑神情，满脸自信地压着气场宣传：“不高不高，各市有各市的特点，别扯什么国际范儿，这回是机场二期扩建工程，一期定的80分贝噪声标准搬迁，现在要是下降标准，以前的住户会闹破天。再说上面有交代，定到85分贝标准，至少可以减少五百亿元居民搬迁经费，压力小好多，资金不好筹啊。省里既然下放咱们局这环评权限，就要敢于担当啊！有专家深入住户鉴定过，这个标准改装隔音门窗后不影响健康生活，过日子还是要尊重科学啊！”

这话一落地，会议室一时间嗡嗡然，一群人相互交头接耳热议起来。主持的皮副局长稍显紧张，害怕会议走调，一个劲向旁边的中等个子副局长使眼色。中等个子副局长小眼睛一转，高声轻咳了一下，语气温和声调坚定地打断大伙。“大家还是言归正传啊！我建议批复案稍做调整，只需把80分贝到85分贝内的幼儿园、养老院搬走即可，老人孩子对噪声敏感些，搬走为佳不留后患。据统计只涉及三家，启动资金不会太多，能给政府分忧。”他的话音落地一时没人接腔，会议室沉寂片刻，不知谁带了个头，忽然噼里啪啦响起掌声。这项提议总算得到大伙支持，个个似乎如释重负。忽然有人不着调地询问，看看民意测试意见如何？声音不大，窗玻璃震得嗡嗡响。

这时环境影响评价与排放管理科科长理直气壮地抢着解释，项目申办件当初列为机密件，因此不能开展民意测试，这项数据只好空缺，情况特殊啊。一屋人呵呵哦哦应答，没再多问，遂进入投票环节。每人桌前一个表决器，电子屏幕上投一张票正过来一个绿色板块。

温柱良按了半天弃权表决器没反应，这电子玩意也不好使。旁边人事科金科长见了一把抢过去，帮忙按了同意键，屏幕显示25票全数通过，顿时再起掌声一片。

也许他不知温柱良有弃权意思，也可能知道及时做个纠正。温柱良只好作不在意状，反正代人出席，受人所托忠人所事嘛。散会前温柱良无意识地用手机拍了涉及区域的居民图，会议资料规定不能带走，也没人盯你不准拍。温柱良这人喜欢留个小资料什么的，时不时爱拿手机拍一拍过瘾。走出会场心里似乎不轻松，感觉还是无职一身空好。

四

当晚与大舅小酌，悠悠然连饮三大杯，全无醉意，有点关公温酒斩华雄的气概！吓了大舅一跳，说他酒量见长了，三日不见，刮目相看。又说吕布三国盖世英雄，三日不练功一身燥。温柱良说那是瞎话，吕布无谋，与木偶巨人无异。大舅不依不饶，偏说英雄就是英雄，要罚他一大杯。以往这时大舅妈会出面阻拦，这段时间她听邻居说机场扩建自家这片村庄列入拆迁补偿非常高，邻居有亲戚是邻村支书，看来消息假不了。想着新房指日可待，也是满心欢喜，由着大伙热闹着。

喝到下半场，大舅五六位邻居也来凑热闹，大舅妈破天荒参战：

“五魁手六六六啊，来一个，哥俩好啊！……请啊快啊红梅花的菜啊……两好不错是红梅花的菜啊……”没想到大舅妈猜酒划拳全不在话下，俨然换了一人。大舅憋着嗓子学温柱良老家话，大舅年轻时在北方当过兵，听得人人发笑。大舅边碰温柱良酒盅，边闷声夸奖：“你大舅妈年轻时够漂亮，又会猜酒划拳，是个万人迷哩。”

温柱良想，这是接了大舅妈酒鬼爸爸的班，与大舅是酒意相投。要不，那么漂亮的大舅妈哪能瞧上大舅这个退伍小兵呢，八十年代大舅家乡新莞市刚开放，经济并不红火。听说大舅妈的妈妈一百个不同意女儿远嫁他乡，多亏大舅妈的酒鬼爸爸这酒友暗通款曲。当然咯，大舅妈是自己拿了大主意，这决断劲让她嫁到新莞市来。几十年理家称心如意，从不缩手缩脚，每每都有拿手好戏。

大舅妈公公婆婆在世时，逢人便夸好媳妇，是祖上积了阴德。今天冲大舅妈这欢天喜地劲，温柱良也不便揭短，暗中偷看手机内区域图，大舅妈家赫然在列，与搬迁竟不沾边哩。又不便明说，冲了一屋人兴致！

屋里气氛高潮迭起，大个邻居说家有一千平方米面积，可兑换十套安置房，这辈子总算没有白辛苦！慨然接受众贺豪饮一大杯。小个邻居懊悔那年少建了一层，如今管制紧，又不能偷建，这些天与内人吵得急，就不多喝了，说完一脸哀愁相。大伙不依不饶闹着他，一个劲说不行，少建也有六百平方米哩，大户人家啊也得喝一杯。一屋人想着拆迁还建房，兴奋不已。

温柱良挂落一边，只好乐哈哈陪着畅饮，不觉中喝高了。人逢喜事精神爽，一众人大醉而散。夜深了，温柱良困意顿生，将就着在大舅妈家小住一宿。

睡到小半夜，喉咙冒烟，摸到客厅喝了一杯冷开水，状况开始趋好。脑子出奇地清醒，翻来覆去睡不着。隐隐听着一阵滚滚轰鸣，时高时低，时近时远。有时嗡嗡如蚊，有时呜呜像雷，凝神处又无声无息，放松时波涛滚滚。烦恼中昏昏入睡，早晨醒来与大舅说起，大舅哈哈一笑，说能有什么声音，你喝多了，产生幻觉天曲了吧。说得温柱良一脸尴尬，告辞赶去局里上班。

五

天阴沉着脸，间或撒抹一片不强不弱的阳光。局里一切如常，除了文件多点，这段时间情况变化不大。温柱良前段时间托司法局战友打听表弟的消息，几个月没回音，忽地来电有了喜讯。说是你表弟在里面好着哩，有可能提前两个月出来，说得人一脸兴奋。赶紧转告大舅、大舅妈分享，两位老人电话中传来一阵满意笑声。

大舅喜悦地询问温柱良，给你战友送点礼吧，温柱良说这年头不兴这一套了，应该是表弟自己努力的功夫吧。大舅又反复嘱咐，周末一起来家里聚聚吧，有你喜欢的好酒哩。温柱良一个劲说不用，大舅、大舅妈反复说必须来，只好相约周末再联系。

拖到周五大舅来电催问，好说歹说司法局战友不愿来，说是你表弟自己表现好，这年头哪有打招呼一说。情况说到大舅、大舅妈处，两位老人一百个不依，说战友不来你也得来，高兴高兴有什么不好，盛情难却，周六单位有事，温柱良只好答应周日去聊聊。

转眼到了周日，温柱良临时劝了爱人买袋苹果同行。这回爱人没厌烦，十分配合地随行。进门看到大舅妈一个人在厨房跑前忙后，紧张得像个店小二，这情景不多见。一问才知大舅这个老大厨突然身体不舒服，正耷拉着一溜哈喇躺在沙发上休息哩。

温柱良和爱人招呼过，赶紧上厨房帮大舅妈的忙。温柱良爱人来对了，兴致勃勃派上了大用场，平时的精细手艺尽显功夫。一会儿饭好菜熟，大舅妈叫来两位邻居共享，打开的是两瓶二十多年前温柱良送给大舅的家乡大曲。大舅歪扭着身躯居然熟练地一揭瓶盖，用鼻子轻轻一嗅，满屋飘香，一屋人大呼好酒。亏这酒鬼长辈藏得住！

大舅突然精神焕发，心有灵犀地自嘲，只要是你大舅妈老家的东西我都珍惜，那是第二故乡啊当过三年兵哩！说得我们兴致大增，比猛张飞赌酒还来兴！七七八八扯起不少老家往事，杯来盏去好不开心。打开的陈年老酒益发香浓，诱人往骨子里欢快，不喝酒的人都忍不住要嗅闻两遍，一同饮酒的邻居啧啧夸赞。可惜大舅没多喝，面色特别不好，温柱良和爱人反复嘱咐大舅，赶紧上医院瞧瞧，要不万一有什么病，会让表弟表妹担心透的。

说到表弟大舅妈勉强撑着笑笑，而表妹因村里环境变糟，癌症患者增多，已一两年不敢归家了。也不愿交代身居何方，偶尔会给家里打个电话，这段时间又无声无息了，真让人担心。说你们哥嫂今后多帮衬表弟表妹啊，温柱良与爱人一阵好应礼貌辞别。

新莞市的秋老虎出名的厉害，已是秋深仍然热得紧，花坛里菊花摇摇晃晃，无奈地喘粗气。早班进门就开空调，温柱良一上午心神不宁，怎么压制也凝不住神，头顶似有轰鸣声不散，又像有种曲调高山流水从天而降。正恍惚间，丁零零突然被一阵电话铃惊醒，拿起话筒就有急声传来，大舅妈如临大敌似的压低声调急切地说："你大舅这回出大事了。医生说差不多可以确诊到了晚期肝癌，弄不好就几个月的事，造孽啊，你表弟表妹真可怜！……"第一次大舅妈叽里呱啦讲这么长，似乎好久没处倾诉一般。温柱良自然是忍住性子耐心听完，似信非信地安慰大舅妈半天。放下话筒，心却提到嗓子眼，一下子着急得不得了。大舅这尊神不能垮啊，村里乡亲多羡慕的好命人呵！怎么就得了肝癌呢？是抽烟多还是环境污染作怪？想来一整天心烦意乱。

一场雨后温度稍凉，天空万里无云。温柱良和爱人赶去医院探看大舅。听说这几天不少老板前来看望，都是当年受过大舅妈恩惠的老家乡亲。这些年大舅、大舅妈不让他们花钱来往，这回却没说什么阻拦话，难道有什么不好预感?

昨晚大舅告诉陪护的大舅妈，说似乎有种高山流水声夹着春雷，入梦即现，曲调好听。听得大舅妈一脸困惑，心里益发焦灼。现场温柱良夫妇看到大舅气色出奇的好，表情祥和，看不出有什么大病，嘴巴嘟哝总是主动说起表弟表妹和新房。一个劲唠叨不停嘱咐温柱良爱人做个媒，多关心表弟表妹早日成亲!

说了半天没人讲到病情，中间又来了一位老板乡亲，大伙都一脸微笑闲扯着家常旧事，聊得很远。大舅妈一旁赔笑接腔，和蔼乖巧地听从大舅招呼，不是拿矿泉水，就是削苹果，两位老人尽显热情，生怕待客不周。温柱良夫妇出病房时大舅一脸笑容，仿佛会有什么好事，说习惯住院，又没啥大病，还是早点回家好。

大舅妈送温柱良夫妇老远，闷声伴行，相互不多话，温柱良夫妇赶紧急步告别。出了医院听到头顶阵阵轰鸣，像说书人讲的天籁，此起彼伏，延绵不绝。温柱良爱人说是温柱良这酒鬼老生幻觉，朗朗乾坤哪有什么怪响，说得人哑口无声。温柱良想起表妹，叹了一口气，不知她在哪儿，哪能嫌弃自己村庄环境太脏哩。看天气再烈，终归是要冷静下来的。街上樟树不响不摇，静若处子。

十一

隐形毒素

不为人知的存在
在尘埃里飞扬
让你神昏意乱的
在暗处顾自发力
孤独走向远方的不像故人
仿佛是自己一意孤行
把山河扔得好远

一

季节含情，汗水报恩。碧水保卫战如离弦之箭，嗖嗖射中目标，经过苦战，全市展开如诗画卷，碧水悠悠，一天天变化惊人，好评纷至沓来。曾副市长叮嘱解元可别骄傲，山重水复路漫远，还不到庆功的时候。

其实不止解元，这段时间一局人神经紧绷，没一丝轻松感。一直被《新莞市打造美丽中国城市样板行动规划》压得喘不过气来，山峦高阔，伸手不及。站在槽南区烽火镇的田野上，前方似乎隐藏脓疮，白天里闪成五彩光泡，夜里泛滥成黑影，无所顾忌。一定要抓住这些隐藏的黑团，可眼前似乎又束手无策。

解元回到局里召集局务会研究破局高招，局党组成员都认为落实中央督察生态环境组反馈问题整改的同时，必须大力推进《新莞市打造美丽中国城市样板行动规划》落地开花，两者相得益彰。扯到污染后遗症，众说纷纭，有的说是违法者铤而走险，偷排现象频发，有的说农村截污建设不到位，有的说个别污染问题久拖不决，没有一人感到平静。

温柱良因中央生态环保督察组反馈问题整改工作列席局务会，讨论中一脸憔悴，基本沉默不语，看得出心事重重，与平时判若两人。会后解元把他拉到一边，安慰他别背太大包袱，整改不会拖后腿的。解元隐约预感到，平时热情高涨的温柱良此时一定有什么无法言说的心事，却被温柱良轻声否定：“局长，没事没事，只是昨晚着了点凉，身体不舒服。”“瞧你神情写得很清楚，一定有事压得难受吧。”说着解元拍拍他的肩膀，鼓励他袒露心扉，有什么事说出来，压力说不定就小了。看着解元满脸真诚相，中等个头的温柱良泪光一闪，颇为痛心地说起自己大舅病危的消息。

原来他大舅就在槽南区烽火镇双岔嘴村，小时候温柱良在外婆家长大，去年他二堂舅病逝，没想到今年他大舅又患上肝癌，您说倒霉不倒霉？听说他的亲戚接连身患绝症，又没有遗传基因，甚是不解，解元禁不住问："什么病这么厉害？如果不是遗传的，肯定与后期感染有关吧？"温柱良不甚了了地回答，脸上满是痛苦神情："具体原因我也没弄清，村里的人说是环境恶化的缘故，也不知可不可靠。""环境恶化？真有这么严重？那咱们得去瞧瞧。"解元听说槽南区一些地方污染很糟糕，但没想到严重到伤及群众生命健康的地步。听温柱良这么一说，解元预感到事态超越想象，作为市生态环境局局长，绝不能袖手旁观，很多中央生态环保督察组反馈问题正需要答案哩。

他决定去看看温柱良大舅，顺便了解一下环境污染实情。话一出口，就被温柱良涨红着脸阻拦："那不好，您工作这么忙，哪能劳驾您操心，我自己顾得过来的，您有这个心意我就很感动了，真的不用去的。"道理讲了半天，温柱良就是不同意。眼看几成僵局，解元脸色一沉，不容否定地说："瞧你多执拗，就算不是你大舅，平头百姓摊上这事，又沾着污染边，我们能不当大事吗？现在组织安排你带路，不光是看望你大舅，还要弄清病源到底与环保有啥关联，这个相当重要，你必须圆满完成。"说得温柱良好感动，嘴里不好拒绝了。

解元叫上温柱良，开上自己的桑塔纳私家车，不到半小时就进了双岔嘴村。途中山色宜人，风景秀丽，青葱的山坡，波光粼粼的湖泊，两岸风光无限曼妙的春河，古屋旧祠呈现恬静生活韵味，偶尔飘过一丝异味。临路边解元停好车，抬眼看见一幅告示生动有趣，忍不住扑哧一笑："各位车主、邻居，你们好！本人率贱内定于本月8日周二嫁女，届时需要各位大神提早予以配合，赏脸将您的爱车尽量靠边停放，以保证迎亲车队顺利通过村口和村道。如因此给您带来不便，还请海涵！注：吾女奇丑！待嫁多年，今终得出手，喜极涕零！如因贵车阻挡接亲不成，无论你婚否，遂嫁你之！万勿怨愤不堪承受之苦！上村头大梁家敬启。”看到这儿又笑，原以为是哪位文青弄的恶作剧，咚咚锵却是真事。只听到背后鼓乐齐鸣，鞭炮爆响，回头看到一支迎亲车队正浩荡前来。解元赶紧将车重新发动，迅速开到旁边让路，待迎亲大队人马过后，才重回原地。

停好车，解元与温柱良闪进双岔嘴村菜市场，买了一袋苹果和山竹，还有六盒康复春营养液。解元坚持不让温柱良掏钱，这叫向来彬彬有礼的温柱良如坐针毡。领导不光自己开车，还破费购买礼品，真是不知如何应对才好，双眼湿润，思绪一时陷入囫囵中。“柱良，指路啊。”随着解元一声提醒，如梦初醒的他赶紧指向村口右边百年大榕树说：“朝那条巷子拐进就行，路头五层红砖旧楼房就是我大舅家。”

沿巷看到爬满青藤的砖墙，长着青苔的黛瓦，飞檐斗角的精巧雕刻，剥落的雕梁画栋和门楣。户连户，屋连屋，鳞次栉比，灰瓦叠叠，白墙片片，黑白相间，布局紧凑而典雅。门前听水响，窗外闻鸟啼，一处化外仙境，与癌症村的传说里外不搭界。

到巷口便是五层红砖旧楼房，显得与老巷格格不入，又鹤立鸡群，别具神韵。温柱良介绍这是20世纪80年代村里的第一栋楼房，大舅和大舅妈脑瓜灵光，虽读书不多，但思路活泛，曾是殷实人家，可惜这点家底都被病症整垮了。也不知是谁在墙上刷了一首打油诗，看得人心里颇不是滋味：“烟火老村色难空，七污八染入喉来。未择今生投来世，落胎大家享特供。私心黑利灭不尽，绿水蓝天绝梦乡。多少毒霾炮制侠，洋妞怀里沐春风。”题目是《患癌有感》。看得解元头直摆，说这论调太灰了，要不得。

说话间已来到温柱良大舅家门口，大舅妈接到电话早到门口等候。她个子不高略显消瘦，六十多岁的人不显老，只是神情疲惫，一副亲和样笑迎，责怪温柱良不该惊动领导，说是耽搁局长工作多不好意思。解元在前，温柱良提着刚买的礼品在后，随着大舅妈的扬手进门，解元笑容满面，一点不见外，轻声说："应该的，大舅妈您别客气！"

温柱良大舅躺在一楼右侧卧室，消瘦乏力，已卧床多日，虽精神不佳，但头脑相当清醒，听说来了位局长，神情似乎好了许多，小声地一连道谢："真是不应该，耽误局长工作了！""您老别这么说，我和柱良是同事，过来看看您是应该的。"说着解元接过大舅妈端来的茶水放在床头柜上，拉着老人干瘦的双手唠起了家常。说到春河过去的清亮，两人频频叹息惋惜。大舅妈在一旁对着温柱良插话，语含体贴："你大舅前几天反应厉害，不明原因地发热，血压增高，这段时间基本上每天都靠吃止疼药过关，食欲不振，只能喝点稀饭，还说肚子胀，每天就一个姿势侧躺着。脾气也特别大，以前一点凉的都不敢吃，这几天偏要吃凉的了，他又不愿上医院，害怕瞎花钱，看着好难受。你们今天来，他状况好多了。"

"别跟孩子说那么多，快给局长端茶。"老人倚着床边垫被，吃力地慢声提醒。听说老人不肯上医院，要给儿女多留钱，解元不安地劝说，鼓气："您老想开点，有病还是要上医院呀，在家里治不好病的。儿女长大了，不用操心那么多，再说儿孙自有儿孙福哩。""局长啊，不行了，何必白花钱？省给孩子还能办点事。""不会白花的，早一点治疗，快一点祛病消灾。""就是，大舅您得相信医治还是有效的。"听解元和温柱良这么说，老人好像有些厌烦地抬高声调，语含些许悲凉："病到这程度了，治疗不管用了。医院只想赚钱，哪管你是不是白花钱！去年他二堂舅患食道癌，明明晚期了，医院还吹嘘能活十几年，结果外科开刀，放射科化疗，中医科调理，三个科室争着赚钱，半年下来百多万元花个精光。临终时医院还拒收，不留人死在医院的案底，始终招摇着这是成功案例。痛心啊，没活几个月，落了个人财两空的下场，造孽啊！”听到老人如此感慨，解元一边安慰他静养，一边开导他相信医生，奇迹都是在努力中实现的。说着说着产生了一股不叨扰老人太久的念头，遂劝慰一番后，两人赶紧退到客厅。

刚坐下，收到爱人严老师发来一条《中国爹娘》微信段子，恰好巧合此刻心境，不觉心里一酸，眼眶潮润。过年啦，儿孙满堂，中国爹娘，像打了一针鸡血，越年迈能量越大。厨房齐不隆咚锵，爹娘的刀声成了过年的鼓点，敲出了盛世盘盏，虾红酒绿，鸭焦鸡黄。再累，杯盘狼藉爹娘来收拾，不能让儿孙帮灶，年轻人上网太忙，让他们酒醉饭饱，乐滋滋带着年味各归梦巢。只剩下爹娘像弯残月，照在灶台上的剩饭残汤，这是他们明天的干粮。一辈子省吃总是惊人的大方这一天，山珍海味玉液天露仿佛不用花钱。中国爹娘啊，带大儿子带孙子，当完厨娘还要担纲金主，孙子留洋儿子换房，媳妇美容有责任解囊。都说爹娘的钱最经用，针尖上能削铁，牙缝里抠粮，干瘪的血管能扎出琼浆。可怜的中国爹娘，不怨天不怨地只怨自己挣钱少。编席的睡凉炕，晒盐的喝淡汤，中国的爹娘，也许你们的一生，就该如此劳累嗟伤。都讲如今世上有“四强”：德国的车，瑞士的房，日本的老婆，中国的爹娘……请别欲哭无泪！那会伤了中国爹娘！他把信息发给温柱良，彼此看得泪水涟涟，阵阵叹息。

客厅宽敞，一件件雕工精湛的红木家具，还能感受到主人曾有的富足味儿。解元小声询问温柱良大舅妈，满是殷殷关切之情：“大舅思想转弯有个过程，您看还有什么困难需要帮助，我们一定尽力。”“没什么困难，解局长，你来看他大舅都是不应该的事，哪能再添麻烦！”“没麻烦啊，看您很累，叫柱良请几天假替换您吧。家里还有什么人？”一说起家人，大舅妈眼圈一红，刚说了句“不耽搁小良子了”，就哽咽着直流泪，再也说不出一句话。温柱良在一旁解释：两个老表，大表弟吸毒进了新莞市戒毒所，一年半载出不来。小表妹平时也不太听话，听说进了灵觉寺佛学院，大舅病得这么重，按说可以请假回来的，却不见影儿。“不行的，你堂表哥去佛学院找过，说是去了灰圆市莲清庵，到了那边又说查无此人，这边又说确实不在，整个儿突然音信全无，真是不知怎么办才好！”大舅妈语音悲凉地说。

温柱良难过地告诉解元，大舅妈说的堂表哥是二堂舅的儿子，身体也不太好。听大舅妈这么说，解元感到事情蹊跷，应足够重视才行，当即要求温柱良请假几天，留下来帮老人梳理出个头绪。温柱良感激地点头，小时候他在大舅家生活过几年，一家人血浓于水。此时此刻，他内心好一阵翻江倒海，恨不得使出浑身解数来分忧。解元的厚爱开明更让他感恩不尽，连声道谢：“多谢局长关心，我一定尽快回局上班。”他决定先找堂表哥了解情况，把梁珊表妹找回来给大舅妈减点负担。

二

解元在他们的感谢声中告别，刚准备发动车，个头矮实满脸堆笑的双岔嘴村党支部梁书记闻讯跑来，满脸歉疚地说着客气话：“刚知道解局长过来，我去后村看癌症贫困户了，真是不好意思，没陪上您哩！”大舅妈微笑着在一旁介绍，语带讨好之意。“这是我们村梁书记！他很关心患病贫困户的。”温柱良忙凑上来自我热情介绍，一脸微笑：“梁书记好，这是市生态环境局解元局长，我是梁家外甥温柱良啊，在市生态环境局工作，多谢您关照我大舅。”“嗳，客气啥，按辈分你大舅是我们这房的大堂哥，你得管我叫舅舅才对。你小时候在这边生活过，我知道你的。呵呵，多回来看看啊！”说得温柱良不好意思地回复，责怪自己太小多忘事。“失敬！失敬！书记多指教！”

大家一阵寒暄后，解元突然改变了马上走的主意，要求梁书记陪着去看看村里的周边环境，探讨一下癌源，到底跟环境有多大关系。坚持叫温柱良去陪大舅，不用管他。于是招呼过大舅妈后，解元与梁书记去双岔嘴前村口子上看春河，温柱良去后村找堂表哥，梁珊表妹的消失让他揪心得紧。

车到村口春河畔停下，一股臭味扑鼻而来。解元不满地对梁书记说，神情严峻："春河可是一条历史悠久的母亲河啊，追根溯源起来，经典故事一串串。"梁书记像遇到知音一样立马回应，两道剑眉上翘："局长真有学问啊，春河确实金贵，老人说也是古诗中的明星啊，不知被多少文人墨客抒怀吟诵。""那确是风光无限，我还记得一句古诗：春河湾上佳人吟，疑是心山入梦来，说的就是这一片山清水秀清泉动听的好景致。"

解元这番文绉绉的引导，激起了梁书记这位昔日文艺青年的不尽感慨，话语中多了一份得意神情。他说，以前春河沿线多是青山绿水，重峦叠嶂，峡谷幽深，形成于五亿年前。河谷狭窄，水流湍急，两岸峰峦竞秀，千岩万壑，地形复杂，高低参差。秀丽处河水清澈见底，纯净甘甜，历代吟咏春河的诗词曲赋遍及古文献典籍，仅次于长江黄河的显赫。它不仅是一条清洁的河，更是一条古老而美丽的河。早在新石器时期就有人类居住，形成了独具风骚的春河文化，其仙境一样独特的风光更是令历代文人陶醉。"水影山色，胜过桃源，天地造奇，让人叹服"，享有天南妙境美称。古诗中称赞："春河水清悠，心山坐神舟，彩云伴远游，梦境不回头"，其美妙神韵令人神往。春河也是一条文化底蕴深厚的河流，孕育过无数英雄豪杰，韩愈、苏东坡、孙中山、黄兴等众多先贤都曾在此留足。溯流而上，遍布丰富的文化遗迹、人文景观和自然景观，前人隐居处、仙道青石窟、葛仙炼丹洞、东坡纪念塔、佛祖肉身寺等等，数不胜数，研究观赏价值别具一格。尤其上游那片

"天然太极图"更是引人注目，河水流经此地，与山势相绕，形成大幅自然壮美的太极图。登高远望，眼前一方圆地万象蒸腾，鱼肥地沃，松柏滴翠，河水含情，回湾抱峰。阳光普照下龙鳞点点，金光闪闪，气象万千，动中有静，静中有动，阴中有阳，阳中有阴，巧合玄虚韵律，似乎蕴含人与上天沟通的钥匙，人心不达之奥妙。静思致远，唯有道深者能悟此自然地貌之精髓深邃，岁月难以消磨其神力天道，凡人不得尽解。上天创造万物也有偏心，把此地弄得如此神奇、如此玄妙和谐，白云如花开遍峰顶，河水泛光青草撩情，微风拂面爽心，一切都是那么的惬意……此刻，梁书记仿佛一位滥情的散文作者，顿时陷入无边的抒情中。被解元一声叹息打断，话中含着几分疑问："梁书记啊，你就别没完没了地念叨美文了，往细里说说，到底是什么原因弄得这泓美河神水臭黑难闻，漂浮垃圾，人见人躲呢？"梁书记愣了一下，不无遗憾地说："是前些年一切向钱看的疯狂发展理念，坑了山水害了人，把我们这么美丽的宝地变成癌患魔场，梦里全是致命杀手，真是可惜啊！我也是去年在老百姓的强烈支持下才接了这村委会主任，后来兼了书记，此前在中山打了十几年工，那边对环境的保护让人叹服！"

"是啊，以往最美丽的水生物栖息地现在成了最污染的臭水河，前些年的超前发展过度侵蚀各种资源，使得环境越来越恶劣，那些美好景致已是一去不返了，花一百年时间治理也难复从前面貌了。现在看着这条污染严重的名河让人痛心，欲哭无泪。人们该有所感触了，爱护大自然要从自己做起，从身边做起，给我们的子孙后代创造一个可持续发展的美好家园。这个历史罪人当不起啊，你们村干部也得狠管呀，没有执法权还有投诉权嘛。"解元的声音高亢起来，边走边说，激情澎湃。

"是啊，原来那么秀丽清澈的河流，处处能见成群的鱼儿游来游去，水草肥美，夏天可以去浅河边游泳洗衣，孩子们游戏其中打水仗，周围村落房子倒映水中，十分养眼。如今只剩这浑浊一片，鱼儿不见了踪影，河流像生病老人奄奄一息，花草衰败，没精打采地望着阵阵发臭的河水发呆。水面上漂浮着泡沫、垃圾和死鱼虾，偶见一两只有气无力的青蛙跳出水面也是瘦骨嶙峋，这些都是河边工厂直排污水造成的恶果。如今春河变得不春了，河边的人大变模样，家乡变成这样，痛苦啊！对于我们村干部来说，哪能不管哩，前任村委会主任与污染厂家同流合污，我们就更应该记取前车之鉴了。可是谁听啊？你正常反映情况反而不正常了，上面反应大着呢！有一次省生态环境厅来检查水质，镇政府居然在上游关闸减水，下游抛撒益生菌优化水质，居然测了个四类水蒙混过关，你说怪不怪！”旁边路过的老奶奶叹息着，更是没好气地插话：“哎，高楼倒是建起来了，可活命河变得脏兮兮的，没人不讨厌。现在的社会啊，真让人不知说啥好！听了你们的对话很高兴，总算有人管事了。”

听了梁书记连珠炮般一通委屈话和老奶奶的插话，解元难过地问，充满期待：“竟有这事，看来有些镇街干部弄虚作假起来真是无法无天了！你刚才说到人变样，都说你们这儿是癌症村，到底有多严重呢？你们看跟环境污染有多大关系？请一定要说实话。”

“当然要实话实说，我就是为这才竞选当上村委会主任的。不为老百姓说话，当这村干部有啥用！这几年村里癌症患者多，当然是环境恶化造成的。试想这么古怪的病症真让人想不通，一会儿东边得了肾癌肺癌鼻咽癌，一会儿西边又得了肝癌血癌皮肤癌，千把人的小村竟有一百多癌症患者，这些病过去几千年大伙从没见过，您说奇怪不奇怪？难道这些一天天增多的污染工厂不该负个责？”

听到这儿，解元不解地询问，大有刨根问底之意：“周围污染工厂很多吗？一直听说你们这儿关了不少散乱污企业，难道没关反增？”

“关个屁，每年说关都是停几天产，检查过了又是原样。镇里领导还埋怨关厂影响经济发展，冲这庇护劲，天南海北的烂厂削尖了脑袋往里钻，什么纸厂铝材厂印染厂制药厂等等污染大神都来会合，仿佛要弄个大拼盘，厂子多了政绩就大了，升官发财自然有人欢乐开怀，只是苦了我们老百姓。”梁书记像个怨妇，滔滔不绝地倾诉。

梁书记的话让解元陷入了深深沉思，看来消除环境污染祸根在政府里头，割除这颗毒瘤已到了刻不容缓的地步。作为生态环境局局长，他深知自己只有下油锅的份，而无隔岸观火的清闲。

接着，梁书记陪着解元实地察看了村中上百家污染厂家，没想到还真有不少厂家连起码用来障眼的小型污水处理设施都懒得购置。似乎在较什么劲儿，以污水直排河涌为赚！而附近负有监管责任的环保部门干什么去了呢，为什么会愈演愈烈到如此程度？解元顿时涌上一股悲哀又自责的情绪，强压着怒火安慰梁书记：“不着急啊，问题一定会解决，只是早晚的事。癌症到底与污染有多大关系，需要科学检测才能正式确定，毕竟好多细菌用肉眼并不能确定危害大小，需要仪器化验才行。这些污染厂子肯定要关闭，不管跟癌症有无关系都不影响决策。你是好样的，感谢你的支持！接下去要做好村民的安抚工作，大伙的积怨不是小事，要多熄火少加油。今天我来核查的情况要保密，不能被别有用心的人盲目利用。放心，我保证会给村民一个满意的交代，拜托了！”

听着解元如此真诚的嘱托，梁书记禁不住热泪盈眶：“听了您的一番话，我就知道您是一个负责任能代表组织的好局长，双岔嘴村有希望了，大伙脱离癌症魔咒的日子相信不会太远，我要代表村民多谢谢您！祝您好运！好人一生平安！”说着两双手紧紧握在一起，互道珍重告别。

三

温柱良找到堂表哥梁勤时，他正无精打采地靠墙晒太阳，自称患了绝症，有一搭没一搭地答话，似乎对身外一切都不在乎了，与过去的机灵活泼劲判若两人。

温柱良感到世事无常，造化弄人，好端端的一个美丽古村，竟弄得病恹恹的，了无生气。一提起寻找梁珊妹，梁勤头摇得像拨浪鼓，丧气地企图打消温柱良的想法："没了，找不着啦，人间蒸发了。""表哥啊，你说吉祥点吧，好像梁珊妹真出啥事似的，一起再辛苦一趟，一定会有好消息。"温柱良耐心地劝导梁勤，拍了拍他的肩膀。梁勤耸耸肩，摊了下双手表示无奈心情："没用的，瞎费工夫！到处碰壁。""表哥，我知道有难度，不找更没希望。大舅病得这么重，不能再留遗憾了！"在温柱良强迫下，梁勤终于跟着踏上了寻亲旅途。

灵觉寺佛学院尚未拿到相关部门正式批文，却已公开接受禅修僧人，灵觉寺主事的也是佛学院的主事，独特的是还招收比丘尼，南来北往的男僧女尼趋之若鹜，多数仰慕元妙法师大名而来，个个以入门为荣。年过八旬的元妙法师确是得道高僧，与温柱良有一面之缘，可惜早已辞任住持，四海云游去了。新接任的释福照法师年龄不过五旬，近年声誉鹊起，刚接任省佛教协会会长，正是盛年，气势慑人。

温柱良和梁勤在灵觉寺门口向小僧人说明来意，言辞恳切，说到老人病危情形几乎落泪。小僧人也陪着一番伤感，一会儿进去通报，出来一名中年僧人，看样子像是中层管事的。说是梁珊确已受戒，法名佳莲，前段时间确在佛学院进修，如今已去灰圆市隆上寺边的莲清庵修行，真诚的神情不容怀疑。温柱良听说过出家人不打诳语，尽管表哥一个劲怀疑，还是信心满满地谢过僧人，前往灰圆市莲清庵碰碰运气。

灰圆市莲清庵的住持静莲法师倒是爽快，亲自出面证实，庵里的沙弥尼和比丘尼中没有佳莲此人，此前已向这位施主做过解释。说着双手合十，依次向梁勤和温柱良行礼，事情再次陷入僵局。不死心的温柱良请静莲法师慈悲为怀，测算一下表妹的去向。静莲法师闭眼缓述，神情不可捉摸："佛门庄重，陌生之人，不可乱测，有辱出家人清名。如果施主有缘，还回佛学院找人吧。老尼不敢说人一定在彼处，这不合佛门法道，但充满希望总是不错的。前段时间有人来庵里没寻着人，在佛学院找到了答案。不要说是老尼的提醒，施主慧根明亮，一定会遇好运。”说完不再发声，双掌合十，表情慈和。

两人只好怅然退出，夕阳西下，余晖扰心，踩着山路下坡浑身发软。温柱良忽然想到灰圆市民族宗教事务局有位吴姓同学，遂致电询问莲清庵说法的可靠性。同学斩钉截铁地回话：“静莲法师德行高尚，不必怀疑。”他还热心地介绍新莞市民族宗教事务局李科长是他好友，到灵觉寺佛学院找人，有事可找其帮忙。这让温柱良在感激之余颇感惭愧，自己是本地人，却在佛教领域没有一个熟人，也不知李科长是不是爽快人。

四

温柱良一连几天沉浸在找不到表妹的茫然无措中，堂表哥梁勤也是唉声叹气，一副无精打采模样。大舅病情突然加重，亲戚朋友个个忧心忡忡。

在这节骨眼上，解元打来电话，说烽火镇那段发生一起槽罐车被大货车追尾事故，造成罐车倾斜致使苯酚部分泄漏引起燃烧，另有一吨多苯酚经排水沟流入春河，可能引发污染事件。通报情况的市应急局同志说，情势可能十分危急。市生态环境局槽南分局正派人赶往现场，让温柱良赶紧先去看看，事情大的话第一时间报告局里。

温柱良让堂表哥梁勤骑着摩托车送他赶到现场时，槽南区侯副区长、槽南分局曹局长和镇村领导已到，心急火燎地在河边现场比画着。分局胡石科长正轻描淡写地向领导们介绍，经河中多点监测，均没发现苯酚污染团，应该不用预发险情警报了，情况没有那么糟糕。

寒暄过后，温柱良不踏实地到处勘察，发现五公里长排水沟竟然没做封堵处置。他在考取执法证培训时，听过相关培训课，感到是一种致命的疏忽。这个失误使本可被拦截的苯酚意外流入春河，加大了危险系数。胡科长仿佛有感应似的解释，语气平和亲切："当时现场很乱，大伙忙着救火，难免挂一漏万！""过去的不讲了，关键要防止河水再度污染，如果伤害到人畜那就是罪人了！"温柱良脸色一紧，着急地提醒。胡科长不以为然，慢条斯理地笑着否定："不会，没什么大碍，上下游测了又测，算了又算，都是老手不会弄错的。"温柱良只好提醒曹局长，建议迅速派人赶到下游再测测，第一手数据才是硬道理。现场应急指挥组商量后，只好派胡科长带上检测员陪同温柱良，一路沿河堤急奔溯源抽样检测。

温柱良和胡科长彼此心事重重，三两句对付着聊测事态，气氛不太协调。温柱良不断催促司机快点，十多公里后，明显感觉春河流速加快，竟有一股支流黄水滚滚汇入。胡科长解释旁边小镇刚下雨，提醒温柱良尽管放心返回，不会有大事，不必较这个真。

温柱良双眉紧锁，坚持再瞧瞧，胡科长不太情愿地随行。拐过几道山弯，绿水青山悠悠养眼，流速似乎有所减缓，不觉又是十多公里。他职业地感到水色透暗，可能遇到了苯酚污染团，急忙让停车采样分析，还顺测了流速。

新仪器果然给力，很快证实了温柱良的猜测。他急得脸颊通红，当即要求胡科长立即报告指挥组，迅速采取应急措施。先关停下游五座发电站，减缓苯酚污染团游移速度，同时做好春河下游筑坝吸附、槽南大水库放水稀释苯酚污染团等准备工作。忙乎中不觉叹了一声，表示要马上报告解元局长。

胡科长急忙把温柱良拉到一边，小声劝阻："我马上要提分局副局长了，看在老同事分上这事你装着不知道，作为小事先给局里报平安，我们会好好善后，就算特别关照我一次吧！”胡科长是市局原执法支队交流下放的老同事，过去关系不错。“咱们一起处理好险情，不是正好有利你立功提拔么！”温柱良不解地说。“别说了，这事首先是排水沟污染途径我第一个到场忽视了，局长区长他们是后面来的，其次我算错了春河流速，没考虑到雨水等特殊影响，致使多点监测不准确，犯错不小。如果影响再扩大，这辈子就白混了，你是老同事，小时候也在烽火镇生活过，事情搞大了对地方影响不好，就行行好吧！”说得温柱良好一阵尴尬，方脸凝重，愣了一会儿。还是急急开导胡科长，劝他放下包袱赶紧应急，免得再酿大祸。扯了半天两人合不到一个点上，事不宜迟，绝不能耽误，下游群众的生命健康第一啊。温柱良越想越急，脑子一激灵，头一个电话打给了解元，第二个打给了侯副区长，匆忙介绍了新情况新建议。胡科长尖下巴不自然地翕动，凶光狠狠地喷他：“没想到你这么不够意思，为了什么呢？太不可思议了！”说完一人上车，温柱良神情肃然，默默地跟上车。凉风悠悠，仿佛一切解释变得多余。车上温柱良收到曹局长感谢短信，心情稍安。解元也发来短信，说他们一行已出发赶来现场。温柱良心想，相信胡科长会理解的，保护下游群众不受污染侵害，那才是大事啊，才真正是对胡科长的最好保护。这么想时，心境亮堂，车前山花闪烁，前路一片灿烂。事情很快得到妥善处理，解元表扬他这回应急立了大功！让他继续处理好大舅病危的事。

五

温柱良扯着堂表哥梁勤去找市民族宗教事务局李科长，没想到见到李科长时颇为舒心，一见如故，身体发胖的李科长笑起来像个弥勒佛，说话有板有眼，筹划周密，是个狠角。他建议，虽然与灵觉寺佛学院释福照法师熟络，但既是寻找失踪人员，就要摆出泰山压顶的威势，无事要作有事办。

说着叫上民警好友大老雷，一行四人光临灵觉寺佛学院。见这阵势，又是市民族宗教事务局管事科长到堂，几位主事的大和尚感觉今天有点异样，赶紧围着招呼。说到佳莲之名，一位白胖监事和尚迟疑了一下，若有所思地说：“好像有这个人，要到佛学院查查才知。”对面的一位监事和尚似乎在使眼色制止，李科长看过来样子又不明显。这时已有两名和尚得到安排跑去了佛学院，一行人也跟着向那边走。

不一会儿，住持释福照法师已从外面赶回来，听李科长说找佳莲女尼，迟疑了几秒便说没听说过此人，要不大家还是回到寺里方丈室边喝茶边商量吧，有一种想把大家往回拉的意思。遭到李科长讥笑，满脸开玩笑神态：“法师你是当家人，不管小事，刚才监事法师都说有此人，没看到警察都来了嘛，今天要是不见人的话，恐怕要请几位法师到公安局去喝茶了，呵呵！”释福照法师很快镇静地回应，一脸平静：“大科长开玩笑了，老衲这是待客礼数，绝无他意。”

灵觉寺与佛学院是几百米连廊相连，中间有几处亭台楼阁。走到一处小阁，有和尚从佛学院跑过来找释福照法师说事，法师退后几步与其窃窃私语。温柱良、雷警官和李科长大踏步向前，什么也没听到，慢腾腾的梁勤听到一句，不觉眼睛一亮。“人思维有些迷糊，谅无大碍……”接下去已听不清，不知是不是说梁珊妹妹，想到这儿心一紧，大步跟上前面几人。这时，释福照法师快步跟上来，对李科长和温柱良抱歉地说：“老衲糊涂，佳莲找到了，得了小病。前段时间据说是她自己不愿见人，没想到弄出来这么大误会。”听说人找到了，李科长胖身往后一仰，将军肚子摆得明显，哈哈大笑闲扯：“我就是想咯，佛门净地，整个一大活人儿还能丢哪儿去了？就是天仙下凡，谅你们这些出家人也不敢痴心妄想。呵呵！痛快！有成就感！”这声音震耳，在廊中回荡，远处大殿里似有不小回声。几位大和尚不约而同回答，满脸实在相："科长说笑了，佛祖慈悲为怀，出家人以积善为功德，哪会有悖理之事发生。"听说梁珊妹找到了，两位当哥的既欣慰，又担心，长吁了一口气，一块大石头从心里放下了。

见到梁珊时两位当哥的第一感觉是瘦了，接下来觉得她神情有些麻木，打过招呼，还算清醒。看到两位哥哥眼里有兴奋光芒，喃喃絮说："哥哥好，可以回家了，终于可以回家了。"那感觉那神情似乎有些神经质，而她出众的清秀脱俗气质又让人看着舒服，盯着疼爱。

温柱良连声向释福照法师道谢："感谢法师开明！情况特殊，我妹回去只算请个长假，过段时间还回来学习，请法师们多关照！"法师笑着说，神情自然："随时欢迎，佛门无边，吸纳为福。"一行人向释福照法师告别，法师合十送行，一会儿走过了两个大殿。

临出山门时梁珊指着一棵空心大树，说还有东西藏在千年树爷爷肚里，几个人将信将疑地拨开大树空心处枯叶。雷警官到底是警察，三两下在松土中掏出一个塑料袋包裹的手机。代表寺里送行的一位青年监事和尚，有些神情失色地凑过来察看，不忘提醒梁珊小心："这手机真是你的吗？可别拿别人的东西啊！"梁珊肯定地说就是我的，着急地想接过手机。雷警官没有给的意思，而是不紧不慢地查看内容，说是电话记录短信儿什么也没有，翻了半天跟着查看的温柱良说联系人里有我电话，看来真是我妹手机。雷警官食指一按，温柱良手机呱呱直叫，他说没错没错，顺手把手机递给了梁珊。那监事和尚神情也舒展开来，一行人拖着夕阳余晖走出灵觉寺。一路上有一种虫鸣高一声低一声地怪叫，不知隐含什么预兆。

梁珊回家让大舅精神陡然振作起来，病情仿佛一下子好了许多，只是仍然下不了床。但梁珊没有振作起来，一会儿清醒一会儿糊涂。温柱良向解元延长了两天假，陪在大舅家里想弄个究竟。梁珊一会儿说佛学院不让回家，一会儿又说老被关在黑屋里，这些话让温柱良愈发惊奇。

可是一连数天交流，她时而清醒时而糊涂，看来想靠梁珊照顾大舅已不可能，她自己都需要人料理。温柱良赶紧联系二堂舅妈前来参与照顾。他觉得梁珊的手机是个突破口，自己一时走不开，只好又请梁勤效劳。经大舅妈同意，温柱良叫梁勤表哥拿上梁珊的身份证和手机，找雷警官帮忙也行，去维修店技术处理下也行，看梁珊这段时间有什么可疑电话和信息没有。一番折腾下来，结果相当令人震惊，第二天梁勤拿来了一页纸的短信内容，虽然没发现什么可疑电话，但一行行短信内容让人恍然大悟，原来梁珊真的病得不轻。温柱良想起大舅的病情，这结果真让人窒息。

六

温柱良感到天空晃动，草木飞扬，世界变得不可靠起来，鸟雀的旋转反向。他拿着一沓短信纸片一个人走进树林，心情格外忧郁，空气片状羽化，漫天飞舞，遮天蔽日。

纸片让人眼花缭乱，天地旋转，每一个字都像乌鸦扑腾于有限的空间，仿佛让人坠入北极冰河，每一个字都像刺骨冰块，企鹅虚情假意地惊呼可惜，身体越陷越深，水漫头顶，时间被赶出户外，镜头停止。

“脑子迷茫，病痛扰心，佛祖为何不佑！那些浆果腐烂不堪，那些河鱼蛆虫一样涌动，啃噬人骨，人可怜啊，无处逃命！”

“天空不蓝不白，河流仿佛在哭泣，山峦仿佛在哀鸣，沉默的土地荒漠化，我们呼吸的每一口，都是大自然报复的怨气。”

“放不下杂念，此处每一根草都鲜血淋漓，每一块地牛皮癣一样沧桑，每一片绿叶都在呼救，向人类索命追债，谁把环境弄得这么糟糕？何处修成正果？肉身何安？何处化解诸念？灵丹妙药何在？”

“生态无助地呻吟，谁会聆听，人类的绿色梦想在哪儿？到处弥漫着一股难闻的气味，垃圾铺天盖地，熏得人眼都睁不开……”

越看越沉重，越看也越庆幸！看来梁珊表妹这是和环境较上劲了，爱护生态崇尚绿色是好事啊！张眼望去，山河美好，郁郁葱葱，生机盎然，环境恶化现象似乎微乎其微，怎么看都没那么糟糕！

此刻，纸片摇晃间，天光透亮，温柱良想起大舅家堂屋墙壁上贴满了梁珊表妹小学时获得的奖状，她的青涩照片越看越大，硕大的双眼清纯透彻，仿佛就在昨天。

纸片翻过一面，仿佛让人坠入森林，每一个字都像枯叶覆身，野兽狂舞，不见人影，镜头停止。竟然又是一片触目惊心的胡言乱语：“你们这些污染妖怪看着，我是九天圣母下凡尘，再敢污染大地，不剥掉你们三层皮决不罢休！”

“细菌魔你且等着，休得逞能，让我取来百宝箱，你们的末日到了，定叫尔等上天无路入地无门！”

“俺是穆桂英再世，不怕你摆污染阵放毒气，随你多大化学侵蚀，定叫你有来无回，销声匿迹！”

“孤是白发魔王，专治噪声小鬼、臭氧小妖，豁出去了，定要掀个天翻地覆……”

温柱良看着这些乱七八糟、令人窒息的短信，倒吸一口凉气，梁珊自己给自己发这么多莫名其妙的短信干吗？难道真如她短信所说，可以上达天庭下闻地曹吗？真是不可思议啊！他面部痉挛，痛苦地叹了一声，为梁珊表妹可惜。终于明白，她不像别人说的，仅仅只是患了乳腺癌。事情远没那么简单，不是心情郁结问题啊，她极可能还患了严重的心疾，真是祸不单行哩！

此刻，纸片旋转，乌云挤压树林，温柱良发现脑门直冒金星，不知道是头开窍了，还是心放开了。他看到十多年前的梁珊表妹模样清纯，在运动场上窈窕倩影吸人眼球，飒爽英姿惹人沉醉，仿佛就在眼前。纸片让人坠入一片火海，每一个字都像一束火，噼啪作响，大厦垮塌，身体顷刻化为灰烬，在风中飞舞，镜头停止。

远处大舅家墙壁似乎裂开了，温柱良发现满天繁星，水草如妖摇曳怪影，他看到几年前的梁珊表妹亭亭玉立在模特舞台上，穿着款式新颖的白裙翩翩起舞，美丽极了，仿佛就在昨天。

过了好久，温柱良才怅然若失地找到梁勤，如此这般地说了一番情况，叮嘱他今后多费心思。说梁珊表妹不容易，毕竟亲戚里也没多少可以托付的亲人，请他一定要小心看护她，多为大舅妈分忧解难。还说梁珊不是身患癌病伤感失神那么简单，恐怕真有精神病亦未可知呢！梁勤听了一愣，头迅速摇得像拨浪鼓，脸红脖子粗地争辩："不可能，绝对不可能，她就是患癌一时惊慌失神而已，哪里扯得上心疾那么严重呢？再说彼此的心灵，都是洁净的天地，哪能这么妄猜哟？"说完揶揄一笑，歪着嘴拍了温柱良一下。"老表，你想多了！没那么复杂的，照你说的，梁珊还记得有个百宝箱呢！哪有那么糊涂呢？""她这种胡言乱语你也信，真是搞笑！""你才搞笑，我要是找到百宝箱，你得跪地磕三个头才行，把那么清纯的女孩说成精神病人，你这当哥的缺不缺德啊！"说得温柱良禁不住扑哧一笑，拍了梁勤一把，再三提醒他要清醒点，少做些古怪事呀。就这么几句不着边际的话，两人居然争得不欢而散。

其实温柱良没往心上放，却隐隐感觉梁勤似乎变样了，变得特别神经质，这段时间老说些莫名其妙的怪话。他想起，大舅妈说过梁勤也是癌症患者，只是不严重罢了，性情有些变化也属正常范围，自己是不能怪罪梁勤的。对争论的事，梁勤情绪难抑，一副对待大事的心态，三番五次找梁珊表妹询问缘由，千方百计试话探底，企图掏出什么秘密。效果可想而知，全是竹篮打水一场空。他却并不气馁，依然兴致勃勃地四处打听，乐此不疲地思来析去，总想弄明白梁珊身上发生了什么事，她这两年不归家到底有何非同一般的来龙去脉。梁勤企望发现一点蛛丝马迹，挖出那个让梁珊念念有词的百宝箱来，让温柱良五体投地。

梁勤心想，既然人是在灵觉寺找到的，只有上灵觉寺才能弄清是非黑白，他相信，等有个结果，不怕温柱良不心服口服，就等着看这家伙的笑话吧。于是，大模大样来到寺里，点名要见释福照法师，那问话牛劲，听得寺庙一位高个儿义工哈哈大笑，不觉一阵讥讽，轻蔑地对梁勤说："你是何方神圣？大师岂是你说见就见的，真是不知天高地厚啊？"说得梁勤恼羞成怒，霍霍亮拳，两人几乎就要拳脚相加，幸好被边上香客拉开。这一闹来了位矮个儿管事和尚，询问来由，模样诚恳。梁勤记得上回找梁珊时见过，就问起梁珊这两年经历，要求对方说个子丑寅卯来。矮个儿和尚闻听一愣，支吾半天说不知，再三逼问也是语焉不详。梁勤不肯放弃，纠缠半天，最后对方不耐烦地应了两声："似乎是讲的佳莲啊，一会儿在莲上庵，一会儿在佛学院，一会儿又外出，每个地方待不长，恐怕没人能说出个囫囵团圆来。"见进展不大，梁勤只好直说："我要找找梁珊落在这儿的物件，有没什么箱子或其他东西？佛学院那边封闭的进不去，反正都是你们寺庙的地盘，你们要负责任。"矮个儿和尚一听，记起梁勤上回来过，便冷笑提醒道："上回不是跟你们说过，当时找了并没有什么东西啊！"梁勤不依不饶，突然声调抬高凶狠地说："不可能，梁珊记得很清楚，有个箱子落在这儿，里面贵重物品很多，不交出来就马上报警，等警察来了有你们好受的。"矮个儿和尚顿显难色，仍面色平和地劝说："这不可能，施主别讹人啊！"说得梁勤怒脸相向，脸红脖子粗又要发作。见势不妙，小沙弥叫来一位白胖管事和尚，梁勤看着面熟，想起上回来时，就数这人和善，有几句实话，心态顿趋平和。便不厌其烦地重述了寻物要求，白胖和尚笑着回复："施主今天请回，给我们一点时间找找，一定给您一个圆满答复。"说着一直憨笑，样子和蔼。梁勤不好再呛下去，只好相约过几天再来，两下好言告别。

此行收获不大，梁勤回来不好意思多言，也不好再问梁珊什么。梁珊见了他，情绪却出奇地好，样子突然正常起来，还乐颠颠记起很多儿时故事。逗起不少快乐回忆，两下其乐融融，倒是相安几天。消息传来，温柱良虽有不解疑虑，倒也舒心起来。遂放下对大舅那边的牵挂，专注局里工作。心里一个劲祝福大舅一家尽快好转起来，都说月有阴晴圆缺，总得让人团圆安宁几天嘛！接着又嘱咐梁勤多担待，说照顾大舅一家也是功德无量的大好事，好人自有好报哩，说得彼此感觉暖和和的，相互祝福说好，气氛融洽。

说来也怪，温柱良的大舅，也就是梁勤的堂大伯这几天精神大好，也不知是看到梁珊状态不错，心里愉悦，还是病情确有实质性转机。有时高兴地哼哼小曲，还让梁珊和她妈一起扶着起床晒太阳，唠唠叨叨说个不停，一副兴高采烈的样子。扯起梁珊小时候的可爱，说她有一次把黄沙当糖粒蘸糍粑吃，说得人忍俊不禁。梁珊不好意思地否认，她爸她妈抿着嘴笑个不停，这一切好光景让人开心！

梁珊有时问起同胞亲哥哥，爸妈不敢告诉她人在戒毒所，只说去国外做大生意了，平时不方便联系。说得梁珊对未来充满憧憬，一连多天很乖，陪着爸爸谈天说地，闲扯家常，说说笑笑间，回忆往昔时光……淘米洗菜、拖地擦窗、端茶倒水、喂饭喂药，见什么忙不过来抢着做，倒让她妈省心不少，感慨这孩子挺正常的，真是谢天谢地啊！老天自有眷顾，待人不薄啊！一家人好一番幸福时光。

看到梁珊活泼可爱的样子，一家人其乐融融，梁勤发自内心高兴！虽然是堂兄妹，却胜似亲兄妹，两家来往密切。梁勤老爸打小是孤儿，小时候由梁珊爷爷养大，你说能不亲热吗？可越是这样，他就越为梁珊抱不平，气愤难消。多好的女孩啊，让环境污染吓得不敢归家，又让寺庙佛学院什么的弄得不伦不类的，你说急人不急人？他觉得一切都是暂时的虚幻，像山尖雾霭美得朦胧，消失得也倏忽，心里老大不踏实；觉得应该尽快解开谜团，方能一劳永逸地消除梁珊妹妹的困惑，让美好永驻。

一个阳光明媚的日子，梁勤按时来到灵觉寺，与前次一样，释福照方丈见不上，管事的和尚也不肯打照面。梁勤好一阵焦虑，牙齿咬得咯咯响，又不便撒泼。庙里好几个义工仿佛认得他似的，拼命拦着，不让瞎转悠，僵持半天不得法。忽然想起有市民族宗教事务局李科长的手机号，遂拨了过去，说了上回相识情况，讲了到灵觉寺的本意。李科长一听还是温柱良说过的那码事，大大咧咧地笑起来，说："这帮'秃头'真别扭，找个东西犯得着那么神神秘秘嘛！你等着啊，我马上来协调。"结束通话后，梁勤来到山门一带转悠，发现周围山岚袅袅，腾起万千气象，让人浮想联翩。他想梁珊要是真有宝贝，那这一大家子往后非过神仙日子不可，自己自然是头号大功臣哩，可梁珊妹妹年纪轻轻的，外面世界那么难混，她能拥有什么宝贝呢？曾遇见何方贵人呢？只有找到宝贝，一切才会真相大白。正想着，云里雾里一片开心，一个小沙弥跑来通告，请施主进来谈事。小沙弥一脸微笑地将梁勤迎进寺里客堂，不一会儿，上回见过的白胖和尚双手合十来到，满脸堆笑，好不客气！两下招呼后，有义工端上香茶，喝一口心旷神怡！梁勤滔滔不绝夸起梁珊的可爱，话锋一转问起她在寺庙的过往。白胖和尚侃侃而谈，语速缓慢，始终面带微笑地回答。说了一些梁珊苦学佛经的故事，扯了半天也没什么特别。由于自己不在佛学院，对于梁珊在佛学院的情况，白胖和尚则表示并不了解。谈起百宝箱，白胖和尚惊讶地直摇头，说出家人四大皆空，不可能有什么箱子的，更谈不上宝贝啊。总之，扯什么都白搭，跟梁勤的预期相差甚远。临了倒是找来两本梁珊看过的书，一本《环境污染面面观》，一本《性学三论》，上面还有梁珊的签名，书翻得多处卷边，品相尚算完整。至于其他物品，答说真的找不到了。看着白胖和尚的实诚样，梁勤虽然十分失望，但不便多说什么，遂带上两本书，客气辞别。临别时还提醒白胖和尚脸色不好，应该去做个体检，说完似乎觉得失礼，摆摆手迅速离去。

当梁勤如获至宝地把两本书捧到梁珊面前，以为会讨得她的欢心，激起她的回想，没准还会打开什么寻宝窍门。没想到梁珊勃然大怒，将书摔到地板上，性情大变。

自此多天，梁珊哭哭闹闹不听人劝，状态比以前更严重，不停摔打东西，她爸妈唉声叹气，让梁勤内疚不已。

严重时梁珊不光噼里啪啦摔砸家里物品，还冲出门去厮打邻居，疯疯癫癫满村跑，骂骂咧咧样子太恐怖，令人扎心！在村干部和邻居劝说下，她爸妈尽管不忍心，也只好将她送到市精神病医院去。很快在那边梁珊被诊断出患有间歇性精神分裂症，外带晚期乳腺癌，情况好糟糕。消息传来，温柱良和梁勤都很伤心，她爸妈也感觉天塌了，一家人被罩在浓浓的阴影里。

在这节骨眼上，梁珊爸爸病情突然加重，转眼奄奄一息，很快送到医院急救。那是一个阳光明媚的日子，画眉在门前榕树上叫得悦耳动听。大舅终于带着对梁珊表妹美好的回忆和希望走了，走得十分安详，仿佛没有什么痛苦和忧伤。走前他交代老伴不要难过，把一双儿女照顾好，对堂侄梁勤也要一视同仁。他不感觉自己的癌病与环境污染有什么联系，只怪自己命相不好。他更不知梁珊此后的病情日益恶化，也不知道他走后非常亲近的堂侄梁勤，因为不堪病痛折磨和深度忧郁居然自杀了。这个不争气的家伙为何突然自杀，温柱良一直没弄清，真是伤病折磨，还是世事无常蒙心，抑或另有神秘影响？答案似乎像谜，又不像是，反正这个与世格格不入的家伙，悄无声息地走了，真正是眼不见为净了。梁珊越来越糊涂，大舅妈越来越清醒，不知道是糊涂时痛苦，还是清醒时更痛苦，世间事好复杂，似乎没多少人能说清个中细节。

后来听说灵觉寺那个梁勤提醒过的白胖和尚果真患病，得了胃癌，与寺中饮水污染有关，总之说法很多，让人莫衷一是。奇怪的是，释福照法师此时迅速辞去灵觉寺住持、佛学院院长以及省佛教协会会长职务，去向不明。一个庞大的调查组进驻佛学院调查，一切显得诡秘莫测。在他身上罩着很多古怪传闻，到底是谁用变相的信仰控制佛学院女尼思想，用清规断绝女弟子与外界一切联系，进而欺骗她们与之演绎一些暧昧故事？凡此种种，似乎不是犯规那么简单，又没人说得清。至于这些跟梁珊有什么关系，更是无法弄清了，她已陷入昏迷多日，情势不容乐观。有人说调查组的人透出内幕消息，据说佛学院的部分女弟子有心理弱点，语言交流不畅，外出求学远离僧团和熟悉环境，面临巨大的学习压力，内心又没有足够的佛法支撑，精神是十分孤独的。她们很需要关怀，这时候与出家女弟子们长期建构精神联系的“完美师长”——法师们，出现在了她们的生活里，很快成为她们精神依靠的重要对象，如此形态下她们不可能对“师长”设防。当然，这只是个别现象。

温柱良通过关系获知了查案警官透露的一些零散消息：释福照法师之流的可恶之处正是如此，通过短信挑逗、诱发出家女弟子受到戒律摄持的欲望爆发，让出家女弟子对他产生情感依赖，进而控制她们。这些短信为何能产生如此大的吸引力呢？思想感染是借“修法”谈“淫欲”，逐步突破出家女弟子的心理防线，询问出家女弟子对“依师法”的理解，进一步把“依师法”故意错误解读为“无论什么都服从师长”，让出家女弟子承诺信守这一观念。再引申出“某种需求也应服从师长”的逻辑，引诱出家女弟子就范。盗用“观想修法”的概念来包装意念淫欲，诱导出家女弟子“观想行淫”，只需数次，出家女弟子便可自己练习，形成“观想行淫”的习惯。不再需要短信互动，她们也会自动前来和“师长”建立“心灵链接”，“师长”由此实现对出家女弟子永久、全面的精神控制，来满足自己的私欲。真是可耻！温柱良想，要是没有环境污染影响，何至于出现表妹这样的悲剧。

很快，解元带来省医学研究所的六名专家，一行人翻地测水，验东查西好一番折腾，终于在双岔嘴村查出了二十多种致癌祸源，证实环境恶化是直接罪魁祸首。癌症村的惨状也随着专家的介绍，引起媒体广泛注意，一个国际癌症患者援助基金会正筹划援助方案，准备给双岔嘴村里的癌症患者提供当今世界上最佳水平的医疗援助。很多村民说起此事，兴奋得合不拢嘴。事情转眼展现了它的两面性，一方面变得更差，一方面又趋向好转。曾副市长交代解元，既然这些病因与环境污染相关，春河及其支流的拆违整治和排污口设置，需要有效规划推进，刻不容缓。

这是鬼针草开花的季节，日子真他妈狠，从不受任何干扰，永远按着自己的规律行事，日复一日翻新，悠悠旋转不停。

十二

有拆有合

拆是公开的大合

合是隐蔽的大拆

有合有拆方为规矩

无规无矩视为拆合

拆中有合，合中有拆

无拆无合视为化境

一

天放大晴，云挂高空，远望云雅阁，心情透彩，浑身舒畅。云朵与阁顶飞檐一起飞翔，八角上风铃发出好听音韵，老远激起人们神往共鸣。传说这种翘龙扬凤风铃来自灯山深处一座宋塔，如果属实那就犯忌大了。这是省政协前主席儿子的家，冲这派头，恐怕没几人敢较真。

阁立别墅楼顶，楼倚跃进水库东侧，背靠峰山山脉，人见人羡的风水宝地。旁边十里大坝颇为壮观，护着新莞市饮用水源地，悠悠东干河源头。“大跃进”年代兴建水库时，万人沸腾气冲霄汉。当时县长喊出的口号至今热血沸腾，气盖山河。“干晴天抢阴天，毛毛细雨是好天，一天当两天，苦战三百六十天，人间尽是大好天。”老人说当年累死的壮年不下一火柴盒儿，也有人反驳那是瞎说，恁大工程病殁几个弱者，算得上什么呢？反正现在千万新莞市人民真切感受到了水库的甜头，十万亩碧绿水面千岛林立，万鸟飞腾，四季花开，利于休闲，名副其实的生命湖。

天刚麻麻亮，槽南区烽火镇河长办林实主任来此散步，画眉成群停歇云雅阁飞檐，不光形态俊美，叫声清脆悦耳。看着云雅阁巍巍雄姿，禁不住长叹一声，半天打不起精神。其实别墅主人很少来此闲住，打理着好几家跨国公司呢。只在春节时分，陪着老父亲来此闲散几天，慰慰老人知青情，年轻时老人在这插过队。

按说没怎么住人，生活污水不大，却照样上了生态环境部门红名单。翻看保护饮用水源法规，这房子真撞红哩！想起这些林实心烦，云雅阁名列拆违头名。解元这回带队督察盯得紧，为落实《新莞市打造美丽中国城市样板行动规划》，三两日一个跟踪，擂得人喘不过气来。对这烦事，秦市长立了年底拆完的军令状，碍于种种因素，几个月下来没见动静。碰撞中林实跟解元结下了深厚情谊，心里巴不得替解元分点忧，自己也好卸个责。他向区、镇领导献了个两全妙策，把别墅租给水库管理处公用，不仅消除了污染源，还免得拆掉上好建筑物。领导们听了都夸赞！“妙啊，算得上金点子！”

一堆人信心满满上门，不料遭到女主人一顿雷霆奚落：“当人傻帽儿啊，好端端私房弄成公共场所，那不是坏风水破家当吗？再说，谁差那份钱呢！”嗨，真是花岗岩上钉钉子——硬碰硬啊！事情一下子弹回原点。槽南区和烽火镇两级领导炸了锅，心烧成烤蚯蚓，真正考验功力哩！到处是画眉噪叫，心儿扑通扑通跳得慌！

一波未平，又起一澜。云雅阁没有搁下，天晕辉飞起来了。不是鸟，亦非云，一处招待所而已。却不是平常人家所在，东家官不大，威风不小哩。其实呢，也不算什么威，只是村民们怕着敬着罢了。这么一说，大伙就知道村支书熊天晕大名了。据说吃过两年牢饭，什么原因没人知晓，他自嘲说是倒过几天霉吧，居然重新入党。如今发达了，阴沟里漂出大象，成了正儿八经的民选村民委员会主任，一干几年不歇肩儿。现在尊称为村党支部书记兼村民委员会主任，大伙说是烽火镇东干村一言九鼎的“大人物”。

东干村这些年来大变样，已与烽火镇老街连成一片，成为寸土寸金的新区宝地。小厂林立，人气兴旺，家家户户甩起房东阔，广辟车间月进斗金。东干河穿村而过，上连跃进水库，下接滔滔春河，奔腾着欢乐浪花。风儿轻悠飘拂东干村的母亲河，也风风火火撩拨着经济活引擎。看风水的说靠水兴厂，集气聚财，从蜂拥而来的落户厂家来看，真像走大运那回事儿!

可最近这条河惹麻烦了，市里新规，河岸六米蓝线内不得有违章建筑，已有的无论是否有证，都得按时拆除。当然咯，有证的得份赔偿，没证的只能自吞苦果。一石激起千层浪，村民不解，怨声一片，原以为不会起什么风浪。没想到随着市督察组到来，部分村民怨愤被撺掇得决口泄洪，如激流滚滚。这让林实主任百思不解，一边求教解元，他是烽火镇这片的督察组长，一边思考锦囊妙计，企望早点破局。

二

事情来得突然。一大早，烽火镇河长办林实主任围着云雅阁旋转，琢磨解法。鬼针草摇曳，百思莫解之际，嘀的一声，突然接到镇河长办副主任告急电话。派去东干河堤劝导村民的三位河长办工作人员被打了，他自己头部也被砸出血，哎呀，情形不得了。大股村民正继续集结前往镇政府申诉，要求改变河堤蓝线内拆迁规划，不与民争利，让老百姓多些获得感。

听得林实差点晕厥，双眉一蹙，大声惊问：“人伤得怎样？报告镇领导没有？”“已经报告了，李镇长刚到现场应对。您放心，人员没大事，村民们只是吓唬式泄愤，目的是阻止拆迁，对政府的人还没进一步过分袭击。”听完，林实骑上摩托车疾驰镇政府，争取使把劲儿。

现场人声鼎沸，只见烽火镇李镇长一边喊着大家冷静一点，一边安排给村民分发矿泉水。现场有百把人，除了打头几人说话冲点，其他人温和，似乎看热闹成分大，一时酿成大乱的危险似乎不存在。

市督察一组组长、市生态环境局局长解元第一时间赶到现场，人群稍有骚动，在李镇长招呼下渐复平静。解元看着扎堆的人群，稳定着情绪。心想：以不激起更大突变为要，越是群众集聚多的时候，越要冷静对待。他采纳林实建议，只与村民代表协商，动员其他村民回去。区、镇两级干部好说歹说半天，才让村民接受，没想到谈判并不轻松。

镇政府会议室烟雾缭绕，双方争论不休，时而言语激烈，时而不应一言。督察一组组员、市水务局齐科长讲了半天划定蓝线的意义，说护河即呵护生命水源，要像保护眼睛一样爱护。三名村民代表似懂非懂，支支吾吾仍然不愿配合，坚持要政府作出河堤建筑不拆的决定，差点不欢而散。解元对着在场的东干村党支部熊天晕书记笑了笑，直接点他负责。说要是拆违不到位，影响美丽城市样板行动成效，追起责来谁也跑不掉。熊书记表情麻木，瓮声瓮气地回应："我一定尽力，村干部难当啊，群众利益有半点不到位，事情不好办哩。""一定要算清大小利益的关系，不好办是没引导村民看清大利益，犯了大糊涂，搞砸了大伙都交不了差啊。"李镇长不满地反驳他。后来才知这次群众闹事便是熊书记幕后策划，他害怕随随便便折了根本。仅他的天晕辉招待所就气压三家，客房几乎全被技术白领长包，日进斗金呢！面对今天阵势，他知道再不让步过不了坎。圆脑壳摇了摇，略显迟疑地表态："作为书记，拆违我肯定带头，还得看村民们意见是否统一得起来，这个难度不小哩！"

见他这样说，村民代表熊高台接过话茬。他是熊书记大伯，年近七十，身板硬朗，说话声如洪钟，看得出是个有主见的人物。他不解地追问镇河长办主任林实，面色凝重："你们说市里划什么蓝线，六米范围内无论啥建筑都得拆掉，可是有的村民建筑那是老祖宗遗物，新证老契俱全，比河还老哩，要不是二十年前搞开发，让东干河改道到村边，也没这茬事了，总不能说拆就拆吧？难道老百姓的东西那么无足轻重吗？"

林实微笑解释，语气压得平和。划分蓝线全是为了护河啊，东干河是春河的主要支流，极其重要，他从河流的经济价值、社会价值说到水利价值，条条捋顺才叫母亲河啊。这是管长远的大利，不牺牲眼前私利，将来子孙就得不到大利益，这是大是大非的事情！必须彻底拆干净，才能确保河流碧水千秋如愿啊！

“听你这样说，我有点明白了，以前来做工作的干部也没说得这么清楚，我考虑考虑拆迁事，不着急啊。”另两名村民代表一名点头赞同，另一名沉默不语。解元朝着李镇长点头提示，一脸期待神情：“看来河堤拆违宣传不够，政策没讲透，群众不了解，你们要加大宣传力度啊。”

李镇长当即表态，马上组织人员进村跟进。还就村民关注的赔偿问题斩钉截铁地表态，满脸诚恳模样：“熊大伯，请您放心，群众利益是第一位的，治水就是具体体现，至于有房产证的拆迁房，政府肯定赔偿，感谢大家支持。没证的违章房，也会视情处理，尽量减少损失，恐怕都要赔，政府一下子掏不起这腰包咯，也不合规定啊。这一点请大家务必理解，回去多向村民做好解释。”沉默一段时间没发言的那名村民代表担心地询问，边说边闪睫毛：“这个解释不好做啊！我们是代表村民来讨要好处的，一些村民之所以连河堤也占上搭建房，不就是想沾着寸土寸金的光发点财嘛，有的连血汗钱都垫上了搏一把，让他们鸡飞蛋打，恐怕是要拼命的，这个工作没人做得了！”李镇长看了熊书记和三位代表一眼，凛然表明态度：“违建就是违建，这点没有商量余地，政府不可能给违法犯规买单。今天的事没有酿成大乱，镇里可以不追究，但再有煽动不明真相群众围堵政府的，绝不轻饶，首先拿你熊天晕是问。”熊天晕本能地脸色一愣，随即点头表示一定配合。解元不厌其烦地高声提醒，及时敲响警钟：“越是这种时候，大家越要努力，上下一条心，其利断金。河堤拆违是市委、市政府做的大文章，碧水保卫战的目标一定要达到，绝不能出岔子。熊伯，你们是群众信服的代表，希望多帮政府疏通。”三位代表表示尽力试试。三个小时拉锯战，协商会在未能尽如人意的情况下结束。林实心里有数，有证户主估计问题不大，无证户主分歧较杂，磨合起来不轻松啊。

三

散会后，解元一行留下来，和镇领导继续商量云雅阁别墅处理方案，希望早点打开僵局。镇河长办林实主任作为河堤拆迁承办部门负责人，眉头紧皱地介绍个中细节，内心焦灼："云雅阁别墅问题是这次拆违难点，房东仗着特殊背景极不配合，真是有恃无恐啊。"谈到云雅阁别墅的合法性，跃进水库管委会主任不满地说："表面上别墅是占了东干村的开发用地，其实为了尽览库区风景，别墅还偷偷私占水库护坡面积，也不知这栋别墅的土地证和房产证当年是怎么办下来的。据知情者说，面积远远超过证上范围。不过都是前任手上的事了，跃进水库管委会作为拆违配合单位，也不知咋办才好。"解元浓眉紧锁，尖锐地指点迷津："按照国家水源地保护要求，云雅阁就算有证也得拆除，何况违规这么多，更不能容忍，非正常手段办理的证件也可申请撤销。各方面都要竭力配合，勇挑重担，无论涉及谁都不能手软。烽火镇作为属地责任单位必须牵头抓总，一马当先，把问题彻底解决干净。"刚刚赶到的槽南区侯副区长拍手赞同，满脸讨好相："解元局长讲得很好，相关各方要依规并进，迅速破局，不能拖全区后腿。我看明天就可以贴出拆违告示，给房东下达拆违通知，要快准狠，不受干扰，但也要注意方法，毕竟人家身份摆在那。"侯副区长暗自窃笑，心想：巴不得再狠点，你这督察组到处点火，这回碰上个硬茬，看你们怎么收场？烽火镇党委书记前段时间刚被"双开"，李镇长作为临时负责镇党委工作的领导，原本有些顾虑，经现场这么一打气，顿然信心勃勃，表示要撸起袖子拼命干，无论多难都不退。在解元推动下，协商会起到了鼓舞士气目的，也得到了区委书记、区长的支持。林实看着，心下稍安，原本以为揽了拆迁办的包袱，这么一拉扯，心底亮堂，怎么算着也是立了一功。

云雅阁别墅被贴拆违告示的消息炸雷一样沸腾开来，十里八乡震动，过去蠢蠢欲动的上访群体，或明或暗的抵制行为，顷刻偃旗息鼓。东干河十余公里河涌上的违章建筑贴满了告示，连成一条长线，勒得风儿打秋千。有证的听说有赔偿，一缩脖子躲到后面；没证的硬撑着叫嚷，可心头虚得紧。

因云雅阁别墅一时无人，烽火镇河长办林实主任只好安排同事小曾跑到省城机关干部家属院给房东送拆违通知，好不容易在门口撞到女主人。却遭到一阵呵斥，女主人当面撕了通知怒火相向："简直瞎胡闹，希望你们好自为之，不要知法犯法。"惊得小曾一溜烟跑回镇里，请起了长休假，弄得镇领导如丈二和尚摸不着头脑，不知他遇到了什么麻烦。

镇里一直没闲着，李镇长向督办的解元一行解释，自剖不足。东干河地处新区，人潮经久不衰，长期以来堤岸一线违章建筑赛跑儿，脏乱景象惨不忍睹。两岸饮食摊档污水直排河涌，水体重度污染。沿岸遍布大量废旧杂碎，滋生病菌招引蚊蝇，河道淤塞黑臭。此情此景，解元痛心地叮嘱身旁侯副区长，脸盘严肃得吓人："惨不忍睹啊，要迅速拆违，给河涌减负，还水体清白。"侯副区长若有所思地应诺，小眼睛骨碌碌转动："确实不像话，再不下决心，东干河就完了。这一点市、区意见一致，只等告示期限一到，便立即行动，绝不手软。"侯副区长内心滚动一个执念，巴不得火上浇油，把事弄大！

云朵缩成一团飘来飘去，巡到东干河下游，一行人大吃一惊，竟然有人私填河道加宽堤岸，改变河道走向，来规避六米蓝线拆违定律。原来四十米宽的河道竟填窄了十多米，现场看足有两公里长河床被填得面目全非。严重的共有五处，填埋得五花八门，有发臭生活垃圾，也有刺刺突突的烂砖废渣。林实惊慌失措地呼喊，双手摆向蓝天："不可思议，两天没来就成这样，无法无天啊！"他的惊呼惹来不少人围观，解元也愤怒不已，一脸失望相："这是犯罪，要严惩肇事者，迅速恢复河道。”李镇长脸色苍白，尴尬地解释：“这是意外情况，真没想到，我们马上查处肇事者，尽快复原。”现场气氛降到冰点，老百姓还以为是政府工程，搞半天是犯罪分子摆的一场狗血对抗战！

在督察组重压下，烽火镇派出所很快查到肇事者，牛二毛等四位村民悉数归案。鉴于河道填塞和污染情况严重，当即拘留十五天。情况反映到槽南区水务局，根据《中华人民共和国水法》第六十五条第一款规定，给予四人分别处以五万元至十万元不同罚款，限期恢复原样。

透蓝的天空悬着火球，云彩被太阳烧化了，消失得无影无踪。阳光从密密麻麻的枝叶间透射下来，地上印满铜钱大小的光斑。蜻蜓只敢贴着树荫处飞行，好像怕阳光灼伤翅膀。空中没有一点风，树木懒洋洋站在那里。河水滚烫发臭，堤坡冒烟，光线灼人，河堤烫脚，一步一串白烟，稠乎乎的空气凝住了，村中狗儿伸长舌头喘个不休。

经过精心部署，人们期待已久的拆违战开锣了。

槽南区政府授权烽火镇政府牵头组织，联合水务、生态环境、农业、城管、工商、食药监、安监等相关部门，对东干河东岸迅速展开拆违行动。一天下来，李镇长向市督察一组解元报来喜讯，彻底拆除违法建筑物294处，清理面积十万平方米，河涌东岸基本恢复原貌。相关单位调阅大量历史资料，多次沟通交涉，得到大部分村民理解配合。一夜之间，东干河焕发出新的生机。

中间有个插曲惊心，牛二毛年近七旬的父母亲一度挡在钩机前拼命哭闹，要求释放儿子，无理索取违建面馆的高额赔偿金，镇村干部上前劝解一番无效。烽火镇派出所所长只好上前正告，再这样干扰公务就要采取强制措施了。如此胡闹不但救不了儿子，还会搭进自个儿。两位老人一愣，想了半天，最终怏怏离场。一旁围观村民没有起哄闹事，局面有惊无险。正在区政府会议室开会的解元闻听，如释重负地松了口气。和区领导一起嘱咐烽火镇政府再接再厉，顺势作为。一场可能引发群体事件的河涌东岸拆违行动，在上下精心组织下瞬间归于平静。

四

事情太顺反而不利，林实内心不踏实，看着一处庄园，心绪七上八下。

秀丽的灯山怀抱着跃进水库，像一颗明珠镶嵌在大地上，水库东侧耸立着一座美轮美奂的庄园，富丽堂皇的亭台楼阁、精雕细琢的石雕木刻令人赞叹。浪漫庄严的气质，高挑的门厅和气派的大门，圆形西式拱窗和转角的汉白玉石砌，尽显雍容华贵。红色大理石展示无边吉祥，明亮如镜的瓷砖给人甜美舒适感，华丽水晶垂钻吊灯别具一格。上好紫檀仿古大木桌、进口的名牌垫靠给人审美愉悦，独特的红木家具，样式清新不落俗套。别墅依山建有六层，每一层景色各有千秋，室内室外情景交融，令人心神荡漾。玉制石像，名贵地毯，处处极尽奢华。

其实这只是东干村党支部书记熊天晕的一处豪宅而已，今晚他在此大宴贵宾，都是道上八拜之交，会商锦囊妙计。黑三、拐四、鬼子六人人声名显赫，这些年熊天晕依靠他们，处心积虑建起黑白通吃的独立王国，可谓机关算尽。

酒过三巡，几个家伙性子放开了。黑三倒了一大杯洋酒一仰脖子干完，动作夸张，滑稽可笑，三角眼一眨朗声开腔：“听说最近那位当红明星来新莞市捞了不少金子，他娘的，争取下回再来，咱也包起来好好睡她几天。”鬼子六乜了黑三一眼，不屑地反驳：“呸！你他妈的老色鬼，怎么改不了这糟糕本性。你说说，这些年你小子睡了多少女人啊，还不满足，哪天你会死在这上面的。我看你还是有生之年出去开开眼界吧，别老待这破地方当土老帽了，比方说去阿拉伯国家买个真王宫，过点王子瘾！”“扯淡，你以为你是什么好东西，上回要不是大哥拦住，你他妈的差点把人家女学生裤子扒下来了。”黑三脑门青筋直露地反唇相讥。眼看两人杠起来了，熊天晕当即轻咳了一声，高声提醒：“弟兄们就别自损了，还是想想自己的事情吧。照这样下去，饭碗就白白砸完了，还好意思在这里逗乐吗！”话音像颗石子砸在冰面上，热闹氛围戛然冷却。

一直发言不多的拐四狠声提醒，脸上漾满得意神情：“干脆派人把那个拆违最卖力的林实剁残算了，看他们停不停！免得大哥算计来算计去太累。”“四哥说得对，关键时刻还是武力管用！那年镇工业园拆迁戴大盖帽的都不顶用，还不是大哥叫咱们去收拾摊子。虽然死了个把拆迁户，又算得了什么？不过是几十万元钱的事儿。这年头，有钱能使鬼推磨啊！狠一点才是上策。”黑三迎合地响应，一脸霸蛮相。“傻蛋，你有脑子没有啊？一点‘政治素质’都没有！这次河涌拆违，是落实中央生态文明建设要求，市里也在搞美丽中国城市样板，是挡不住的圣旨，咱们千万不能抵制，关键是要趁势捞够利益。像当年红军反‘围剿’一样，步步后退或主动撤退，保存自己收获果子才是正路。上两回布局失败了，是用非其人啊。别看我大伯那帮人平时叫喳喳斤斤计较的，一碰到当官的就语无伦次，彻底投降了。牛二毛父母更是软蛋，吓唬两下就没戏了，算是白折腾一番，一毛钱赔偿都没捞到，看来只好请你们这帮大将出山了。文天阁再弄不到一分钱，明年咱们这帮人只能喝西北风了。”几个五大三粗的人本来平时没啥主意，一听熊天晕有了金点子，一个个抢先附和，生怕显出笨拙。“那就看你们的好戏了，大哥身份特殊，喝了这顿酒，这段时间大家少联系。”在熊天晕的鼓励中，宴席草草收场。

这些天省里没有任何消息传来，林实怀着忐忑不安的心情上了几天班，下面倒是捷报频传。镇拆迁办多年没头儿，镇领导叫林实兼管着，加上河堤拆违本身也关系河道治理，不好推辞。还不错，东干河东岸拆违任务完成良好，西岸顺利进行一半。看着每天上报的拆违数据表，他开心如花，又略有隐忧。让人振奋的是，原来预测的刺头熊天晕倒是出奇地配合。一些小道消息传说他是幕后主使，但从各种纠纷来看，并不能证明与熊天晕有什么瓜葛。昨天他主动拆了天晕辉招待所靠河的一排房，公开说这些有证房随政府怎么作价赔偿，个人绝对服从安排。这一举动带动了一部分群众积极响应。也让几位镇领导松了一口气，说这几年熊天晕进步很快，没有辜负组织的培养。

在拆违进度突飞猛进之际，烽火镇李镇长接到一位区主要领导电话，说云雅阁别墅情况特殊，事涉美国华侨和省里老领导，加上平时无人居住污染不大，要求暂缓拆除，慎重对待，待市里研究后再说。并郑重嘱咐这利害情况勿告解元，说此人耿直，缺乏通融余地，督察组也差不多要撤回市里了。再三交代李镇长在负责党委书记的关键时刻，千万把握好机会，拆违工作不要拖得太久。李镇长唯诺半天，放下电话，脑子一阵晕眩，用力扶住桌子，总算没有摔倒。心里直骂娘，这帮龟孙子沆瀣一气，老爷子当完了大官赚足了大钱，又把儿孙送到外国享受，还张扬华侨身份，拼命抱着国内私产不放。

说来也怪，这个电话来过后，拆违工作居然迟滞下来。根据既定拆违计划，东干河西岸有片养殖区，为保护河涌已定为禁养区，需尽快拆除百余家鸭棚。很多养鸭户是外省人，靠此维持生计，索赔金额巨大，根本谈不拢。东干村部分村干部基本上成了甩手掌柜，与前段时间判若两人，有人已公开声明不配合。村党支部书记熊天晕躲躲闪闪，总推事忙，不沾拆违边。镇里下派的七名工作人员在林实主任带领下，走村串户，说长道短，收效不大。贴出的拆除告示转身即被撕除，隐隐感觉村民怨气加重，仿佛火山爆发的前夜，高深莫测。

林实这几天早上起床眼皮老跳，爱人叫他小心点，东干村过去是土匪窝，人狠着呢，工作是要干，总不能搭上自个儿小命呗。林实不耐烦地反驳，一脸不以为然神情："知道了，你个妇道人家，知道啥？"话虽这么说，作为镇河长办主任，能感到自己担子不轻哩！可再难，也不能辜负领导的信任啊。这回东干河拆违三大难点，天晕辉、文天阁、云雅阁，阁阁生辉，都说一个比一个难对付。

没想到的是，天晕辉招待所尽管拆得不彻底，但带头拆了临河房子，让开了一条巡河通道，在新街区算是过得去。那个颇具吃喝特色的文天阁山庄，面上是鬼子六当总经理，背地里有几多权贵入股分红，没人弄得清，反正现在是纹丝不动。云雅阁别墅来头大，也被解元局长盯得紧，还下了拆违通知，早晚得拆。可好势头没几天戛然而止，态度强硬的李镇长瞬间一百八十度大转弯，说是再等等看，不知葫芦里卖什么药。拆违事上面有时间节点，要等到什么时候呢？林实还真没底。从前期拆违情况来看，涉及普通群众好办，反倒是个别显贵人家难办。可这几天，东干村的鸭棚户也不好对付了，见面没个好语气。掺杂着很多磨刀霍霍的外地养鸭户，赔偿上狮子大张口，难办得没个底，不知刮什么风。可再难也得上啊，镇里把任务下到负责人头上了，脱几层皮也得干好啊！他这拆迁办主任不好当哩，他自己也想不明白，为何要兼这么多职，又不多拿一分钱。

一连十多天忙活下来，养鸭户和租塘户主没一家主动拆违，也没一户签订清拆赔偿协议。放鸭子的照放鸭，喂鱼的照喂鱼，养鸽子的照养鸽，当然拆违告示也四处照贴，人们似乎没觉得有什么不正常。本来有一家湖南籍养鸭户棚子自拆了一半，想赶紧转移去新的养殖点，结果犯了众怒。刚卖出的千余只鸭子被拐四带人连呵斥带威胁，勒令买主又退回这家养鸭户了。说要是再不同大伙统一行动，就别怪大伙不客气了，那下回鸭子全没收了。说得湖南籍养鸭户两口子直打哆嗦，连声表态一定听大伙的。都知道拐四是黑道狠角，不听他的，弄不好连性命都会搭上。

周一例会多，按原定计划，周二进行禁养区拆违行动，林实与几位同事为准备工作累得够呛。这年头，你再累，也是一头热，别人不会理解苦衷的。中午吃饭，有同事讥笑林实长了八个脑袋，一门心思想评劳模。特别是那个古怪的熊天晕，作为村级主要责任人，居然还想请病假。好说歹说才答应参加行动，对配合工作一个劲喊困难，态度大不如前。关键是村民态度，生分劲超过以往。这次禁养区拆违，是由非禁养区突然改变的，村民的鸭棚有一定合理基础，需要正常赔偿到位才好拆。不像东干河东岸，违章建筑占多数，村民们理亏。他有一种不好预感，窗外落叶随风飘浮，似乎预兆着山雨欲来风满楼。

他请示李镇长，鉴于没一户签订清拆赔偿协议，确实没有足够把握，可否推迟行动。李镇长看了一眼林实少有的尴尬面庞，沉思片刻，才电话请示侯副区长是否可行，结果被狠狠训了一顿："烽火镇已经拖了全市后腿，解元局长代表市政府，催得这么急，你们还想打退堂鼓，难道非要上会作检讨、撤职查办才心里舒服吗？"看来行动已无回旋余地，李镇长朝林实挥了一下手："照常行动吧，既然区领导同意了，总是要办的事，拖也拖不过，相信吉人自有天相。"

周二一大早林实就起床了，一晚上没睡好，心里不踏实，左眼皮一直闪跳着。天气倒是晴空万里，艳阳高照，是个干事的好日子。他早早来到镇政府前人民广场等候。李镇长是第二个到场的，好在各路人马听招呼。不一会儿，从广场往东干河西岸禁养区方向的街道上，集结满了挖掘机、钩机、大卡车、大交通车等四五十台拆违机械。槽南区大市口屠宰场也派来了五辆运货车，准备到时装运便宜鸭子。警察和城管人员来了近两百人，可谓声势浩大，准备充分。八点整一到，随着侯副区长一声令下，队伍浩浩荡荡地向目的地开拔，从后向前看整整齐齐老长一溜，威风壮观。

天空上几片云彩高挂峰巅，像是舞台上薄薄的帷幕，要揭开什么新剧大片。一会儿黑云堆成一整片，像块厚铁渐渐坠沉，似乎已经盖到屋脊上，即将压扁房屋，一种乌鸦的怪叫此起彼伏。拆违队伍一拐进禁养区路口，离禁养区还有五六百米远，就不得不停下步伐。防风树林、鸭棚遮掩处，陡然齐刷刷冒出足有七八百名村民前来拦阻。好家伙，总共才一百四五十家养殖户，呼啦啦一下子居然来了这么多人，显然早有预谋。通往禁养区的沙土公路已被挖开一条深沟，路中间堆着一大堆青石块，村民多数拿着铁锹、锄头、木棍，打着“反对野蛮清拆、请赔偿养命钱”的横幅，大有背水一战态势。黑三、拐四、鬼子六这些道上大佬戴着墨镜，端坐队伍中间，走哪儿都有跟班端着靠背藤椅，那架势比山雕威风。三人抽着丹纳曼牌巴西雪茄，那份悠闲自如颇有几分大将风度。东干村党支部书记兼村民委员会主任熊天晕带着两名村干部倒是守在现场，看神情不像劝导，倒像是黄鹤楼上看翻船——巴不得戏再热闹点。

瞧这阵势，侯副区长明白不能硬来，他与李镇长、吴副镇长、林实主任，还有一些相关部门到场的负责人商讨对策，多数人主张今天不能输势，否则以后拆违没法干了。目前只能靠对话争取主动权了，李镇长撑着嗓子上前喊话，要求村民速派代表参加谈判，大家要保持冷静，支持政府行动，维护好环境就是保护美好家园。黑三和前面几排村民齐声回应，人人一副不屑神情：“没人能代表大家，别打抓头鸟的主意了。这事也没什么好谈的，请立即兑现赔偿金，否则马上向镇政府进军。”几个流里流气的小青年居然唱起了《国际歌》，反复哼唱“起来，全世界受苦的人！满腔的热血已经沸腾，要为真理而斗争……”粗犷声调听得人直起鸡皮疙瘩。

解元听说有情况，闻讯第一时间赶到现场，大声宣传政策，呼吁大家算好大账，千万不要受人蛊惑冲动，糊里糊涂去犯法。有的老村民应声点头，有的年轻村民不以为然地瞎起哄，多数不为所动。见村民毫不配合，大有得寸进尺态势，这更加坚定了侯副区长不撤队伍的决心。他想不捅破天，大人物是不会出面收拾残局的，反正有解元局长在，他可是代表市里的督察组长，他不是挺厉害嘛。他把熊天晕叫到面前，狠批他有“罪”，赶紧做好工作将功赎罪啊。熊天晕一脸无奈地推诿：“区长多宽恕，能力有限，勉强试试吧。”说完钻进村民当中，看起来说个不停，也不知真做工作没有。

三个小时对峙过去，到了午饭时间，形势仍无进展。镇政府给拆违工作队准备的盒饭到了，见此情景，村民们愤怒地前涌，发出嗷嗷叫的呼喊。同时只听得一声怪喝，几十枚石块从村民人群中飞出，砸向政府组织的拆迁队伍，有的石块半途落下，有的拆迁人员躲避不及，被砸得面额流血。解元左额也被砸得鲜血直冒，他扯开拦阻的手，勇敢地站在两股力量即将会合的空隙地带，大喝一声：“停步！午饭政府负责，每人一份！”说来也怪，糊涂躁动的人群，居然像当年长坂坡的曹军一样，被张飞一声怒吼喝停！显现在人们面前的是一个面目模糊的血人，有人说这是市里的生态环境局局长，是来给大伙送福气的，怎么就遭到了无辜伤害……村民人群中有人自责，打了市里领导，这场面如何收拾？

解元却一脸轻松地一边批评负责后勤保障的吴副镇长考虑问题不周全，一边要求将送到的两百份饭先给村民，并叫熊天晕搞好分配，叮嘱千万别再出乱子。奇怪的是，解元受伤了，局面也突然平静下来。熊天晕脸色古怪地忙乎起来，吴副镇长忍不住小声嘀咕，一脸为难情绪：“又犯工作组作风了，李镇长都没拍板，就做主了。唉，一句话，差不多两万元没了，谁买单呢？”听这话，李镇长气不打一处来，狠剋了吴副镇长一顿，一副不依不饶口气：“说什么话呢，如果今天出大事，你这副科就白干了。”混乱的人群看到开始管饭，一个个端着饭盒散茫一边。紧张局势迅速缓解，一些原认为给村民管饭是无原则纵容的干部，也怏怏收回了看法。

好在镇政府事前准备了医生，迅速给解元包扎伤口，虽然流了不少血，万幸只是破皮，尚无大碍。解元也没当回事，此刻，接到解元报告电话的曾副市长，提前结束在省发改委的汇报，马不停蹄地赶到现场。槽南区委书记、区长同时赶到，几位领导与现场负责同志经过协商，决定暂停拆违行动，什么时候做通村民工作什么时候再办。当场向村民和养殖户宣布先赔偿再清拆，请大家回去等待佳音，不签协议不行动，保证让大家满意。曾副市长狠狠地批评了今天没签清拆赔偿协议就行动的鲁莽做法，说颠倒了工作程序。禁养区在公告前养殖是合法的，此前所建鸭棚应该依规赔偿，与河涌蓝线内违章建筑性质不同，一定要稳好群众。槽南区和烽火镇的领导喏喏应答，表态诚恳。

拆违队伍先行撤离，村民们哄乱了片刻，开始成群离开，居然体现了一定组织性。见此，曾副市长要求区、镇针对今天反常情况进行调查，不冤枉好人，也不能轻易放过闹事者。曾副市长还要求解元撤回去休息几天，可他坚决不肯，反复说皮肉伤不碍事的。几位领导研究了善后措施，曾副市长要求虽然禁养区停步了，但东干河西岸剩下的拆违行动不能放松。还专门点了文天阁山庄的名，说影响很不好，该下决心了，东方不亮西方亮嘛，时间节点快临近了，槽南区拆违工作不能拖后腿啊！散会后，大家心情沉重地散去。

五

李镇长原本在曾副市长鼓劲下信心有所恢复，没想到在做东干河西岸拆违下篇文章时再遭失败。林实痛苦地向解元汇报，那些聘用的挖掘机、钩机司机拒绝参加新的行动，说不赚这个钱了。新莞市、槽南区和相邻县市的司机一听说是烽火镇东干河的拆违事，个个唯恐躲避不及，说有行规的，就不凑这份热闹了。看来事情不简单，道路崎岖雾霾奇深呢。解元叹了口气，嘴上依然嘱咐不能松劲啊！

市领导关注的文天阁山庄，是新莞市神秘名地，平头百姓无分染指。徽派建筑别具一格有看头，韵味俱全独树一帜有嚼头，常有珍稀品种出现，触碰红线惊世骇俗，又一直逍遥法外，是个一睹为荣一吃为绝的休闲佳处。配套建有农业生态观光园和桑拿娱乐中心，厨师是从北京国宾馆请来的名厨，烧的山珍野味独步全市，环境仙山神阁一样幽雅，部分房子用竹子搭建，临河近山，别具韵味！双休日生意兴隆人来车往，无论贵宾馆还是大众馆都是人满为患，需要提前一周预约。

此地还有一奇，就是幕后老板传说很多，神秘莫测，有说退休市长的，有说公安局局长的，还有说北京高干子弟的，反正没人弄得清。摆在明处的黑三是董事长，拐四是行政总裁，鬼子六是营销总裁，注册叫文天阁饮食娱乐集团公司，一时名头响亮。这几个人当然是熊天晕的大功臣，当年打跑上海来的饮食大佬乔三，强抢了人家地盘，还栽赃其人违法推销穿山甲、野生大鲵、云豹等国家保护动物，让其身陷牢狱之灾。其实只是一些野鸡、野鸭、野猪、大雁之类平常物种。反倒是黑三一伙经营后大变样儿，违禁珍稀物种满桌摆，法律红线随意碰，一般执法人员不敢管，任凭群众如何举报，兀自岿然不动。

这些天，在熊天晕嘱咐下，黑三暂停了珍稀动物品尝菜目，娱乐中心那边也给一批绝色小姐放了长假。按说经营上紧缩了份额，应该减员才对，文天阁公司反而大招保安员，居然超常规建起一支百十人规模的保安队，与经营项目极不相洽。这帮人大张旗鼓地进行防暴训练，仿佛特警队，整天龙腾虎跃，喊喊杀杀地练功，好像搞什么备战似的。

明眼人看这架势，似乎要出大事。林实带的宣传人员围着文天阁东南西北转了三圈，门门难进，保安的凶狠做派也是少见，更别说张贴区政府的拆违告示了。一个山庄四方开门，门门高阔，也只有文天阁这么干，不知图什么吉利。林实心里琢磨，别瞧李镇长表面上嘴狠，往实里去，冲劲已大不如前。要想拿下文天阁，干部不被追责，看来只能找解元了，都说他很传奇，正直够味，不怕魑魅魍魉。

找到解元时，他正召集督察一组人员学习刚刚下发的《市委关于规范督察工作的通知》，明确要求市直部门不能多头下派工作组，时间不能超过一个月，要切实减少对基层的干扰。一句话，游方和尚不能随便骚扰坐地施主了。听林实一番介绍，解元一点不显吃惊。他说对烽火镇存在涉黑问题早有耳闻，也早有准备，要不是最近市委对督察工作有新要求，早就蹲到镇里纠鬼肃乱了。他安慰林实按程序加快推进拆违工作，自己这边也给那帮兴风作浪的人紧紧发条，相信一定会有圆满答案。

烽火镇赔偿谈判工作组出发时，解元主动来打气，语重心长地告诫，关键是说服群众："拆违问题之所以难解决，除了客观原因，还有我们工作不到位的地方，离老百姓的期待差距大。必须知道错在哪里，养殖户到底需要什么，想人所想，急人所急，才能找到开门钥匙。"这话听起来醒脑，使工作组人人心里豁亮，干劲倍增。让人稍觉欣慰的是，东干村大多数老百姓还是厚道实在，赔偿协商进展缓慢，但一直没停下来，每天都能签下几户人家的协议。

解元出马真不一样，绩效惊人，区委书记、区长亲自督办，区直各部门积极响应，筹措了三百万元赔偿款，一步步消除禁养区拆违的难点。侯副区长人前总向解元颂功，说上下连心，无往不胜。私下又骂解元是老倔头，不可理喻。不管怎样，事情始终向积极方向前进。"多亏督察组穿针引线，强化了组织沟通细功，充分调动了各方面合力。市督察一组组员和镇工作组人员相互配合不怕怨骂，一次不行就两次、三次，白天不在晚上再去，人出去了就在原地等候村民回来，挨家挨户一遍遍劝说，不怕谩骂，工作至上，逐步达成共识。"一种颂扬督察组的好评悄悄流传开来，解元淡然摆手，情绪平稳："都是分内事，解思想扣子就该这样，工作组成为良木，百鸟才会来栖息；成为大海，百川就会来汇聚。捧出真心，就会收获信任一片，实事办得越多群众越拥护。"说得一屋人自发鼓掌，气氛转向轻松，似乎难题也不难了。

最后一户签订拆迁赔偿协议的是黑三小弟，见不到面，听不进话。解元和林实搭档出马，走访中解元偶然听说黑三小弟最信任自己的小学老师，便辗转请其老师来做工作。一番登门交心畅谈，林实还为其久病卧床的妻子请来老中医看病，终于打开他的心结，没抬价码就签订了赔偿协议。“感谢局长，你们真的很辛苦，以前不愿意了解，现在才明白都是为了家园美好，我们信服！”黑三的小弟感慨地对解元说了一大堆的夸赞话。在市、区共同努力下，东干村禁养区拆违问题终于完美收官。也许是解元受伤后，公安部门启动的调查产生了威慑作用，幕后黑手再没掀起大的风浪，一切程序都在有条不紊地进行。

神奇的是文天阁终于被这股东风刮倒，结果出人意料，闻者目瞪口呆。黑三、拐四、鬼子六这帮平时没人敢惹的道上大佬，因为严重涉黑涉黄和策划多起人身伤害案件，被市公安局列为头号扫黑案件侦破，一夜间灰飞烟灭。那个平日里威风八面的“明星书记”熊天晕自然难逃法网，据说此案牵涉多位老市领导，只是案件处于侦查阶段，内情秘不宣人。

让人更为惊讶的是，打造美丽城市样板行动督察组同时接到市府办通知，提前结束督察工作返回。各组分别与所督县区召开了总结会议，市里没再统一开会，市主要领导在上报的总结报告上签字表扬。曾副市长拿着东干河国家考核断面水质检测过关的报告表，说这些指标的下降是集体智慧结晶，工作组功不可没，他亲自给解元打电话肯定。

解元回到市局办公室，桌上一尘不染，早有清洁工捷足先登，窗明几净中有种久违的激动感。十多天来，每天在手机OA网上办公批文从未间断，工作上做到了两边兼顾。办公室自然陌生了，可一坐下来，就有一种工作激情喷涌。上午才听说自己所带的督察一组被人告到省里了，相信应该与市委、市政府提前撤回工作组无关。但回撤前没有征求意见，确实有点意外，也许与转变作风和工作形势有关，应该可以理解。

想到这次督察的得失，他觉得有话可说。便叫来局里几位秀才研究，向市里写个总结报告，提提下步工作建议。他想起云雅阁上了环境保护红名单，事情没整改到位很难过。即使督察工作结束了也不能放松，否则不好向群众交差，落实《新莞市打造美丽中国城市样板行动规划》也会大受影响。为此，他分别致电槽南区委包书记、阮区长，讲明利害，说是一周后不给个准确答复，只好给市委、市政府写专题报告了。坐在旁边的同事劝他给下面留点面子，说是有人反映，局长您太直了，遇事从不拐弯，让人受不了。解元毫不妥协地回应，神情不容置疑："同志啊，原则问题是没有退路的，否则我们就辜负了组织的信任。"

一周后，槽南区提出来了一个折中方案，并说已在落实中，让领导放心。原本强硬的云雅阁别墅房东转了个弯，签了租房给水库管理处公用的合同。但五层别墅，只租下三层，上两层封存，保证不住人，这也不是个彻底解决办法。解元当然不同意这么办，可槽南区阮区长愿立军令状，担保如此处理不会影响生态环境部的考评检查。诸事杂乱，解元只好暂且搁下。林实听了心头一沉，感觉担子更重了，又不想做缩头乌龟，心绪复杂中一天过去了。

解元召开局务会，布置了一批重点工作。他侃侃而谈，骨子里透露出一股坚毅。他说督察工作虽然告一段落，但发现的问题还得继续跟踪问效，尤其友邻区域污染整治不能放松，否则会冲击打造美丽城市样板行动大局。多数局领导表态赞同，只有皮副局长阴不阴阳不阳拱出一句："督察问题再扯，会不会惹市领导不高兴呢？"解元温和一笑回应，脸色充满了自信："其实也不必贴督察标签，都是老问题嘛，不解决抓什么生态文明建设？"说得一屋人哈哈大笑，轻松结束了局务会。

十三

干妈搬家

合起来是一个家
分开来是一个梦
家中也有你我他
梦里也有恩情爱
付出是一种奉献
经历是一种财富
人世漫长天地悠悠
多少事不需要清清白白

一

市生态环境局槽南分局胡石科长或许受苯酚泄漏事件影响，他没有提升分局副局长，反而被推荐到区信访局值班一年。这个信访值班制度是槽南区的特色经验，受过中央部委表扬。值班人员从全区单位中轮流抽调，既服务群众，又锻炼干部，提高了信访效率，受到群众好评。

这天胡石上班急赶舆情简报稿，缓口气的空当都没有，说实话，到信访局值班，写写抄抄多了，跑外场少了，有点不太适应。这回是区政府秘书长的指令，上访户吴婆早几个月到国家信访局上访的情况批下来了，区领导很关注。局里得有个态度，除了快速上报下传情况也没其他好招。

天不阴不沉的，这么巧，干妈突然打来电话，叫今天抽时间去她那儿一趟，有急事商量。胡石说，小萌不是在吗？您有事跟她说说一样啊。干妈说一大早到现在没见她影儿，这事跟她不好说。胡石笑笑回答，干妈别急，我下班早点来，能先说下什么急事吗？干妈哼哼嘴，嘟哝一时半会儿说不好，见面再扯吧。

胡石下意识地看看周围同事，见没人关注他的对话才放下心来。其实除了局领导，没几个知道吴婆就是他干妈。这干妈叫得亲热，其实也没认多长时间，两下里互动稠密，不是亲人胜似亲人。平时没少陪干妈吃饭喝茶，光给干妈租这两室一厅新居，月租就是三千元哩，虽然不是自己全部出钱。住对面楼的小萌隔三岔五还给干妈白带菜肴，不是干妈不愿给钱，而是小萌大方惯了，从不愿要老人家一分钱。再说蹭干妈饭吃的事，小萌也没少干。干妈也是马虎人，送过小石一个镯子，祖传的宝贝，说指定给小萌带，给未来干儿媳添福增吉。她自己的儿媳远在海外，看不中这旧物，不如留给干儿媳。说是有年头的老货，老值钱哩！胡石再三推辞不掉，只好收下。拿回来到局里交了公，按规矩不能接收服务对象的礼品。当然干妈绝对是不明就里的，明里只好对她说与小萌还没到谈婚论嫁地步，先压箱底积积福吧，有好事时再带也不迟。干妈习惯地哼哼，嗔怪就你小子鬼精！你们年轻人的事真是搞不懂，见面那么亲热两个人，私下里尽是小九九呢！胡石扑哧一笑，暗想这年头没有小九九哪能办成大事呢！

收回思绪胡石仍急着赶稿，区信访局王局长这回亲自操刀修改，数易其稿才落定，送到局办公室走程序后，胡石按时下班。坐地铁2号线来到拴马庄，挺土的名字，却是槽北区新城中心。百年前驻兵的校场，营区拴马的地方，如今高楼林立，鳞次栉比，阔气得像天上街市。拐进小巷便是干妈家，进门没忘带上月上楼的馄饨，这是干妈的爱物。每每见此知名小吃，干妈便一个劲夸胡石乖儿！今日个见着，却是一脸平静。脱口相商的急事，竟然又是搬家话题，胡石听得一阵心惊。干妈生怕胡石生分有想法，不厌其烦地解释。她搬去上海女儿那儿多年的小妹回来了，现在槽南区紫红里租了套两室一厅大房，也是她们住过几十年的老地方。约她这个久别的老姐重聚，叙叙旧，暖暖亲情。也着实有七八年没见面了，昨天一会面亲热得不得了，小妹还给她带来两套杭州绸衣，让她欢天喜地的。再说白住一段时间有何不可，她说胡石你也挺不容易的，就把这边租房退了，干妈领了这份孝心！还是给你节约两个钱，早日结婚成家是大事啊！

说得这么亲情融融的，胡石一时不知从何处开口。他最怕干妈提搬家两字，关键还要搬回槽南区，那是多大的事啊！真要命哩！真搬回了，局长还不把自己批评成烂茄子，反映回生态环境分局，影响前程的！想到这儿，一坨甜话脱口而出：“干妈呀，金窝银窝不如自己土窝哩，姐妹虽然亲热，住久了不是个事！再说不是听您说姨妈多病缠身，身体不太好嘛！住久了难道您照顾她啊！您年纪大了也吃不消啊！我觉得您最好是去做个把星期的客，还是早点回拴马桩这边住好。小萌也学会了月上楼的馄饨做法，要经常孝敬您老哩！再说巷口七妈离了您！还不愁成病秧子！”说起七妈，干妈一脸得意！这老姐儿孙满堂，一副小孩气，谁的账也不卖，唯独对干妈毕恭毕敬！早三个月干妈搬来小巷住，两老巷口初次见面如逢故人，亲热得赛过真姐妹，天上地下拉呱得紧，彼此投缘啊！

有一回七妈亲家来吃饭，她儿媳忙着给自己亲妈打佛手番鸭汤，慢了一拍给七妈。这老姐明里不说闲话，接下来犟了个把星期不理家人，饭也吃得少。临了还是她家人请上干妈出面，一阵拉呱才消了老姐的气！说起来叫老姐，其实只大三天，干妈说三天不短了，早一分钟也是姐啊，说得七妈笑呵呵，嚷着还是老妹子对劲，说话中听！两人一见面，就像说二人转一样兴致好得很，笑声不断！

可干妈一个劲说不好，七妈那里好说，邀上一块儿去你姨妈那儿住不就得了，七妈不是老说在这巷子待得烦吗，正好换个地方透透气啊！一听这话，胡石傻眼了，心里一急硌住了话头。虽没答上话，脸上还是笑得欢快！

幸亏一只大肚猫翻窗而过，激起胡石灵机一动！小眼睛骨碌一转，向干妈撒起娇来。干妈您可不能偏心啊，您说过等我和小萌结婚了，要照顾小萌生宝宝，让我们两个外地仔住大房的！干妈扑哧一笑，以前催婚没见你们半点动静，怎么一说搬家你们就纸菩萨见火烟中显灵了！再说从结婚到生孩子，过程长着哩！说得胡石脸呈赧色。只一会儿，胡石神秘兮兮地附着干妈耳朵说稀奇，好事来了，告诉您老别声张！小萌有喜了，我们准备马上结婚哩！这一说不打紧，把干妈惊得口张大鹅，一个劲说赶紧张罗大事啊！搬家这事先缓缓！这话一出口，胡石后悔了，小萌一无所知的，千万别在此刻冒失地冲进干妈家，那就露大馅全功尽弃了！喜的是干妈终于不坚持搬家了。

这么想着赶紧跟干妈告别，反正搬家事暂时烟消云散了。干妈客气地送到门口，谢天谢地，对面小萌那间房黑灯瞎火的，嘱咐小萌还来得及。

二

走到华灯初上的街道，胡石内心涌起一份成竹在胸的踏实！回头看见干妈还倚在巷口张望，心里一阵感动差点流出眼泪！似乎干妈就是亲妈，而不是什么工作对象，胸中陡然喷涌一股股歉意。说到底，干妈还是善良人！此前王局长说这老太婆不好惹，看来有点言过其实。

一拐角看不到干妈了，胡石赶紧掏电话打给小萌，不得不竹筒倒豆，说了与干妈的背景关系。原来小萌今天是陪一位合租姐妹上医院看病了，得知真情嘴里骂得急。你个臭坏蛋不早说，害得真当亲妈敬得紧，再说咱家家风好着呢，可丢不起未婚先孕这丑名哩，你这硕士生积点德吧！就这智慧啊，编什么理由不好，非编这码事？我可是真等着你来求婚啊！说得胡石一个劲说些道歉话，又夸张地说你喜欢什么求婚方式啊！小萌嗔着说，看着办吧，不合意就得吃闭门羹！两下呵呵挂了通话，胡石一想起真求婚又泄气了，玩笑归玩笑，跟小萌拍拖一段时间了，虽然私下里亲密得紧，但没到求婚这地步！总觉得两人间还差点什么没水到渠成，自己怎么就犯邪到胡说八道了呢！上班没年把时间，性格变化大啊！

胡石是个木讷性格，乡下孩子天性老实！在新莞市念了七年书，真就脱胎换骨了，后来考上市生态环境局的公务员，又下放分局，逐渐融成城市一员。早四个月前，从槽南分局抽来区信访局值班。这工作平淡，弄不出什么惊天动地声响，倒是与槽南区上访名人吴婆建立了熟络关系！吴婆把他当作信访申诉的好依靠，胡石把吴婆当作重点争取对象热乎着，两下里谈得来，关系突飞猛进。是吴婆主动认干儿，还是胡石主动认干妈，抑或信访局王局长暗中推动，胡石自个儿也说不清了。反正从此往后，胡石多了一个干妈，局长让他密切关系，关键时刻扛大鼎，说得胡石多了一份成就感！

接下来干妈干儿来往多，他叫吴婆干妈，吴婆叫他石儿。干妈这两年搅得槽南区天翻地覆，到省政府、市政府上访如家常便饭，一年少不了要进两三回京城，弄得上上下下不得安宁。干妈有时指着区政府骂人，说东干河碧水保卫战拆迁，毁了她的大宅实业，赔得比别人少！许诺的还建房老不兑现，两三年了，她那栋还建房，仅用毒矿渣填个空楼基蒙人，弄得她无家可归。她公公在那大宅里开过鞋厂，高峰期有二十多个工人。如今老人不在了，丈夫也没了，儿孙去了海外，还建房却是遥遥无期。吴婆都快七十岁了，你说怎能不着急哩！老人家执拗，非要在有生之年弄个水落石出。还跟胡石标榜过硬朗，说百岁笑嘻嘻，九十也不稀，八十多来兮，七十小妹唧，一个意思，身体拼得起。

为啥承诺过的还建房泡汤了？原来承建的开发商说这房投资过大，后来又要加钱，几乎接近市场价格，不能廉价充抵还建房的。可是走市场来买，随着房价上浮，拆迁户还得倒贴钱。于是一帮人上起访来，一时间，官员见着他们就发愁！

槽南区信访局王局长说没这么简单，那些第一批只要拆迁款不要房的早安顿好了去处。这些执着要还建房的户头，因承建商后期生意失败，垫付不了建设资金，政府挪用专项资金后拨不出建房资金，导致还建房迟迟不能交房。另外是原拆房有些违建面积，双方没谈拢，开发商就采取了强拆措施，导致矛盾激化，夹杂一堆问题长期悬而难决！这是根本原因，政府为此做了大量工作，两边诉求差距大，始终无法弥合。就这样牵扯着市、区信访部门不少精力，吴婆是个上访钉子户，每次上访，除了要房子，还要连带投诉环保部门不作为一番，总让各级领导放心不下。

胡石到区信访局值班后，偏偏王局长说起吴婆这名，一脸痛苦状。说那回上京接吴婆，她一路哭闹，不吃不喝，差点闹出人命！回来一边送吴婆住院，一边给上面写检讨。好一阵紧张，自个儿也累成了住院客！区里领导全面震动。可吴婆反映的还建房事不好办，毒矿渣调查了据说没那么毒，但开发商背景复杂，不做一点让步，一时半会儿解决不了问题，又不能用绳索拴着吴婆的双腿。由着她这样隔三岔五上访，槽南区非得当全省信访反面典型不可！

得想法儿破解，区长当时听到汇报，桌子敲得梆梆响。一局人日子不好过，集思广益半天，南腔北调莫衷一是。人家吴婆是有海外背景的，真有惹不起的份，弄不好一点小事也会穿洲过海，影响著名侨乡形象！可问题总是要解决的。也不知谁留心到吴婆租住在槽南区，户口却在槽北区，如果她把租住房租到槽北区，就该槽北区行使属地管理责任了！与槽南区就没半毛钱关系了，槽南区自然可以平安销户，高枕无忧！可谁能担当说服大任，让叱咤风云的吴婆安然就范哩！还真不是件容易事儿，一帮班子成员找来找去一无所获。

一时间局里当大事，发扬群众力量，轰轰然海底捞一番。不是查出一波吴婆海外亲戚，就是销户多年的云中故人。都说吴婆工作难做，得准备八个脑袋才行。在这节骨眼上，槽南区信访局两位副局长提醒王局长，生态环境分局来值班的胡石，与吴婆是亲戚。说得一屋人信心满满，笑成一锅粥。王局长感叹，差点就忘了这高才生！

这天下班，胡石径直往干妈家走，经过月上楼时，破例没买干妈喜爱的馄饨，思绪像战场奔腾千军万马。临到门口遇见一家果摊，抓了几个梨子，若有所思片刻，又换成香蕉，这个干妈也爱吃，有些日子没来了，进门总不能空手。

一敲门干妈开得快，没像平时等半天，长脸上挂着笑容，看来干妈今天兴致不错。他将香蕉放在客厅茶几上，遭到干妈一顿责怪，说你又没几个钱，干吗老讲那么多客气！每每这种时候，胡石一阵憨笑，不多做解释，干妈叨咕几句就会平静下来。紫红里这套两室一厅不错，开窗能见广场上的街舞，隔着榕树枝叶，嘈吵声不大。胡石胡聊半天，不着主题，两人聊到干妈儿子，说在海外做了主刀大夫，待遇不低的！听着也为干哥高兴！

聊到深处，才知干妈兴奋的是今天上省政府申诉，同接访的秘书长谈得投缘，还建房事似乎有点眉目，总算不让人白费心。胡石心想，干妈儿孙又不打算回国，一个老人要这么多房子干吗？这么想时就想说点什么了，回忆王局长嘱托，更是不敢打退堂鼓！

干妈，紫红里这边还是吵，临街灰尘多，还是我女友槽北区拴马桩那边漂亮、幽静、高档，空气好！干妈不如搬到那边住，至少落个环境美！说得干妈疑惑地看了看胡石，说这边住习惯了，上槽北区想起从前单位旧事不痛快！干妈是槽北区二中教师退休，年轻时在单位没入上党，耿耿于怀。学校就在槽北区繁华地段，也难怪干妈没好感。话说到这儿卡壳了，一时半会儿胡石也找不到安慰话头！只好说起窗下的广场舞，真锻炼身体，拴马庄的七妈，跳广场舞蹦好了乳腺癌，十年八年了，还鲜活得很哩！让干妈心动了一下。

这一扯又扯到拴马庄福地，叽哇半天还是夸好！临到最后谁也没说服谁，胡石约干妈有时间过去看看！两下里应着告别，事情停在原点。胡石出来后，脑子回放半天也没平静，左一脚右一脚地晃回家！心想，一个干儿子这么关心干妈搬家，也不知会不会引起干妈的疑心。

一听胡石说进展不大，王局长脸呈忧色，嘴巴喃喃自语，不是小事

不是小事啊！说得胡石跟着一脸沉重，两下陷入沉思，一筹莫展。区信访局办公室罗主任进来参谋“戎机”，能不能从局里信访应急经费里列支一下，给吴婆在槽北区租个房子，不就釜底抽薪了吗？说是说得好，钱不算个事，有什么办法让吴婆如我们愿，又不引起她的警觉呢？这可是个“大学问”！真是考验人啊。王局长挠了挠头，静静地看着两人面面相觑，起身走了两步，一人对窗眺望远山发起愁来。房间一时陷入沉默，胡石想了想也没好招，让八竿子打不着边的人和事随风起舞，除了孙猴子，别无高招！冷了一会儿场后，王局长一挥手，让两人回去继续考虑，注意保密，自己再与局班子成员协商一下。

三

下班回到宿舍胡石苦思冥想解法，第二天一上班，胡石向局领导说了锦囊妙计，三位局长心头为之一震，眉头舒展开来，不约而同称妙。王局长更是笑成弥勒佛样，说事情紧急啊！你在局里待个啥？赶紧去陪你干妈，那才是大事！说得胡石赶紧理了理头绪，径直来到干妈家。

一进门便见干妈正清点宝贝申诉材料，已不忌讳胡石在场了。说起搬家事，干妈头摇得像拨浪鼓。说咱这把年纪啥没经历过，哪会到老了反倒讲究居住环境了？你就别瞎操干妈的心了。胡石说不光是环境美啊，主要是对我好！您看我好不容易费尽心思刚交个女友，女友她妈说两人父母亲戚都不在一个城市，这种结合太辛苦，还是早点分开为妙。说得干妈眼睛睁老大，不解地问真有这么古板的妈妈啊，小孩子过日子用得着父母费这份细心思？真是怪哉。胡石一边点头，一边期盼地看着干妈，一脸虔诚像。一番软磨硬泡下来，让干妈不得不动起恻隐之心。加上胡石说就在女友宿舍对面租套房，既方便照看女友，又能与干妈一起生活，也让女友全家知道胡石在城里亲戚多着哩！说得干妈开心地笑起来，你个小南瓜，没想到还很机灵啊！想着一个老人生活，日子也是单调点。

于是母子俩跑到拴马桩那地挑房，这儿房子高档时尚，窗明几净得看着舒服。胡石为让干妈满意，拼命推荐一套三室一厅大房子。干妈舌头一伸，说你大款进城啊！胡石说那倒算不上，但父母小县城做些生意，这点钱花销得起的！说出这话胡石不觉心头一紧，为了办好局长嘱咐事，算是成了撒谎不眨眼的主了。一会儿，胡石女友小萌也跑来参谋，转了一下午，总算看中一套两室一厅的居室，碰巧还和小萌与同学的租房楼对楼，都是六层，远看护城河一片湛蓝，真吉祥！干妈高兴得一锤定音，争着要付租钱，胡石说啥也不行，哄着干妈别计较。说等干妈的还建房到手了，还得干妈给面子，让我和小萌也沾沾光哩！再说我是陪干妈一起住，归我们年轻人尽点孝心哩！这么一说干妈露出舒坦笑容，两下里欢快，干妈说那我得送个镯子给你媳妇。租房人还是写的干妈，为了将来跟纪检委好交差，胡石暗中每月自掏一千五百元，向区信访局报告房租费也是一千五百元，没照三千元实价报。接下来累了三天，胡石和小萌忙乎着帮干妈搬完家，彻底离开槽南区管辖了。胡石心里格外踏实，干妈一脸平静，局里领导一片欢腾，相互叮嘱一定要保密。

说是一起住，胡石哪敢啊，害怕将来跟纪检委说不清，总是以值班为名，还回原先宿舍独住，当然偶尔会陪干妈住一两晚。干妈倒是粗心人，没起任何疑心，还说年轻人一心扑在工作上是好事。只是加班多了，对身体不好，要跟领导说说，将来结婚了少值些班。干妈很快与巷口七妈打得火热，你来我往不亦乐乎，连信访局也跑得少了。胡石看着满意，有一种干成大事的成就感。

平静时间不长，干妈又闲不住了。原来干妈也是有“组织”的，访友来访不断，这可是新发现！他兴奋地向王局长报告，叽里呱啦讲了一大堆！王局长明显已没过去紧张，还是平静地听完胡石的讲述。尔后接连说胡石辛苦了，再没像以前那样着急地指点什么。唉！看来搬个家，变样的不只干妈，局长副局长都一反常态，唯独自己还像瞎苍蝇扑火胡蹦命哩！接下来一段时间，胡石没去干妈那儿，直到干妈打来电话，才心急火燎去看干妈，直觉预感干妈有事！一见面干妈果然交代，要胡石跟领导说说，这些天少值班多回家守着，干妈有事要出去一段时间。虽然家里没什么值钱东西，有人在总比没人好！什么事情干妈不愿说，胡石也不便多问。看着干妈多备厚衣服的行头，他预测这是前往北京的兆头！想到这，心头突然一紧，应付干妈两句后，借口说要买份面包，一溜烟下楼急电王局长，事情紧急啊！当他上气不接下气地说出要情，电话那头王局长异常平静，让胡石稳住神，没交代任何下文。只叫胡石别干涉干妈行程，以免暴露目标，前功尽弃。说得胡石一头雾水，将信将疑地回到干妈家。

第二天胡石忐忑不安地去上班，特别嘱咐干妈多保重！欲言又止地转身下楼。一上午想着干妈的身影，心绪杂乱得慌。他希望有人来搭理自己，可谁也没理他。午休睡不着，好不容易挨到下午上班时间，突然接到一个陌生电话，自称是拴马桩社区翁书记，叫胡石赶紧到社区居委去一趟，你妈在这儿。这让胡石吓一跳，难道干妈出事了？当即向王局长请假，捏把汗赶往拴马桩。

一会儿工夫，胡石满头大汗赶到社区，进门没见上干妈，被翁书记请到旁边办公室一顿数落，仿佛审问犯人一般。一会儿询问胡石在哪上班？一会儿质问胡石知不知道妈妈行踪？那口气怪难听的。胡石犹豫了一下说实际在生态环境分局上班，不太知道具体情况。翁书记一听是公职人员，调门立马提老高，说："你妈要去北京上访，幸好我们在车站做了预先防备，要不！还不知给市里区里添多大乱呢！"胡石喏喏表示歉意，不好说是干妈，窝着气不便做其他声张。翁书记说区里批评得厉害，你们搬到拴马桩为何不到社区备案，你妈老上访户了这点规矩不懂吗？以后你妈出门要向社区报告，千万不要麻痹大意！胡石再次喏喏应承，不便多语。临了，去隔壁房扶走干妈，老人家一脸无奈神情，面如死灰，整个像霜打的茄子。

回家路过月上楼，胡石买了两碗馄饨当夜饭，干妈也没多话，不像平时叽叽喳喳说个不停，胡石不便多嘴。见干妈情绪还算稳定，遂出门将情况报告给王局长。电话里局长没作其他交代，只让他照顾干妈好好休息，反而让胡石不踏实起来。这晚，胡石担心干妈情绪反复，没敢回自己宿舍，留在干妈处陪护。

奇怪的是一段时间下来，干妈疏淡了跟访友的联系，说身体不佳要休息一段时间。人也变得沉默寡言起来，早晚不跳广场舞了，人竟消瘦得快，精神上马马虎虎。胡石想，干妈这么坚强的人，总不至于有什么事想不开吧，大事应该不会有啊，只是还建房老这么拖着，确实折磨人。胡石专门嘱咐小萌，这段时间多给干妈带点肉鱼好菜，老人家补补身子要紧。自觉人微言轻，又帮不上忙，为干妈抱不平的情绪竟然浓厚起来。

在这节骨眼上，干姨妈竟然横生枝节，撺掇着干妈搬家，他想事情一定没这么简单，决定周末请两位老人家喝个早茶，打探下虚实。

月上楼是全城最好的茶点间，胡石特意叫上小萌作陪，搀扶着干妈和干姨妈进了6号雅座，这是一周前订的，临场来连大厅都进不了。新莞人爱喝茶，边喝边聊，家国大事，家长里短，生意亲情，慢不丁悠地闲谈，面上看着都是其乐融融画面。私下里没准也暗伏潜流，波涛汹涌亦未可知。胡石点了招牌馄饨、灌汤包、三鲜茄鱼等小盘，小萌点了一大盘薄皮虾饺，都是两位老人爱吃，一咬香汤四溢，样子极其可爱。“干姨妈还是搬到槽北区拴马桩，与干妈一起住好，实在想紫红里老街巷，白天可以回槽南区看看，您看过段时间说不准您又回上海了，干妈还得搬回家，折腾起来不合算哩！”“傻孩子，我们老了，还是住槽南区老地方好，起床便见熟悉光景，心里亲切！槽北区太新了，没感觉！”干姨妈呶呶嘴，不痛快地回应。“胡石说的也是，老妹子你过段时间一拍屁股去上海享福了，我找谁热乎啊！”干妈慈眉善目地一笑，有点倾向胡石说法。逼得干姨妈一急，迫切地说：“也是有个要帮忙的地方，你姨丈他侄子在槽北区信访局工作，说你干妈在槽北区住着，影响他进步，到槽南区他就免责了，其实你干妈在哪住都一样，但亲人能跟着沾光还是照顾些好！”说得胡石心头一惊，差点打落茶杯，不自觉看了干妈一眼，干妈表情平静，方才收住眼神。放好茶杯赶紧劝说干妈：“我还以为什么，这不还是敷衍塞责搞法，又解决不了问题，干妈这是正经事，好心帮老百姓办事能追什么责？”这一说，干妈听出门道来了，面带愠色地说：“胡石说得对啊，这亲戚求他帮忙没半点用，临头了还要配合他敷衍塞责，多没意思啊！”胡石听得出，干妈最反感这种小九九做法，干姨妈嘟哝半天，见不奏效，主动提议停茶散去。干妈也没生气，觉得胡石说得有道理。还建房问题难办，还不是政府有些部门踢足球、承建商黑心肝的恶果，再不能让他们牵着鼻子走了，遂拿定主意，一时半会儿不提搬家事！说来也怪，干妈一不搬家，干姨妈也不来干妈这边住了，没多久就跟干妈打招呼，自个儿又回上海了。

四

干妈生活似乎平静下来，胡石也安宁了许多，局领导不再频繁找他议事了。

没多久王局长调走了。新来的李局长让胡石别管干妈的事了，那套房子的房租费暂时由局信访科负责，按月打卡不用多管。胡石最近好忙，加班一多，他回干妈那儿也少了。干妈的消息却没少听，小萌仿佛受领什么任务似的，隔两三天就会说说干妈的情况。胡石的工作越忙，干妈的坏消息越多。她说干妈日渐消瘦，食欲不振，样子仿佛营养不良似的。说得胡石心头一酸，想既然与干妈有母子缘，自己总得好好尽份孝心。他给小萌微信发了三千元钱，让她多买些好菜肴，就不要让干妈掏腰包了。也是怪，一段时间下来，效果并不明显。吃得再好，干妈也不见胖，还老说发热乏力。胡石预测干妈这是身体有恙了，赶紧跑去看望，见到老人家精神头健旺，人瘦得没法形容。好说歹说，才做通干妈工作，和小萌陪着去槽北区人民医院检查。起先在外科检查，没查两下，医生建议去内科看看，内科医生建议做个全面检查，又被推荐到肝病科开了专项检查单，只好上下楼转动配合一番。胡石还和肝病科的胡医生聊了两句，相互加了微信。回到干妈家，胡石忐忑不安起来，干妈倒是镇静，说不会有什么大病，你们放心去忙吧。

第二天中午，趁着单位午休时间，胡石跑到槽北区人民医院拿干妈的检查单，有些指标咨询台的同志说超标，比如甲胎蛋白大于400ug，让去肝病科问问。正巧碰上检查干妈病情的胡医生当班，他眉头一皱，小声告诉胡石，你妈情况不太好，可能是肝癌，赶紧住院治疗。说得胡石一懵，惊问没弄错吧，再三求证无错后，方才怏怏返回单位。整个下午他都有点懵头懵脑的，给小萌打电话，让下班后一起商量点事。两个人找了家小餐厅叨咕半天，觉得先劝干妈住院确诊是大事，暂时不能说那么明白，万一是误诊，那可对干妈伤害不小哩！

谁知干妈一听肝部可能有些小毛病时，哈哈一笑，说年轻时得过肝病，没什么大不了的，拿点药即可，用得着困在病床上活受罪？两人哄着干妈，这年头讲究养生学，越是小病越要大养，可不能麻痹大意。干妈是教师出身，没一会儿思想就转过弯来。忽然反过来质问两人，该不是得了大病，你们故意打埋伏吧？说得两人一个劲赔笑，说真没有大问题。第二天胡石请了个假，其乐融融地将干妈送进槽北区人民医院，胡医生碰巧做了干妈的主治医生。小萌请了一周假做看护，干妈说你有好事别来照顾了，小萌羞涩地附着干妈耳边悄悄说，这段时间忙过头不小心流掉了，不过还年轻嘛，说得两下唏嘘不已。其实小萌说的假话，都是为了配合胡石编的瞎话。胡石回到单位，向新局长报告了相关情况，局长嘴巴哼哼，表示知道了，什么也没交代。胡石看着有些失望，一时间也找不到怪罪理由。现在干妈是槽北区的上访人，与槽南区确实没有利害关系了。她也不上访了，跟环保部门也没啥搭沟了。

干妈的病情一天天加重，胡医生提交医院专家委会诊后，认为应该尽快动手术。这事胡石做不了主，找了个借口打听到干妈儿子电话，很着急地介绍了干妈的病情，建议干哥尽快回国。干哥电话里很热乎，说早听妈说过你了，可惜近段太忙，妈就全权委托老弟照顾了，需要委托书会尽快寄回来。挂了电话胡石心头一凉，这干哥真是书念多了，亲妈这么急的事也搞得程序化。干姨妈从上海赶回来了，坚持照顾了个把星期，两姐妹病房聊得欢。干妈说生儿不如生女，瞧你老妹多享福啊，一直被侄女贡在身边。又说这辈子老姐有两错，一是不该送儿子去海外留学，临到头给别国培养人才了；二是上访不彻底，上回在北京不该听劝回来，没达目标就应自己撞死在那算了！惊得干姨妈挥手拦着她的嘴叮嘱别瞎说！可惜姐妹俩这种欢快时光不长，没过几天干姨妈外孙突然患病她又急匆匆赶回上海去了。剩下担子都落在胡石、小萌身上，国内干妈再没至亲了。老人家拿胡石当亲人，说两套还建房，要留一套给胡石，胡石说啥也不干，强调这怎么能要房子呢。干妈不管这些，说到做到，写下遗嘱，有一天直接将公证处的人叫到医院，完成了所有手续。还把一份遗嘱原件交给胡石保管，胡石一个劲说真的不能这样，我只能帮您暂时保存一下，等您病好后再还给您。说到这儿，干妈扑哧一笑，说这回恐怕出不了医院了，只可惜原计划要去趟国家信访局的，看来今生难以偿愿了。说得胡石泪水涟涟，使劲安慰一切都会好起来，又向局里报告了干妈赠房事，局领导也没说什么。胡石和小萌轮流值守，这段时间也瘦了不少。一天说起海外干哥，胡石一声长叹，不想提他了。说电话央他回来瞧瞧干妈，却老说走不开，只能等到最后时刻再说，好像不是亲生儿子似的。还说你老弟辛苦了，到时还建房都归你。嗨！谁要这还建房呢？干妈健健康康活着才好哩！两下里叹息不已，想起干妈常叨叨的生儿不生女的话，都鼻子酸酸的，小萌居然就哭了起来。

干妈情况越来越不好，这天胡石特意到新局长办公室汇报干妈病情，建议能否找个名义慰问一下咱们信访局这位老关系户。说得李局长一脸不快，高声强调局里不便掺和这种事呢，会惹麻烦的，将来不好跟她亲属交代的，还是隔远些好。又郑重交代胡石把干妈的租住房赶紧退了，这事算是结束了，你任务完成得不错！

这些话像野毒蜂，嗡得胡石一头晕眩，他怎么回到自己办公室的，怎么想也记不清了，恍惚得厉害。局长一句话，干妈那些事就与自己无关了。可一个陌生声音告诫自己，胡石啊与你有关，做人要讲良心啊！你怎么能骗老人呢？另一个声音像干妈的，说那些还建房都是你的，好好珍惜啊！原来自己与几位局长千方百计挡着上访的，无意中造成还建速度迟缓的房子，竟然都是自己的，这是一种什么逻辑呢？醒来睁眼见到局办公室罗主任坐在病床前，热情地说真吓人啊！你在局长办公室晕倒了，可能这段时间工作太累了，不容易啊，安心静养一下吧，好在医生说你身体没什么问题。说得胡石眼睛瞪得大大的，不知如何办才好，摇晃半天仍然不明就里。他知道自己在信访局值班的时间不多了，就要返回槽南分局了。这边的事再麻烦再重要，一抽身走人就归零了。这是单位不同，任务自会有别的原因。实际上，市生态环境局为团结不同单位治污防污，正不遗余力地四处出击哩！

十四

邻壁猎奇

哲人站在中间拉手
让不相关的两堵墙相关
在空隙地带装盏灯
让陌生的两边亮成一片空间
世界变小了，像一个家

一

“大地上本没界，不知何时划出坎儿，当真是界，不当真是线，风筝都能扯翻。只是哪是界哪是线，神仙来了也分不清。”朋友发来这样一条微信，杨成看了权作一笑，黑红脸膛锃锃发亮。

在北方老家，正科级干部杨成算是村里大官，跟县里局长平起平坐，发小们说那可是开不得玩笑的。试想一下，谁敢得罪局长大人呢？那不是自找苦吃吗，除非你是那类无欲则刚的破摔货！

其实在槽南区山峦镇，杨成不算啥角色！只是镇政府小小主任科员，一个普通军转干部而已！担任的河长办主任并非在编岗位，却长期设置大量管事，今年又兼任临时环保办主任。突然间牛气起来，不是人，不因岗，任务重要使然。辖区莲坛村是水质检测国考点，生态环境部一月一测，年底总评，马虎不得，轻松不起。这不，本月凭空挨了一榔头！春河水质突然变坏，一个月时间跌出五类水，降至劣五类水质标准被省生态环境厅点名，剋得无精打采的。别小看这点名呀，照区政府规矩，被省里点两次就要处分，扣除一个季度绩效奖，那可是一两万块钱哩。这年头钱多难挣啊，跟谁过不去也不能跟钱过不去呀！妻子经常这样开导他。

杨成是个实在角，光顾干活不修“行”！山峦镇党委蔡书记时常这样戏谑他，书记说的“行”是关系学的“行”。群众也赞他实，只怪待的地头不对！什么地方这大魔力？把人划得三六九长短不齐！当然是跨界地域啰。本镇与灰圆市山角区交头镇交界，自古就是三不管地带，民风剽悍，到这地头小不点也惹不起！

杨成知道自己几斤几两，向来闷着劲儿干活，不惹两边是非，这回挨剋真比窦娥冤三分呀。别的交界镇从不作为，自己不知在那片旮旯地穿梭了多少回，跟交头镇河长办封主任较了多少劲儿，可不守规矩的企业就爱钻空打游击，让你防不胜防啊！

水质指数这回变幻诡秘！过去入秋时节，春河污染指数就会下降，达到三类水标准，上个月杨成做过自测，接近三类水，比上级要求的四类水还好。正高枕无忧时，省生态环境厅传来抽查消息，检测水样氨氮浓度达到2.48毫克每升，总磷浓度达到1.1毫克每升，罕见地坏过历史纪录。与要求氨氮浓度不超过1.5毫克每升、总磷浓度不超过0.3毫克每升的国检标准，突然拉开差距。真是够吓人的！市生态环境局工作的战友温柱良警告他，一旦居高不下，到时以此劣质数据挂号国检数据库，那就万劫不复了。

指数升高肯定弦外有音，两战友相约得去探个究竟。近来两市跨界区域污染影响惊天动地，或许与此有关。说来也巧，敢拼敢闯的温柱良刚好受命代表市局牵线与灰圆市联合治污事宜。长于协调的他，在市局是个狠角，他还有个长期存在的临时身份——新莞市生态环保联合执法协调领导小组办公室常务副主任，这回囫囵个儿终于派上用场。黎华闻听消息扑哧一笑，一脸不屑地讥讽："这可不比部队扣扳机打靶，直愣子不知深浅啊，蹚到化外去了还有屁用？想蚂蚁埋大象呀，那不是鬼话吗？再说最近又不调整人事，干再好顶屁用！""那是，这就叫得意忘形！"油老黄歪着嘴巴应和，两人一唱一和，说得一帮坏小子不怀好意地狂笑起哄，夸赞两位"高人"神机妙算！

双休日是称心时刻，可以自个儿说了算。温柱良赶到战友杨成处叙旧，也想来个虎穴暗访摸底。这事说归说，想归想，做起来不轻松。

平时步行能过的邻市岔路口，这段时间突然栅栏高竖，四处挂着“闲人免进”牌子，间或有貌相凶狠之人巡来转去。见此情景镇河长办科员小余禁不住抱怨，真可恨，这些不法商人宁可花钱设障添碍，也不愿建设污水处理设施，反把执法人员视为大敌。编着顺口溜挖苦，暗中传着小谣：设哨设卡设护栏，防火防盗防环保，要想落得逍遥闲，神仙划出独立带。

看来，唯一搜查捷径是顺河直上，才能出其不意捋清底数。水上防范松懈，俗话说不入虎穴焉得虎子便是此理！这么一想，温柱良狡黠地一笑，询问战友杨成，巡河装具全不全？杨成大眼睛骨碌一转，说别人来不好说，你老战友来，保准满意。外人不知山峦镇河长办和环保办是个穷部门，此前什么像样的巡河工具也没有。这回杨成心中早有准备，前两天听说温柱良要来，知道他是探险豹子。当即捏着水质变化的通报向镇党委蔡书记请示买艘橡皮艇巡河，不做糯米菩萨误事！书记大人嘴巴哼哼，黝黑鼻尖掉下一串汗滴，没明确发话，内部人知道，依习惯是随你处理。书记是出名的小气鬼，搁平时没这么容易过关。到这节骨眼上了，没有反对就得赶紧办呀，否则耽误事背黑锅不划算哩。

偌大市场一转，嗬！真是早该买！小号橡皮艇不贵，三千元到手，轻便实用，太大了河涌放不下。这天一大早，温柱良、杨成和镇环保办环保员小余带上深筒水靴，杨成拦下小弟的江铃皮卡出发了。不这么霸道不行啊，这年头公家租车手续烦琐不好报账，镇政府也没合适车辆，工作又耽误不起，追起责来没商量的，只好自己吃点亏拉倒。同行的小余不解地劝说他大可不必这么舍得：“你这老贴本儿，也没见当上什么模范。”“嗬，真当模范没意思的，一点不自由，咱就求个问心无愧而已。”杨成似乎漫不经心地应和着。低调的温柱良眨眨眼睛，想说什么最终什么也没说出来。车开得一溜顺，拐来拐去看似惊险，却是横来直去左右无虞。见此情形，小余再三提醒，一脸担忧状：“我看这种棘手事啊，温处和主任还是温火慢煮，留有余地好，任务应着归应着，挂在那儿慢慢消化呗！”“那不行啊，解局长性子急，本来不用管这么细。可他说山峦镇这边是重点区域，新一轮机构改革中水污染监控大部分职能也从水务局转到生态环境局了，更加责无旁贷啊。”“哎哟，真是碰到厉害角色了，其实咱们也没偷懒啊！”杨成和温柱良一问一答好像排练小品，把小余笑得前仰后合。

不一会儿赶到地头，照小余意思，杨成把车停在交界桥下新莞市一侧。桥叫扬春桥，20世纪80年代老物，这些年两边不管，样子老旧结实。那时候人做事实在，不像现在以偷工减料为能。桥下交河可不得了，走过北伐军，是两岸母亲河，也是春河的发源河。明朝时河边出过大将军，见到的古屋古碑历史鳞甲深厚，随便敲一块掉下一个历史名人。这地方不简单啊，小余说是前些天侦察过了，陆上过界探子多，地下工厂的人成群结队围堵，出租厂房的房东也是盯得不眨半点眼。我的乖乖，旁边真有提棒拎刀的，这个亏头吃不起，在人家地盘上出事，脑袋拧了没处找。

三人把橡皮艇扔到交河中，这玩意儿晃晃腰身，四平八稳仰着迎客，比河涌乖巧。三人先后跃上艇盘，杨成扬扬手臂，挥洒自如划艇向前，穿过桥洞悠悠直上。像长年历练江湖的老船工，又像展翅飞翔的大雁，看得小余直闪眼。“没想到你还有这功夫，江边长大的吗？真人不露相啊！”“嗨，别瞎捧，我是临阵磨刀，不快也光哩！”过了桥洞，杨成嘱咐小余别吱声儿，小心为妙，干着军机大活，千万别当是街头耍白菜，自个儿作践自个儿！两岸芭茅高耸，刺藤密布，一丛丛鬼针草晃着白色花脸，幽深瘆人。沿堤岸下河基本不通，三人一阵暗喜，幸好选择了水路探险。

水色不黑，不显浑浊，划了五六十米，也不见什么明显差异，三人有点后悔，担心竹篮打水一场空。可上面检测数据不太可能造假啊，不过水质问题也不是肉眼能窥明白的。正纳闷间，杨成一桨在右舷划出一堆水泡，任你敲打不散，汩汩上涌，大有愈演愈烈之势。温柱良打手势叫摆艇靠岸，静观其状，仔细探个究竟。待水色稍显微亮，赫然露出一根大号水管直插河底，大股黑泡水柱汩汩喷涌，嗅嗅有刺鼻怪味。显然是旁边工厂偷排"杰作"，温柱良赶紧拍照采样，好一番忙活。一群水鸭飞起老高，三人镇定片刻，确认无人关注后，才敢继续划桨前行，甩出好远一溜水线。

拐弯后河道渐宽，河堤灌木杂树密不透风，别具一番惊人景象。杨成利索地舞镰开眼，枝丫咔嚓裂响，一会儿工夫，枝杈植被间淌出一条条不毛沟槽，正浩然奔涌不同颜色的工业废水，黑的黄的白的色泽丰富。堤上不见动静，堤下蔚然壮观。怪不得水质过不了关，原来是把河涌当成了排污渠道，报上说灰圆市这边两岸工业园区排污自成体系竟是谎言。看来有人钻的就是这个交界地三不管的空当，所谓检查显然流于形式。这景象可是铁证如山啊，三人义愤填膺！一边采取水样一边小声骂娘，内心涌起万千恼意，怎么压抑也无法平复。

行过这段弧弯，灌木渐稀，一群乌鸦惊飞云空。只听得一声轻咳，竹竿拍打灌木分开处突现一彪形大汉，操着东北口音喝问："谁呀？捣什么乱？是在调查啥呢？"一边拍打着枝杈，一边伸头探视。温柱良看他一身保安服，普通话说得顺溜，明白不是本地人。便从容扬起一袋鱼儿，高声回答："打鱼的啊，要不要买呀？你是磷肥厂的吧？"他知道灰圆市有个宏达磷肥厂就在附近，很出名的大厂，只是没想到这么大厂也会偷排，这些私营企业主真是心深，不可捉摸哩！

见到鱼袋，那人脸色温和了许多，轻声嘀咕着："谁敢吃这鱼？怪哉，今年经济下滑，赚钱赚到脏鱼头上了。是磷肥厂的又怎么样？你们还是赶紧走吧，最近环保查得紧，别叫逮着罚你们款。""凭什么罚款，我们又不搞污染。""嗨，你们应该懂的，人不污染鱼有问题啊，拿回去你们还要假装养几天吧，这不就给鱼塘二度污染了吗？你们到底是哪儿的，听口音像新莞市的吧？”“我们是灰圆市山角区钻坳村的，怎么呢，查户口啊？”温柱良心想两地一河相隔，你个外地鬼佬还能辨出口音，真是笑话！“小心啊，最近搞调查的多，别让政府的撞上，加个名头罚款不值哟！”那保安应该是瞎咋呼，几声喏喏自顾自离去，一群麻雀叽喳飞远。

弄了一场虚惊，三人已从对话中嗅出微妙，此地不可久留，听着远去的脚步声，相视一笑赶紧掉头返航。划过扬春桥，心头一块石头才算落地。上游果然传来鼎沸人声，三人急忙收起水样瓶和橡皮艇，满载而归。杨成扬扬头，车开得着急，心也焦虑，一腔探险归来的兴奋，也有事情泛滥的无奈。落日浑圆，远山如血，让人多了一份说不出的惆怅。

二

听说市生态环境局愿打狠仗，下力整治交界河域烂摊，新莞市河长办一众人大喜，镇街基层干部跟着乐和！这不！温柱良和市水务局齐科长大驾光临，让槽南区山峦镇党委蔡书记喜忧参半，他们是新莞市生态环保联合执法协调领导小组办公室安排来调查的。喜的是上头终于出面了，责任仿佛减轻一半；忧的是对面灰圆市山角区交头镇那帮鬼难缠一搅和，还不知这回明查掉多大底呢！虽然心里这么想，嘴上客气得紧：“感谢温处和齐科帮带指导，这回咱们山峦镇可以甩掉落后帽子了，呵呵！”“书记别高抬，落实市里指示要紧，工作靠镇里同志做，我们只是跑点龙套。依镇里看，突破口到底在哪儿呢？”当过军人的温柱良着急地催问。

“这口那口，关键还得对方松口，这点你们比我看得清！”蔡书记不紧不慢地说。“这倒是对症，解元局长临来时交代，咱们先拿出高姿态，不让对方挑到刺儿，事情才好谈，才能有效发挥邻壁光辉。”对此，温柱良有自己的理解，匡衡凿壁借光那是单向行动，在交界区域这种真空地带，要相互借光才会正常闪耀邻壁光辉。他趁机敲打蔡书记，两下里会心地对笑。蔡书记一个劲说，不轻松哟不轻松！说得一屋人压力山大。

解元听到进展汇报很着急，说边协商同时还要边整治啊，强调两手硬才得法，时间上拖不起。一时间，山峦镇这边景象灿烂，交河两岸整乱清污如火如荼，死灰复燃的养殖场再遭灭顶，神出鬼没的偷排口堵塞无遗，狗不理的河上有人拼命打捞漂流物。私下怨恨的企业主有之，无故议论的懵懂者有之，更多的是赞扬有加的老百姓，生态文明春风吹亮人们心坎。

与此形成鲜明对照的是，交河上游灰圆市山角区交头镇一片死寂，任你吹拂南北风，我自岿然不动。既没相机行事配合行动，也不愿沾边新莞市这边火气，温柱良几次联络均被婉言谢绝。临了，还是山峦镇河长办主任杨成通过私人感情敲打交头镇河长办封主任，对方才勉强答应以个人名义见个面。温柱良心想见一下总比不见强，暗访归暗访，明里交锋才顶大用，先踢开这僵局再说。

一路上杨成热情介绍，对面封主任看起来像电影上的白面书生，白白净净不像干基层活的，倒像大机关下来捡金豆的。人不高话儿忒多，有时机关枪一样响得人难受，细一听，也没几句捣在点上，人倒是热情过头。温柱良、齐科长、蔡书记、杨成一行刚过界，就见封主任带一位美女堵在高速出口招手，满脸喜洋洋神色。车停一边握过手后，少不了一番相互介绍寒暄。

封主任老练地一挥手，爽朗地摆出东道主架势，地上枯叶扑腾上翻：“领导们，咱们先去茶庄喝茶吧，我在前面带路。”说完就要登车。温柱良当即打断，一脸坚毅相：“茶庄就不去了，找个地方介绍下情况，再去现场看看就行。”“温科别那么认真哟，工作干不完的，还是边干事边休闲的好！”封主任嬉皮笑脸地劝导。这说法让温柱良反感，嘴上仍平静地坚持自个儿意思：“这年头去茶庄谈工作不合适吧，还是就事论事到现场去，或镇政府也行。”齐科长也笑着插话，支持温柱良意见：“封主任，茶庄万万不能去，不是不相信老哥，实在不能授人以柄啊。我看温处说得好，去摸摸底再对话，会谈得更准！”这时杨成看出了门道，拍了封主任右肩一下提醒：“老封别撒阔啊，新时代了，你还没多少长进哩，还是照我们领导说的办为好。”说完自个儿哈哈大笑起来，封主任脸盘掠过一丝尴尬神情，很快也弥勒佛般笑起来：“遵命遵命，先看个河边工厂吧，还是我在前面带路。其实你们误解了，我说的是正规茶庄哩！”他声音尖尖的一副娘娘腔，一众人笑得前仰后合，纷纷上车，仿佛驶向花朵灿烂福地。

车从灰圆市山角区交头镇北边穿过，没进镇区，蹦蹦跳跳直抵交河边。路上山峦镇党委蔡书记感觉，对方接待规格不对等儿。自己是副处级干部，交头镇领导才是个科级，也不出面，不知是架子大还是怕麻烦。看来杨成这个协调功有浮夸成分，还好自己跟这个镇党委莫书记是好友。遂拨打对方手机。里面传来好听的歌曲《其实你不懂我的心》，歌声凄婉，唱了半天，莫书记才接电话：“老莫好，怎么恁大架子，到了你地盘也不出来接见下。”“冤枉啊，哪知道你这个县级书记大驾光临呢。我来浙江考察工业园一周了，家里事也没谁打个招呼，真是怠慢大书记了，那怎么办才好哩？”“你叫镇长或其他副职来也行，不打扰你了，祝你在浙江考察成功！”“谢谢大书记，今天是周六呢，休息时间不好找人哟，尽力安排吧，有什么不周全的请多包涵咯！”“说哪儿话，老朋友了怪什么呢？来个懂情况的就行，拜托了！”两下客气挂机，蔡书记感到歌曲余味萦绕耳旁：“……你说我像梦忽远又忽近，其实你不懂我的心，你说我像谜总是看不清……”似乎感觉今天的莫书记说起话来与往日不同，又捋不清个中明细。

路程不算远，拐了几道弯，转了几座山丘，就到了交河边有名的宏达磷肥厂。只见厂房鳞次栉比，员工穿着光鲜，设置井然有序，到底是几十年的老厂，树大根深哩！

还没进厂封主任就惋惜地给大伙介绍，一脸古怪相。“怪可惜的大厂，二十多年前国企改革一夜间变了脸，当时不亏本哩，只是有些困难而已。可山角区当时没有国企改革代表，加上原本对厂有意的时任厂长明老大暗中发力，他堂哥是灰圆市当时管工业的副市长，后来调任新莞市副市长，家族势力大着哩！结果是政府和员工吃亏，年产值七千万元和固定资产价值六千万元的磷肥厂被贱卖，仅象征性签了一元钱转让协议，就彻底成了明氏家族的私货。当年明老大还被宣扬成先进模范，国内闻名的帮扶下岗职工大救星！据说他从银行贷款一千万元，第一时间支付了职工的工龄买断费，人均两万元，不拖欠不克扣，受到省市领导好评，还到北京人民大会堂作过报告，评为改革先锋新闻人物，一路炙手可热，好一番风光哩！”絮絮叨叨中他不掩一股酸怪味，让人听了不知说啥好。

温柱良忍不住插话，脸上仿佛挂着一百个疑问：“两万元在当时顶三四年工资呢，可比起养老和医疗的负担，那点钱犹如杯水车薪，无济于事的！”“可不，说来话长哩！当时明老大大改革，厂里原有职工全部下马走人，从加拿大引进设备和工程师，招的都是北方来的帅哥靓女，一时间有风生水起之感！可试验了没几年，因成本过高，生产的肥料本地农民买不起，没几年工夫又退回老路，倒是白浪费了一套进口设备。又把当年职工再聘回去一部分年富力强的，老车间老职工老产品老价格地招呼着，这才让工厂起死回生，还了欠债和贷款，一年年富阔起来。前两年一部分赋闲老职工因老弱病痛，生活过不下去，跑到政府投诉没辙，只好堵到厂门口哭号。起初明老大还想动强驱赶，后来有高人指点，别惹得翻老账满盘皆输，才以慰问金名义给老职工每年每户发一万元平了众怒。政府为此还免了这厂不少税哩！听说这年把因农民田地撂荒肥料需求少了，厂里效益不好这慰问金拖下来了，还不知最后会演个什么结局。不过这明氏家族家大业大门路广，大约也没啥过不去的坎儿。”

本来封主任还想拉扯明氏家族的经，被厂门口保安一声吆喝打断：“干啥的？一帮人吵吵唧唧堵在厂门口半天，耽误厂里做事呢。”“嗨，喊什么呢？不认识我啊？这边都是邻市来的大领导哩！快叫你们明总过来。”“哦，是封主任啊，明总临时有事一大早出去了，交代申总陪您。您等着啊，我给申总打电话。”保安边说着边打开两扇沉重的铁门，一行人才鱼贯而入。

一进门温柱良就要直奔污水处理设施而去，保安急忙跨前挡行：“请领导稍等，没有厂领导允许，我不敢带您去。”见此，温柱良嘿嘿一笑，做了个失望手势。正僵持间，两位美女快步跑过来。封主任小声介绍：“当头那位白衣美女正是申总，化肥公司的副总经理，原来是明老大的小秘书。这个厂改制公司好久了，但大家还是习惯称厂，也不知是不是留恋过去那种衣食无忧、见人高一等的国营时光。过去这里的老职工挺有优越感的，找对象净拣美女挑，还真有人服这牛气哩！”说起国营派头，大伙感叹不已。

这申总真是大美女，瓜子脸大眼睛，高挑身材恰到好处，合体时装绷扬曲线，每个部位生动外跃，浑身透香。一上来就递中华烟和矿泉水，口中念念有词，娇滴滴的样子，柔柔的话语，让人温暖：“怠慢了，请各位领导移步接待室，前面请！”“接待室不去了，直接去污水处理设施处看看，你们厂有吗？”温柱良一边拦着没接烟和水，一边直奔主题地发问，见此封主任原本想接烟的手也缩了回去。“有的有的，越环保越有发展后劲嘛。哟，领导多保重身体啊，别把工作节奏弄这么快，多伤身呀，还是先去接待室歇歇吧！”

在温柱良坚持下，一行人来到磷肥厂的所谓污水处理设施前，藏在后院角落偏房。映入视线的是三个大半人高的大池子，插着大大小小五六根管子，池中盛有大半清水，与自来水一样无色无味。一池底汩汩地翻腾不停，涌着清水泡儿，与养金鱼的打氧器无异，进出管子去路均被水泥板覆盖，难觅踪影。一行人对此并无深层研究，可温柱良考执法证时见识过，瞅着今天这光景，怎么看怎么不对劲。细察之下，发现几个池头顶角和天花板挂满蜘蛛网，显然池中水刚刚放入，一切都是仓促准备，来不及做细功。深想起来目的只有一个——对付检查组，看来此厂水深，交头镇的整治情况堪忧啊！申总看着杨成神情变化，一脸着急相。

一行人看着温柱良，都想发现点什么，只见他拍了拍手，不紧不慢地询问花枝招展的申总：“这套设施老旧不说，似乎刚刚启用。再说水色不对，好像与真正的污水处理无关，不信可以检测水质，能给我们作些深入解释吗？”“领导开玩笑吧，这设备一直好好用着呢。要听个中详细，还得请工程师说明，不巧他出差了。但可以保证的是，我们这儿绝对没有一丝问题的。”申总镇静地应付，杏眉闪闪动人。

本来在人家地盘上不想多事的温柱良，想起前阵与杨成、小余摸查的事，心里亮堂起来，忍不住将手机上拍的该厂偷排照片翻给众人看。几个人想起在山峦镇汇总情况时见过，遂将情况向申总和盘托出，建议该厂立即整改，马上向当地环保部门投案自首。申总扑哧一笑，仍是柔声抵赖，嘴角翘起不服神情：“不会的，也可能是以前的照片。您放心，要是我们的问题，一定会好好整改的。”

一行人出了宏达磷肥厂，封主任一个劲摇头：“真没想到，大老板也在环保上掩耳盗铃。原本以为带了家好厂给大家看，没想到竟是这种破局。”这时，交头镇莫书记给蔡书记打来电话，说是这年头基层太忙了，双休日也是连轴转，挪了半天才把李副书记抽出来陪老朋友，你们等着啊他马上就到，别见怪啊。因隔得近，温柱良一听动静向蔡书记摆手势，连说不用陪不用陪。挂完电话想想闲着也不是个事，一行人接下来顺路看了几家养殖场、印染厂，景象更是惨不忍睹。要么没建污水处理设施，要么建着没用。封主任懊悔得很，过去这几家厂都说没问题，没想到全是纸糊的灯笼——见水即散，也没想到你们联系了镇领导，这下我更没法交差了。蔡书记一旁安慰，轻笑说没事没事，都是老朋友。

不觉已到中饭时间，温柱良坚持要回山峦镇去，封主任死命要求去交头镇上吃特色，说是朋友来了，一定要体面点，镇党委李副书记在那等着呢。明摆着山峦远交头近，多数人主张就近解决，回去要个把小时呢，温柱良只好遂了大伙心愿，但坚持不去交头镇。便就近走了几百米，选了边山村一家小吃店，任凭封主任如何叨说都不改主意。这档口还说了一个笑话，说的是一批名人和领导隆重出席一个高档饭局，刚入座金碧辉煌的包房，进来一位长相甜美的女服务员，笑着说："大家知道老毕吧？为了安全，请大家将手机集中保管。"满桌人会心地笑了，纷纷响应。酒足饭饱后，都等着拿手机进来，却半天不见送回。怎么回事？描述半天才得到领班解释，说本店根本没有这个服务员。嗬！七部苹果，五部华为，就这样没了！长见识了吧，骗子也与时俱进了！可是领导和名人们慌神了，损失手机是小事，里面这么多信息捅出去咋办？众人急得捶胸跺脚……这时，刚才那个"女服务员"给吧台来电了："领导、名人老师们，你的手机……想私了还是公了？私了，书记十万元，其他领导十二万元汇给我；公了，我把手机交给纪委！"众事主异口同声抢着表态："私了，私了。"同时在座的两位书记表示坚决和其他领导保持高度一致，必须一样出十二万元私了……一个晚上，女骗子搞定一百四十四万元。看来城市遍地是黄金，发财需要动脑筋！信不信由你，反正我是信了！尽管我们不是大领导大名人，高档饭店还是去不得哟！引得大伙哄堂大笑。

封主任扑哧一笑，扭着头说，这个不幽默，我给你说一个段子，真正有意思。螃蟹上市季节，某局大会餐，酒席摆了三桌，领导一桌，职工两桌。领导桌上大闸蟹是野生的，个头小，职工桌上大闸蟹是人工养的，个头大。领导们不知内情，很生气地发问："办公室怎么安排的呀，咋我们吃的蟹比职工还要小啊？"办公室主任是老实人，赶忙出来解释："他们那两桌是人养的，你们这一桌都不是人养的！"说得一屋人前仰后合，笑得肚痛。蔡书记说都是旧闻，党的十八大以前还差不多，现在哪个局还敢会餐，一不小心乌纱帽会掉得满地都是。

一行人说笑着进了店，迎面看到正堂墙上挂幅领袖像，慈祥地望着大伙，一下子让大家正襟危坐起来。店里仅有夫妻俩，封主任跑到厨房里唠叨半天，要求多上些特色菜，还问有没有野味。正好被上厕所的温柱良听见，赶紧上前制止，说是再瞎点就不吃走人了，好说歹说减了三个荤菜，留的多是本地土青菜，凑成四菜一汤。还好，听店家说近段查得紧，店里早没野味了，由不得封主任自以为是。

落座一会儿，交头镇李副书记风风火火赶来了，双手格外热情地握上来，一个劲叨说怠慢了怠慢了，还责怪封主任打埋伏，没早报告镇领导，该受批评，要写检查。两下里客气得很，说着笑着气氛热烈。趁这兴头，温柱良对着李副书记拉开了话匣子，希望柳暗花明有新变："这回来看看不是捅娄子，此前通过山峦镇联系过交头镇没能如愿，主要是看两镇之间能不能仿照生态友好城市惠平市那样，建立污染防治协作机制，春河治好了是大好事啊！两市层面我们也在努力建立协作联系，希望给书记、镇长带个信，镇里能先动最好，横竖都是落实生态文明建设，不是溜边自搞一套哩，值得博一把呀。"李副书记笑笑，赞为高见，一定给领导带到位。

这时封主任一边滴溜着眼珠儿道歉，一边拿来一纸箱，冷不丁摆上两瓶茅台酒，振振有词地说这是私人请客，跟公家没半毛钱关系，大家一定要开怀畅饮啊。吓得温柱良一口热茶喷在地面上，严肃地告诫他不要乱来：“这可不行啊，私人请也不行的，赶紧拿走。”齐科长和蔡书记也站起来制止，齐声说这玩笑可开不得，中央八项规定严着呢。看这阵势，封主任只好拿下茅台酒，又摆上两瓶山角大曲，说这是本地土酒，该没问题吧！弄得温柱良差点搁下茶杯走人，封主任这才收起酒，不情愿地说些客气话：“那得罪了，没想到头回相聚吃了个无酒宴，饭后别说我小气啊。”大伙笑呵呵说规定要紧，没那么多讲究！

接着大伙围绕酒字说了一堆酒故事，温柱良说前段时间有位朋友被临时拉了车夫的差，结果酒宴喝崩了一个同桌客人，也不认识，八辈子打不着边儿，还是被法院判赔两万元，你说冤不冤？齐科长讲得更绝，吓人一跳。“市水务局一下属单位领导参加培训，带上几个下属请友邻单位同学及一帮同事吃饭，酒钱饭钱自掏腰包。结果喝得最多的下属把领导举报了，培训期间违规聚众饮酒，领导挨了一个党内警告处分，举报人毫发未损，被纪委再三要求重点保护，不得打击报复。”说得大伙一阵紧张一阵狂笑。一会儿，菜就上齐了，大伙边吃边说，这顿饭吃得风趣，大伙说受用，不但长知识还爽心儿！

趁大伙说笑空当，温柱良借着上厕所名义，跑到厨房把饭钱偷偷结了。开始老板娘不同意，说封主任是老客户，有交代不让客人结账的。温柱良说就是封主任叫我来结账的，我是他司机。“不对吧，刚才封主任还听你话减菜哩，你是领导吧？还是叫封主任来结比较好。”“千万别叫，里面谈机密事呢，封主任就是不方便才叫我来结的，里面那个胖乎乎的齐先生、蔡先生才是领导！你误会了，我是封主任表哥，所以他才听我的话，因为他这级别配不上司机，才叫我帮忙打理接待事儿。你要是这么夹生，那我让表弟以后别来了。”“原来这样啊，说清楚就行了，以后多关照啊！”找完余钱温柱良回到桌边，李副书记说温处上厕所太长了，要罚讲个笑话才行。温柱良只好讲了个三个尼姑抬水的故事才算勉强放过。一看时间不短，温柱良还要赶去灰圆市生态环境局跑协调事，就提议散席，结果为结账事又扯了半天才走成。封主任拼命要还回来饭钱，这是原则问题，温柱良哪肯让步，最后大家客气着相约以后再聚，这才挥手远去。

镇里表面倒是热乎，灰圆市生态环境局这个机构改革先进单位却是冷得出奇，人不热情，上门没几个搭理。电话拨弄不作数，这回上门也白搭，雷局长不在，副职都不愿见面，好不容易在走廊碰到位大个副局长，其一听来由，连说马上出去开会，客气地招呼着走了。被堵在办公室的灰圆市生态环境局水污染环境科毕科长一脸不愉快，一开口就出言不逊，指责温柱良应该管好新莞市地面事就可以了，不要怪罪灰圆市这边动作慢。春河穿越几个市情况太复杂，不是简单分个上下游关系理得清的。再说我们掌握的情况，新莞市的污染比灰圆市严重多了，你们自己要好自为之啊。说了半天，没磨合上什么，反有撕大裂缝之嫌，温柱良一行只好怏怏退出。

一行人路上议着忒不爽，都明白门户之见太深，只有到省生态环境厅恭请尚方宝剑了。这算是回到温柱良与解元原来设想的思路上来了，事情转了半天，峰回路转又打回原点，让人沮丧。

三

解元听了温柱良汇报，感到灰圆市个别人没有惠平市人开明，壁垒观念太深，处处散发着棺材的烂味，从头到脚涌动一股气，又不便当众多说。见解元神情微妙，温柱良心想，再麻烦也不能搁浅在灰圆市那帮小心眼身上，头一扬建议借省厅牛刀唰唰，不信钻不出地头怪圈。说得解元直点头，授权温柱良大胆谋划，乐见其成。

温柱良兴致勃勃地打起省生态环境厅电话，话筒里冷意浓浓，省厅水污染环境处文处长一听说是跟灰圆市那边打交道，声音生硬起来，说那可是个狠地，人比榆木难缠，横竖不好说话哩。扯着扯起了老皇历，听说辛亥革命起义最晚，解放土改时群众工作最难做，要破这局呀得找吕厅长，上边的权威他们认。温柱良听得扑哧一笑，轻声逗笑："大处长别扯远了，抠那么多历史小辫子干吗？要是厅座点头了，您可得往狠里关照啊！关键是您支持就行！"说着说着，两下里笑起来，窗外天光闪开好大口子。

温柱良陪着解元怎么三步并两步来到省生态环境厅吕厅长办公室，他自己也记不清了，看着墙角发财树一下子疯长老高，晃得人眼花头晕。

听完跨界治污方案细节，吕厅长眼睛瞪得贼圆，端着严肃面孔叮嘱，不厌其烦交代关节点："中央重视我们省环境治理，打好碧水保卫战是关键。你们新莞市治污重点是春河流域，抓出成效环境综合指标会上去一大截。对莲坛村国考断面这种特殊地段，集中火力打掉难点对全省都有示范作用，你们在前冲，厅里给你们压阵。"解元听后很高兴，还是担心灰圆市方面不合作，没想到厅长一脸轻松地表态，挥了一下手势似乎不在话下："灰圆市那边难题好说，厅里帮着使把劲，大家合力一起上，答卷不合格不收兵。"解元这回听得真切，鸡啄米样点头表示一定全力以赴。温柱良看了也心安，心想省厅动起来，下面哪有摆不平的事儿。

接下来，几方面人像拧紧发条的闹钟，彼此比着劲脆响。按省生态环境厅吕厅长安排，水污染环境处文处长找灰圆市生态环境局蓝副局长电话协商，要求灰圆市从大局出发，配合新莞市迅速建立治污协作机制，确保莲坛村国考断面水质过关。

这当口温柱良撺掇解元趁热打铁，一个处室一个处室地争取支援，正好碰上一段"历史性"通话。电话中，灰圆市蓝副局长委婉央求省厅文处长，一个劲儿点数难处："最好不要建立什么机制，只会忙中添乱，束缚手脚，愿立责任状保证问题绝对不会出在灰圆市。新莞市才是污染祸首，反而贼喊捉贼，搞什么联合执法掩人耳目、混淆是非，省里可得重点督办新莞市那边才行啊，我们这边一点小问题，自身解决起来容易，请上面领导多多谅解！”

对方软里夹硬，听着难受，文处长急得使劲儿拧自己头发，按着性子反复劝说：“请灰圆市领导不要误会，建立合作机制目的是防治，不是追谁责任，更不是抠谁问题。春河存在污染是铁的事实，两边都脱不了干系，就是你自己也承认有小问题。到底谁大谁小，调研一下总会水落石出。让春河流域长制（河长制）久清是最终目标，希望双方都要尽力。现在是省厅牵头，同意要马上执行，不同意也得执行。正式通知随后下达，请下面同志正确理解！”在文处长渐趋强硬的坚持下，蓝副局长表示自己做不了主，答应报告领导裁定，争取参加这轮调研协商。临了要求，协商主会场应安排新莞市地面，他们才是最大责任方。把文处长弄得哭笑不得，放下电话直摇头。有些无奈地对解元和温柱良感慨，小眼睛眨巴得厉害：“难怪你们协调不动，灰圆市这帮人本位主义太重，心眼不开阔，尽是一套古人做法。看来任务艰巨，少不了要让大家多费力！”“没关系，只要有进展、有希望，新莞市这边愿意付出，会场我们来准备。调研如何进行，我们听省厅的，全力以赴，绝不懈怠！”解元坚定的回答，让文处长如释重负，相约报告两边领导，尽快付诸实施。空气瞬间恢复平静，阳光一溜烟样穿窗而出，飞向高远。

听到灰圆市生态环境局如此振振有词，解元和温柱良回到局里坐不住了，叫上局执法一科邱明科长，直奔交界区域槽南区山峦镇一带察看，耳听为虚，眼见为实，知己知彼，方能有的放矢、击中要害。温柱良一路不失时机地赞扬解元英明果断，把握全局好！这个带玩笑的调和平缓了车内气氛，冲淡了不少工作压力。

一路上景色宜人，蓝天白云荡漾远天，秋野多姿多彩。温柱良心里禁不住自问，秋天是什么颜色的？双耳轰鸣，仿佛有无数声音争着回答，棉花说秋天是白色的，高粱说秋天是红色的，稻子说秋天是金色的，天空说秋天是五颜六色的！看，当秋风拂过，秋雨滴过，丹桂飘香，满山枫叶穿上红衣裳，展示秋天热情，田野里果实累累，摆出秋天的奉献。秋姑娘来到了田野，取出她的调色盘，把麦子涂得金黄金黄，把玉米抹得灿黄，抹出农民伯伯丰收的喜悦，到处都像一幅画卷，美得惊人，看得惬意。沿途所见所闻让人信心百倍，交界区域新莞市一侧花样大变，过去污染惨状一去不返，生态恢复立竿见影。见到的村民交口称赞，怨声指责不见了。一行人终于看到了说话的底气，应了中央领导的说法，生态兴文明兴，生态衰文明衰。

很快，灰圆市生态环境局传来愿意配合的好消息，有点破天荒，惊人的还在后头。听说省生态环境厅吕厅长亲自带队调研，两市变着法儿积极表现，阵容可观。灰圆市有凌副市长、市生态环境局雷局长、蓝副局长、执法一科科长、山角区瞿副区长、生态环境分局翟局长等领导出阵。新莞市有生态环境局解局长、皮副局长、四级调研员温柱良、执法一科邱明科长、槽南区侯副区长、生态环境分局曹局长等负责人，都是腕儿角色。新莞市曾副市长正陪中央工作组检查，答应挤时间出席。联合工作组可谓要人会集，主体责任人全部到位，让工作组总联络员省厅文处长一脸笑容，信心十足地表扬："这是决战决胜的队伍，还有什么难题不能克服？"

两市争着预设调研线路，省生态环境厅联合工作组没采纳，吕厅长一行不打招呼，现场临时选点，谁也插不上手。两天忙碌下来，春河主要支流交河交界段水质一目了然，结果显示下游山峦镇段水质指标反而好于上游交头镇段。抽查排水口，灰圆市河段设置不合理，偷排现象严重，而新莞市河段焕然一新，没发现不良现象反弹。抽查散乱污染企业、养殖场，灰圆市方面惨不忍睹。新莞市全部关停，现场没有死灰复燃迹象。事实胜于雄辩，吕厅长对新莞市表扬有加，赞声不断，灰圆市那边听着酸溜，一脸不服相。

事物不会全部规律运行，温柱良有此预感。省厅人员以为查到真相，灰圆市方面应该鳖样心服口服，接下来合作应该是顺理成章的事，没想到依然是唇枪舌剑、莫衷一是。

山峦镇政府会议室第一次迎来严肃会议，进屋便见高悬一排闪闪发光红字：春河流域污染攻坚战协调座谈会。盯久了会晕，那是通电荧光屏，不是红绸横幅，对视多久都很柔和。一下子让不挂横幅的坏处显现出来，好处是省钱省事，这是改变作风的实惠。字是文处长边说边数着，温柱良盯着音响保障员一个一个敲上去的，不多不少刚好匀称。不打两市名称，不是有意抽掉主角，而是照顾灰圆市那边情绪，不让他们排到新莞市后面不舒服，他们总是很在意这方面，可谓煞费苦心。场上虽然是四方桌，还是在北面设了五人主席台，给吕厅长、曾副市长、凌副市长、解局长、雷局长摆了座牌。虽然曾副市长在会议收尾时才能赶来，他和吕厅长通过话，获得吕厅长首肯。主持人文处长谦虚地把自己摆在一侧。东西两侧分别坐着新莞市和灰圆市的工作组成员，有点两军对垒味道。虽然大家一个个面容淡定，会前谈笑风生，分不出哪些人是伪装的，哪些人是真情流露。温柱良看着踏实，多年顽疾就要手到病去，想着心里痛快。

随着调试话筒一声“喂”，协商座谈会正式开始。介绍来宾后，文处长引导大家自由发言，主题集中到建立联合治污机制上来，看大家有什么好点子，欢迎畅所欲言、集思广益。

结果灰圆市蓝副局长带头一阵“脱靶炮弹”，引来了“谁对谁错、谁重谁轻”的激烈争论，场面几乎失控。

蓝副局长不无怨怪地指指点点，语气生硬：“今天抽查的指标只代表局部区域，如果以此说明灰圆市污染整治不如新莞市，那就以偏概全了，对灰圆市不公平。我们掌握的情况恰恰相反，交界对面新莞市槽南区经济发达，工业污染严重众所周知，涨潮时就会影响上游。而我们灰圆市山角区这边多是山区，工业园不成规模，对交河乃至整个春河流域污染量极小。很显然，谁是污染大王谁责任大，细心人是不难分辨的，这一点有必要提醒各位领导注意！”说完还不断翻白眼，样子有点不友好。

说得新莞市生态环境局槽南分局曹局长怒脸相向，几次要插话反驳，都被身边侯副区长拦住。蓝副局长话音刚落，他就迫不及待怼起来，一脸不屑神情：“蓝副局长扯的是老皇历，形势早已发生根本转变，您却依然抱残守缺。过去槽南区污染曾经比山角区严重，可经过两年狠治，已发生翻天覆地变化，你们没有正确看待槽南区的成就，这才是真正的以偏概全。问题关键在于，槽南区开始全面治污时，你们熟视无睹，既不配合，也不自扫门前雪，导致大量污染企业转迁山角区，你们担心影响经济听之任之，一些不法企业见有机可乘利用界域特点钻空排污，这才是交河乃至整个春河污染指标上升的主因。都知道，交河和春河不比海洋，潮汐对上游影响极小，几乎不值一提。时至今日，你们仍然推卸责任，无视检查指标确凿的事实，那春河乃至整个交界区域治污就只能落空了。还好有省厅领导在，到底抓不抓，真抓还是假抓，请大家表个真态。这个会开得不容易，最好有个明确结果。我是快退休的人了，无所谓追多大责了，就说这么多吧，以上话有得罪处，还请多多谅解！”说完曹局长拱了拱手，以示歉意加敬意。他不希望背锅还有内在原因，目前听说有关部门在调查莞元集团违法的事，早几天他也被约谈过，不能到处都“冒泡”，那样谁受得了？但这话温柱良听着痛快，对了他的直爽性格，总要有人说真话，给面子伤工作的事干不得。两边相互指责，惊得好多人面面相觑，神色颇显诧异。

他的话让坐在西边的灰圆市来宾坐立不安，有的交头议策，有的唉声叹气，有的低头想事，有的神情愤怒，众相复杂。灰圆市生态环境局山角分局翟局长下意识地解了两颗上衣扣子，用纸巾抹了一把额头直冒的汗珠，目光有些迷茫，始终躲避别人对视，不管你是有意还是无意的。

主持会议的文处长略显意外神情，反复提醒发言要紧贴主题，大伙千万不要意气用事，拉低了会议风气：“大家愿意直谈问题，这是好事，无论对错。说实在话，刚才两位局长说得很直，相信都是为了工作，大家不会往心里去。不过发言尽量围绕今天的主题，我们要开的是一个拿出解决问题对策的群英会献策会，不是纠过会定罪会。下面发言请大家多讲办法不要指责过错，继续贡献锦囊妙计！”

坐在尾部的温柱良听后向侧头看的解元直努嘴，解元会意地笑了笑，语气轻松，试图调和什么：“我先插个话，说实在点，前段时间治污新莞市这边做了点事，也不能说彻底好了，好多工作没到位，肯定存在不少缺点，我们没有歌功颂德的意思。其实大家做着同一件事，在一条船上冲浪，请灰圆同行们多多指教，以便下一步工作做得更好。至于具体解决办法，我先听大家意见，待会儿再献丑。”他的低调态度激起一片掌声，会场气氛开始趋向和缓。其实他和温柱良制订了个案子，也与新莞市生态环境局其他局领导碰过头，此刻不能直接提出，得待机而发。

山角区瞿副区长接着慢条斯理地说，神色平和：“妙计谈不上，还是觉得刚才曹局长言重了，没有谁有推卸责任之意，相信过错两边都有，无非是多少而已。解局长说得很好，都是一条绳上的蚱蜢，团结才是胜利。如果下一步春河莲坛村断面水质国检不过关，板子打到你们身上，同样也有我们份。因此整治是必需的，共同任务不能推辞。建议迅速成立联合执法队，不分彼此区域，临头一扫空，图个彻底干净。”他的话得到了新莞市这边同志不少掌声，因为他是接触的灰圆市方面第一个表态自己存在责任的领导，自然博取不少好感。

会议室色调暖和，气氛趋向融洽。灰圆市凌副市长当即肯定瞿副区长的态度，会前他跟瞿副区长交换过意见，此刻他语气平和，略带抱歉地说起自个儿不是："不管是不是追责会，我都要表示个歉意！毫无疑问，作为分管副市长，交河这段污染防治没有抓到位。从中央开始，上上下下都很重视，可是我们忽略了交界区域问题，让不法分子钻了空，这是一种失职。我在这里表个态，无论今天会议如何决策，灰圆市都坚决执行，回去后迅速掀起一场轰轰烈烈的治污行动，确保万无一失。"他的话再次掀起掌声一片，会场气氛热烈坦诚。后来才知他是自然资源部下来挂职锻炼的，还真是给灰圆市政界带来了一股新风，多亏他居中协调，才使灰圆市来了个一百八十度大转弯！不容易，峰回路转又一村，温柱良会心地笑了。

这时，解元直觉很好，看了温柱良一眼，开始侃侃而谈自己与温柱良倡议的设想方案，这个案子吸收了不少意见，中心意思是治防结合，划分时间节点，严防反复，重点突出。他说工作应分两个阶段展开，整治阶段各人自扫门前雪，预防阶段建立联合巡查执法机制，定期通报信息，确保春河流域长制（河长制）久清，确保碧水攻坚战彻底胜利。

槽南区侯副区长支持各自整治提议，信心满满地说达到目标不难："清理污染难度最大，情况最复杂，还是自己的硬骨自己啃好，知根知底，一劳永逸，避免执法一阵风，不慎留下死角和法外真空地带。"一时间会议室仿佛盛开了一盆鲜花，其乐融融。

新莞市生态环境局皮副局长和灰圆市生态环境局雷局长也先后发言支持，说没有规矩不成方圆，常抓不懈才能奏效。这时刚刚赶到会场的新莞市曾副市长代表新莞市政府表示，要以水滴石穿、抓铁有痕的韧劲干劲，全力落实好会议精神，打赢碧水攻坚战。与会同志畅抒己见，越说越兴奋，三个小时长会下来，大家不累不烦，意犹未尽。主持人文处长舒心地笑了，一脸兴奋状："看来做任何一件事，兴趣和决心是最好的催化剂！责任是定盘星。"顿时响起掌声一片。

最后，会议由省生态环境厅吕厅长一锤定音，决定以解元和温柱良制订的计划为基础，充分综合大家讨论的意见，形成《新莞市灰圆市跨界区域碧水攻坚战座谈会纪要》。报分管副省长审阅后，下发两市分解制订具体工作方案，限时完成。

又一场别开生面的碧水攻坚战吹响了号角，也为两地生态面貌焕然一新揭开了序幕。会前，省生态环境厅吕厅长提醒解元，新莞市碧水保卫战战果丰硕，可喜可贺！相比之下，虽然新莞市蓝天保卫战、净土保卫战难度没那么复杂，但不能丝毫放松啊。说得解元不断点头，回复正擂着牛屁股狂撵，分秒必争哩。好消息传来，温柱良长吁一口气，心头落下一块石头，在认真面前，什么难题都夹杂不了真空。问题兔子正钻进他们设计的口袋，随便如何扑腾都无碍大局。他看到大片邻壁光辉铺天盖地地闪烁在那片空域，春河的好季节来临了，笑声恰到好处地跑在时间前面。

十五

气味异常

人有气节芳自华

天有气宇味自纯

什么东西改变着我们的感觉

天无语时人何不安

云痉挛时花也不香

这空间谁跟谁怄气

一

周一大早，鸟儿有一声没一声地叫着。解元吃着爱人严老师煮的麻油肉丝面，恰到好处的熟，嚼起来香甜，舒服得老有吃不够的感觉。一般只要解元在家过早，严老师都会忙里偷闲露一手。这点贤惠浸润得够味，解元走到哪儿，拿起筷头夸的还是爱人厨艺最棒。

局里本来有早餐，解元吃得少，有时厨房加个青菜、牛奶什么的，虽然是一桌班子成员享受，可普通干部职工那儿没加。他厌恶这种特殊，慢慢来得少了，一下子又不便取消，毕竟好多年来领导们习惯了这样保障着。有的副局长说也没严重到哪儿去，市政府餐厅不也这样吃嘛！节省点时间多干工作啊！说得似乎有理，不好来个“一刀清”。

周一局里班子成员加机关科长开例会，讲评上周工作，部署本周任务。好多大事在这会上定调，到局党组那儿只是加个硬套。以前开得很长，甚至一上午还不够，下午再补点火，怨声自然少不了。解元上任后，琢磨着改了规矩，无论多大事，不过一小时。这样一卡，有时半小时不到就散了，科长们松了口气，打心里痛快。

大伙都知道，局班子里数解元最温和，今儿个早上也忍不住发火，责怪大气环境科上周五没及时报告本月空气质量监测数据。大气环境科刚刚代理科长的邵科长声音怯怯地解释，一脸沮丧相：“周五呈文时您去市政府开会了哩，按惯例这周一给您报也行的。”“别说什么惯例，就没这规矩，这么急的事能耽搁吗？下不为例啊！”解元着急是刚看到表上指数反常，几个月来好得让人欢喜，忽地就逆反了走向。大气六项指标三项反超，二氧化硫、臭氧、一氧化碳指数都过了百，算得上重度污染，新莞市多少年没这样了，你说能不让人心急火燎吗？

韩士跟着批评，有种恨铁不成钢的味道：“可不是吗？早上登山晨练就发现横竖不对劲儿，过去远眺市区美景如画，晴空万里景色宜人，整个城市尽收眼底，成片稻谷随风翻滚，蔚然壮观。柿子树上果实透红，淡淡香甜飘得空气香甜。今天早上，不光远处灰蒙不清，空气闻着刺鼻，风儿涩人喉咙。”好几位科长异口同声附和着，都说确实反常。解元就势安排韩士牵头，带几位行家赶紧研究成因，拿出解决办法来。说着说着，一看时间到了，赶紧打住，高声宣布散会。

人刚到办公室，局办公室袁主任一脸堆笑凑过来，说是市府办通知您，赶紧去市政府见市长。解元纳闷地反问，满脸狐疑相：“昨天还和曾副市长一起开会哩，没听说有啥急事啊？”“是秦市长找您，说马上去他办公室，没说啥事儿，听秘书口气，好像很急。”解元心想坏了，弄不好就是空气指数反弹的事惊动了市领导。一路驱车疾行，来到秦市长办公室时，曾副市长也在座，解元不禁愕然。不自然地眨巴下眼睛，斜光偷觑两人表情严肃，让解元顿然不知所措。秦市长招呼解元先坐下听听情况，口气还算平和。

曾副市长皱着眉先开口了，紧锁的眉宇间冷气凝霜，没好气地质问：“你们局是怎么监管的？一年下来大好局面就这么废了，为何突然戴上了空气重度污染帽子？生态环境部华南督察局领导刚刚还给秦市长打来提醒电话，这让市政府怎么向人民群众交差？书记、市长说要是年底上了国家黑名单，你们这些局长就别干了，等着反省追责吧。”豆大的汗珠沿着解元额头直往下掉，样子像个做错事的孩子，他下意识地表示歉意：“我们确实有责任，也是刚发现这么反常，已经组织研究成因对策了，理清后马上报告市领导。”

秦市长举着空气质量监测指数表，明显不满地说："我每个月最怕收到这份国检表，就是害怕不小心中标，结果还是不幸碰上，说明我们市空气污染情况很糟糕，不会是突发情况，一定有历史成因。你们要好好查查，赶紧拿出处理方案来，市里研究后迅速整改，绝对不能拖后腿，否则板子就要打倒一大片，不希望你们犯这个错哦！"

"叫你来就是要最快时间搞清情况，你环保出身，当市局局长也不短了，至少该有个常识判断吧！不至于糊里糊涂吧？听你这说法，似乎还要等一阵才知道，这不合适，急事等不起啊！简单说说吧，你到底是什么看法？"曾副市长丝毫不容喘息，连珠炮似的催问。

解元略含委屈地回答，眼皮不敢高抬："空气变化使得不测性大，我们一直重视在线监测情况变化，前段时间也发现了数据反复现象，特别是新区那块，白天数据正常，晚上和节假日指标会上升，上下联查了一番，没发现什么异常。正纳闷间，三项指标就逆向上升了，不可思议的快。初步估计，肯定存在大量工业偷排废气情况，另外汽车尾气加大，部分亏损国企还没淘汰老式锅炉，一些重点工程工地粉尘失控也是祸因，总之情况复杂。接下来我们会迅速查实，拿出可行性报告，请给我们一次改正机会。"说着说着脸露愧色，不敢抬眼看市长。

听他这样一解释，两位市长脸色转向温和，语气有所平缓："机会靠你们有效工作争取的，时间上要快，市民没时间等，损害群众健康就是不可饶恕的犯罪，等人家闹上门来，那就晚了。"

"我们知道这个重要性，为了做细查准，请求可否相对集中一下力量，让发改委、农业农村局、水务局、国土局、工商局和供电局等相关部门也参加，既省程序又能查得全面。"解元趁机提了一下要求，小心地凝视着两位市长，担心会被否掉，没想到当场获得批准。不过，秦市长话锋一转，声震屋宇样沉重："调查组以你们局为主，还是由曾副市长牵头吧。这次行动要雷厉风行，快刀斩乱麻，有什么困难随时报告，丑话说在前头，这次空气污染事件不能当作意外现象，对相关责任人搞变相法外开恩。要边查边追责，适时让市纪委参加进去。同样，你们如果失责大，也一并重罚。”说得解元青筋直冒，恨不得钻地缝。半个小时谈话下来，如炼狱般难受，后背衣服湿得黏人，满脸愧色喏喏退出。

二

回到局里，解元迅速召开中层以上干部碰头会，通报市领导要求。会议紧张兮兮地讨论半天，最后决定明天召集各分局局长和相关部门负责人开个研讨会，分析空气污染成因和研究处理对策。要求下面如实汇报，摸准问题。同时成立两个工作组，一组由皮副局长负责，调查核实污染源；一组由韩士负责，草拟全市应对处置方案。曾副市长很快同意安排，签发了会议通知，并委托解元代表他主持会议，开出锦上添花效果来。

入秋天气发闷，节奏旋转飞快，解元有些疲倦，恍惚看着办公室的门一直晃荡着，像梦里狮子张开血盆大口逼近人身。

正惊悚间，看见办公室袁主任笑眯眯地晃出大脑袋，说来报告东边车场租赁事宜。原来打了个恍惚，随着年纪增长，精力越发不济事了。袁主任说东边车场是明籽物业公司的地盘，原来魏副市长当局长时，局里租着停放执法车辆和干部职工上班的私车。现在十年合同到期了，明籽的母公司荛元集团不打算续租，私下里又说只要市生态环境局能关照其设在开发区的子公司，可以免费提供局里使用，或象征性收点费用，还说皮副局长闻听觉得划算。说得解元头都大了，眨巴下眼睛，直问袁主任打算怎么办。袁主任笑了笑，压着声调轻声说，一脸期待状：“听局长的，也没想出什么好意见来。”解元似乎有些不满，笑笑说：“你滑头啊，不表真态。我看既然到期了，就退出来吧，以前也不知夹有利害关系，别让人家捏着痛处了。局里那个小院子原来给班子成员预留的上班私家车位全部空出来，执法车还是停回局里好。暂时就不给局领导和职工准备私家车位了，鼓励大家坐地铁、公交车上下班，提倡绿色出行也好嘛，你们办公室要做好思想工作，别弄出什么舆论来。当然也可查下相关规定，如果政策允许，可以在旁边物色租赁新车场。”说得袁主任面露难色，一阵发愣，说这个工作难做哟。解元不以为然，站起来拍了拍袁主任的肩膀，鼓励他别怕，说其实很简单，打个报告圈阅，基本能过。一开会大家各种怨言摊上桌面，反而不好收场。领导以身作则了，一般职工不会计较停车事，再说也不是什么大事，没有规定这事一定要上会啊。总算说得袁主任眉头舒展开来，答应努力去试试。

刚安静一会儿，办公室副主任推门而入，说是槽南分局曹局长明天会议想请个假。解元早听说槽南区农村烧秸秆厉害，环保执法疏于管理。想到这儿，气不打一处来，严厉地回绝。“会议特别重要，主要领导不得请假，否则全市通报批评。”办公室副主任知趣地转身，喏喏退出。

三

全市瞩目的空气污染研讨会迅速开幕，市局一楼会议室热闹非凡。除了市直机关几个部门，其他部门、单位好像私下约好似的，来的全是副职，头天报的却是正职。大概打听到曾副市长没到会，遂一个个临场变了戏法。这让市生态环境局领导无可奈何，多数同志考虑到关系面子，只好忍下不提。十个分局局长倒是清一色来的正职，槽南分局曹局长最先笑眯眯地到场。其实他没什么要紧事，不过是快退休了，加上市纪委时不时找他了解情况心情不佳，害怕节外生枝，又挨批惹麻烦而已。大家心知肚明，生态环境部门垂管后，各分局局长坐不坐局长位置，市局说了算，区政府那边只是征求个意见。也许正因如此，各分局领导不光来得积极，发言也非常踊跃。毕竟如今追责厉害，大气污染事情都撞钟了，再掖着捂着，岂不是自找罪受？

解元主持会议说明缘由，请大家自由发言，说点真知灼见，掏点真货出来。槽南分局曹局长拔了头筹，样子比平常积极："我们区调查了农民收割现场，还是老问题，焚烧秸秆造成大气中二氧化硫、二氧化氮、可吸入颗粒物三项污染指数达到高峰值，形成重污染，害人不浅。附近村民有的眼睛、鼻子和咽喉黏膜受到刺激，咳嗽、胸闷、流泪不止，严重的得了病，情景堪忧啊。"说得大伙一片叹息！解元插话，你们区有过烧秸秆降低能见度，引发交通事故的教训，不能重蹈覆辙了！曹局长一边点头自责，一边剖析田间焚烧秸秆的坏处，说着好一阵激动，居然声泪俱下。大伙议论说这陋习破坏生物平衡，改变了土壤物理性状，影响农作物正常生长，可谓集百害无一益。有的说危害性宣传不够；有的说槽南区民风强悍，导致问题季节性泛滥；有的献计正确引导农民通过秸秆机械化粉碎还田、沼气处理、工业原料利用等科学方式，形成良性循环，杜绝烧秸秆的陋习。他的汇报激起掌声一片，讨论气氛活跃，但始终难掩一股压抑感。

空气冰一样脆，声音在上面咔嚓作响。开发区分局姜局长脸色不好，无奈地说："开发区工业园当初招商心切，把一些信誉不好的污染企业请进来了，两三年下来，由于市场变化和国家宏观调控原因，这些原本实力不足基本靠贷款度日的企业，在银行断炊后，更加不愿完善环保排污设施，偷排便成为唯一卸负方式。他们千方百计钻空子，晚上和节假日执法力量薄弱时，瞒天过海肆意排污，有的重点企业仗着政府重视，更是肆无忌惮泛滥成灾。以往查不出，无非是隐藏过深、人情过重导致的，确实到了不严不成、不治不变的糜烂地步，需下狠手了，否则空气变好无望！"他的话引起大伙不少伤感，发言趋向激烈，天花板上频响炸裂声。

声音蘑菇云一样膨发，天花板摇摇欲坠。文田分局詹局长圆眼一睁，似有所指地嘟哝："我们老工业区问题确实多，一些焦化、钢铁企业违法排污，有的环保设施运行不正常，或未按要求提标改造，或无组织排放管控不到位，排放气体超标严重。大量焦化废水未经处理用于熄焦，导致废水蒸发污染突出；有的国有企业仍用锅炉烧水不整改。针对以上现象，环保处罚对大企业来说只是小菜一碟，他们宁愿被罚，也不愿安装排污设施，承担更高运营成本。市里对老城区重视不够，好像我们是后娘养的，执法经费明显不足，打铁还需自身硬，加强执法力度刻不容缓呢。"

一石激起千层浪，与会者个个诚恳发言，普遍反映环境空气质量改善压力大、难度高、瓶颈多。解元掐指一算，蹦出问题一堆，有点数不胜数的感觉。比如餐饮业油烟需加强管控，部分公交车未实现纯电动化，柴油货车限行不严，应收窄油烟排放标准，空气质量国控站点选址不够优化，周边特殊污染源存在影响，致使检测数据不能代表全市真实状况。对此，过去大家遮掩着歌功颂德，一开会尽拣好处讲，这回开了个挑刺会，多少年未见的好作风又回来了！大伙高兴！分析会总基调让人欣慰，在务实氛围中圆满结束。解元嘱咐各分局局长回去后，迅速报告区政府开始整改，不等不靠，争取空气质量年内向好。

会议似乎把准了脉，解元如释重负地笑了。接着再开小会，他要求早先安排的两个工作小组结合会情按图索骥，让数据萝卜落进坑。一时间好戏连台，皮副局长带队下去调研了三天，形成空气污染专题报告受到市里肯定。韩士带队充分综合县、区意见，制订了空气质量整治方案，建议市里统一规划，大力改造传统行业和限制污染物排放，积极促进能源转型，加大清洁能源开发。一连数天，解元兴致勃勃，轮流参加两组定案会，结果证实了当初判断，算是折腾半月没走偏路，内心是欢快的。

这次空气污染究凶，逮住了三大杀手，工业偷排严重坐了头把交椅。城市发展新问题居其次，防不胜防，比如汽车尾气、工地扬尘过去不足挂齿，现在蔚然成灾。那些未整改到位的痼疾阴魂不散，余害犹在，比如烧秸秆、锅炉改造迟缓等平常事，现在成了眼中钉，到了刻不容缓的地步。解元带着“竹子”负荆请罪，得到市领导肯定。

很快，市里研究通过了新莞市生态环境局的《蓝天保卫战方案》，及时上报省生态环境厅和生态环境部华南督察局后，也认为方案是落实中央蓝天保卫战和国务院“大气十条”的利剑。市政府紧急动员各区县，下面顿时扑起阵阵浪花。

这么快听到好消息，解元笑了，舒心地在办公室批了一会儿文件。环境影响评价与排放管理科蒙科长小心翼翼地敲门进来，呈上一份排污证发放审批名单。解元粗略一浏览，涉及五家公司，已经走完专家审核程序，资料齐全洋洋洒洒，分管的皮副局长也签字同意，只等解元大笔一挥，便可颁发烫金证件了。听了蒙科长不厌其烦的介绍，解元慎重地翻了翻资料，发现其中一家明隆石油化工有限公司，试产期间曾被群众举报烟气脱硫再生塔二氧化硫和加氢分馏排气筒氮氧化物超标，另一家昌盛玻璃钢制品有限公司，生产玻璃钢和塑料制品试产时偷排污染物，涂料生产车间配套的活性炭废气处理设施未开启，生产过程中产生的有机废气未经收集处理直接排放，组装车间露天喷漆天天产生大量废气。是两个名副其实的问题公司，不知它们屁股上的屎擦干净没？

在他的印象中，前段时间，局执法一科查过这两家公司，应该还没整改到位。心想两家公司无证试产，处罚整改期间仍不收敛，作为发证单位的正职不能含糊。当即要求蒙科长带环境影响评价与排放管理科同志会同执法一科再行核查，不得随便发证。说着说着两道剑眉忽闪忽闪发亮，隐隐散发一股威严。让蒙科长心头一惊，一脸赧色低头退出。没走多久，槽南分局曹局长打来电话给两家公司担保，说老板都是槽南区名人，过去是槽南区纳税大户。现在搬到开发区又勇挑产业转型试验担，也是贡献突出的“功臣”哩，值得多鼓励啊！解元稍微停顿下告诉他，摸摸情况再说，不会让守法企业吃亏，似乎给了曹局长一口软柿吃。

四

解元在办公楼走廊小憩，一边走来走去，一边远望峰山黛绿一片，过去灰蒙景象不见了，好久没遇到这种好天气了。心想，天空就像一幅画，人类能将它画丑，也能画美，就看你持什么心态，做什么动作。

正陶醉其间，局执法一科邱明科长气喘吁吁地跑来报告，开发区李山村工业园出事了！正在执法调查的一组组长管清和组员小黄被村民围住了，要求取消前段时间对明隆石油化工有限公司的处罚，不答应就不放行。不明真相的人越聚越多，情绪越来越激动，有人扬言要冲击市政府，有人高喊要对人质进行以牙还牙的报复。管清在电话里话还没说完就挂断了，怎么打也不通。

看来情势危急，趋势不容乐观。邱明一边急声报告，一边抹着脸颊上豆大的汗珠，样子狼狈。

解元当即安排，吩咐动作快点：“赶紧备车，咱俩快去现场。”“您就别去了，太危险，我和科里人去就行。”“越是危险，局长越要靠前。多说误事，赶紧出发。”解元说完，一边快步走向电梯，一边打电话给韩士，叫其坐镇市局应急值班室待命。准备启动应急程序，待前方核实情况后，再报告市领导。桑塔纳轿车风驰电掣般赶往现场，路上解元打电话给开发区管委会白副主任，得知其正靠近现场，心里稍安。

现场人山人海，上千人堵在李山村工业园正门，靠近昌盛玻璃钢制品有限公司。见解元到来，刚到不久的白副主任迎上来，就在车上介绍起情况来。说是目前还没恶化，主要是隔壁明隆石油化工有限公司员工和附近一些受到蛊惑的村民起哄，两位执法同志被围在昌盛玻璃钢制品有限公司出不来。昌盛的老板一方面不希望明隆石油化工有限公司员工在自己公司殴打执法人员，一方面也希望借势闹闹，分杯羹尝尝。前两天，两家公司老板听说这回新莞市空气污染事件，会砍掉一批偷排废气企业，都做贼心虚地寄希望于打民意牌躲过惩罚。他们过去确实在这方面尝过甜头，一闹就管得松，一闹当官的就害怕，因此故伎重演，铤而走险。

解元听完简单介绍，坚毅的方形脸上紧蹙的眉头稍松，一边叫邱明通知韩士解除警报；一边嘱咐白副主任相机行事，先平息众怒，救出人质，改日再谈执法事宜。两人连声称是，全神贯注地望着解元，只见他下车径直走向人群。大家听说市里来了位局长，自觉让开通道，解元和白副主任一会儿就走上昌盛公司门前台阶。他心里有底了，既然人质没受伤害，幕后鼓动者是想追求更大利益，就说明轻易不会发生过激事件。感觉不讲两句，群众会被蒙得更惨。

“大家好，我是市生态环境局局长解元。大伙这么忙还集中一块儿，说明心中有不平要申诉，有什么要求可以直接告诉我，可是我只有一张嘴，大家如果一人一句，场面就乱了，这不是解决问题的办法。我真心邀请大家推选三位代表出来直接对话，把大家关心的事情解决好。”人群喧闹了一会儿，有的说就这么面对面对话，有的说谈事有谈事的做法，还是听人家解局长的吧。

吵嚷几个回合后，李山村推荐的代表是平时颇有人望的广场舞大妈胖姨，明隆石油化工有限公司推荐的代表是公司副经理兼保安部部长、残疾退伍军人杨隆，昌盛玻璃钢制品有限公司推荐的代表是财务总监、老板娘肖娥，似乎都是有分量的角色。

解元和白副主任看了名单，相视一笑，知道有的是真代表，有的是做不了主的假代表。为不耽搁时间，解元提议李山村村委会毕主任、明隆公司的明总和昌盛公司的乔总也同时参加谈判。三人扭捏了一会儿，在现场增加警力后，才勉强来到昌盛公司会议室。解元与两位执法同志握手后，也把他们带到谈判现场。

大家一进会议室，就被一种豪华气震慑住了。宽敞的大厅地面铺着纹路丰富淡雅的进口大理石，铺了紫色素花墙纸的墙壁两侧各贴着“公司就是腾飞平台”和“质量决定产品出路”两行镏金大字，雪白的天花板上挂着几盏晶莹透明的大号法国水晶灯。每张名贵红木椅子上雕着精美的传统故事图案，显得富丽堂皇。解元对这种奢侈装饰极为反感，尤其听说他们不愿更新换代排污设施时更加愤慨，脸色阴沉下来，像瞬间泼墨的宣纸，自顾自翻滚作响。

趁着大伙上洗手间的间隙，解元宣布不着急，休息一会儿再开对话会。特地把今天执法的管清组长叫到旁边小间单聊，详细了解到明隆石油化工有限公司前段时间在生产时废气直排，被执法检查现场发现，才对其作出罚款十万元限期改正的处罚，过程不复杂，但该公司我行我素，至今未见整改。

昌盛玻璃钢制品有限公司的发现则有些传奇，他们从事钢结构产品加工，生意做得很大，厂内随意喷漆作业，废气未经处理直接排放。为掩人耳目，公司在外围有意识地进行了伪装，一般人不会留心。它的发现纯属偶然，源自租客的揭发检举，是群众自发监管发挥的神奇威力！

管清掌握的故事蛮详细，频繁的执法中，他和租客成了无话不谈的朋友，鼓励他们当好环保监督员，很多线索是在聊天中顺嘴获取，好不快活。原来租客小金对油漆味敏感，一闻就恶心呕吐。刚谋份送快餐活路，珍惜得不得了。就近搬到开发区城中村居住，原居民多搬往高档住宅区享受生活，旧房子出租补贴家用。新来的租客南腔北调，成分复杂，像沸粥一样翻滚种种汤泡。小金选了套一室一厅，与卖烧饼的老吴做了邻居。小金洁癖严重，讲究环境整洁、空气清新，隔不几天就内内外外刷洗一遍。三角眼一瞪，老感到邻居老吴那屋有异味，气得老吴一个劲喊冤枉。老吴是个环保迷！喜欢边卖烧饼，边做街道义务环保员。平时碰到东家门前脏西家屋边有垃圾，不是提醒就是收拾，浑身一股热心肠！说来也怪，小金说的那味儿，老吴夜里也有发现。虽然味觉感应差点。但一较真，那味儿就淡起来，闻不准成分，再认真嗅几下，又几近于无。一个月下来串门不多，小金基本弄清了城中村旮旮旯旯。有晚吃不下夜宵，一阵阵油漆怪味飘浓了午夜。问老吴一无所知，老吴味觉差，反倒激起小金寻味兴趣。

老吴酒糟鼻乱翻，气得直眨眼，一脸无辜地请小金进家翻箱倒柜半天，味儿逐渐淡化。小金推开后窗，先是皓月当空，没什么异常。没一会儿突然飘进油漆浓味，断断续续，时浓时淡。后窗邻近一个独立院落，空置多年，前不久突然热闹起来。小金去送过快餐，清一色外地青年，三三两两进出，看不出什么情况，保安不让人往里窥探。

脱了怪味嫌疑的老吴仍不服气，非要虎穴探险，进到里面去卖烧饼，被保安一脸凶相拦在院外。从此独立院落成了小金和老吴的心病，隔三岔五设法窥视，仍然一无所获。老吴找街道递申请，要求负责这一片义务环保员任务，帮着环卫收垃圾。此后小院送出的垃圾，老吴总要反复查找，鸡蛋里挑骨头，一连多日没有收获。每至午夜，怪味照样此起彼伏，附近邻居也有烦言。老吴按捺不住，想找个理由硬冲进去探个究竟，小金知道后头摇得像拨浪鼓，一个劲说不好。哪有打不着狼，舍块肉的赔本买卖。两人隔三岔五磋商一把，说东扯西急煞人，结果仍是一筹莫展。

小金照送快餐，夜半怪味不绝，就有退房他住的念头。老吴笑着劝阻，好不容易碰个投缘的朋友，哪能说散就散。小金听得心动，表态再忍耐一段时间看看。一天小金给门口报摊送饭，摊主不经意咕哝一句：喃，环保举报奖励三万元哩！这力度真大啊！说者无意，听者有心。小金赶紧买了张晚报，下班后兴冲冲地拿回来给老吴报喜。两人激动不已，说环保举报奖可以试试，又担心报错咋办。小金爱人身体不好，在老家吃药休养，每月要花一千块药钱。担心地说，要是有个三长两短，请老吴照顾下家人。老吴一脸慷慨，拍胸脯答应不辞大义。小金爱人听说后，一百个不支持，说那种钱不吉祥不能要，还会惹人报复，多不值啊！说得小金犹豫不决，老吴看他这态度，当即抢过报纸要独自前往举报，一副壮烈样。高声说万一落得诬告吃官司下场，叫小金照顾好他八十老母。说得小金黑脸一横，还是我上吧，再苦也不能连累长辈。两人扯到半夜，好一阵激情慷慨较劲，直到怪味飘来也没了结。那味儿时淡时浓，两人只好各自回屋安息，都辗转一夜无法入睡，隔壁小孩哭声不断。

早晨开门，两人一脸倦容，相约联合调查一天，小金请了假，老吴也懒得出烧饼摊。两人到街边吃了早餐，脑子清醒好多。又推推拉拉协商一阵，最后决定由小金先打个举报电话，询问一下情况再作打算。没想到这举报电话一拨就响，接线员客气得很。问起“后遗症”一类事，对方说这类举报情况特殊，哪会像诬告处理那么严重，还叽里呱啦讲了很多鼓励大道理。听得两人包袱全除，争着前去环境投诉中心举报，临了手挽手一起行动。

事情果然没有出乎意料，那个隐秘院落确是一处违规偷排废气的公司。两人不但得了一笔奖金，还和管清交上了朋友。至于奖金如何分配的，没见两人吵闹过，也闭口不谈个中情节。他们的环保热情更高了，夜半怪味消失得无影无踪，间或有环保人员前来测试空气质量。

说到这里管清扑哧一笑，说得太啰唆了，耽搁局长时间啦。本来他几次要中断描述，都被解元阻止。解元郑重其事地跟他说，就是要拖拖时间才好啊，不光要了解清楚情况，还要消磨一下对方代表的情绪，马上谈判，他们的连珠炮轰得猛，滋味不好受，容易刺激生变。晾一晾，大家都会冷静多了！论理说事也会理性一些。说得管清恍然大悟，心想，反正外面群众也散场了，冷一冷再谈，不会招惹谁的情绪。想到这儿，他发自内心佩服解元局长火候把握得好。说到两家公司老板只愿花功夫攀附上头，没心思改进环保设施的厌劲，管清愈发叹息，忧心忡忡！

解元听闻心里更是不快，又不便明里发作。原来这些款爷道貌岸然且心藏大恶，人前摆阔，背后放毒，要是了解其中底细，谁还愿意跟他做生意、交朋友呢？人啊，真是个复杂动物，缺个照妖镜显露真相。

这时，白副主任过来提醒解元，谈判是不是可以开始了？走廊上的人遂进屋落座，对话会正式开始。解元简单作了一个开场白，胖姨就迫不及待地举起了大棒，一脸无所谓神情："我最讨厌你们环保人，不是关停这家，就是罚跑那家，村里一点土地都被政府征得差不多了，补那点钱又撑不过房价，给儿子结婚买套房还不够，一家人就指望村里工业园年终分个红，还被你们查来扰去的，你们说公平吗？"一边掉眼泪说着，一边不停咳嗽。

"这位大姐好，您误会了！环保检查不是为了关停工业园，而是让企业更健康地发展，还要不影响周围居民的生命健康。听您刚才的咳嗽声，就是工业废气感染的结果。试想如果一个人的健康恶化了，得花多少钱治疗啊，年终分的那几万元甚至十余万元钱根本无济于事哩！要说公平不能这样理解，恰恰是一种自私理念作怪，尤其那企业随意排放毒气影响健康就对别人公平了？环保人其实是在帮群众保护生活环境和身心健康啊，也不容易的，也需要您像爱护环境一样爱护我们！"说完莞尔一笑，尽显谦谦君子风范！

解元这番肺腑之言，胖姨听了似乎有点触动，她红着眼眶看了一下李山村毕主任，见他毫无反应，面无表情，只好再次嗡嗡发问："局长说得倒是好听，可我听说污染的环境百年治不回，与其这样，不如你们别来查扰，才能多分点红。我们老家伙不中用了，将来让儿孙们搬得远远的，这不就更要多攒钱吗？"

“只要从您开始，大家都来爱护环境，就一定能治好。比如德国鲁尔工业区曾是欧洲经济最发达的金三角，在二战后的联邦德国举足轻重。可早期鲁尔区企业各自为战，公害严重，环境污染严重到汽车无法通行，行人感觉肺疼的程度。如今不也变好了，往日浓烟满天、黑尘遍地的景象一去不复返，短短二三十年间成为世界空气污染治理的范例。请您相信政府，也给自己一份信心！”说得胖姨禁不住露出惊讶笑容，不再看毕主任，带着微妙神情笑着说：“看你这真诚样，虽然我不知道那个地方在哪儿，但相信你说的是真事，只要不放弃，好日子总会有的。我就不提问了，多给其他人留点时间吧。”这态度也让解元欣慰地笑了。

话音刚落，明隆石油化工有限公司代表残疾退伍军人杨隆接过话茬儿，满脸坚毅神情：“我是自卫还击战的二等功臣，一条腿丢在战场上了，按说国家对我们也很照顾，不干活一个月拿好几千块钱补助哩。可这两年爱人生病，儿子要结婚，用钱的地方多得去了，你们把公司查倒闭了，我们上哪儿挣钱养家？”他的话激起了解元的回忆，眼眶潮湿地对他解释：“您是为国立过功的老兵，向您致敬！我能体会您的感受。我哥也参加了那场战争，至今还躺在龙州烈士陵园里，嫂子也很困难，有时也需要我们接济一下。因此您更应该发扬老兵精神，支持国家的环保行动。一个企业环保抓好了，发展后劲会更足，不但不会垮，还会长期存在。否则既危害群众健康，也消失得更快。”说得杨隆脸上红一阵白一阵，低下头去不再吭声。明隆石油化工有限公司的明总不甘心地抢过话头，脸上挂着揶揄神情：“你说得那么好，我们公司是莞元集团的子公司，早安装了废气处理设施，不差那点处污费呢，魏副市长检查时还表扬过我们，你们却拖着一直不发排污证，还老来检查罚款，我们集团的明籽物业公司为你们局优惠服务多年，也不肯关照一下，太不讲感情了。”

这时知道内情的管清插话，黑脸蛋有点包公相：“你们公司安装的废气处理设施是别人淘汰了的二手货，已不符合现在的排放标准，多次要求更新设备不见动静，希望你们提高环保认识，尽快回到企业绿色发展的轨道上来。”“过不过时，也是你们一家之言，没地方说理哩。”明总继续紧追不舍，大有不达目的不罢休之意。解元局长从容地解释，语气尽量平缓：“你们公司的情况我有印象，管清说得没错，需要尽快更新设备。请相信我们，新时代没人敢忽悠老百姓了，要是不相信，可以找第三方机构核验设备。”一番话说得明总伸了伸舌头，不情愿地闭了嘴，脸上仍然不服气。

这时早想发言的昌盛玻璃钢制品有限公司代表老板娘肖娥伸了伸脖子，尖声疑问：“按照环保部门的要求，一套最新废气处理设备装到位要百把万元，万一你们到时找碴子不发排污证，企业岂不是亏完血本？其实最难发的就是你们这个排污证，什么工商执照、排水证、用电证等等，都能办利索，办个企业不容易的，别的部门都很支持，只有你们环保部门不好说话，好像为难人一样难商量！”“这个情况不存在，只要发现有这种现象，请第一时间打环保举报电话，一定从严惩处。各部门要求不一样，也请大家别这样作比较，我们会改进工作方式，请大家放心。”解元微笑说着，当场公布了举报号码和自己的手机号，说随时恭候听大家批评，说得胖姨扑哧一笑。见此情景，肖娥摆出积极姿态，朗声表示愿意配合处罚，尽快上马最新排污设备。她的举动激起一阵掌声，会场气氛迅速好转。白副主任又就禁止非法聚众闹事的相关法律做了一番讲解，一场风波转瞬消失。消息传开，引来赞声一片。这当口，市生态环境局老局长、分管信访局的魏副市长打来电话，先是询问空气质量年内改变有无把握，困难究竟在哪儿？问题在上面还是下面？别让这倒霉的气体废了大局和一帮人的前途。后来又说转型企业该关照要关照，经济指标也是一票否决哩。还专门提醒解元要注重联系底层群众，工作要多小心啊！作为老局长他有义务帮帮大家！解元想了想，一时哑口答不上，只说了句保准让领导满意的套话，讷讷应对，头一回口舌笨拙。

不久，局执法一科调查发现明隆石油化工有限公司整改并没落实，排污设施仍没更新，尚不符合排污发证条件。对此，解元会商相关部门后，毫不犹豫地中止了该公司的发证程序，让其等候处理。

这天黄昏，大气环境科邵科长向解元报告，经过一番突击，全市大气指标已经回到达标范围，并持续向好。听得解元会心一笑，想起吕厅长的嘱咐，碧水也好、蓝天也好、净土也好，一项都不能落后，这是打造美丽中国城市样板行动的基础。这天解元心情奇好，下班回家路上落日浑圆，到处飘浮着无边的生命气体，夕晖照亮人脸，朵朵亮过桃花。

十六

净土芬芳

养一河碧水山自巍峨
护一方净土人自洒脱
无水无命芳草何能萋萋
无土无根人类何以立身
谁在私自改变物质的成分
谁在制造一种无常

一

严老师今天没课，回家炖了杜仲腰宝汤，爱人解元的家传食宝，夹杂一股尿臊味。父亲解老教授每次享用，都会神秘地吸吸鼻子，一边嗖嗖喝得哼歌一样兴奋，一边咬块够劲的辣椒，说是正正味儿。不愧是百年家汤，近段解元精力不济，一周喝上两回，劲头往回拨几年。相比解老教授，他自然只能称作小解，严老师一直这么唤他。这宝汤作为家宴硬货，每逢佳节、亲人大聚、喜事登门，就会闪亮登场，煌煌然愉悦一番。

严老师狐狸般聪明，什么菜到手都能陡添神韵，一番折腾既不失传统风味，又新添别样功效。这汤更是出神入化，加了天麻、生姜和瘦肉后，味道居然非同一般，臊味全除，愈发爽口。小解就不用像解老教授一样，吸吸鼻子，再狠咬辣椒了。

解元下班一进门闻到熟悉的汤味，兴奋地拥抱严老师，说还是教师职业好，空闲多，不像公务员累得打陀螺。被严老师打了一手，嗔怪说瞎嚷什么哩，我带的可是尖子班，八小时外没少操心哩！这样一说，解元当即抱起严老师掂了掂，笑着说没看你瘦多少啊，看来操心不够哩！说得严老师掰开他手跳下来，用手指头点了一下解元额头，瞪眼嗔怪："你可真没良心啊，照顾你还少吗，难道就没有累啊瘦啊的时候？别闹了，喝完汤有好东西爽你哩！"

这一说，解元非要揭开谜底儿不可，一脸鬼相："不说不喝！"说完真放下筷子汤匙了。僵持一会儿，又是严老师先投降，走进卧室拿出一套报喜鸟牌西装。解元一见兴奋溢于言表，忍不住马上试装，囫囵一转魔变一样合身，庄重的黑，笔挺的顺，提起不少好兴致，不觉又转了两圈。他原来有套黑西服，当市生态环境局局长后，大小会议抵着穿，很快老旧，又不舍得买新的。正犹豫着，就被严老师吹根毫毛现身了。瞅着这牌儿这料地真爽心，解元忍不住问，脸有心痛神色：“不少钱吧？”严老师眼角翘起几分得意，惬意地说：“应该吧，国内十大名牌哩！”“听这么说不是你买的呀？怎么能坏规矩？随意收人东西呢？赶快退回去。”说着，解元赶紧脱下衣服，递回严老师，满脸不高兴。严老师一边折衣服，一边轻描淡写地消除解元的疑问：“你就把心放进肚子吧，这是我侄儿严卿送给你的生日礼物，不是差不了两天了吗，人家还要请你吃饭哩。上回招聘环保员你没帮人家忙，我哥全家可没怪你呀。自己至亲礼尚往来一下，能犯多大法呢？难道共产党员就没亲情？”“严卿不是去上海什么环境修复公司了吗？回来休假啊？”解元见严老师这么一说，脸色平缓许多，心下稍安。

“严卿回新莞市发展了，当上了大经理，没几个月就成长起来了。这孩子有才，你不帮他，人家独木成林哩！”严老师自豪地夸赞，兴奋溢于言表。“是吗？真这样，我倒要佩服他。该不是跟环保相关的公司吧？那就不太好了。”解元不放心地追问。“这个我倒没问，放心！人家说不给你这个姑父局长添麻烦，还不计前嫌拼命要张罗你的生日宴哩，多孝顺的孩子啊！”“那倒没必要，你知道我是不过生日的，叫孩子以后别花钱了，一个人打拼世界不容易的。”说完，解元喝了一口汤，口感似乎不一样，一下子又尝不出子丑寅卯来。严老师没接话儿，跑到厨房忙活去了。其实新莞市不算侄儿严卿老家，他爸来新莞市发展早，立定脚跟后，早年把一大家子带过来了，严老师也是沾光者，外省老家反而没了亲人。

二

曾副市长把解元叫到市政府办公室，兴致勃勃地打着手势，认真地交代："国务院发布'土十条'，吹响净土保卫战号角以来，秦市长很重视全市土壤修复问题。各区都有雷区，可怎么抓大伙心里没底。中央领导强调，在经济高质量发展过程中，污染防治是必须跨越的坎，尤其土壤修复不能拖后腿。保持生态保护定力，不动摇、不松劲、不开口子。"说得解元神情紧张，曾副市长依旧滔滔不绝地讲重点，不时挥挥手。

"开发区老工业园热电厂污染场地修复工程即将上马，是市里示范工程，从招标到验收，你们生态环境局要全程把关，给全市树好标杆，看你们有什么困难？"

解元不自觉地抹了把汗，眼睛眨巴了几下，不自信地回应："虽然明确市国资委为工程主体责任单位，但我们局责无旁贷，一定落实好您的指示，严格把好修复标准关，同样负起主体责任，请市长放心。"解元说完左眼皮直跳，一脸不踏实神情。

下午比上午易过，解元总这么感觉。回到市生态环境局办公室，时针指近下班节点，赶紧打开电脑，网签了一批文件，完成每天必办任务。有的来文与局里没多大关系，参考意义大于实用，就浏览一遍了结。有的信息量大，有作用，就收藏起来慢慢看。他感到局办公室筛选把关不严，什么文件都发来，牵扯了不少精力，作为单位一把手，还不好挑三拣四。这样，看文件的程序像鸡肋，弃之不得，食而无味，还每天不可少。

正准备下班，局办公室袁主任晃着弥勒佛似的大脑袋探进门来，说是市招标办来了通知，要求上报一名局领导担任老工业园热电厂污染修复工程的招标评审委员。解元想了想，觉得韩士合适，人比杆子正直，精明公道，把起关来靠谱。他把意思说出来，袁主任一个劲赞好，认为执法有多难，修复就该多严。解元又与其他局领导对表，基本一致。不一样的只有韩士，反复说自己不合适，要求另换他人。解元一个劲说他行，组织决定服从为要，总得有人上刀山下火海啊。说到这份上，韩士只好应允，忧戚戚提出条件，说既是土壤修复第一工程，局里定个调才好办。解元想这要求不过分，大家一起务务虚，也是不错的业务学习嘛。

修复研讨会开得热烈。省、市环境保护科学研究院共派来五位专家帮着拿捏标准，不少污染防治前沿技术说得天花乱坠，让人大开眼界。解元形容是高山顶上撒兰花——有香有物。

市生态环境局土生态环境科古科长骨碌着眼，简单介绍工程，语气充满期待："污染场地前身为热电厂一期工程，已停用五年。检测确认污染严重，污染物复杂，包括邻甲苯胺、二氯乙烷、氯乙烯、多环芳烃等有机污染物，砷、镍两种无机污染物份额也特别高，情势不容乐观。土壤修复工程量为3万立方米，地下水修复工程量为1.6万立方米，修复周期计划一年，拟投入资金三个亿。后续用地规划为商业用地和居住用地，工程质量不容半点疏忽。"从他尾声逐渐高亢的提醒中，大家感到了一份前所未有的凝重。

解元接着提高声调鼓励大家发言，满脸漾着笑花："大家好，今天郑重邀请省、市专家会商大计，有的是全国扛鼎大家，时间宝贵，首先欢迎前来指导！工程项目不大，但意义非凡，是新莞市土壤修复首战，市领导盯得紧，只许成功，不容失败，我们环保口把好修复标准是关键，请多多赐教。"

话音刚落，市环境保护科学研究院汪高工先声夺人："工程量不算大，技术难度也不算高，建议采取阻隔填埋化学修复技术，能有效阻隔二次污染，还能节省两千万元，给政府减轻负担，是两全其美的好事！”市环境保护科学研究院另两名高工异口同声赞同，神情呼应积极：“能解决问题就行，确实没必要好高骛远，试错了增加的是国家的损失，尤其此役具有先导作用，不能掉以轻心啊。”说得一屋人有种不得不附和的压迫感。

窗外雀子喳喳叫，省环境保护科学研究院连高工不以为然，一语破的：“普通阻隔填埋化学修复技术不能解决根本问题，存在严重后遗症。应该大胆采用新成果，比如原位化学氧化方法，是新型的利用强氧化剂破解地下水、沉积物和土壤污染物，形成环境无害化合物的修复技术。不需要挖掘土壤或抽出地下水到地面处理，就可根治，大大缩短治理时间，只需几个月或几年即可，而不是几十年甚至更长时间，值得推广。”说得人眼睛一亮。

与连高工同来的李高工撩人心弦地算了一笔账，勾起大家不少兴趣：“用连高工的办法，可以节省三千万元，达到根治的效果。用汪高工的方法，名义上节省两千万元，实际上应该节约一个亿，但此法老套，遗留问题多。两种方法孰优孰劣，一目了然。”

声音缓中有力，顿时浪花四起，到底哪项省钱？新技术好，还是老的好？哪种经得起考验？韩士态度鲜明，神情不容置疑：“我们追求治理效果最大值，当然要考量经济效益，不能随意浪费国家资金，但好技术也是必需的，不好的修复标准相当于暴殄天物。”

气氛骤然激烈，汪高工一脸不屑地反驳：“原位化学氧化方法我们市没用过，全省也不多见，用过的单位说成本高不合适，如果用后实现不了目标，造成的损失将更大。还是老办法稳妥，即使有点后遗症也有限。至于节约账只是粗估嘛，确定了还可精算的。”连高工面色从容，再次耐心反驳：“原位化学氧化方法在我们省确实少用，但在上海、浙江已被捧为时尚。世间事多是这样，每逢新事物面世，难免众说纷纭。从爱护环境角度讲，当然是一劳永逸好，哪怕有一点后遗症都不应该，这个没什么好犹豫的，原则问题不容含糊啊。”

两种意见猛烈碰撞，一时难分高下。解元脑中不时浮现市政协主席慈祥的面容，前段时间他还说要把年纪偏大的解元推荐为市政协副主席提拔对象，他是汪高工的亲戚。只沉思一会儿，解元平头扬起，缓缓开声支持韩士和连高工的意见，倾向新方法，虽然最后讨论结果仅供市政府参考，也不能掉以轻心啊，纳税人挣点钱不易，不可随意浪费。质量是污染攻坚战的关键，谁都想干事半功倍、锦上添花的事，可世间哪有便宜可捡？尤其是技术问题，结论不能下得太武断。他决定用民主办法来裁决。五位专家、九位领导参加投票，结果居然有十位赞成原位化学氧化方法，说明新事物受人欢迎。不跟时代接轨，说得天花乱坠也白搭。

三

周六上午，解元好不容易睡到自然醒，伸懒腰时已是中午，饭后看着客厅右角心情奇好。那儿摆设的孔雀石弥勒佛一样微笑，有种难以言喻的惬意。这段时间累得够呛，却掩不住地踏实。

这石头产自湖北大冶，周身墨绿色泽，是解老教授在当地教书时添置的六六大顺吉祥物，体现了对儿子的无限希冀。当年不值几个钱，现在据说这样一米多高的堪称石中瑰宝，价值连城。爱人严老师瞧着解元的痴情样，扑哧一笑：“想老爷子了吧？过段时间接他来南方过冬啊。前提是你得像这孔雀石一样顺当，老爷子才来得踏实。”“嗨，又弹这些老调，烦不烦啊，你别给我惹事就行。”

正说笑着，门铃叮当急响，严老师拿起话筒知是侄儿严卿来访，回头跟解元笑着说：“小解局长，严卿一直想跟你聊聊，你好久没见他了，今天正好消除点隔阂，亲热亲热。”

“哪里隔了什么，从前我是叫他学好哩。”说着，严卿满脸堆笑上到三楼来，气喘吁吁地与司机抬着一个米把高的物体进来。只见他挥挥手，司机喏喏退出，颇有点大人物气派。解元微笑着同他握手。这小子发福厉害，双眼眯成一条缝，有些像电视上不怀好意的反派人物。趁严老师给他端茶机会，解元担忧地提醒："干吗最近老送礼来？这是什么东西呀？不是贵重物品吧？你有什么事没有？可别给你姑父挖坑啊！""没事啊，姑父，我看你喜欢石头，专门给你挑了块黄石玉，不算名贵石种的，十多年前才发现的普通石种，与您家里这块孔雀石来自一个故乡，正好配对。"说着，打开布套，一座谷黄色山峰赫然显现眼前，嶙峋屹立，姿态峻奇，气势雄伟，石质润滑，灿黄如玉，越看越喜爱。严老师看得一脸兴奋，一个劲打趣："你姑父最近有点神经质，给他送宝贝还没好脸色，也不知哪儿学来这毛病！""不是宝贝，只是普通石头而已。"严卿急忙辩解。

说着，他忍不住卖弄不知从哪儿现学来的小知识："黄石玉产于湖北省黄石市一条窄短山脉中，是位采药人发现的，带了几块到花鸟市场去卖，瞬间炸锅，纷纷抢购。这种色、质、形、纹俱佳的天然观赏石，集天地之灵气，日月之精华，似玉非玉，巧夺天工。有牙黄、乳黄、谷黄、粟黄、橘红、乳白、青灰及五彩等色调，质地温润细腻，纹理清晰，光泽如玉，造型奇特，或玲珑剔透，或沟壑纵横，或类人状物，或秀色可餐，形神兼备，栩栩如生。既具有传统太湖石、灵璧石的瘦、透、皱、漏特点，又具有现代大化石、摩尔石、九龙壁石的质、色、形、纹优点，一时间捧到极致。"

"是吗？这石头看起来倒是逗人喜爱，你很有研究啊！""可不，也是慢慢喜欢上的。现在做生意嘛，讲究石来运转啊！听专家说，在远古时期，黄石地区是一片海洋，因地壳造山运动演变成陆地和山脉。又因火山喷发，使得地质发生变化，一些矿物岩浆熔流一起，经挤压、变化逐渐形成黄石玉。您说这石头不就与人类有了亿万年缘分吗，真是名副其实的万年神遇啊！”

“有意思，你今天是来给你姑父上课的啊！”严老师乐呵呵地在一旁助兴，吊灯像束花就要盛开。

“姑妈，您见笑了，我是来向姑父讨教孔雀石知识的。姑父您该不吝赐教吧？”说得解元一时兴起，忍不住说起孔雀石的好处来。

“孔雀石是一种古老玉料，国内主要产于广东阳春、湖北大冶和赣西北，颜色酷似孔雀羽毛上斑点的绿色而获名。古代称为‘绿青’‘石绿’或‘青琅玕’，世界著名产地有赞比亚、澳大利亚、纳米比亚、俄罗斯、刚果金、美国等地区。要求颜色鲜艳，纯正均匀，色带纹带清晰，块体致密无洞，越大越好。可雕刻鸡心吊坠、蛋形戒面、项链，还可制成印章料。几乎没有仿冒品，‘孔雀石’一词具有‘妻子幸福’的寓意，被奉为吉祥物。”

说得严卿舌头伸老长，禁不住询问：“真有这么神奇啊？姑父。”“嗨，更神的还在后面呢，天然孔雀石呈现浓绿、翠绿光泽，虽不具备珠宝的璀璨，却有种独特的高雅气质，神秘传说一堆。古埃及人尊为‘神石’，认为它驱除邪恶；在德国佩戴孔雀石的人可以避免死亡威胁；在我国古代，孔雀石被做成各种首饰佩戴，成为古今名人掌中爱物。据说慈禧太后六十大寿礼品架中间镶嵌的就是块孔雀石，你说有趣不有趣？”

严卿听得不停点赞，小眼睛眯成一条缝，装满了惬意：“没想到大自然真是玄妙啊，鬼斧神工，化腐为奇！”三人有说有笑，你问我答，其乐融融，不觉已过两个时辰。

解元看严卿眨巴小眼睛，突然想起他调回新莞市工作的事，忍不住询问：“小卿子，你到底在哪个公司上班啊？还跟姑父打埋伏啊？可千万别在跟环保相关的公司啊。”“姑父，您放心，我们公司新组建的，暂时保密，待一切就绪后再向您汇报。”说完，把解元晾在客厅里赏石，上厨房黏着姑妈学习烹调技术了。

只听得这小子在厨房大声饶舌，也不知从哪里学来一堆奇谈怪论，一本正经说是蒸食物一定要先开着盖子把水烧开，再放入食物加盖。危言耸听地说，如果直接加盖煮水，氯全部包覆食物对人体有害。自来水用漂白粉消毒含氯很高，氯有致癌危险，懂得预防真的很重要。说得严老师咯咯直笑，说小卿子长大了，这说法靠谱吗？知道关心健康了，十全通才啊！严卿也咯咯赔笑，说是没有姑父姑妈关怀，哪能那么容易长大。还说最近微信上流行着“一个好汉三个帮”的说法，何况自己没成汉子哩！您没听说本月的金句呀？拉面说要成功，得有人拉一把；饺子说要成功，得有面皮撑脸；豆腐说要成形，关键需师傅点化；油条说要成熟，必须受住油火煎熬；金子说要发光，必须有淘沙工帮忙。总之，成功离不开贵人提携、名师指点、朋友支持！心怀感恩，前路越走越宽。

听得严老师咧嘴直笑，尖声嗔怪道：“你这机灵鬼，心眼多着呢，原来是要做你姑妈的思想工作呀！”厨房飘来的全是咯咯笑声，解元听着淡然一笑，靠在沙发上闭目养神起来。

四

春华秋实，瓜果拐着弯飘香。新莞市环境保护科学研究院与《新莞日报》开展“学习强国，力为净土”环保知识竞赛活动，第一次协调会开得声势壮阔。

竞赛组委会和评委会联席会议各路人马齐全，有基层环保战线劳模，省、市环保专家，也有优秀企业家及教育文化界人士。出人意料的是，严卿作为明天环境修复技术股份有限公司总经理赫然在列。不过除了活动最早倡议人汪高工，在场的没谁知道他与解元的关系。

韩士作为局里分管研究院的领导应邀到会，大讲了一番活动意义：

“竞赛活动是落实中央环保战略新部署的有力举措，会带动更多市民热爱环境，形成社会合力，圆满实现目标。”《新莞日报》江副社长深表赞同，高声响应。

“两位领导说得好，只有天蓝水净、地绿山青，这土地才会充满生机。只有全社会参与治理，才能让大地永葆生机活力。”严卿眨巴着灵光眼，一边鼓掌，一边不失时机地夸赞，一下子拉近了与韩士的距离。

会休时间，两人凑在一起抽烟拉呱。原本韩士没拿他当回事，这小子的小眼睛骨碌碌地转，转得人不踏实，毕竟隔着代沟哩！严卿这小子扯了一番砚台经，让韩士刮目相看。其实严卿不懂多少知识，关于砚台那点皮毛见识还是从前来解元家巴结亲戚，跟解老教授讨教的，皮毛之功而已。这小子居然说起元代砚台特点有头有道，眉飞色舞的，得意得很。说元砚造型浑厚古朴，雕刻自然天成，风格造型纯朴，刻工苍劲，线条简练，尤其一些砚台上雕刻的元代狮子身躯瘦长有力，富有力量美感，充分展示了草原民族的粗犷威武。说得韩士不停点头称赞，虽是爱砚之人，却半生沉于工作，爱而不专，研而不精，对元砚缺乏研究。

严卿不失时机地言归正传，说明天环境修复技术股份有限公司虽然是新组建的，但千余员工却是浸淫环保战线多年的老人，准备组成“蓝天”“碧水”“净土”三个代表队参赛，强化为新莞市环保事业献身的决心。目前各队精神抖擞，志在必得，信心百倍。说得韩士连连加赞，充满欣赏神情：“环保事业成功就是需要凝聚起强大正能量，全民推动，才会芝麻开花节节高！”

一场会下来，两人俨如亲友，互道珍重话别。严卿说要送一方元代狮砚给韩士，说得他心花怒放，每一丝呼吸都有日子的香甜。韩士转念一想：哪有元代真砚，一块工艺品能值多少钱呢?

除了例会和工作日午饭时间，局领导就是同在一栋楼，甚至隔壁办公室，也难得亲密几分钟。大家都有一个感受，忙是最大主题，总有没完没了的事儿跳出来，让你无暇旁顾。

午饭后，解元第一时间敲开韩士办公室，说是没法儿，耽搁你一会儿休息。上午到市政府，准备去京出差的曾副市长专门嘱咐转告韩士一句话。

“热电厂污染场地修复工程不是小事，事关新莞市净土攻坚战全局，是落实《新莞市打造美丽中国城市样板行动规划》的重要环节，虽然有政府办、纪委、监委、国土局、规划局、建委、城管局、公共事业局、水务局、交通局等多个部门参加。但主业主抓，市生态环境局要发挥中坚作用，不得马虎。”解元说着，还模仿曾副市长的严肃口吻和蹙眉神情，使韩士陡然增添不少压力。

见他神情紧张，解元笑了笑，说后面还有烦心的。没关系，环保人干的就是麻烦事，要不还干得不欢哩。原来曾副市长下去检查，碰巧遇到老百姓挖鱼塘。在春河堤边挖出一个磷石膏废弃物堆放场，被人忘得差不多了。这不，被老百姓一锄头挖出来了，上下一片心烦，正一筹莫展呢。曾副市长说咱们局不能袖手旁观，你带人去把把脉，断个处理方案来。

解元走后，韩士一中午睡不着，遂收起简易床，把被子放入柜中。过去办公室有个里间休息，后来不允许领导这么奢靡，遂封了里间与办公室之间的门，另开门做了单位储藏室。

时间刚到两点，市环境保护科学研究院汪高工打来电话，说是严卿订了峰山神来香会所包房，晚上向韩局长讨教环保修复学问！汪高工不是一般人，是市政协主席亲戚、省内名家，平时在院里好多技术问题，宋院长都得听他的，来了局里，解元也要礼让三分的。想到这儿，韩士叫换个地方，找个简单实惠地儿聊聊天就行，只要解元没事找就有空。

汪高工似乎很高兴地连着说，声音充满热情：“不打紧的，严卿就是解局长内侄哩，韩局长下班后放心来吧。”“啊！竟然是至亲呀，那干吗不把解局叫上，一起热闹热闹！”韩士十分惊讶地询问。“嗬！别提解局了，他侄子说他浑身一股酸溜劲，搞到一起不爽。再说不是听说解局长从来不跟下属吃私饭吗？”“那下班时再定吧，还不知道到时有什么事哩。一定记得换地方啊！”放下电话，韩士隐若感受到一种不安情绪，又琢磨不透个中细味。

脑子忽然晕眩，午休失眠症延伸影响了。这时电话再次丁零零响起，与键盘声演奏着办公进行曲。拿起红色话筒，里面传来严卿好听的巴结声：“韩局长好，晚上一定赏脸啊！另外您还会有别人不知道的惊喜，我找到了元代丞相耶律楚材的铭文端砚送给您，上刻‘瑰宝留心’四字，下方则是一枚‘玉泉’方印，与一把刻有‘石涧敲冰’四字的七弦琴，并称广宁王双宝，十分珍贵，是一个不爱砚的朋友家传物品，白给的没花一分钱，您尽可放心！”听到这儿韩士仿佛被冰击了一下，口上还是客气地应付：“下班时再说吧，记得饭菜弄简单点啊。”

挂了电话，韩士脑海电影般回放一幕幕严卿的镜头，小个子小分头小眼睛，笑时眼睛眯成一条缝，甩着两颗活眼珠，把一副尖削的木瓜脸相转活了。名砚古琴、环境修复、竞赛评委、局长内侄、电厂工程、海天公司，刹那间，这些看似风马牛不相及的词汇缀满了丰富内涵，仿佛都有关联，又毫不相干。横竖理不清扯不散，一忽儿清晰，一忽儿模糊，扰得人好烦。

想到最近解元非常客气，老是亲自跑来办公室商量问题，交代一些重要工作，也不知是真心栽培，还是有什么特殊暗示。忽然一激灵，想起那年市纪委通报解局长调查情况，就曾说到解局长有个内侄叫严什么的，都怪自己不留心，太容易忘事了，真不应该啊！他犹豫了一下，还是前去敲开了解元虚掩的门。解元客气地起身倒茶。“老解啊，你是不是有位内侄叫严卿啊？可是不简单的人物啊，也不早跟我们介绍下。”“说啥呢，是有这么个亲戚，你严嫂的侄儿，不争气地到处晃，早几个月在上海打工，现在说是回到新莞市混世界了，在什么公司上班保密着哩。”

听他轻描淡写这么一说，韩士反倒没底了，心想姑父、侄儿不是演什么戏吧，后台老板若无其事，虾兵蟹将前头冲锋。可既然来了，又不得不探个底儿，要不，上了招标评委席不好办啊，弄不好还会得罪人。“不会吧，姑父是生态环境局局长，严卿当总经理的明天公司又是搞环境修复的，正好指导有方，大有用场啊，还会打这埋伏？”“埋伏？什么环境修复？明天公司总经理？看来这小子还真不简单哩，难怪这段时间总觉得他鬼头鬼脑的，原来背后有故事啊。老韩啊，说实话，我是真不知道你说的这一切。我一定好好查查这小子的底细，给你一个满意答复。”听解元说得这么彻底，韩士心里稍安。接着说起环境知识竞赛之事好巧合，严卿也和很多省、市知名环境专家参加了评委会，有几位评委还担任了热电厂污染场地修复工程的招标评委。

这话引起了解元的警觉，郑重其事地告诉韩士别迷信专家，笑着说起女儿小可从高校带回来的一个故事，说是一学生找老师解惑：“老师，昨晚我见一盲人打着灯笼走路，他明明看不见，打灯笼有何用？”老师说：“如果他是怕别人看不清路，这是儒家；如果他是怕别人撞到他，这是墨家；如果他认为黑夜出门就必须打灯笼，这是法家；如果他认为想打就打顺其自然，这是道家；如果他借此开示众生，这是佛家；如果他明明看得见却装瞎，这是政治家；如果他是真瞎，却打着灯笼给人引路，这肯定是所谓的专家！”说得韩士忍不住发笑。临别时，解元表情庄严地连声提醒韩士，一副不容怀疑的样子：“老韩啊，你可得注意啊，严卿这小子又浑又滑，你可别被他忽悠了。”说得韩士不好意思起来，满脸通红：“误会了。老解啊，你忙吧，我知道该怎么办了。”说完宽心地回到办公室，似乎放下了一个大包袱。当即给严卿回话，说局里开急会，饭不吃了，那块古砚你自个儿留着吧；还说最不喜欢的就是元砚，让人想起当年残酷的杀戮场面，心里不得安宁。严卿电话里一个劲预约下回见，转身责怪汪高工情报不准，耽误大事儿，说得他丈二和尚摸不着头脑。

接下来，解元发动严老师和所有亲戚搞起了隐蔽侦查，还请工商局的同学参与情报汇总，很快查明登记注册在开发区的明天环境修复技术股份有限公司是莞元集团的子公司，其匆忙组建，目的就是要抢占新莞市土壤修复工程，是收购外省同类公司紧急复制过来的。虽具普通修复公司资质，可设备陈旧、技术落后，并不具备新莞市土壤修复的高端技术要求。总之一句话，是个应该淘汰的对象。

解元终于明白严卿近段的良苦用心，严老师听说了也很生气，不停地感慨叹息："长大变样了，真是儿大不由娘，不简单啊！我弟媳还一直教训他，说他老实哩，结果竟是这么装样得很呢。""嗨，干邪事的人都爱伪装，没人说自己不好的，关键是旁边人要提高警惕。别怪我这么说你侄儿啊！""说哪儿话呢，你这是挽救他，我还没糊涂到那地步。"严老师说完哈哈一笑，涌出不少眼泪来。

看严老师情绪不佳，解元轻松说起外地新发现一种长相独特、外形酷似树叶的昆虫，伪装能力强大，一般人识别不了。说得严老师直点头，脸色有所舒缓。"这世界还是坏人少一点好，我们要保证自己不做坏人，还要及时扯袖子，不让别人变坏人。"两人说完一阵笑话，赶紧把严卿送来的报喜鸟名牌西装和黄石玉送回严卿家。没见上他本人，严老师嘱咐弟媳好好教育严卿，赶紧从明天环境修复技术股份有限公司辞职，悬崖勒马，回头是岸。说得弟媳一脸着急，恨不得立马找到严卿。

后来解元和严老师几次上门去做工作，严老师给严卿讲了灶王爷的故事，说是当地灶王爷原为平民张单，娶妻之后败尽家业沦落到上街行乞，讨到前妻郭丁香家羞愧难当，一头钻到灶锅底下烧死了。玉帝认为张单能回心转意，就把他封为灶王，掌握百姓家在新年中的吉凶祸福命运。民间尊灶神为“东厨司命主”“人间监察神”“一家之主”等，可见地位崇高。连古人都可回头是岸，尊为大神，何况今人乎？严老师力促严卿要知错善改，悬崖勒马。严卿一直支支吾吾，一会儿答应辞职，一会儿又说再看看，弄得一众亲戚担惊受怕的，心里不是滋味。

话忌多说，祸不单行。女儿小可也为上海宏达公司求情，说公司老总是其大学老师的女儿，能为自己下一步报考研究生提供帮忙，希望老爸助其一臂之力，是皆大欢喜的好事。却被解元劈头盖脸批了一顿，说是小可上大学了，反而丢了父母的教育传统，求学也好求业也好，一切靠自己，投机取巧才是自灭之路。还给小可发了一条警示格言，气得小可直哭，发誓不再搭理父亲。严老师赶去学校做工作也无济于事，想着不影响女儿考研究生，只好暂且搁下。解元正苦闷间，父亲解老教授打来电话说：“小可老师女儿的公司，该关心你还得关心，别误了乖孙女的前程，咱们奋斗一生，不就是为这孩子多些成功嘛！”说得解元一愣，他知道父亲年纪大了，不能刺激，遂安慰父亲多保重，这些小事都会办好的。说得父亲哈哈大笑，两父子客气地挂机。解元呆坐了半天，决定不管怎样，不能坏了自己坚守多年的信念！

五

新莞市招标中心这回为热电厂污染场地修复工程项目，专门成立了多达三十人的评审委员会，面向全国招标，希望有高端环境修复技术公司中标，在全市开个好头。

上海宏达公司、浙江天净公司等八家公司先后投标，省内有明天环境修复技术股份有限公司等三家公司志在必得。可不到三天时间，外省公司纷纷撤回资料放弃。新莞市招标中心范主任还听到了一种可怕的传说，说是政府招标不过是走走形式，项目早就内定了给明天环境修复技术股份有限公司做。还说这家公司严总是市生态环境局局长内侄，别的公司就是中标了，也白搭，将来验收难过环保审核关，吓得其他公司纷纷打起退堂鼓！

解元听说后感到事情不简单，建议报警请公安部门介入调查，给外省企业一个公平竞争环境。结果一调查，还真发现一些外省公司受到黑社会分子威胁，要求他们撤出新莞市市场，否则中标了也无法开工，唬得人顾虑重重。

后来结果出人意料，明天环境修复技术股份有限公司因技术方案不合要求等多种原因出局，中标的是浙江天净环境修复技术有限公司，与小可企望中标的上海宏达公司也无任何关系。严卿因为涉嫌干扰政府招标公务，被依法拘留。所有不和谐因素瞬间化为乌有，新莞市的社会天空一片纯净。

韩士经过调研证实，春河堤旁发现的磷石膏废弃物堆放场存有三十万立方米的危险物，没做过防渗透处理，已经违规堆放了二十五年。对此，市生态环境局邀请了化工、工程及水利方面专家深入制订整改对策。万幸的是，磷石膏堆场与旁边春河尚没贯通，渗滤液并没波及地下水，最终出台了科学治理方案。建设阻隔墙包住堆体，对磷石膏进行化学改性，中和有害物质。在工程覆土完成后绿化，形成美丽的河滩公园。唉，这事让人感慨，几十年的弃地啊，终于可以白天鹅一样受人宠爱了！

治理方案网上公示后，市民纷纷点赞："几十年的垃圾堆将变成公园，可以过来散散步、跳跳舞，这可真为老百姓办了件大好事！看来生态环境局的监管产生了效益！"大伙走在宽阔的河滩上，脚下一片净土，一脸轻松，通体舒泰，感到阳光格外明媚，新莞市确实越来越美了。解元感慨万千，监管才没污染，而最好的监管是事前预警，这成了颠扑不破的铁律。局里在线监测业务该抓抓了，想起这些他嫣然一笑，让贴面而过的人，好奇地看了他好久。

十七

监测多变

重要所以格外强化
监督只是一种手段
当监测网络散开巨掌，
仍有铤而走险的企图破网而出
殊不知，出头鸟的痛苦无法描述
这种残酷不知是不是一种悲哀

一

省生态环境厅发来一纸通报，通报的典型案例都是邻市的，与新莞市生态环境局无关，可邱明依旧坐立不安，仿佛被点名一样不踏实。他心里有数，局里在线监测业务交给执法一科办理，人少事多，根本忙不过来。不像邻市生态环境局那么超前，设有一个在线监测中心，兵强马壮。

学习通报时气氛压抑，没人知道安全底数。解元一脸严肃，要求举一反三，严阵以待。他高声提醒，典型案例吓人一跳啊，在线监测是预防突发事件的千里眼，要经常呵护，时时勤拂扫，莫使惹尘埃，麻痹大意就是犯罪，出了问题更是愚蠢。说得邱明心惊肉跳的，心想解元待人没的说，就是工作太狠了，在这上面招惹他，会跌得很惨！按照解元在局务会上的提议，局执法一科迅速团团转，搅起阵阵风浪。一时间，所有力量聚焦，十八般武艺全上，要像孙悟空进八卦炉——越炼越结实。

执法一科将这项业务分给一组组长管清、雇员小耿、第三方公司监测技术公司派来长期帮工的小胡，由三人包揽全局在线监测日常业务处理。像瞎子背瞎子——忙上加忙，叫苦也没用，市委编办不会随随便便批几个编制下来。局里这次安排的在线监测抽查任务，只好本科当大事，不懂的人抽来也是帮倒忙。邱明、温柱良带上三人迅速忙碌起来，温柱良是新莞市生态环保联合执法协调领导小组办公室常务副主任，这次抽查行动，他协调来市公安局单科长参加。六个人拉开了架势，没想到八千家重点排污单位，三天查了百余家，家家灿亮，像瓜瓤里点灯真漂亮，全瓤亮满。

“在线监测业务不是局里的强项哟，听说个别企业甚至存在疏于监管的现象，老是查不出问题不是好兆头啊！”温柱良满脸疑问地发声，说得邱明不住地点头，单手作孙猴子挠头状，引得几人一阵发笑。管清突然记起文田区有个明发环保科技有限公司是个老刺头，听分局说这段时间变好了，数据比前几名企业还好，私下讲不是很相信。

听完这话邱明眼睛一亮，跟着回应道：“这样的企业尤其不能马虎。解局长讲过，凡事不要被表面现象吓唬住了，现场遛遛才见真功夫！”说得一伙人兴奋起来，当即打电话文田分局做好准备。一行人直奔明发环保科技有限公司而来，分局詹局长和管片组长岑霞也迅速赶来陪检。见面岑霞就热情地打招呼，彼此问候，老同事相见分外亲热。

岑霞一个劲夸这家公司是良心企业，可以免检，尽可放心。詹局长也在一旁肯定，说岑科联系这一片执法监管业务，她最熟悉，她说没问题就一定是没问题的，也省得你们白辛苦，可省点时间去其他公司看看！

说得邱明不好意思起来，将视线瞄向温柱良和管清，管清装着没看见，轻声说，来都来了，还是简单看看吧，好企业也可当作样板学习一下嘛！岑霞闻听顿了一下，只好转身在前带路，转身时收住笑容，好看的瓜子脸似乎掠过一丝不快，又瞬间恢复平静。雇员小耿看到，亦是装作不见。一行人说说笑笑走进明发环保科技有限公司，公司孙总早来门口迎接。

简单说明来意，大伙便直奔在线监测设备处查看，采样管、设备机等处一路看来，正常运转，并无什么异样。走走问问，又看了看车间和部分厂房，所到处井然有序，环境整洁清爽，似乎应了岑霞的预言。

管清也感慨，看来明发环保科技有限公司真变了样，可谓士别三日，当刮目相看也！说得一行人哈哈大笑，接着又按岑霞带路，乘兴检查了三家公司，也是好上加好，完全让人放心！大伙兴奋不已。邱明也高兴得说起了笑话，说其实在线监测的最高境界就是数据正常没问题，都怪咱们这段时间神经绷得太紧，快患疑心病啦！哈哈！他爽朗的笑声在走廊回荡，空气中飘满自信的声息！

明发环保科技有限公司孙总也笑得很可爱，一路小心翼翼地陪着。门口胖大个保安看着双方互动亲密，也笑成一盆花！

快上车时，他还背着岑霞乘兴轻声说笑，一老牛要出差，但不放心母牛，决定把母牛托付给人照看。但托付给谁呢？狐狸？不行，狐狸太狡猾。狼？不行，狼太凶残。看来托付给大象吧，大象老实忠厚。N个月后老牛出差回来把母牛接回家。第二天老牛怒气冲冲地去找大象曰："象哥，牛逼大了！"说得管清笑得前仰后合，连说不对不对，这笑话讲反了，应该相信明发环保科技有限公司才对，可不能像老牛一样事后瞎扯皮！说得温柱良扑哧一笑，回应道，但愿如此吧，相信是门学问啊！一行人收队返回，一路说笑不断。

二

两天后，分管执法的皮副局长笑哈哈，交给邱明、温柱良一封主要事实部分的告状信内容，说是解局长看过了，原件在局机关纪委那儿，你们也不要去打听告状信的全版内容了。尽快把明发环保科技有限公司的违法线索检举事实查清即可，可不能再像信中说的那样敷衍了事啊，那就是渎职罪哩，当然咯，要是没什么问题，也别鸡蛋里挑骨头，要注意维护营商环境。听说那儿人爱告状，别被人家牵着鼻子瞎转悠！

说得邱明倒吸一口凉气，点头表示一定小心。温柱良也是相视苦笑，带着歉意回答，也许我们前面疏忽了，真是不应该啊！抽查组六人会合一块儿，商量半天，决定反常抽查一回，这回就不让文田分局知道了，因为告状信说岑霞等人徇私枉法，包庇成瘾。告状信还说这家公司反常作业，昼停夜产，前两天白天迎检是假装生产对付我们，那这回咱们何必白天大张旗鼓地去惊动人家呢，就来个突然夜袭吧！

傍晚时分，一行人来到明发环保科技有限公司，门口保安认识他们，一边打电话给孙总，一边试图拦阻。管清大喝一声说，有这么迎客的吗？是你们孙总请我们来的，瞎拦什么？你们接没接到通知不关我们事啊！说得胖大个保安员一愣，转身开闸放行。

一行人兵分两路，一组人径直奔向车间仓库，细心的温柱良一眼发现公司仓库角落，居然堂而皇之存放着“高效COD去除剂”的袋装药剂，让人疑虑重重。两名保管员见状拼命推搡温柱良等三人，试图关闭仓库大门。身着便装的市公安局单科长赶紧亮出警察证，正告他们配合调查，不要知法犯法。两名保管员这才松手，面面相觑，一脸懊悔相。公司孙总也赶到现场求情，说可能是误会了。

听到动静，邱明那组很快赶来，他询问仓库保管员这些去除剂作何用？两位保管员佯装镇静，一问三不知。孙总也装着无关紧要地打哈哈，说可能老板朋友存放这儿的，应该与本公司生产关系不大。

眼见扯不清，颇有经验的邱明引着抽查组人员，沿公司车间七转八转，细查异常情况，很快在废水排放口发现投放“COD去除剂”的装置，事情终于败露。孙总耷拉下狡猾的脑袋，一脸沮丧表情。

接到公司老板电话的岑霞，也报告詹局长一起赶来，他们面上没为涉事公司说情，但总在一旁唠叨，说可能是老板明才身陷官司纠纷，最近没精力管厂出现的意外。这到底是怎么回事，还得调查一番才知。鉴于情况特殊，解元决定，该案不让文田分局插手，由市局执法一科直接查处。

结果一调查，让人吓一跳。为多谋利益，明发环保科技有限公司三个月购买了5吨多“COD去除剂”，通过投加“COD去除剂”的方式，干扰自动监测设施的正常运行，造成排放污水化学需氧量（即“COD”）自动监测数据下降的假象。费尽心思使省厅和生态环境部的监测数据表面正常，来遮掩他们违规排放有害废水的犯罪事实，真是不可思议！经管清抽样检测，该公司使用的“COD去除剂”主要成分为氯酸钠，无法真正去除废水中的COD，只是干扰COD的监测，造成数据下降的假象，实为“屏蔽剂”，已涉嫌犯罪。

一行人固化证据链后，将案件依规移交公安部门。奇怪的是，孙总等涉案3人被采取刑事强制措施后，居然很快认罪，说犯罪情况公司法人代表明才自始至终并不知情，纯粹是他们一时糊涂犯下的大错。他们认得干脆，坦白得彻底，大包大揽，与以往案例中死咬老板不放的现象截然不同，让人疑虑，又无从下手。也有说他们是畏忌明氏家族的权势，明才是尧元集团明老大的侄儿。一切按法律程序运行，到底是不是最后真相，大伙也说不清，世相变幻莫测啊。

三

初战告捷，一行人却轻松不起来。看来情况并不乐观，一些企业犯罪嫌疑人的胆量超乎想象，几乎到了为所欲为的地步，还有多少不为人知的漏洞呢？管清感慨果真如此，有种恍然大悟的收获感。“看来不是装了在线监测设施就万事大吉了，平时监督检查同样重要。”邱明一边看案卷，一边感叹。没想到接下来的检查更惊悚，犹如惊险小说——回回耸人听闻。

他们以为小公司为节省成本，一时间铤而走险瞎胡闹的可能性大。一行人决定抽查一家大公司，扬威化工公司是重点排污单位，安装了煅烧尾气在线监测仪。据省远程监控平台提供的线索，这家公司二氧化硫数据在工况发生变化时，也长期处于稳定状态。管清认为值得怀疑，肯定有问题。雇员小耿说也未必，稳定正常不正是我们追求的目标嘛！管清脸一歪，不以为然，说工况变化了还没动静，怎么可能？设备最讲科学程序，又不是傻呆石头！一行人决定到公司看看，也许现场能答清疑问。

扬威化工公司在烽火镇双岔嘴村东边，便不打招呼突然上门。结果人家公司保安好说歹说都没用，就是不让进门。他说：“槽南分局的人都认识，你们全是生面孔，不能确定身份呢。”好在温柱良有数，叫来双岔嘴村党支部梁书记做证，终于进得场去。有梁书记在，人家公司总经理立马出来迎客，客气得不得了。梁书记也在一旁笑着说：“柱良啊，说起来，你算是我外甥啊，可得给我面子，别让我丢脸啊！”温柱良笑笑：“您是环保村支书，应多支持环保工作才对啊！”彼此哈哈大笑，放步进了公司大院。

一行人到处转转，面上情况平静。再转车间，起初信心满满的雇员小耿面有惊色，没几分钟就叫喳喳，惊呼发现了异常现象。

原来安装的煅烧旋转窑自动监测设备分析仪（数据分析仪器）11时5分的二氧化硫浓度显示读数为3391.5mg/m^3，超过《工业炉窑大气污染物排放标准》规定的限值（850mg/m^3）3.99倍，该设备同时段工控机（数据显示和设备传输仪器）二氧化硫浓度显示读数为196.37mg/m^3，数据误差17.27倍。数据误差很大，却直接上传在线监测系统，给人一切正常的假象。

小耿拿着报表核对，记录凿凿，让人心惊，该公司二氧化硫等污染物监控上传数据大幅低于实际排放数据，造假情况，一目了然。温柱良一行人紧张起来，面对质询，公司总经理支支吾吾，不正面回答问题，说要等总工程师回来才能解释。又说总工程师出差北京了，让人不知说啥好。管清着急地问：“这么大的厂，不可能一个懂情况的都没有吧？这事可开不得玩笑呢。”公司总经理一副懵懂相，不以为然地回答：“会不会是仪器出了故障？”让人哭笑不得。为表示诚意，小耿与小胡回头又查看了一遍煅烧旋转窑自动监测设备分析仪，确认运转正常，不存在故障问题。公司总经理依旧支支吾吾，答不上的问题，不是推诿别人，就是傻笑面对。

情况报告给解元后，移交槽南分局调查，很快查实该公司通过篡改工况参数的方式超标排放二氧化硫1021.35小时，超排污许可排放量141.05吨；超标排放烟尘9小时，超排污许可排放量3.51千克。双岔嘴村党支部梁书记听闻惊诧不已，感叹被不法分子蒙蔽了，真是防不胜防啊！

经调查后发现，原来是公司法人代表指使调度员陈某、安全环保管理员尤某早前给监测系统安装了一种软件，多次篡改尾气自动监测设备参数，逃避监管、超标排放二氧化硫等大气污染物。违反国家规定，犯罪事实确凿。不仅严重污染环境，而且破坏了尾气在线监测系统的正常监测功能，后果严重。案件收齐实证后，很快移交司法处理。

四

连续发生违法案例，解元召集抽查组人员开会商讨，决定变临时抽查为长期排查，由雇员小耿和第三方公司监测技术公司维护技工小胡长期负责在一线巡视，盯住重点嫌疑对象，发现问题迅速报告管清负责的后方处理组，专案查办，将监督长期化具体化。邱明和温柱良回归本职工作，遇到急案大案则集中支援，形成一套有效处理机制。

小耿、小胡就这样走到了前台，两人性格互补，一急一温，算是恰到好处。

小胡在一家监测技术公司签上用人合同没几天，就被公司派到市生态环境局当监测员。不是办啥急事，同事开玩笑说就是温火慢煮式乖乖履行合同，蹲到甲方联合办公那回事。不是生态环境局人员，却胜似在编职工。跟公务员坐一块儿做同样的事，隔三岔五会有被监测单位人员来谈业务，一口一个胡科地叫，弄得小胡好尴尬，虎牙微露，似笑非笑，又不便解释太多。

说来凑巧，与小胡搭档的小耿，也是刚进市生态环境局不久，长期签合同的政府部门雇员，经验不多，但考取了执法证。好多事都是摸着石头过河，边学边干一头热。两人投缘，活儿干得还算漂亮，没事爱搏嘴壳儿，人称“黄金搭档”。

他们干的在线监测是个技术活，看似简单，做着复杂，在浩如烟海的数据中发现针样问题。还要督促着被监测企业照样整改，彻底做到心服口服。说真话，并不是容易事。每有难处，小胡一副方脸阔笑模样，虎牙微露，长者般拍着小耿肩膀，鼓励他急流勇进。气得小耿豹眼圆睁，常有愠色。激是激，吵归吵，放下工作了，两人仍是莫逆之交。

小耿好大喜功重宣教，每巡查一地，必打着手势对着服务公司叽里呱啦高谈阔论一番。时间长了，大批被监测企业也理解支持了。都说环境在线监测系统是个好东西，这个信息平台涵盖水质、烟气、空气质量监测等多种范围，信息准确，系统监控和数据获取功能强大。总之一句话，有它环境监测与污染监督管理变得可摸可感，猫鼠满意，相得益彰。每有公司给予热情回应，小耿必然兴致勃勃，气势压人一头。小胡就会不识趣地迎头浇冰，牵扯袖子，龇牙咧嘴地瞪眼：“不能光练虚头巴脑的台面活儿，关键要盯住背后的小九九，灿烂笑容背后别有惊人文章。”

小耿眼珠子骨碌一转，驳得山响：“你这心态太拧，要笑脸看世界，大肚能容难容之事！”说得小胡虎牙咯咯响，脸色白中带红，认定人心不古，不能一概而论。基本是这样，小胡撑着虎牙口拙，正儿八经论事不经谈，尤其不擅长搏嘴戏，说着说着，常常卡壳忘词。下来场合私聊又滔滔不绝，欲罢不能。小耿戏称他这是“临时停电”，得带个充电宝。小胡嗤之以鼻，说我的火眼金睛就是万能宝。

开发区旁边陈村过去是城乡接合部，如今俨然已具城区雏形，消费不高，房租便宜。离中心城区单位上班点不远，去开发区巡查被监测企业便捷。小耿与小胡盘划着合算，便联手在陈村租住一套两室一厅，比市内省了一半租金。美中不足是经常碰到临时停电，小胡乐哈哈说这不打紧，忙碌一整天正好早点睡觉解乏。小耿每每耿耿于怀，深入左邻右舍打听，仿佛要发现什么意外秘密。这劲头让小胡扑哧一笑，劝他别鸡蛋里挑骨头，自寻烦恼。小耿一本正经回应，没事正好，弄准了才不冤枉好人，说得旁人云里雾里，不明就里。小胡直摇头，无奈一笑，讥讽小耿“神经质”老毛病又发了。可小耿对个别被监测企业的怀疑，一刻也没停歇过。

说来也巧，近段开发区众多企业监测数据浮动大，临时停电现象频频出现，过去只是偶尔停电，事先都有预告。近段则是常常不宣而停，看着大把重点排污企业的事后说明，小胡哭笑不得。小耿跑东查西，试图大海捞针，尽快弄清真相。小胡一直被动配合，开玩笑说小耿这么坚持，是疑心太重，弄不好竹篮打水一场空。小耿嘿，坚持耐心引导，豹眼灌满期待，一脸真诚让人却之不恭。

还是小耿撺掇力度真大，两人频频请示领导，近段巡查，临时停电是疑点。翻阅开发区百家企业备案资料，小耿发现对临时停电多家说法不一，时间不同，真是咄咄怪事。询问当事人，企业老板振振有词，说是线路不同，结果自然相异。停电了，在线监测数据自然处于停滞状态，表面上也无可厚非。小耿心想，看起来是件小事，琢磨着又是大事，万一其中有诈，岂不白白让不法分子逍遥法外了，的确马虎不得。这样一急，小耿白脸发红，下班快快回家。两人街边吃了份快餐，匆匆回到租房。

小胡一副懒样，直接躺床，小耿靠在门边忧心忡忡提醒，忧天怨地：“看来老在企业身上打圈圈不奏效，还是要深入居民中，老百姓的眼睛最亮堂啊！”絮絮叨叨半天，小胡没回应已呼呼大睡。小耿见状轻轻掩门，自个儿找房东大爷聊天，拉呱半天没有线索。又找旁边一位房东大妈闲扯，老人鹤发童颜，手势挥得很有力度。说起临时停电事一脸愤慨，埋怨旁边供电公司有人捣鬼，每逢这位领导值班，开发区这片就会临时停电，严重影响租房生意。还说街坊们有个投诉组，但愿不日能有好消息。说得小耿长吁一口气，担心的事终于有了眉目。又乘兴访问几位知情人，这才笑脸开花满意而归，一路哼着小曲回到租房。

这时，小胡居然醒了，分享小耿的成果，也是一脸兴奋。两人合计着如何向领导汇报，再三琢磨措辞，不觉已至深夜。很快传来好消息，陈村村民投诉无效的临时停电事，经市生态环境局领导过问，迅速得到解决。据说确有供电公司领导和重点排污企业人员涉案其中，详情正在审查中。

五

现在，开发区的夜灯明亮了许多，安装在线监测系统的重点排污企业再也没有临时停电现象了。小耿一改怏怏模样，心里亮堂了许多，常常笑得灿烂，被小胡拍着肩膀夸赞。两人的黄金搭档名声越传越远，成为大伙茶余饭后津津乐道的榜样人物。

春河下游环境监测部门反映，近来春河水质反复无常，一到晚上就变脸，比川剧还热闹。不用说，上游肯定存在夜晚排污现象。解元让分局和在线监测外巡组关注，搞清楚重点排污企业是否从中做鬼。槽南分局与开发区分局联合沿河段排查，最后确认问题出在槽南区峰山镇这段。槽南分局曹局长迅速组织力量沿大大小小河涌排查，居然一无所获。市局执法一科在线监测外巡组小耿、小胡忙乎半天，也是竹篮打水一场空。

大伙纳闷得很，邱明说监测系统网上数据意义不大，从以往案例看，问题出在线下，必须到现场去一家一家盯，一处一处核，不到现场点窗户纸，吹多大气都白搭。这时，有了岑霞的不好传闻，邱明说别依靠分局了，你们外巡组自己核。这样，小耿与小胡又跑起了“马拉松”，有时管清把他们带到点上，就忙别的去了，核查还是两人的事。

针尖对麦芒也没用，没逮到老鼠，好猫也是病猫。

小耿苦恼，刚入职时间不长，就被问题圈套进了迷魂阵，关键是折腾半天还没成就感，时间长了，不磨成神经病才怪。看他们烦恼样，偶遇的峰山镇环保办庄主任笑着提醒，峰山纸板公司老板跟分局领导关系好，我们查不动，说不定污染源就在那儿亦未可知。说得小耿一脸兴奋，拉上小胡就要登门去核查。

小胡机灵眼一转，把小耿拉到一边，轻声说："庄主任说的也不能全听，区、镇同行互不隶属，有的矛盾大得很，是不是给咱们使的绊子还不好说，再说这家公司我以前跟管科来查过，杠杠的没问题，也别冤枉好人。"说得小耿哦哦半天，不知如何办才好。临了还是打消了去峰山纸板公司的念头，他们扯上庄主任看了附近五家公司，还真是玻璃罩着的金字招牌——过得硬。临别，庄主任意味深长地说："附近这些公司，要是不看峰山纸板公司的话，其他的没必要看，何必浪费时间。"似乎意有所指，这人似乎跟峰山纸板公司杠上了，真怪！小胡听了无动于衷，小耿听了酸溜溜的，感觉不是滋味！一夜下来，小耿有点失眠，脑子放电影一样，老跑过峰山纸板公司的字眼。第二天出巡，小耿跟小胡杠上了，非要核查峰山纸板公司的在线监测设备不可，小胡一脸不耐烦，怪他自寻烦恼，像个神经病！

拉锯半天，小胡没呛过小耿，虎牙咬得咯咯响。两人商量一阵，决定约上庄主任，还是去峰山纸板公司走走。

峰山纸板公司俞总倒是客气，一见面笑成弥勒佛，又递烟又亲发矿泉水，不是跟小耿、小胡打招呼，就是跟庄主任说笑在一块儿，浑身上下热络得很，是个懂礼仪的角色！三人随他的指引转来转去，有时庄主任指一些地方看，有时小耿指指目标，随便怎么看，俞总都是客气得紧，还不时寒暄，说些笑话活跃气氛。

眼中的自动监测设备运转正常，数据达标，没发现任何异样。庄主任一旁唉唉地苦笑，欲言又止。小耿问他半天，他也没说出个什么所以然来。小耿看得出来，庄主任一脸不服周的样子，却又为看不出什么毛病来苦恼。小胡一路欢笑，谈吐轻松，仿佛洋溢得意神情，虎牙灿灿露得好看。

三人打算离开，路过沉淀池时，小耿发现池中咕咕地冒泡，水质没那么浑浊，一根硕大的水管如游龙入海扑腾着身躯，好突兀，明显是临时架设的，好生奇怪。喜欢打破砂锅问到底的小耿当即溯管问疑，俞总脸有惊色，却已不好制止。

小胡说管他什么水管，与在线监测无关，不必多管闲事。庄主任一脸兴奋，如发现新大陆，说那倒不一定，如果没问题弄清楚一下，也不耽搁多少时间。原本骑虎难下的小耿听这么一说，当即沿管搜查下去。果然不是连接车间的废水，而是清爽爽的自来水，为何要在沉淀池注入清水，让人匪夷所思。俞总解释是处理设备老化，程序上减轻一下处污压力。说得小耿疑问更大，庄主任也不以为意，都说没听说有这种减压做法。俞总说我们总工这么做，总有这么做的道理吧！要求找总工来答话，又回说遍寻不见，真是古怪！

小胡在一旁打哈哈，说算了，也别费冤枉精力了，赶紧转场去下家公司看吧。小耿和庄主任揣着满腹疑问，又转了一会儿车间、厂区，才若有所失般离开峰山纸板公司。

接下来，三人又查了三家重点监管企业，依然是瞎子打蚊子——白费力气。一路上小耿沉默寡言，忧心忡忡的样子。他感觉小胡最近变化大，已没有了当初的默契味，到底出了什么问题，一时半会儿他也说不清。想着想着，他忍不住走到一边，跟管清打电话说了水管情况，还说小胡有些马大哈。管清交代他们晚上杀个回马枪，先复查旁边公司，不要告诉小胡要复查峰山纸板公司，到时再突然去该公司复核，就说是科里意思。当然，没有明显错误的情况下，也没必要怀疑同事，一定要搞好团结！说得小耿心情更加沉重，又不好露在脸上。

很快到了下班时间，小耿不好连累庄主任加班，两下热情话别。把科里要求加班复查几家公司的任务说了一遍，大多是白天走过的公司，小胡一脸不解，说真没必要，纯粹多此一举。

六

两人街边分别吃了一盒快餐，本来可报销40元，每次小耿只订20元那种，就觉得挺好，吃得香喷喷。小胡不以为然，总是要多加一个鸡蛋或鸡腿什么的，基本上要花30元左右，还说太一般。饭后两人散了一会儿步。20时开始，两人开始了复查工作，有的公司已经下班，通过保安员联系公司领导，折腾半天才让进去看看在线监测设备。有的公司正好加班，进去时间就快很多，查半天，和白天一样，数据没什么变化。有的公司保安员还会绕着弯子奚落两句，面上倒是还算客气！

接着小耿闪到一边，假装接了一个电话，说是管清说要复查一下峰山纸板公司，小胡略有惊异神情，也没说什么。两人来到峰山纸板公司，奇怪的是今晚该公司居然加班，白天俞总说他们公司一般不加班。白天的保安员还没下班，还是像俞总那么客气，只是俞总不在公司。很快叫来位车间主任，也是格外客气，似乎与小胡很熟悉。三人边说边聊地一路查看，小耿突然发现，公司的外排口正在排放大量泡沫状污水，当即惊讶地问："这种状况达标吗？经过设施正常处理没？"车间主任笑着应答："您放心！水质没问题，都是达标排放。"查看自动监测数据，显示COD（化学需氧量）值在45mg/L～50mg/L之间小幅波动、氨氮恒定为2.5mg/L，并无异样。小胡在一旁称赞他们过得硬！不断说表扬话，还说没必要再查了。小耿凭经验感觉有问题，他的疑虑更重了，坚持要再看看。沿采样管搜索，终于发现，该公司总排口COD、氨氮、总氮自动监测设备的取样软管，竟然插在一只人为放置的塑料瓶中，干扰了仪器正常采样，设备才会出现正常数据。小耿舒心地笑了，原来症结在这儿，此刻，车间主任一脸惊慌地跑到外面去打电话。小耿掏出手机，准备给管清报喜，他欣喜，终于为春河近来水质变化找到了违法偷排的注脚。

这时小胡把小耿拉到一边，居然替峰山纸板公司说起了好话："峰山纸板公司的自动监控设备运维单位法人代表是他们公司老板亲戚，放他们一马，他们知道好歹的！一定会感谢你！如果报上去咱们什么好处也得不到，取证、做案卷还会累成王八蛋，一批人还会涉及刑罚倒大霉，犯不着这么得罪人，他们也是打工的苦命人，不容易！你就做一回大善人吧！"小耿惊讶地说："你怎么能这样说，包庇是犯法的啊！"小胡一声嗤笑，样子与平时判若两人，怪声说道："能犯什么法？这是发善心帮人啊，是做好事！胜造七级浮屠的！懂吗？就算你不想帮别人，帮帮自己总可以吧，想咱们工资每月拿到手就三四千元钱，不要跟他们拿一两万元的公务员比认真，犯不着，别那么傻了！醒一醒吧！"这时打完电话回来，听到他们对话的车间主任也劝小耿放一马，说不会亏待你们的，俞总很大方的，马上就赶过来。小耿看了两人一眼，长叹了一声，严厉地说："不要顽固了，错上加错只会处罚更重啊，我已发短信给管科了，他和邱科长马上赶过来！"说得车间主任脸色青一阵白一阵，十分尴尬！小胡则是一脸沮丧，失望地说："咱们同事一场，拜托你在科里给我留份薄面，咱俩互不伤害吧！"小耿心想犯法了不光失去自由，还将失去更多，于是语音平静、表情凝重地说："你的看法不对！再好好想一想吧，不要失去更多啊！"

邱明、管清很快赶来，一行人开始了忙碌的取证。很多疑问迎刃而解，原来清水注入沉淀池，也是稀释外排废水，经对总排口出水采样监测，该公司外排废水COD超标9倍多，涉嫌超标排放水污染物。

后来，经进一步调查，证实该公司联合自动监控设备运维单位的运维人员，对替代样做了精心伪装，用试剂瓶盛装替代样并贴上试剂标签，从外观和数据上看均与正常设备一致，造假手法十分隐蔽。是一起篡改、伪造监测数据，违法超标排放水污染物的典型案件，证据确凿。新莞市生态环境局依法对峰山纸板公司处以罚款100万元，并将案件移送公安机关。等待该公司涉案人员的，将是严厉的刑罚。

小胡也被第三方公司辞退，万幸他的错误行为尚不及刑罚。他是外省人，听说出事后女朋友跟他分手了，有些伤感，准备返回老家谋生。小耿购了他喜欢的一副羽毛球拍前去送行，没想到小胡已提前出发，打他手机一直不接。小耿心想，但愿他有一天能想明白，他们还做好朋友！他在心里默默为他祝福！

槽南区侯副区长给解元打来电话，说：“求市生态环境局高抬贵手啊！这段时间干吗老揪着槽南区不放啊，现在刑罚案都搞出来了，再这样下去，就要到市领导那边去跟市生态环境局打官司哩！”解元笑笑回答：“这个减少发案的主动权在区里面啊，我们局真不想有案件啊，我们追求的是天蓝水碧土净的好生态，不在意发案率啊，希望区里理解，大家一起把工作做好！”后来在局务会上，解元反复勉励同事们，不要怕跟什么人什么势力打官司，我们必须坚定不移地实现自己的目标！在这上面没有退路，只有奋斗和奉献！

十八

藤蔓绵长

人走在大地上
前方无数藤蔓缠绕表演
没雨时有风悠悠
没风时有声窸窣
什么都没有时思绪迷离
心儿仿佛不归自己所有

一

临近下班时天色灰暗，黎华兴冲冲跟几个相好的同事闲扯，丢出一个爆炸消息："'解倔头'被人告了，法院发传票来了哩，且看他得意到什么时候吧？"边说边歪着嘴笑，兴奋之情溢于言表。油老黄摇头晃脑地哼歌，拍着掌附和："太好了，早说过，太张扬是会遭报应的，果不其然，天公长眼啊，大家等着看热闹吧！"几个人叽叽喳喳说笑，你一言我一句好不得意。这帮人走廊上瞎扯，海阔天空，漫无边际。窗外天色愈发幽暗，院墙上藤蔓绵长，仿佛直插云端，又摇摇欲坠。

政策法规科于科长听到了关于解元局长"被告"的坊间传闻，心想全是以讹传讹的夸张说法，真是滑天下之大稽啊。他表情冷峻，跟告诉他的同事说："别信这些胡说八道啊，人家告的是市生态环境局，只不过解元局长是法人代表而已，哪能尽往他个人身上抹黑呢？"说得同事喏喏而退，满脸愧色。

原来明豪尔环保科技有限公司法人代表明昌被拘留半个月出来后，恼羞成怒，一心只想出口恶气。其实他的案件仍在调查中，尚没最后结案。他的想法与背后"大佬"不谋而合，一伙人琢磨半天，觉得自己公司违法收集有害工业废水案恐怕证据确凿，不好反击。虽有天大不服，却是狗咬刺猬——无处下牙。遂集中一帮乌合歪才算计半天，终于在同期受罚的子公司——明豪尔再生资源有限公司找到可以拉锯扯皮的地方。

明豪尔再生资源有限公司虽是子公司，却有独立法人资格，法人代表是明昌的侄子明才，打理着明氏家族多家企业，中等胖子，也是个爱钻牛角尖的厉害角色。平时话不多，一出言惊人，像辣椒面吹进鼻眼里——呛人。

这家公司经营范围简单，折腾事儿却不简单。营业执照内容一目了然，就是“金属废料和碎屑加工处理；再生资源加工；再生资源回收（除生产性废旧金属）；再生资源销售；汽车零配件批发；汽车零配件零售。”虽有泛泛几项，可这家公司只掐其中一项雕花，只搞废汽车配件回收利用。主要收集机动车尾气净化的废三元催化器，还对部分有破损的废三元催化器进行拆解，并对其中的废催化剂（陶瓷结构）进行粉碎，销售有提取金属元素价值的粉末，从中赢利。随着汽车日益普及，这家公司成了独家生意，像沙漠里的水——俏得很。

二

发现这家公司有问题纯属偶然，在调查明豪尔环保科技有限公司违法收集有害工业废水案时，经人揭发同时查获了明豪尔再生资源有限公司涉嫌无证经营危险废物的种种证据，现场违法现象惊人。

市生态环境局执法一科邱明科长带队核查时，该公司车间内十名工作人员正在进行分拣作业，大量回收的废三元催化器无序摆放，给人壮阔的感觉。车间内切割机、压力机、粉碎机等设备一应俱全，粉碎机还配备粉尘收集装置，一看就知是个长期操作间。现场已切割完的废三元催化器金属外壳散落一地，里面粉碎后的废催化剂粉末随意存放，没有设置危废暂存间。询问工人一问三不知，压根不知什么危废暂存间的说法。

经现场电子秤称重，废催化剂粉末重达139.2公斤，待加工的废催化剂块片重达593.7公斤，未拆解的废三元催化器多达6124公斤，该公司法人明才一脸惊慌，语无伦次，几次问询，均未能提供危险废物经营许可证及相关环境保护审批手续，对危废常识问题随便问什么，都支支吾吾答不上。

对三元催化器，有过执法经验的邱明并不陌生。他告诉同事小黄，三元催化器由铁皮外壳和填充的陶瓷结构组成，里面陶瓷结构上附着铑、钯等贵金属，形成催化剂。铁皮外壳两端均为开口，汽车尾气从一端进入后，在催化剂的催化作用下发生化学反应，然后从另一端排出。以上即为三元催化器的工作原理。三元催化器因积碳、受污染等原因，失去催化作用不能继续使用后，即为废旧三元催化器，完整的废旧三元催化器为一般固体废物。但是，里面的陶瓷结构为危险废物。陶瓷结构因附着催化剂贵金属无法用物理方法将贵金属分离，故陶瓷结构也称为催化剂，但可用化学方法提炼贵金属，再生利用价值明显。

小黄一边点头，一边对现场物品拍照取证，跑前跑后一阵忙碌。明才除开始吼了一句："你们这么执法影响营商环境啊，我们还怎么做生意？"邱明不为所动，直接怼回："合法经营才有好环境，钻空犯法只会祸乱行业氛围，我们执法就是守护好良好营商环境！"说得明才头一低，像霜打的茄子——蔫啦。他表情瞬间默然，没再提异议，临了，垂头丧气地在笔录上签名认可。十名工人亦捺印签名确认，面色迷茫，对违法情况个个供认不讳。

事后明才却百般抵赖，还通过新莞市生态环境局文田分局岑霞向邱明打招呼，许诺会给特殊好处，企图大事化小，小事化了。被邱明坚定拒绝后，又申请必须举行环境执法行政处罚听证会，千方百计阻挠行政处罚，总想减轻一些责任。

经新莞市生态环境局执法一科一番突击调查，真相大白。原来明豪尔再生资源有限公司回收废三元催化器后，转售给下家公司提炼贵金属，从中赚取差价。下家收到废旧三元催化器后，会拆解催化器、破碎废催化剂后进行检测，根据废催化剂上贵金属的成分和含量确定成交价。明才在笔录时自觉介绍：他们既往的工作流程清晰，回收废三元催化器后，用肉眼简单检查，如发现能继续使用的，出售给汽车维修店继续作为三元催化器使用；不能继续使用的，用吨袋或铁笼打包转售给下家公司。在这过程中，明豪尔再生资源有限公司如发现有废旧催化器中的陶瓷结构已经破损，碎片可能从三元催化器两端开口泄露不便打包，造成资源浪费和环境污染，便先存放积累。一直积累到一定数量再处理，若不处理会造成经营损失。于是该公司购买拆解机、破碎机等相关设备，将这些破损的废旧三元催化器的外部铁皮拆解掉，将废催化剂碎成粉末，以减小体积。然后用塑料袋双重打包后发货，完整的废旧三元催化器仍按原打包方式发货。他的表述和现场物品吻合，充分证实明豪尔再生资源有限公司枉法行为明显，无证从事危废物品经营活动事实确凿，不容抵赖。

听证会上，因皮副局长出差，解元局长主动主持听证会，仔细讲述了目的、意义及双方的权利义务。邱明科长等案件调查人员分别阐述了明豪尔再生资源有限公司的违法事实、证据和拟作出行政处罚的意见和理由，该公司法人代表明才进行了陈述、申辩，并对有关证据进行了质证。在辩论阶段，双方围绕处罚裁量基准适用是否适当、减轻行政处罚幅度等焦点问题，展开了充分的辩论。解元严格按照法定程序，组织双方进行了充分陈述、申辩、质证和辩论，确保了听证会公平有序。现场，明才口口声声表示感谢，态度和蔼，并无过激异议。

可事后，明豪尔再生资源有限公司仍对市生态环境局作出对其罚款人民币两百万元的行政处罚不服，向新莞铁路法院提出起诉，强烈要求撤销这一行政处罚。新莞市政府为体现公平，委托没有管辖关系的新莞铁路法院承担应诉工作。

三

一时间气氛紧张，清清楚楚的处罚惹上了官司，你说奇怪不奇怪？执法一科的同事们感觉很累，仿佛被缠上牛皮筋，挣也挣不脱，甩也甩不掉。负责案件应诉的政策法规科于科长不得不认真面对，一番紧锣密鼓行动，不是与邱明科长一起开会专题研讨，就是多方协调，准备应诉书和相关佐证资料，忙得团团转。推动局里聘请的方律师、任律师高度重视，嘱咐千万不要掉以轻心。

于科长还特地劝阻解元局长别出庭，委托律师出庭即可，不无担心地说："有人背后造谣说瞎话，局长出庭，正好上他们的当！给他们编故事的机会。"解元轻松一笑，小声说："早知道有人说七道八，我是局里法人代表，越是这样越要理直气壮地出庭，身正不怕影斜哩！再说举报明豪尔再生资源有限公司的是裘湖，情况不会那么简单，你们要想周全些。"实际上解元只是出庭，辩驳都是律师的事，想到这，于科长紧张面色稍缓，没再多言。心里明白，裘湖是明豪尔再生资源有限公司母公司明豪尔环保科技有限公司的顾问，目前已辞职。原是绵元环保科技有限公司的总经理，因倾倒污泥案被判过刑，后来到这边公司谋生，一直不得志。他的举报义举是否出于一种良心发现，已不得而知了。

在这节骨眼上，冷不丁冒出一事，兼管宣传业务的局办袁主任急匆匆跑来报告解元，突然发现一家名为心声的公众号播放明豪尔再生资源有限公司起诉市生态环境局案的视频。虽没明讲谁对谁错，但明显倾向明豪尔再生资源有限公司，阅读量正唰唰数千数千地直往上蹿，这架势真要命啊！听得解元嗡地一下，头快炸了，但只一瞬间便恢复镇静心态。袁主任请示要不要协调市委网信办介入，解元摇摇头说："不用管吧，群众关注是好事啊，你们平静观察即可。"于科长又劝他，既然这么复杂，他何必亲自出庭呢。解元莞尔一笑，坚定地说："越是这样，局长越要出庭，伸张正气。"说得一屋人笑哈哈，个个信心满满的样子。

明豪尔再生资源有限公司这边仿佛已看到市生态环境局闹笑话，个个底气十足，明里暗里蠢蠢欲动，四处活络各种关系，一副志在必得的模样。对判决前景，明昌嘿嘿一笑告诉明才，尖声说："这官司必须打下去，能减轻处罚最好，不管咋样，结果不重要，关键要给解元这帮人找点麻烦，恶心他们一把也好。"说得明才不住地点头，吐了一大片烟圈，目光凶狠地说："最好是搞臭姓解的，让他们烦不胜烦，看不得他们屁颠屁颠得意的样子。"一伙人哈哈大笑，天花板仿佛被震得抖动，一场"大战"不可避免。

法庭上果然唇枪舌剑，各不相让，没有硝烟，炮声隆隆不停。明豪尔再生资源有限公司特地从北京请来正申律师事务所两名律师，说首都的律师权威，外面和尚好念经。两位律师气质轩昂，普通话说得标准，振振有词提出：该案涉及行政处罚无效的理由充分。一是明豪尔再生资源有限公司筛选催化剂损坏的废三元催化器属于产废行为、拆解废三元催化器得到废催化剂属于产生危险废物行为、粉碎废催化剂得到粉末属于处置危险废物的行为、将废催化剂出售属于将危险废物提供给他人的行为，由此可见明豪尔再生资源有限公司是正儿八经的产废单位，不属于无证经营的危险废物经营行为。对生产过程中处置不善的行为应予谅解，从轻处罚。二是明豪尔再生资源有限公司拆解废三元催化器的原因是为节约资源和保护环境，被告认为系为获得更多利益，依法应承担举证责任，该拆解行为不能获得更多经济利益。三是认为该公司经营范围再生资源利用有处置废催化剂的资格，甚至认为，既然机动车废三元催化器不算危废物，里面的废催化剂也不应算危废物，即使算，也应对未知工人给予谅解。又夸夸其谈，举不出有效证据。

已与新莞市生态环境局合作多年的方律师一听声音便心知肚明，他明白明豪尔再生资源有限公司主张自己是产废单位，目的就是企图避开无证经营处罚起来特别重的事实，同时产废单位不按规定处置危废品处罚起来轻得多，当然想钻这个空当，多占便宜。

他侃侃而谈，有理有节，语调让人慑服。他严肃地说："一是根据《危险废物名录》的定义，明豪尔再生资源有限公司处置的废三元催化剂属于危险固体废物类别中的'含有有毒物质的固体废物'，具有污染环境和危害人体健康的元素，因此被纳入危险废物的范畴，无可否定。二是该公司收购机动车废三元催化器并购置粉碎机等设备，从废三元催化器中拆解机动车尾气净化废催化剂并粉碎成粉末，过程清晰，公司法定代表人确认将该粉末出售给其他公司并收取款项。该行为构成收集、贮存、利用、处置危险废物经营活动。根据相关规定，从事该活动应当按照国家有关规定申请取得许可证。原告及其法定代表人均确认未就该行为取得危险废物经营许可证等法定许可，不属于产废单位，该行为构成无许可证从事收集、 贮存、利用、处置危险废物经营活动，违反国家法律规定。而该公司《营业执照》并无产废资格，结合《中华人民共和国固体废物污染环境防治法》《危险废物经营许可证管理办法》相关条款及《中华人民共和国固体废物污染环境防治法释义》的内容，市生态环境局对原告的诉求不予认可。原告案涉行为应认定为无许可证从事收集危险废物经营行为。综上情况，请求法院依法驳回原告的诉讼请求。"方律师句句铿锵有力，气势撼人肺腑。

最后，审判长高声宣布判决：本院认为原告明豪尔再生资源有限公司应依法承担相应法律责任。被告新莞市生态环境局经检查、调查，告知原告拟作出的行政处罚内容与事实、理由与依据及原告享有的陈述申辩与听证等权利，根据原告申请召开听证会听取原告意见后，经法制审核通过，作出被诉处罚决定，以查封、扣押的危险废物数量计算裁量幅度，符合法律规定，并无不当。依法驳回原告明豪尔再生资源有限公司的诉讼请求。本案受理费50元由原告负担。如不服本判决，可在判决书送达之日起十五日内递交上诉状。

经过一番如此这般的折腾，于科长原本以为明才这帮人应该可以偃旗息鼓了。没想到他们一脸怒容，明才当庭表示不服，一定要上诉。他的狂言乱语，不仅听着让人生气，也使平静的湖水翻起层层波浪。

四

在这敏感时段，心声公众号突然发布一篇《法院故意避重就轻　守法企业冤枉被罚败诉》的文章混淆视听，瞬间阅读量上万人次。还配了一张解元走进法院的背影照。虽看不清脸面，但熟悉的人看一眼便知正是局长解元本人，一时间议论纷纷。有熟人关切地来电询问解元，到底发生了什么事情？解元轻描淡写地告知对方，只是一起普通案件出庭的事，并没什么特殊情况。局办公室袁主任满脸通红地跑来请示解元，要不要报警迅速对付它。解元依然摇头，让袁主任静观其变，关注这篇文章的阅读量，暂时不要有什么对应动作，免得火上浇油，适得其反。同时告知政策法规科于科长慎重对待此案，评估可能出现的上诉变化，扎实准备好拆招。

初审败诉，明豪尔再生资源有限公司高层心有不甘，认为即使撼不动案子根本，也应多少有点改变，争回一点利益，也让解元脱层皮。明昌亲自过来与明才商讨对策，叽叽喳喳扯半天，一致认为正申律师事务所派来的律师不得力，必须根据不满意随时可调换的合同条款，立即更换律师。正申律师事务所考虑再三，也不想影响名誉，遂答应要求，重新派来一高一矮两位律师，据说在业内颇有声誉。

新来的两位律师很快投入角色，明豪尔再生资源有限公司应他们要求，迅速召开“诸葛亮会”，会商破局大招。离职的前两位律师很负责任，给同事留下一条锦囊妙计：新莞市生态环境局未提供明豪尔再生资源有限公司的行为属于从事收集危险废物经营活动的法律依据。该公司对外收购的是不属于危废的废三元催化器，并未直接接收里面属于危废的废催化剂，新莞市生态环境局未提供“破碎废三元催化器获得废催化剂的行为属于从事收集危废经营活动行为”的法律依据，作出涉案行政处罚没有法律依据。根据《中华人民共和国行政处罚法》第三十八条，涉案行政处罚应视为无效。此话由高个儿律师说出，让明才脸色稍红，心际掠过一丝解聘前任律师的愧意。明昌赞许这条辫子扣得好，就是要运用法条打败法条，别让对方“恃法张狂”，“妄”乎所以。

矮个儿律师侃侃而谈，投明昌所好，分寸拿捏得好，果然厉害。他仿佛发现新大陆般兴奋，刻意地说：“必须提出一审法院避重就轻、浑水摸鱼、枉法裁判的‘事实’。首先，一审庭审中我方提出，明豪尔再生资源有限公司属于生产危废的单位，不属于经营危废的单位。如果将该公司认定为危废经营单位，将得出产危废单位和经营单位身份重合的矛盾。在一审庭审中，我方询问被上诉本案生产危废单位为谁，一审法庭审判长立即对被上诉人说‘被告若认为该问题与本案无关，可不予回答’，故意避重就轻，偏袒被上诉人。其次，涉案行政处罚明确认定明豪尔再生资源有限公司的违法行为为无证从事收集危险废物的经营活动，仅认定为收集经营行为，则一审法院应当就该公司是否存在从事收集危废经营活动进行审查。若不存在从事收集危废经营行为，也不存在从事贮存、利用、处置危废经营行为，则应撤销涉案行政处罚。若我方不存在从事收集危废经营行为，但存在从事贮存、利用、处置危废经营行为，则应撤销涉案行政处罚，并可判决被上诉人重新作出行政处罚。但是，在涉案行政处罚仅认定收集的情况下，一审判决载明，‘该行为构成收集、贮存、利用、处置危险废物经营活动’，将涉案行为进行扩大，企图浑水摸鱼，以达到驳回我方诉讼请求之目的。最后，一审法院在无任何法律依据认定我方行为属于从事危废经营活动，且无法回应危废产生单位和经营单位双重身份矛盾的前提下，作出涉案判决，显然属于枉法裁判。综上情况，我认为涉案行政处罚和行政判决均无事实和法律依据，应该上诉申请依法撤销相关《行政判决书》《行政处罚决定书》。”他的话音刚落，响起一阵赞许掌声。明昌不停地称赞：“果然高人，了不起！就照这两方面理由上诉，这回定要解元来个好看的！”

二审很快开庭，双方论辩锋芒毕露，又是一番激烈的唇枪舌剑。明豪尔再生资源有限公司聘请的矮个儿律师一番连珠炮下来，声震于耳，句句带刺，颇为得意。旁听的明才一伙得意地鼓掌助势，多次被法警制止，差点赶出庭去。

代表被上诉人新莞市生态环境局答辩的任律师不受气氛左右，从容列摆事实理由，平和的男中音透出阳刚正气。他平和地说：“新莞市生态环境局作出的行政处罚决定认定事实清楚，适用法律法规正确，程序合法，处罚适当。上诉人的上诉请求及事由缺乏事实和法律依据，依法不能成立。一是上诉人主张自己公司为产生危险废物的单位，该主张无事实和法律依据。《中华人民共和国固体废物污染环境防治法》意义上的‘产生危险废物’是指在生产、生活和其他活动中，将其抛弃或者放弃从而成为危险废物的过程。明豪尔再生资源有限公司拆解废三元催化器是为了收集危险废物废催化剂将其售卖，而非将其抛弃或放弃。即本案中废催化剂为明豪尔再生资源有限公司所收集并出售营利的对象，而非该公司在生产过程中抛弃或者放弃的产物，不存在‘产生’废催化剂的行为。因此，该公司拆解废三元催化器得到废催化剂，不属于其提出的产生危险废物行为。二是新莞市生态环境局认定明豪尔再生资源有限公司的违法行为属于从事收集危险废物经营活动的定性正确，被上诉人已在一审和本答辩状中充分论述了事实和法律依据。依据《危险废物经营许可证管理办法》第三十一条第（二）项的规定：‘收集是指危险废物经营单位将分散的危险废物进行集中的活动’。明豪尔再生资源有限公司拆解废三元催化器、集中获取废催化剂进行贩卖的行为完全符合上述规定关于收集的定义。该公司将收集到的废催化剂出售，以物流方式运输交货，对方购货公司按照废催化剂粉末中贵重金属含量以市场价计费支付给明豪尔再生资源有限公司。在整个过程中有标的物、达成一致的价款和交易方式，其行为系经营行为，且从事收集危险废物经营活动，从未申请取得危险废物经营许可证，违反了《中华人民共和国固体废物污染环境防治法》第八十条的规定。综上所述，一审法院认定事实清楚，适用法律、法规正确，上诉人的上诉请求没有任何事实和法律依据，依法应予驳回。”他有理有据的回驳，铿锵有力，掷地有声，赢得法官不断投来肯定的目光。又经过一阵辩论，法庭宣布暂时休庭。

明才不安地走来走去，不跟市生态环境局的人打招呼。仅一会儿，法庭再次开庭。此前郝审判长接到市人民检察院安副检察长打来的说情电话，说是经济下行，涉案企业也不容易，不违规的话尽量给予关照。郝审判长面上呵呵，内心不为所动，此刻他抬高声调，严肃地宣布：经审查，一审法院查明事实清楚且有相应的证据证实，本院予以确认。本院认为，《中华人民共和国固体废物污染环境防治法》第八十条第一款、第二款规定：“从事收集、贮存、利用、处置危险废物经营活动的单位，应当按照国家有关规定申请取得许可证。许可证的具体管理办法由国务院制定。禁止无许可证或者未按照许可证规定从事危险废物收集、贮存、利用、处置的经营活动。”第一百一十四条第一款规定：“无许可证从事收集、贮存、利用、处置危险废物经营活动的，由生态环境主管部门责令改正，处一百万元以上五百万元以下的罚款，并报经有批准权的人民政府批准，责令停业或者关闭。”危险废物的管理不仅关系到生态环境安全，亦关系到人民群众的身体健康，行政机关依法对违反危险废物经营规定的行为予以处罚的，人民法院应当予以支持。经审查，明豪尔再生资源有限公司未经许可，在3至6月期间从收购机动车废三元催化器，并购置粉碎机等专门设备，从废三元催化器中拆解机动车尾气净化废催化剂，同时粉碎成粉末后售卖。根据《国家危险废物名录》（2021年版）附表《国家危险废物名录》载明："废物类别 HW50 废催化剂，行业来源非特定行业，废物代码900-049-50，危险废物机动车和非道路移动机械尾气净化废催化剂"；附录《危险废物豁免管理清单》载明："序号31，废物类别/代码900-049-50，危险废物机动车和非道路移动机械尾气净化废催化剂，豁免环节运输……"被上诉人认定明豪尔再生资源有限公司未经许可从事收集危险废物经营活动，证据充分。明豪尔再生资源有限公司依法应承担相应法律责任。被上诉人经过调查、告知上诉人陈述、申辩、听证权，并举行听证后，作出被诉处罚决定并无不当，本院予以支持。关于上诉人认为明豪尔再生资源有限公司是生产危险废物，并非从事收集危险废物经营活动的问题。根据《危险废物经营许可证管理办法》第三十一条第（二）项的规定："收集是指危险废物经营单位将分散的危险废物进行集中的活动"。本案中，明豪尔再生资源有限公司系拆解废催化器，从中获取废催化剂粉末进行出售，而非生产出了废催化剂，因此，被诉处罚决定认定明豪尔再生资源有限公司从事收集危险废物经营活动符合上述规定。上诉人的该项上诉理由缺乏事实和法律依据，本院不予支持。

综上所述，依照《中华人民共和国行政诉讼法》第八十九条第一款第（一）项的规定，判决如下：驳回上诉，维持原判。二审案件受理费50元由上诉方负担。本判决为终审判决。

听完判决，明才脸色黑沉，怏怏迈出法院。扬言称新莞铁路中级人民法院枉法判决，还要继续向上级高院投诉。

看到对方赳赳不服，政策法规科于科长担心地请示解元，要否制订长期对应方案？解元淡然一笑，轻声说："作为正常案例关注即可，不必牵涉过多精力，抓好美丽中国城市样板建设是大事，全局人人都不能松劲。”说得于科长散开紧蹙的眉宇，表情从容起来。

刚想喘口气，舆情又起波澜。心声公众号突然又发布一篇《枉法判决再次出现……》，火药味浓浓，指向明确，居心叵测。再次恶意攻击明豪尔再生资源有限公司危险废物经营案的判决法院，官官相卫，故意违背事实和法律作出枉法裁判，制造恶劣的法制生态。文中还别有用心地配了几幅漫画，指责新莞市生态环境局执法草率，滥罚坑商，严重影响全市营商环境。一时间舆情汹汹，瞬间点击两万多人次，阅读量仍在直线攀升中。局办公室袁主任满头大汗地跑来请示解元，解元觉得应该重视一下了，心声公众号如此煽情，一不小心就会攀上热搜，引发复杂舆情，产生恶劣影响。当即找来几位领导一商量，责令袁主任赶紧行动。必须第一时间熄火，避免产生“蝴蝶效应”，处置不好，茶杯里的水花也能引发风暴。

袁主任心急火燎地联系市委网信办，结果话一出口，对方就直接告知好消息。原来市委网信办早已关注心声公众号了，鉴于其近来的过火行为，已及时联系市公安局网警大队，当即予以封号，对其涉及的违法行为正在调查中。据说背后涉及明豪尔环保科技有限公司法人代表明昌，无疑给明昌没了结的犯法案又添加了新罪证，等待他们的将是法律庄严的惩罚。

听到心声公众号舆情得到控制的消息，解元松了一口气，虽然感觉累，但美丽中国城市样板建设如火如荼，让人心情欢快，这些小插曲实在不值一提啊。傍晚下班时，天光暗淡，市局大院围墙上藤蔓绕云，细细长长，蓬乱嘈杂，近看若无，暮色苍茫，天地辽阔。

十九 江山如画

河山壮丽吸纳我们的气
家园绿美灿烂我们的命
碧水清悠连接你我他
峰峦俊挺昂扬精气神
看晴空万里心猿意马
望大地灿烂人生辽阔
好一幅美景这是温馨的家
饱一片眼福这是美丽的国

一

严卿出事后，严老师情绪大受影响，不久竟然查出乳腺癌，只好申请提前病退了。说是边治疗边享受生活，心情却像霜打的茄子，横竖好不起来。说不上是为严卿的事儿焦心，还是自己身体状况影响，可弟弟、弟媳要找解元出面捞人，隔三岔五来求情，弟媳哭哭啼啼好闹心。她知道解元不会出这个面，只好当作眼不见为净，姐弟俩这段时间很别扭，关系大不如前。

最近严老师迷上了早操早舞，天一亮就约上新结识的伙伴攀上峰山，蹦蹦跳跳享受新鲜空气去了，说是那儿花更香了，人更多了，都说环保人立了大功，天蓝地青又回来了，杠杠地棒。每次出门，解元嫣然一笑，说："只要你开心，就多多地享受吧。"说完就后悔了，那是因为严老师做的可口早餐随着这声应诺，也跟着跑得没了踪影。

不知不觉，解元都当了好几年局长了，在以他为首的一大帮环保人努力下，碧水蓝天净土的新生活回来了，打造美丽城市样板行动成就喜人。说起环境质量，不光市民赞扬有加，环境目标责任考核连续三年省考第一，各项环境指标走在全省城市前列。写报告时，局办公室袁主任晃着大脑袋，如数家珍地向解元报告，一脸喜色溢于言表。

如今的新莞市今非昔比，全市空气质量优良天数比例为98.4%，$PM_{2.5}$平均浓度为18微克每立方米，继续在国家中心城市中保持最优。全市20个国考、省考断面阶段性全面达标，其中18个断面水质优良，地表水水质优良断面比例为96.2%，劣五类水体断面比例保持为零；10个城市集中式饮用水水源地水质100%稳定达标；3条入海河流断面水质全部优良，近岸海域水质稳中趋好。土壤环境质量总体稳定，重点建设用地安全利用得到有效保障。近四年来未发生突发环境事件，受到生态环境部的好评。

对这些前所未有的成就，省、市领导纷纷高度肯定。解元自己来打分，也是妥妥的满分，可是申报国家生态文明示范市却开门不吉。局党组多次讨论，梳理标准一条条过，目标责任，OK！生态安全，OK！生态经济，OK！生态文化，OK！生态文明制度，OK！瞧五大领域花朵灿烂。再往深处看，目标责任落实，OK！环境质量改善，OK！环境质量提升，OK！生态环境风险防范，OK！节能减排降碳增效，OK！资源节约集约，OK！全民共建共享，OK！体制机制保障，OK！看来看去，八大任务指标甚至加上参考性指标，似乎也无懈可击！却在去年申报中莫名其妙地被刷掉了，不是说早几年的绵元污泥案余波未消，就是说新莞市农村生活污水治理率尚不够标准，甚至点名其中案件结案率不足75%，可新莞市算来算去早达标了，纯属子虚乌有的挑刺。绵元污泥案确有其事，可也是四五年前的黄花菜了，难道要一直黄下去。听说省生态环境厅农副厅长很较劲，每回都卡得厉害！去年曾副市长出面找他说情都不好使。一年多来，自己和其他局领导小心翼翼地试图亲近农副厅长，全是杨白劳。这个倔厅长，因公因私都不给面子。他分管的两个处室业务对新莞市要求特别苛刻，几乎严重到惊人的地步。凡此种种，让人着急，可把解元愁坏了，害怕今年又卡在他手上，前功尽弃。

局党组今年再次对准梳理，确认国家生态文明示范市申报全套自评材料全优后，经市委、市政府把关，呈报省生态环境厅。没想到真的又卡在农副厅长手上，主办处室领导也遗憾地表示无可奈何。也没说什么具体原因，只是说农副厅长老提绵元污泥案，让解元仰天长叹，难道这黑锅要一直背下去。眼看五月临近，快到呈报生态环境部的截止时间了，就像口渴了才打井，有点来不及了的味道。解元与曾副市长紧急磋商，决定今年无论出现什么情况，都不能放弃。于是，赶紧向省生态环境厅吕厅长报告，免得酿成不好案例。毕竟涉及一个副厅长，也没证据说明人家存在什么私心。曾副市长说他暂时不出面，让解元先向吕厅长试探一下口风，免得动静太大影响不好。

没想到吕厅长一听说这事，满脸震惊状，说你们态势这么好，哪能总这么摆乌龙呢？他决定要撑这个头，但需做得艺术点。刚好新莞市即将开始环境执法业务比赛，要请吕厅长到场颁奖，吕厅长说他到时带上农副厅长一起来，你们请曾副市长当面扯扯申报的事。他再旁敲侧击一下，看农副厅长有无触动。既然吕厅长这么说了，解元回来报告曾副市长，也觉得只好这么照办。

颁奖现场气氛热烈，吕厅长对新莞市生态文明建设予以高度表扬，曾副市长趁机扯起国家生态文明示范市申报事，吕厅长当场表态全力支持，还说分管副省长曾过问，让新莞市全力配合，志在必得。奇怪的是，面对这场景，农副厅长一言不发，好像与这事无关。后来才知他是魏副市长的党校同学，中间有无相关联系，不得而知，也不宜猜测领导，还是早点忘掉好。事实证明，吕厅长这招管用，新莞市很快列入申报考核市、区行列，通过省考后，顺利报到生态环境部。

这天好久不发短信的严老师给解元发来一条微信，看得解元心潮起伏："人们翘首以待，希望在于创造，人因梦想而伟大，所有的成功者都是大梦想家！在那冬夜的火堆旁，在那阴天的雨雾中，梦想着阳光灿烂的未来。有些人让梦想悄然绝灭，有些人则细心培育、维护，直到它安然度过困境，迎来光明和希望；而光明和希望总是降临在那些真心相信梦想一定会成真的人身上！梦里能到达的地方，总有一天会真正实现，前提是你要坚持努力！"解元越看内心越亮堂，想不起这是哪位哲人的金句，远望峰山顶上的太阳，眼眶饱含滚烫的热泪。

时间真快，金秋十月悄然来临，生态环境部工作组前来考核新莞市国家生态文明示范市申报项目，顺利过关。仅一个月后，生态环境部网站就公示了国家生态文明示范市新名单，新莞市赫然在列，让解元如释重负一样轻松，又如快马加鞭一样沉重。

远望峰山，黛绿如翡翠宝矿闪光，前景一片灿烂，实现碳达峰与碳中和目标已指日可待。

二

自从严老师热衷早练，不太做早餐了，解元就成了局餐厅早餐首客，每天来得最早，餐厅也多了一些谈笑风生的热闹。一天早上，皮副局长感慨，现代社会就是好，足不出户，眼观世界，耳听八方。说着就要考考大家，问谁是造成这一现象的大功臣。有的说书报，有的说电视，有的说快递，有的说阿里巴巴，有的说微信，有的说支付宝，也有的说百度……皮副局长一脸神秘地摇摇头，弄得大家面露难色。韩士扑哧一笑，说别卖关子了，给老哥揭个底吧！解元不经意地问一声，该不是互联网吧？惹得皮副局长故意一仰头，哈哈大笑说："老哥们，谜底出来了，难怪解局能当一把手，点穴就中，厉害！""别瞎捧，乱猜的不算数。"大伙说就是一些电脑程序而已，关键是联络外因，不能自封门户，才是汪洋大海、康庄大道。解元心想，局里的网上OA办公系统也是一种电脑程序，不见面也可批阅文件，排兵布阵，指点江山。有时同事之间，几天不打照面，却在网上天天交手，轻松办好百十件棘手事情。韩士近段突然爱说笑话，常常妙语连珠，逗人鸟样兴奋，挑战人们的智慧极限。他隔三岔五要来解元办公室坐坐，免不了扯些新鲜事，似乎说到魏副市长有些不好的传闻，解元不想听，也懒得关注。

三

新莞市摘到生态文明建设示范市金字招牌后，生态环境部门士气大振，面貌焕然一新，环保力量前所未有地展示锐利锋芒。解元深知，光靠环保部门单打独斗无济于事，关键是要全民参与，党委、政府领好头，才能形成全社会全流域全天候生态文明建设新格局。只有打造更具辐射力的大湾区绿色发展主引擎，打造可共享的“美丽细胞”建造示范样板，持续保持生态文明建设示范市这项荣誉始终走在前列，在推进人与自然和谐共生的中国式现代化中挑大梁，才能实现碳达峰与碳中和的奋斗目标。只有给党政领导干部悬起达摩克利斯之剑，才能收到立竿见影实效。他把想法向市领导一汇报，与新莞市委高书记、秦市长不谋而合。顿时，生态文明建设一票否决的新风暴在新莞市迅速刮起惊人旋风，角角落落风潮暗涌。有的说这年头生态环境部门就像紧箍咒，沾不沾都念得人心惊肉跳，绕不开躲不脱，还得拼命干。消息传来，解元扑哧一笑，总得有人扛大梁嘛，大伙儿关注是好事！

新莞市生态环境局以最快速度起草《新莞市生态文明建设高质量发展纲要（草案）》，为此，一场别开生面的讨论会开始了，市四大班子领导史无前例地悉数出席。高书记主持了会议，他高屋建瓴地说：“评上国家生态文明建设示范市后不能故步自封，落实中央生态文明建设要求我们市要始终跑在潮头，党政领导干部是火车头，更应该以身作则，把社会责任放在第一位，不能被短期利益蒙蔽了双眼而损害环境和群众利益。生态文明建设只能前进，不能后退，国家明确提出2030年前碳达峰、2060年前碳中和的目标，我们市要做出独特贡献！下面请解元同志介绍一下草案，尔后请大家畅所欲言，把草案修改得更完善，更符合我们新莞市的实际需要。”

会议室不大，所有物体今天看起来格外庄严。解元首先简单介绍了草案起草的目的、内容和意义，引起广泛共鸣。随后，他针对其中一章强化生态环保目标考核，拟实行一票否决制度充满激情和期待地进行了重点阐述："计划生育政策是我们国家第一个一票否决制度，第二个是GDP经济指标要求，生态环保考核一票否决制度算是第三个。这看似很有威慑力，其实并不新鲜。国务院曾经发文明确将生态环境保护纳入地方政府政绩考核，实行环保一票否决制。但是几年来，别说是真正落实一票否决的，就是明确提到这事的也不多，因此要想真正治好环境，实行这一制度非常有必要。"这是领导关注分歧较多的一个重点，顿时激起千重浪！

天花板透着温暖的色泽，市委副书记受到书记暗示，率先响应："一票否决制的威力不容置疑，何况针对的是各区、市直单位党政领导。地方政府是落实发展纲要的主体责任单位，完成任务落后的，其环保责任考核成绩将直接降级。通过组织考核产生的行政监督力量，可以清楚地看到监督是自上而下的。在中国社会，权力流通的方向几乎清一色的是自上而下流动的，这种监督方式决定了它的直接和高效，因为没有一个区长会拿自己的乌纱帽开玩笑。"

会议室窗明几净，看哪儿哪儿赏心悦目。秦市长掷地有声地说，情绪激扬："出台这一纲要就是保证生态文明建设始终高效发展，推出'一票否决制'只是监督手段，彰显的是市委、市政府重视的决心，同时伴随实施必要的惩罚，目的是倒逼地方政府认真抓出成效，不能尸位素餐。"

窗外棕榈树规则地舞蹈，向行人点头行礼。市人大常委会主任一脸兴奋，字斟句酌地说："此举堪称抓住了牛鼻子，生态文明建设不力而一票否决地方政府，用形象的比喻，叫作治污先治官。这些年，民众对生态环境现状的不满和要求改善的呼声，屡屡通过'请生态环境局局长下河游泳'的悬赏表达出来。环境被污染，生态环境局局长当然难辞其咎。然而治污先治官不仅意味着整饬治污不力的生态环境局局长，更意味着追责地方主官，从而真正掀起治理旋风。下一步要放开民间监督的渠道，拓宽环境诉讼的空间，让民间力量有序介入。前者是自上而下，后者是自下而上，但不管方向如何，最终依赖的不应该是‘运动式治理’，而是‘法律的治理’。只有将环境治理建立在法规的轨道上，中国环境的可持续好转才有保证。”

高飞的鸟群也在回应会议室的应和声，市政协主席一边打着手势，一边高声赞同：“由于地方环保部门实行双重领导的管理体制，生态环境局局长的‘乌纱帽’也攥在地方领导手中。近年来，一些地方政府和主管部门往往将经济增长摆在‘不容置疑’的第一位。一些热衷‘数字政绩’、缺乏环境法治意识的领导干部直接干扰环境执法，这个纲要明确‘一票否决制’太好了，算是在地方官头上悬起了利剑。要确保碳达峰与碳中和目标变为现实，首先要让环保拥有‘一票否决’的力量，堪称正本清源，功效可期。”

发言一个比一个铿锵有力，市委常委、纪委书记脸色坚定，语气铿锵，激起一阵掌声：“纲要加入‘一票否决制’就是好，规划年度考核与终期评估结果作为地方各级政府领导班子考核的重要依据，严格实行问责制，将生态环保问题纳入政绩考核，甚至对区长、镇长进行约谈、执行一票否决，这对于强化地方政府环保责任、规范领导干部政绩行为、提升环境监督和治理无疑很有现实意义。”

风儿在窗外屏气止息，常务副市长信心十足，连声称赞：“太好了，实际上部分地区治理大气污染存在两种错误倾向：一是发达地区急着把部分高污染行业扔出去，而不管周边地区是否具备环境承载力；一是欠发达地区对大项目的利税、就业、GDP拉动作用十分饥渴，先落地再监管、先污染再治理。这个纲要出台后，生态环境部门就可理直气壮地对项目进展缓慢的区、镇实施阶段性建设项目环评限批，避免再因领导决策失误而付出沉重的环境治理和生态修复代价，实在太好了。”

窗台上的麻雀也规矩地列队倾听，曾副市长深有感慨地说：“先污染后治理的老路已经被无数次证明是一条死路，并且污染对环境对群众身体健康造成的影响很多是不可逆转的，是再多的金钱也换不回来的。生态环保监管不能再走‘亡羊补牢补不好，再亡羊再补’的老路，应建立一套更加完善的、更加严厉的生态环保监管处罚体系，让企业不能污染、不敢污染，谈污染而色变，加大企业污染受罚的成本，实行生态环保一票否决，就是要卡紧党政干部的脖子。”

云彩也紧贴窗户探听稀奇，市委组织部部长赞许地说：“党政干部的考核和晋升很大程度来自上级对其的评价和看法，因此，生态环保考核能否落地生根、长期而持久，很大程度上取决于官员政绩考评体系的指挥棒。只有将社会民生发展、生态环境保护等指标作为政绩考评体系中的关键因素，一些地方官员目前不顾一切地推动经济增长的发展理念才会跟着变化，所以说这个纲要明确‘一票否决制’很及时很有必要。”

空气开出醉人的花朵，市委统战部部长持续加油：“说到底，环境治理要取得明显进步，不仅需要各级政府的决心，更离不开公众的参与和监督。如果没有充分的公众参与，无论是项目环境评价也好，还是环保考核督办、一票否决也好，这些考评方式都可能被打折扣，甚至于不了了之。而想要真正通过一票否决制搞好生态文明建设，必须将公众参与融入其中，让民意成为一票否决制度的关键因素。唯有如此，才能水涨船高一片好。”

与会领导出奇地意见统一，让解元感到欣慰，说明市领导的责任感明显增强。他趁机建议：“在严格惩处的同时，市里可仿照中华环境奖形式设立新莞市环境奖，鼓励好人好单位好企业再接再厉，为新莞市生态文明建设大局添砖加瓦。”大家给予了肯定回应，秦市长要求尽快拟订奖励章程，报市里审定实施。

最后，高书记作了会议总结，要求通过一票否决制坚决抓好生态文明建设，严格落实“党政同责、一岗双责”，倒逼各级领导干部敬畏生态环保、重视生态环保、狠抓生态环保，早日实现碳达峰与碳中和的奋斗目标。

很快，《新莞市生态文明建设高质量发展纲要》正式实施，引来一片叫好。这意味着一个国际化、现代化、生态化的新城市开始启航，焕发无与伦比的光彩。

一次在市政府开会，曾副市长给解元开了一个玩笑：说是生态环保一票否决好比一个大魔瓶子，把大小党政干部一网打尽，解元就是那位老实巴交的农民，千万要小心啊，别让瓶子中的小鬼跳出来，倒把你装进去了，那就暗无天日了。说得解元一脸苦笑，一时不知如何回答才好，回来琢磨其中韵味，居然有种恍惚愁绪。

尾声

任重道远

走在路上的人有福啊
大地多么美好
山川多么可爱
让我们携起手来
人人献出一份爱
这世界就充满爱

解元近来老做噩梦，一会儿梦见自己被小鬼按进魔瓶中，如坠无底深渊，不停地下落；一会儿梦见自己被人暗算，被拖入刑场，五马分尸。醒来大汗淋漓，如同感冒发烧，浑身难受，绵软无力。

从解元办公室望过去，是一线高架桥，正对峰山主峰，一年四季百花盛开，如一硕大花瓶高耸窗口。此前解元没来市生态环境局时，曾有高人目测，惊为人杰地灵之地，称当出大人物是也。解元并不知道这一典故，也不信这一套，加上前些年雾霾遮裹，灰蒙蒙一片，看不出壮阔灵秀之势。

这天黄昏，解元接到去市里参加紧急会议的通知，有的说是人事调整，有的说是环境应急事件，局办公室袁主任会前找几位市直单位局长打听，没一人说得清。通知人说内容保密，只叮嘱按时参会，不得请假。想起秦市长的认真劲，魏副市长的微妙传闻，解元有点忐忑不安，早早赶去市政府。

会后回到局机关，解元静坐自己办公室一言不发。下班时间到了，解元没有走的欲望，反正严老师最近把饭做好后就急急地去跳广场舞了，并不与他共进晚餐。他忽然有些怅惘，又说不出什么来由。翻开一本书，跳出一段动人的话语：人的幸福感是一种理念的感觉。人作为一个生命体，只要情绪感知、灵命生活在现实世界中，可以获得满足与舒适，那他就会感觉幸福。每个人的情绪感知、灵命生活是完全不同的，无法衡量与比较，人的幸福感是人类诞生以来就追求的东西。但是，每个人的追求途径千差万别，流浪者有流浪的幸福，国王有国王的幸福。解元心想，人民群众对环境的好评就是环保人的最大幸福，只要齐心协力，就一定能早日实现碳达峰与碳中和的奋斗目标。他的自信不是没有根据，回首五年来的奋进时光，每一个日日夜夜都是很好的注脚。严老师在峰山晨练时听到不少热议，暗中窃喜。“知道吗，市里有个干环保的解局长厉害着呢，几年功夫就扒了全市的污染窝！再不可能有‘灯下黑’了。”“如今又能看到蓝天白云了，春河也不臭了，城市花园一样美，说明治理还是有成效的。”“可不是，好着呢，今儿个我家老头还给儿子写信，叫他别移民欧洲了，家里不黑不臭了，也能成为叫什么来着，哦，国际宜居城市，你说这还不是好事么！”严老师听得笑眯眯的心暖神清。这些新认识的舞友不知她的身份，她已习惯这种隐身于市、自乐于天的休闲生活，日子还是很奇妙的，爱着就会新鲜，过着就会趣味无穷。

好声音从不单调，上面也有琴瑟和声。省生态环境厅吕厅长在一次全省环境推进大会上评价，全省二十个市中，新莞市环境治理势头最好、成绩最大、效果最明显。散会后解元就得了个“三好局长”的美称，碰到友邻城市生态环境局局长，都吆喝着要他请客。解元自己也感到正是大展宏图的好时候，新莞市各方面条件具备，诸多得天独厚的优势，始终保持天蓝地青不是远梦。

世间当有奇事，可高人不常有，从前来此练习道功的异人大概说的是反话，环监大厦不是要出大人物，而是要出大事吧？事后人们如此猜测。回头看偌大的十八楼会议室，隔几年唱一曲人事摇滚乐，也真够传奇！人们的议论不无道理。也是上午这个时辰，天上走着八九点钟的太阳，地下轰轰然又有变局，响着省生态环境厅吕厅长和市委组织部刘副部长的大嗓门，与会者掌声零落，没有从前整齐。

正当大伙充满着诸多美好期待时，市生态环境局主要领导再次调整，不同的是这次被调整的对象解元也昂首端坐主席台，但没安排他作离别讲话。对他的评价，上面领导惜字如金，仅说一句：做了一定工作。去向也是一句，简短有力：另有任用。而对新负责局里全面工作的韩士，则有大段好评。仿佛他早已在局里担当大任，仿佛刚从外单位初来乍到，弄得他脸上一阵红一阵白的，神情颇为微妙。也有人表示理解，这代表了组织的高度信任，有利于新官踢好头三脚。事前一段时间，市委组织部简科长曾开玩笑地提醒解元，别整日埋进工作不能自拔，大局长也该活动活动，为自己作点打算。解元听后一笑了之。

其实吕厅长和刘副部长到底说了什么，解元一句都没听清，他是在进会场前一刻，才被叫到接待室，闪烁其词地补上了组织谈话这一环节，对原因和去向都是含糊其词。说让解元等待组织新的安排，要求守纪律勿多言，他庆幸还好接替自己主持大局的是韩士，而不是投机钻营的皮副局长。对后一点嘱咐解元倒是记得牢靠，这是多年党性使然。他坐在会场上，脑子一片空白，只记得早上出门时，黑皮智障男孩扔了他右脸颊一坨泥丸。这小孩口中念念有词，似乎是说："苦才是人生，累才是工作，变才是命运，忍才是历练，容才是智慧，静才是修养，舍才是得到，梦才是拥有！容易走的都是下坡路，难坚持的往往是上坡路！难得保持一颗平常心，平平淡淡才是真！糊糊涂涂就是福，人生无所谓得和失，不在乎苦和痛，一切都在不言中。"男孩的声音虽然幼稚，这词却咬音准确，念得让人欣赏，看来他父母的传教努力没有白费。尽管小孩对词中意思并不明白，也许人生在世，有些事不必明白，好情怀便是难得糊涂。

会后局里面上风平浪静，暗里波澜起伏。过去喜欢在大众场合卖弄内幕、点评是非的黎华，此前便已自找关系调离，高就市委组织部吃起了钦差饭。有的说他时常考察各区处级干部提升，好一番风光得意；有的说他干些内勤杂务，并不得志，也没人能断个准头。有一点可以肯定的是，很快，他就完全淡出了环保人的视野，不再风头劲健地活跃于人们口舌之上。

局里有了皮副局长被市纪委约谈的传闻，据说莞元集团董事长明老大早进去了，与他相关的省政协前主席、新莞市魏副市长、前任明副市长、槽南区侯副区长也被约谈，传说他们也是文天阁的地下股东，在北京还有大后台。有关消息尚未正式公开，坊间各种传说流行，形形色色莫衷一是。爱发牢骚的油老黄提前申请退休去上海带孙子了，再没在局里露面，也就没法听到他叽叽歪歪的风凉话了，作为退休老干部，没特殊情况不可能被人事处请回来喝例茶的。这样一来，局里空气倒是清静了，连红叶枫也在花坛里开得四平八稳的，没有往年惹眼。

至于解元，有一段时间说法很多，有的说他被组织留置，涉水很深，可不久后有人见他上街买菜，谣言不攻自破。有的说他已上调市委巡察组，还有说可能高就省厅了，事实上他哪儿也没去，一直待在家里休息，看着客厅自买的《江山如此多娇》画屏浮想联翩。人家说那是时候未到，众说纷纭，莫衷一是。有的说他是临时免职配合组织调查，处于待安置时期。还有的说56岁的他已提前退休，本来组织要调他去其他局任职，他不愿离开环保岗位，性格耿直的他只好急流勇退。可说来说去，都是传一段时间又被传言者自己否定。

解元从不解释，深居简出，不接电话不回短信不理朋友微信，偶尔碰到熟人点头而过，不愿深谈。只在周末到中心广场打打羽毛球，对手随遇选择，闲练的人多，也没人知道他当过局长。有时在家闷得慌，解元也会在傍晚散个小步，经过的街道广场整洁宜人。有一次居然散到堤街排水站，行人如织，这儿早没了往年恶臭怪味，只见流水清澈，哗哗唱着好听的小曲。忽然想起离市生态环境局不远了，严老师提醒过他，离岗了就别去老单位转悠，影响新领导多不好，遂掉头回返。说来怪，局里也有人爱来这一带转转，却从来没人见过解元。慢慢地大家也习惯了不再关注他的去向和存在，随着时间推移，一切显得淡远缥缈起来。至于严老师呢，枯瘦如柴，精神不健，已不跳广场舞了，不是为了解元的工作变动，而是实实在在的重病缠身，刚动了乳腺癌手术，正卧床静养，享受着解元的全程特护。据说解元现在做麻油香面很老到，比严老师的手艺还出色，严老师爱吃得很，两人相濡以沫，相敬如宾。女儿小可看了心里欢喜，早不忌恨解元了，父女的冷战悄然结束。没考上研究生，本来已去上海就业的她，为了照顾父母，这些天正张罗着回到新莞市私营企业上班，自隐身份登门求职，决定不沾父母一丝光，自己走好自己的路。她想起父亲解元的话，人生是个圆，有的人走了一辈子也没有走出命运画出的圆圈，其实，圆上的每一个点都有一条腾飞的切线。若你不去亲手搭建那一砖一瓦，未来就永远是一张可望而不可即的蓝图，梦想终究只能是空想，来日并不长，不懈努力才能到达远方，皑皑雪地中总有一缕阳光。不觉面漾微笑，脚步生风，走过的花坛都像故人，比梦亲切温馨。

韩士看到解元在局大院中栽的紫藤长势良好，直蹿云天，解元说过这是人类的忠实伴侣。克难奋进的缩影，紫色的花，墨绿的叶，相映成趣，繁荣茂盛，展现了生命的顽强，挥洒了理想的灿烂，多好的寓意啊，紫气东来，好运长青！韩士办公桌前摆着一部《新莞市生态文明建设高质量发展纲要》，每天他都要翻阅一遍，记着解元的临别嘱咐，看哪些还没落实、哪些还需要完善。道路遥远，江河流长，他觉得环境治理有始有终，那个度是可控的，天蓝、水碧、土净的美丽世界以及碳达峰与碳中和的奋斗目标一定会实现。世间事无所谓难易，人间情在意于爱恨，举足轻重还是人自己。日子一天天翻新，人们一天天变老，生老病死天天都有，好多事到头了才明白缘由，多少东西本应该拿得起放得下的，多少转折良机却被自己轻易错过，遇事都应从容走过，无所谓高也无所谓低，存在便是合理，活着就很美好。每一天都是新日子，每一天浓墨重彩地揭幕，每一天都是好日子。

幽香浮动，天籁渐浓，远方隐若传来久违的诗语经颂，歌谣一样赞唱长空大地。

穿越迷蒙的雾霾，与蓝天拥抱，我们在长空画上圆圈，扎上彩带。挥甩仙女长袖拂去粉尘，放飞清新之鸟，把受伤的白云姑娘、百花姐姐请回来。舞蹈云朵的玉足踢走酸雨臭氧，擦亮澄碧天宇蓝色丝绒纤尘不染，片片天鹅云像点点白帆熠熠发光。张扬希望之鸟，或散或簇姿态变化万千，有时聚集成群越岫而出宛若云瀑，尽情飞扬芳心，久违了这份梦中感触。曾几何时，人类在大地身上肆意破坏，山峦疼痛难忍，草木蒙羞，光色混浊。大地的呼吸喘成污烟，花朵成片窒息，百虫和狗的咳嗽伤人心肺，树木不停摇晃。我们给大地疗伤，郑重清除皮癣疥疾，让美丽恢复本来面目，让小草笑出声来。仰望漂亮的原野，草木在清晨醒来，远山含黛和风送暖，湖光山色变幻无穷。望着缤纷的彩虹未来无限宽阔，灿烂的阳光把林荫山谷照得通亮，青藏高原的苍穹，彰显美丽的高度，黄土高原的天空，展现生活的奇迹。

月儿升起彩色果盘，丰收理所当然，大地掀舞锦缎，无垠的绿色领跑梦想，给污染画一道休止符，水鸭重现枯草冒芽，到处是山秀水奇，河流小姑娘调皮变脸，突如其来地从地下岩窜出来蹦跳逗乐。黑臭水体不知不觉中杳无踪迹，百合睡莲仿佛绿毯上的幸福花朵，巨大梳妆镜把满天星斗和山峰倩影映得透亮。碧水瓦蓝透光，鱼群四处分享欢欣，小鸟掠过叽叽喳喳叫欢的溪流，浩瀚海洋不再遣送畸形辐射鱼类，奔腾不息的长江卸去不明泡沫和人为累赘，汹涌澎湃的黄河吐掉呛鼻的颗粒废渣。美丽温柔的湖泊洗去致癌菌虫，活泼清亮的河流永远告别人类的垃圾，把流动的画卷潇潇洒洒送向远方。欢歌从一望无际的青山翠谷中跑来，多彩童话在阳光下灿然闪烁，好似神灵的眼波凝视秋天秀色。大地上的人儿多么可爱，没有不发芽的梦想，风丫头拨动河流琴弦天籁格外悦耳动听，萋萋芳草举着簇簇鲜花欢庆美丽的大自然真情回归！天蓝水碧土净，这世界真美好！

2024年10月20日完稿于白羊畈村德艺聚书院

11月30日改定于广州寄绘坊